Hermann Kinder · Von gleicher Hand

Hermann Kinder
Von gleicher Hand
Aufsätze, Essays zur
Gegenwartsliteratur
und etwas Poetik
Edition Isele

Alle Rechte vorbehalten
© Edition Klaus Isele, Eggingen 1995
Umschlagmotiv: Hermann Kinder
Druck: Fuldaer Verlagsanstalt, Fulda
ISBN 3-86142-033-3

Inhalt

VORWORT 7

AUFSÄTZE

Nachdenken über Rita S., Christa T., Christa W.
und Marcel R.-R. 22

Anselm Kristlein: Eins bis Drei – Gemeinsamkeit
und Unterschied 39

Formen dargestellter ›Subjektivität‹. R.D. Brinkmanns
»Keiner weiß mehr« und die Tendenzwende 53

Deutschsprachige Literatur zwischen 1945 und dem
Ende der fünfziger Jahre 79

Die Zweite Moderne. Innovative Prosa der Bundesrepublik
von den fünfziger bis siebziger Jahren 89

Körperthemen, Körpertexte und *»das laute Schreiben«*
in deutschsprachiger Gegenwartsliteratur 129

Transzendentales Standbein gegen hermeneutisches
Spielbein: noch unentschieden 148

ESSAYS

Das Lesen ist auch nicht mehr das, aber noch genug 160

Schweine-Bande 167

Gegen die Wiederkehr des Dichters 178

Literaturkritik 183

Von Lese-Lust und -Mühe 193

Sätze zum Satz Vom Ende der Literatur 216

ZWISCHEN DEN STÜHLEN DER LITERATUR/WISSENSCHAFT

Nein, so wie es ist, ist es nicht gut genug.
Literatur und Wissenschaft 228

Der Germanist als Autor/Der Autor als Germanist 237

Grethi T. Tunnwig: Das Begehren der Rheinbrücke 248

ZUM SCHREIBEN

Die peinlichen Leiden des Autors 258

Von den Bildern im Kopf. Eine Rede 267

Weiter: »med ana schwoazzn dintn« 277

Das Schreiben ein Traum 283

Wiener Vorlesungen zur Literatur
Über das Autobiographische in Fiktionalem. Über das
Authentische des »Lauten Schreibens« 287

Die schönsten Radtouren. Heute: Zum literarischen
Forum Wangen 337

NACHWEISE 339

Von gleicher Hand

Vorwort

VON GLEICHER HAND: Wie wurden wir geplagt im Deutschunterricht mit der Unterscheidung von das Gleiche und das Selbe. Es ist eine Frage der Identität. Beim Gleichen seien manche, beim Selben alle Merkmale identisch. Ist aber meine Hand, weil es meine ist, die selbe, die vor dreißig Jahren eine andere Hand drückte – oder ist es die gleiche, weil es zwar immer noch meine, aber sichtlich auch eine andere ist? Schreibt die selbe oder die gleiche Hand mal fiktionale, mal germanistische Texte, mal Primär-, mal Sekundärliteratur? Bin ich der gleiche oder der selbe, der in der Helle des Tages unterrichtet und der (weil an Universitäten im Land der, wenn überhaupt noch, entweder Dichter oder Denker, der Literat weniger gilt als anderswo) nächtens krause Geschichten schreibt?

Das Selbe dieser Schreibhand ist die Literatur; gleich ist sie deshalb, weil sie nicht das Selbe, mal tags, mal in der Nacht, von und in Literatur schreibt. Dieser Band versammelt etwas Unveröffentlichtes oder noch zu Veröffentlichendes und allerlei schon, aber teils – wie es heißt – sehr entlegen Veröffentlichtes aus bald 25 Jahren. Altes wurde nicht überarbeitet und auf keinen neuesten Stand gebracht, weshalb manchem Beitrag die Patina seiner Entstehungszeit oder einer subjektiven Verwickeltheit in den Gegenstand anhaftet, die heute vielleicht eine andere wäre. Und manches Redundante wurde nicht getilgt, weil es die Schwerpunkte meiner Interessen markiert. Der Band enthält keine fiktionalen Texte, sondern ›Sekundärliteratur‹ – wenn auch im Gewand des Essays, der Satire, der Bildrede. Die Unterscheidung zwischen ›Primär‹- und ›Sekundärliteratur‹ kam zu Beginn der 70er Jahre auf, in einer Zeit, welche die Universitäten (schon einmal) mit Effizienzdenken ingenieurmäßiger Art drangsaliert hat. Das mochte ich schon damals nicht sonderlich. Es ist Hängeregistratur-Denken, wenn man meinte, so schön ›Primär‹- von ›Sekundärliteratur‹ trennen zu können. Von dem Odium, in der nachgeordneten, sekundären Schublade zu stecken, hat sich die Literaturwissenschaft nach und nach befreit, indem sie zum wohltönenderen Begriff ›Forschung‹ zurückkehrte, dem der auch wieder wohltönende Begriff ›Dichtung‹ korrespondiert. Das finde ich auch nicht so gut. Zudem wurde der Begriff ›Sekundärliteratur‹ mit einer von den Kulturrubrizierern gar nicht gemeinten Häme ins Arsenal der Beschimpfungen aufgenommen, mit denen immer wieder und immer mehr alles, was im Geruche des ›Germanistischen‹ steht, vom Feuilleton und vom ihm nachplappernden belesenen Mund als überflüssiges Gerede oder als etwas, das von der Literatur keine rechte Ahnung habe, lächerlich gemacht werden soll. Literaturwissenschaft, Germanistik: sekundäres Gelaber (so Enzensberger bis Steiner). Das ist Blödsinn. Denn die Literaturwissenschaft hat ein nicht auf ein Konkurrenz- oder Prioritätsverhältnis zur Literatur zu bringendes eigenes Erkenntnis- und Darlegungsvermögen, das mit der Literatur aber das Zentrum teilt, nämlich die Selbstdeutung des Menschen, den je individuell wie historisch bedingten Entwurf seiner Wirklichkeit im literarischen Text. Schreiben wie über Schreiben zu theoretisieren oder es historisch zu reflektieren, sind anderen Regeln folgende, aber gleich legitime Mühen, das Wissen des Menschen über sich zu erweitern. Und, übrigens und gegen alle Trompetenrufe nach einer unkopflastigen Literatur: Es scheint mir ebenso legitim, beide Umgangsweisen mit Literatur nicht nur parallel, sondern womöglich in einem Text betreiben zu wollen. Gleichwohl, ich gebe es zu, ist mir die Unterscheidung zwischen Primär- und Sekundärliteratur nicht ganz unsympathisch. Als einer, der zwischen den Mühlsteinen von Literatur und Literaturwissenschaft weniger fein als grob zermahlen zu werden droht, beharre ich auf der Logik, daß vor aller Literaturwissenschaft die Literatur kommt, die diese erst ins Brot setzt. Die Literatur ist das Primäre – basta. Das sage ich so pathetisch, weil mir die Arroganz der Literaturwissenschaft gegenüber der zeitgenössischen Literatur größer scheint als die Arroganz der Primären gegen das Germanistische. Überhaupt ist die gerade in Deutschland so schroffe Kluft zwischen Literatur und Literaturwissenschaft ein ziemliches Übel, und dies ein Leben lang durchzustehen, nicht eben leicht. Die ›Institutionen‹ Literatur und Literaturwissenschaft haben ihre vernünftigen und auch existentiellen, in der unterschiedlichen Lebensform liegende, Abgrenzungsbedürfnisse. Doch Gegenstand und Ziel ihrer Interessen sind oder sollten gleich sein, weshalb es schöner wäre, es gäbe den alten Begriff des Literaten noch als Bezeichnung für den und die, deren Leidenschaft der Literatur gilt. Und solche Leidenschaft hieße, auch am verqueren Verhältnis all derer, die mit Literatur zu tun haben, zu leiden, statt sie abzupacken in Kritiker oder Germanisten oder Schreibende. Die gerade deutsche Geschichte der ›Institutionen‹ Literatur, Kritik und Literaturwissenschaft hat dem entgegengewirkt – obwohl zumal die, die Literatur zu studieren beginnen, durchaus solche Literaten sind, für die sich erst im Lauf des Studiums Schreiben, Lesen als Zeitgenosse, Urteilen und Wissenschaft zersprengen zu unverträglichen Elementen, so daß es schließlich nahezu berufsschädigend wird, an Literatur, Literaturkritik und Literaturwissenschaft gleichermaßen beteiligt zu sein. Unter diesen Vorzeichen wird jemandem, der in Literatur und Literaturwissenschaft erfahren sein will, ganz schnell von beiden Seiten das Etikett ›sekundär‹ angeklebt: Als Germanist taugt er nichts, weil er schreibt, als Schreiber nichts, weil er Germanist ist. Da mag sogar was dran sein, das aber weniger ins Gewicht fallen sollte als der notwendige, wie ich meine, Versuch, beide ›Institutionen‹ zu verbinden. Mit einem gewissen hinterhältigen oder mich selbst verteidigenden Stolz trage ich deshalb die von beiden Seiten aufgezwungene Aufschrift, ein Sekundärer zu sein, auch ganz gern. – Darüber, wie ich über das Verhältnis zwischen Literaturwissenschaft und Literatur denke und wie ich mit ihm umgehe, ist in »Zwischen den Stühlen« nachzulesen.

GESCHICHTE, POETIK, TEXT: In meiner kunsthistorischen Ausbildung lernte ich, Kunstwerke, sowohl der Zeit vor wie der Zeit nach der kopernikanischen Wende der Genese neuzeitlicher Subjektivität, zu datieren und zu lokalisieren. Also ein Kruzifix »Köln um 1070« zuzuweisen oder eine anonyme Skizze auf »Picasso, 1937« festzulegen, was, nach einiger Übung, erstaunlich gelingen kann. Mich hat das so nachhaltig beeindruckt, daß ich von diesem Beispiel, das in der neueren Literaturwissenschaft, die in der Regel mit gesicherten Texten umgeht und sich die Frage der Zuweisung nicht stellen muß, so nicht zu finden ist, wiederholt Gebrauch gemacht habe, wenn es knapp zu zeigen galt, wie sehr Kunstwerke bei allem noch so hoch empfindlichen modernen Individualitätsbewußtsein bestimmt sind durch die signatura temporis, die Geschichte also, durch die Abhängigkeit vom jeweiligen Stand des kollektiven, mentalen wie ästhetischen, Meinens, Empfindens und Ausdrückens – und dessen im weitesten Sinne sozialgeschichtlichen Bedingungen. Literarische Texte sind in eins individuell und historisch definierte Zeugnisse einer Zeit. Daher auch das sie so empfindlich kränkende Kreuz möglicher Abgeleitetheit der Literaturwissenschaft, die ihre besondere Kompetenz, die genaue Analyse der Art dieser Texte und der Poetologie, der Ästhetik, mit der sie im Zusammenhang stehen, verbinden muß mit Geschichte und Soziologie, mit Philosophie und Psychologie, mit Linguistik und Theologie und der Geschichte der Naturwissenschaften – und anderem. Der Text ist ein Interferenzbereich von vielem, das sich (so viele wichtige Fragen, zumal anthropologische, sich sonst noch an ihn stellen lassen) vor allem aus der allgemeinen Geschichte und aus der Geschichte seiner Kulturweisen ergibt. Diese mir von einer objekthaften Kunstgeschichte so plausibel gemachte Einsicht legte mir einen Umgang mit Literatur nahe, in dem der Text interpretiert wird (kontextualisiert wird) durch das Verbinden mit individual-, poetik-, epochentypischen Merkmalen. Textbetrachtung in der Perspektive von Gesellschafts-, Mentalitäts- und Ästhetikgeschichte. Literarische Texte als Äußerungen von Selbst- und Wirklichkeitsbildern vor dem Hintergrund des historischen Wandels von Konzeptionen von Ich und Wirklichkeit und deren allgemeingesellschaftlichen Bedingungen, der sich für Literatur vermittelt als Wandel über die Leitvorstellungen, was Literatur sei und solle, also über den Wandel ästhetisch-literarischer Konzepte. Gern bin ich dabei Nachfahre einer ebenso philologisch wie historisch, nicht nur ›geistesgeschichtlich‹, argumentierenden Germanistik und mit besonderem Dank Schüler von Wolfgang Preisendanz, der mir auch in seiner Leidenschaft als Literat vorbildlich ist. Weil in ihm mein wissenschaftliches Interesse auf einen Nenner gebracht wird, habe ich den Beitrag zu einer Kontroverse zwischen einer eher phänomenologisch-anthropologisch und einer eher historisch ausgerichteten Fragestellung an Literatur (der Freunde und Kollegen E. Lobsien und H.-D. Weber), nämlich »Standbein gegen Spielbein«, nicht beiseite gelassen, obwohl er sich etwas verzwackt theoretisch auf eine in dem Band, in dem er erschien, geführte Diskussion zu richten scheint.[1]

DAS EXEMPLARISCHE: Von der Produktions- oder Schreiblogik her kann die nur theoretisch auseinanderklappbare Verbindung zwischen dem je individuellen und ganz einmaligen Formen der Sätze eines Textes, zwischen dem Obsessiven, dem Besetztsein durch ein Thema einerseits und dem Zeitsignifikanten andererseits gedacht werden als eine Folge von Entscheidungen, in denen das schreibende Ich sich und seine Arbeit bestimmt im Vergleich mit dem, was ansonsten als Wirklichkeit verstanden und was sonst über sie geschrieben wird. Schreiben ist ein Sich-Ins-Verhältnis-Setzen zu anderen Konzeptionen von Wirklichkeit, von Mensch-Sein, Schreiben, zu einem in literarischen Traditionen und Konventionen fokusierten allgemeinen Erwartungshorizont, der in spezifisch subjektiver Brechung das Schreiben, den Schreibtisch, umgibt – wie mehr oder weniger er auch thematisch wird. Schreiben ist also stets horizontbezogen, es richtet sich immer an ein Alter Ego, dem es sich verständlich zu machen gilt, selbst wenn dies Alter Ego das wiederlesende, dann aber eben anders situierte, Ego ist. Nur das Rausch-Schreiben ist auf momentane Ich-Rezeption beschränkt. Seltene, anderntags verworfene Fälle. Die Tatsache der Korrektur selbst (oder gerade?) im Tagebuch, des Ausarbeitens einer Intention zeigt, wie sehr Schreiben auf eine Kommunikation hin angelegt ist, die logischerweise die Idee des Exemplarischen, ein Tertium der Verständigung zwischen Subjekten, impliziert, wobei die Orientierung am kommunikativen Tertium, sei sie affirmativ, sei sie innovativ, konventionsrelativ bleibt. Damit ist Schreiben, obwohl es sich zunächst im Blick auf andere Weisen des Schreibens bestimmt oder bestimmen läßt, in seiner Intertextualität also auch stets inter-ideologisch. Schreiben geschieht unter der, wie auch immer bewußten, zugleich schreibtechnischen wie weltanschaulichen Frage nach dem, was und wie es geschrieben sein soll, unter der Frage nach Schreibweisen und Sichtweisen von ›Welt‹. Der literarische Wandel, sei er epochal, sei er werkindividuell, resultiert aus einer Art Hochrechnung des Individuellen, des Obsessiven wie der privaten Lebens- und Schreiberfahrung, auf das, was gegen andere und mit anderen überhaupt gesagt und so geschrieben sein soll. Er ist Folge der unablässigen Festlegungen dessen, was ein Ich als sein exemplarisch oder repräsentativ zu Äußerndes findet. Die, wie ich meine, im Schreiben nicht hintergehbare, dem Schreiben implizite Maxime der Vermittlung des Nur-Privaten mit dem Exemplarischen, ob es dabei herrschende Normen wiederholt oder sich gegen sie richtet, bildet die Brücke zwischen Privatem und allgemeiner Geschichte im Schreiben. (Am krudesten, mir heute in der Dezidiertheit hinsichtlich dessen, was privat und exemplarisch sei, etwas unheimlich, habe ich die Idee des Exemplarischen, die Kern des Plans einer dann wegen des Selberschreibens aufgegebenen Habilitations-Arbeit zum Wandel des bundesdeutschen Romans und zu einem Modell des literarischen Wandels generell war, ausgeführt in dem unveröffentlichten Aufsatz zu R.D. Brinkmann; sie bestimmt aber auch meine frühen Arbeiten zum Realismus[2] und die Überlegungen zur »Zweiten Moderne«.) Mit der Norm des Exemplarischen, mit dem ständigen Austarieren dessen, was nur mein, was ein zugleich generelles Interesse sei, hängt das Schreiben auch vom Literaturbetrieb ab.

DER LITERATURBETRIEB ist zweischneidig: Er ist einmal die Macht des Geldes, der medialen Nachfrage, das Diktat dessen, was erfolgreich und mithin richtig sei, das Diktat der sich ändernden Geschmacksnorm und ihrer oft bitteren Mode. Zum andern ist er der Stimulus für eine stete Korrektur des Schreib-Programms, in dem das, was ich schreiben kann und will, und das, was erhofft und gelesen und von der Kritik für gut befunden wird, verglichen oder sogar auf einen Nenner gebracht werden. Er ist die permanente Provokation der Macht des herrschenden und verkäuflichen Fürgutgehaltenen, aber auch die permanente Provokation, sich darüber Rechenschaft abzulegen, was wie und mit welchem Anspruch, mit welcher Legitimation, geschrieben werden soll und von mir geschrieben werden kann. Die doppelte, gefährliche und förderliche, Provokation des Literaturbetriebs möge ein aktuelles Beispiel verdeutlichen: Unüberhörbar ist die allseitige Jagd des Literaturbetriebs, der Feuilletons, der Medien, der Verlage und Literatur-Vermittler und all der von ihnen Abhängigen auf die so miese deutschsprachige Gegenwartsliteratur, die verhaust sei, narzißtisch, verkopft, germanistisch und epigonal einer leer gewordenen Avantgarde nachhängend. Die deutsche Literatur habe die Wandlungen der Zeit und der literarischen Notwendigkeiten verschlafen. Was außer Nadolny und Süskind haben wir denn international aufzubieten? Dies in Kritik, Vermittlung und Verkauf unisono laute Verdikt ist verdächtig, weil hinter ihm eine US-EU-Unterhaltungskonkurrenz steht, die zudem eine Medien-Konkurrenz ist. Das ist kapitalistischer Anpassungsdruck. Das ist unbedachtes Wegschippen einer ganzen, gerade die bundesdeutsche Literatur bestimmenden, Tradition des Schreibens und des ästhetischen Denkens, das im Negieren, im Konventionsbruch, im Subjektiv-Radikalen, im Selbstreflexiven seine Legitimation sah. Und da unwahrscheinlich ist, daß sich die gesellschafts- und kulturgeschichtlichen Bedingungen für eine, das verpönte deutsche Schreiben beeinflussende Konzeption von ›Moderne‹ völlig überholt haben, ist in der allgegenwärtigen Forderung nach ›spannender Unterhaltung‹ das Diktat einer zu unbedachten Erfolgsorientierung zu argwöhnen. Der Markt macht die scheinbare Qualität und Zeitgemäßheit. So einfach kann es aber auch wieder nicht sein. Wieso sollten sich die Kritik und die allgemeine Meinung bei aller Verführbarkeit, die sicher nicht neu, vielleicht aber gesteigert ist, so leicht nur und widerstandslos den Argumenten der Bestseller-Verkäufer hingeben? Die Wut gegen die deutsche Literatur muß auch Anlaß sein, über die Obsoletheit nachzudenken einer Literatur, die möglicherweise in die Tradition ihres Diskurses gefesselt ist und deshalb auf das Desinteresse der Öffentlichkeit stößt, die ihre Lesebedürfnisse in anderen Literaturen eher befriedigt findet, für deren Leitsterne mal mit besseren, mal mit Gründen purer Marktnischen-Exploration die lateinamerikanische, dann die afrikanische, zuletzt die niederländische Literatur ausgerufen werden. Warum findet die Literatur, die, von Jürgen Becker bis Ror Wolf, doch die Aura einer einzig zeitgemäßen deutschen Literatur so zweifellos zugesprochen bekam, keine Gegenliebe mehr? Was hat es mit dem Vorwurf der viel zu geringen Welthaltigkeit der deutschen Literatur auf sich? Ist es der Vorwurf aus einer borniert, fernsehgesteuerten, den Freizeit-Lebensspaß nachziehenden Unterhaltungs-Norm oder ein darüberhinaus bedenkenswerter Vorwurf gegen eine borniert gewordene ›avantgardistische‹ Literatur, die über der Lust zur literarischen Selbstbefriedigung wegen ihrer veralteten Literatur-Vorstellungen und wegen ihrer Bezogenheit auf eine sozial-elitäre Literaten-Clique den Kontakt zur allgemeinen Lebenswelt verloren hat? Gibt es vielleicht soziologische oder sogar welthistorische Gründe (Aufbrechen eines westeuropäischen, zumal deutschen Solipsismus), die einen Wechsel von einer Literatur, die es als ihre Aufgabe ansah, sich selbst zu thematisieren und die Fragen danach zu stellen, was Wirklichkeit, Sprache, Literatur seien, was das Subjekt, was Fiktion usf., von einer Literatur also, die an ihren Grundfesten herumbohrte, zu einer wieder ›realistisch‹ erzählenden Literatur, zu einer Literatur voller Stoff und Geschichten und Erfahrungen und Spannung und Miterleben, nicht nur erklärlich, sondern notwendig machen? Was sind die Kriterien für zeitnotwendiges Schreiben? Zweischneidig ist das öffentliche Räsonnement des Literaturbetriebs insofern, als es dauernd nötigt, die eigene Konzeption zu überdenken, und als es eine dauernde Vergewaltigung durch das Verkäufliche sein kann, das sich als zeitangemessene Ästhetik tarnt. Zweischneidig ist der Literaturbetrieb, weil er das sowieso schon so extrem kurze literarische Gedächtnis (Eugen Roths Bücher, die Alexander Spoerls und vieler mehr waren in den 50er Jahren nicht weniger populär als die Filme mit Heinz Erhard – die Bücher sind weg, die Filme bleiben länger) dem Modischen ganz ausliefert, und weil er ebenso zum Nachdenken über das Exemplarische, das notwendig von mir zu Schreibende und allgemein Wichtige zwingt. Zweischneidig ist mein Verhältnis zum Literaturbetrieb auch deshalb, weil er durch seine Macht (in den Feuilletons, im Fernsehen) einerseits notwendig der Germanistik das zunehmend von ihr lästig empfundene Schritthalten mit der zeitgenössischen Literatur immer wieder aufdrängt, und weil er andererseits der Germanistik längst die Fersen gezeigt hat, indem er durch seine Akzentsetzungen vorbestimmt, was wissenschaftlich beachtenswert ist. Gut, daß der Literaturbetrieb die Zeitgenossenschaft der Literaturwissenschaft einfordert. Schlecht, daß er der Literaturwissenschaft durch seine Auswahl das vorgibt, worum sie sich zu kümmern habe. Man zähle Rezensionen, Feuilletonbeiträge, Medienspektakuläres und Dissertationen zusammen: Man käme auf einen Nenner: Bachmann, Bernhard, Handke, Strauß vor allem. Vielleicht hat die Germanistik damit auch tatsächlich das Exemplarische, das Zeitsignifikante und Hervorragende, getroffen und verhilft ihm zum Über-Leben. Womöglich aber begibt sie sich mit ihrem Auflesen der Sieger, die der Literaturbetrieb, der (nach einer Bemerkung von M. Reich-Ranicki) wie ein Boxringrichter funktioniert, ausgegongt hat, ihrer Chance und Aufgabe, Hüterin des literarischen Gedächtnisses gegen die Selektionen des Betriebes zu sein, also zu explorieren, den Kanon immer wieder umzuschichten, weil ihr wichtiger ist, sich auf dem abgesteckten Terrain der bekannten Namen und der heilig gesprochenen Texte mit ihrer Brillanz und ihren neuen Theorien und Interpretationen zu profilieren und zu behaupten. Von historischen und literatursoziologischen Aspekten des Literaturbetriebs und von konkreten Erfahrungen mit ihm berichten vor allem die Essays.

DER TEXT. DAS RÄTSEL: Die Idee des Exemplarischen als einer im Schreiben prinzipiell unhintergehbaren Vermittlung zwischen dem, was ganz individuell ist, und dem, was (qua Äußerung, qua Sprache, qua Literatur – zur Schreib-Zeit) kollektiv ist und auf Kollektives zielt, ist mir nicht abhanden gekommen, aber sie erschien mir doch mit zunehmendem eigenen Schreiben als ein erklärendes Konstrukt, das zwar eine abstrakte Wahrheit trifft, aber dem Schreiben und Lesen auch wieder äußerlich bleibt. Gewiß will ich, wenn ich schreibe, Typisches treffen, was immer das Kriterium für Typisches sein mag. Aber zugleich und vielleicht zuvor will ich mich selbst treffen. Schreiben heißt auch, seine Gestimmtheit, seine Mentalität oder etwas dergleichen in Sprache umsetzen zu wollen. Daß Interpretieren, daß das Beziehen des Textes auf formulierbares oder vorgegebenes Allgemeines immer einen Eingriff in zu Komplexes bedeuten kann, wußte ich zwar; schon der Aufsatz über Martin Walser beginnt mit dem Satz: »Wieder sind die Schwierigkeiten zahlreich«, der meine Ungewißheit darüber, was mit welchen guten Gründen über Texte interpretatorisch oder theoretisch zu sagen sei, artikulieren sollte, für den ich mich aber damals wie für etwas schleimig Süßsaures und als zu Subjektives, der Germanistik völlig Unangemessenes, reichlich schämte. Geändert hat sich seither nicht, daß ich nicht weiterhin meinte, auch reduzierende Interpretationen, Theorien, Urteile seien erhellend, wichtig nötigend zum Weiterdenken. Zugenommen hat die Bereitschaft zum Eingeständnis, daß damit Texte auch verfehlt oder in wesentlichen Aspekten ihres Gemachtseins und ihres Gefallens oder Mißfallens nicht getroffen werden können. Geändert hat sich dabei in erster Linie, daß mir die Selbstverständlichkeit verloren ging, mit der die Interpretation auf das Semantische, die Bedeutung, den Sinn (und auch die ›dekonstruktive‹ Sinn-Demontage bleibt an die Kategorie des Sinns, zumindest des Semantischen gebunden) ausgerichtet ist. Ein, wenn nicht das (nicht nur in der Lyrik) Wichtigste der Texte liegt in ihrem, wahrscheinlich vergeblichen, Bestreben nach Ausdruck von etwas Vor-Semantischem, Vor-Sinnhaftem, Energetischem. Texte wollen sich singen. Sie sind auch Musik. Darin bleiben sie gegenüber aller auf Sinn bezogenen Interpretation Rätsel. Verholfen zum Outing als einem letzten Endes kapitulierenden Erklärer von Literatur hat mir nicht nur das Selber-Schreiben, das Herausfallen aus den ›Institutionen‹, nicht nur der Umgang mit Schreibenden oder leidenschaftlichen Literaten jenseits der Universität, nicht nur der literarische Wandel (und da erkenne ich an mir selbst wieder die ›exemplarische‹ Abhängigkeit von Geschichte) weg von Sinn und Gesinnung hin zum Subjekt-Körperlichen, und dem in ihm möglicherweise aufgehobenen Anthropologischen (darüber geben die Aufsätze über »das laute Schreiben« Auskunft), sondern auch eine Entwicklung in der Literaturwissenschaft, nämlich die, Texte nicht erklären, verständlich machen zu wollen, sondern ihre Unerklärlichkeit genauer zu beschreiben, die im ›Poststrukturalismus‹ und in der ›Dekonstruktion‹ gipfelt. Deren Annahmen, daß die hermeneutischen Leitideen von Intention, Werk, Sinn und also Subjekt aufzugeben seien, teile ich nicht. (Auf die deutlichen Anwürfe von dieser Seite gegen meinen ›Körperaufsatz‹, der am antiquierten Subjekt-Begriff festhalte, habe ich in meinen »Wiener Vorlesungen zur Literatur« zu antworten versucht.) Jedoch leuchtet mir das schon von S. Sontag und H.M. Enzensberger ausgerufene »Against Interpretation« insofern ein, als es Respekt zu haben gilt vor dem, was an Texten mit herkömmlicher historisierender Philologie unerklärlich bleibt. Das ist viel, zumal die Philologie psychologische Überlegungen gern exorzierte. Ich meine hier aber vor allem das Nicht-auf-Sinn-Bezogene. Eben das ist die Melodie eines Textes. Sein – bei allen bescheidenen sprachlichen Mitteln – Subkutanes. Texte sind auch Vertonungen eines Weltverhältnisses, das eben nicht auf einen interpretatorischen Nenner zu bringen ist. Das Geheimnis des Textes ist sein Schweben in Bedeutungen, sein Stil, sein Verknüpfen von Worten und Sätzen in dieser und genau nur dieser Weise. Schreiben zielt also auch auf eine Gemütserregungskraft, in der gewiß Historizität, damit Exemplarisches, liegt, die aber nicht zu packen ist durch eine Interpretation, die sich an historisch oder intentional und unbewußt ›intentional‹ explizierbarem Sinn orientiert. Am Beispiel: Es gibt Legionen von germanistischen Aufsätzen, die das, was ein Text von Kafka, von Benn, von Celan eigentlich meine, durch die Aufschlüsselung von Zitaten, Anspielungen, biographischen Kontexten zu erhellen suchen. Mindestens zwanzig Interpretationen zu Benns »Welle der Nacht«, die so verfahren, aber keine stellt sich dem Problem, daß die Faszination durch die Texte eine ist, die mit Sinn wenig zu tun hat und die durch die Heranziehung von Kontexten auch nicht erklärt werden kann. Rätselhaft bleibt ein ineins semantisch-melodiöses Gepacktsein durch den Text. Diese Wirkung von Texten, ihrer Musik, ihres Klangs, ihrer sprachlichen Energetik durch Schwingungen und Wallungen der Worte und Sätze, die *ineins* unbestimmt phonetisch wie semantisch wirken, diese weiterhin rätselhafte Faszination durch Texte, die zugleich ein starkes Ausdrucksmotiv ist, verfehlt die Literaturwissenschaft meist. Mir gehen nicht aus dem Kopf Zeilen von G. Benn wie »wehn um den leeren istrischen Palast«, diese Zeile fällt mir ein plötzlich irgendwann, irgendwo, aber warum, das erklären mir nicht die Interpretationen, welche die Kontexte heranziehen, an die Benn gedacht haben könnte, auch nicht die psychoanalytischen Theorien, die mit dem ›Begehren‹ argumentieren. Warum wir gebannt oder verschreckt sind von Texten – das liegt meist außerhalb der germanistischen Erkenntnis. Verständlich, denn sie müßte dann eine Wissenschaft von den »Anklangnerven« (Rühmkorf) der Menschen sein, was sie nicht sein kann. Solange das aber so ist, bleiben die Literatur, das Lesen, das Schreiben ein Rätselhaftes – und ein uneinholbar Primäres. Ich finde das nicht nur schlimm. Schlimm fände ich die Vorstellung, die Literaturwissenschaft oder die da auch nicht klügere Kritik sollten das letzte Wort über die Literatur behalten. Schlimmer die Vorstellung, das unerklärlich Faszinierende der Literatur könnte gelöst und gesteuert werden durch die Erkenntnis über die Vorgänge, die sich biochemisch beim Lesen, beim Schreiben, beim Mitleiden, Vorstellen, Hingerissen- oder Verschrecktsein, beim Lachen und Weinen in unseren Hirn-Synapsen abspulen.

Ein Rätsel allerdings scheint gelöst: Grethi T. Tunnwig war diesmal ich. Denen, die sich sonst noch hinter ihr verbergen, wie allen in Literatur, Wissenschaft und Kritik, mit denen ich freundschaftlich umgehen konnte, Dank. Vor allem: Klaus Isele für Ermunterung und Bereitschaft zum Buchprojekt, Jörn Laakmann, dem Begleiter im Interesse und Helfer, Klaus Modick, dem gleichen Zwitter, fürs Reden, Susanne Bürkle für dies und mehr.

---

1 Vgl. auch: H. Kinder/H.-D. Weber, Handlungsorientierte Rezeptionsforschung in der Literaturwissenschaft, in: D. Kimpel/B. Pinkerneil (Hg.), Methodische Praxis der Literaturwissenschaft, Kronberg 1975, S. 223-258. 2 Poesie als Synthese. Voraussetzung eines deutschen Realismus-Verständnisses in der Mitte des 19. Jahrhunderts, Frankfurt/M. 1973; Spiegelung der Zeit in der Ewigkeit. Geschichte und Dichtung in W. Raabes »Wunnigel« – ein problemorientierter Lesevorschlag, DU 3/1975, S. 55-69; Ermunterung zum Gutsein in G. Kellers »Hadlaub«. Für eine Funktionsgeschichte realistischer Texte, Jahrbuch der Raabe-Gesellschaft 1975, S. 66-90.

AUFSÄTZE

Nachdenken über Rita S., Christa T., Christa W. und Marcel R.-R.

Christa Wolf und die westdeutsche Literaturkritik

Christa Wolf wurde 1929 ins Landsberg/Warthe (etwa 150 km östlich von Berlin, heute polnisch) geboren. Nach dem Studium der Germanistik in Jena und Leipzig (H. Mayer) arbeitete sie als wissenschaftliche Mitarbeiterin im Deutschen Schriftstellerverband (DSV), Cheflektorin des Verlages Neues Leben, Redakteurin von »Neue Deutsche Literatur« und als Lektorin beim Mitteldeutschen Verlag, in dem 1961 die »Moskauer Novellen« erschienen. Durch die Tätigkeit beim Mitteldeutschen Verlag, der im April 1959 eine Autorenkonferenz in Bitterfeld (Industriezentrum bei Halle) organisierte – als Bitterfelder Konferenz in die Literaturgeschichte eingegangen – , stand sie in enger Berührung mit dem »Bitterfelder Weg«, der »Bewegung schreibender Arbeiter«, der eine stärkere Einbeziehung der Literatur in die praktische Aufbauarbeit des Sozialismus und eine Humanisierung der Arbeitswelt proklamierte. Christa Wolf arbeitete zeitweise im VEB Waggonbau Ammendorf bei Halle. 1963 erschien als Produkt dieser Phase »Der geteilte Himmel«, der bisher in über 300 000 Exemplaren und u.a. russischer, englischer und französischer Übersetzung verbreitet wurde. Er trug der Autorin den Heine-Preis und den National-Preis ein; zudem wurde Christa Wolf auf die Liste der Kandidaten des ZK der SED gesetzt – bis 1967. 1964 veröffentlichte sie eine Monographie über Anna Seghers.

Die Diskussion über diesen Roman nahm so große Ausmaße an, daß man sie als erste Manifestation der Existenz der »Literaturgesellschaft« (Becher/Koch) verstand. Es ging hierbei vor allem um die »Parteilichkeit« und deren Verschleierung durch artifizielle Form. Die Diskussion endete mit einer Niederlage der Dogmatiker. Christa Wolf, verheiratet und Mutter, lebt seither, selbständig arbeitend, in Kleinmachow bei Berlin. Sie ist Mitglied der SED und hat sich wiederholt zur DDR bekannt, aber auch zur freien Kritik, die sie mit unvergleichlichem Einsatz für Biermann und Havemann unter Beweis stellte.

Seit 1968 wurde »Christa T.« durch Vorabdrucke in ost- und westdeutschen Zeitschriften, durch Rezensionen, Interviews und Lesungen publik. Das Buch selbst erschien im Mitteldeutschen Verlag erst Mitte 1969 – laut BRD-Berichten nur unter der Hand in 800 verteilten Exemplaren bzw. in 4 000 Exemplaren. Seitdem sei es verschollen. Der Mitteldeutsche Verlag teilte dagegen »Hefte« mit:

1. Das Buch »Nachdenken über Christa T.« ist Anfang des Jahres in einer Auflage von 5 000 Exemplaren erschienen und an den Buchhandel ausgeliefert worden.
2. Eine zweite Bindequote dieser ersten Auflage in Höhe von 10 000 Exemplaren ging im August an den Buchhandel. 15 000 Exemplare sind also für den internen Bedarf in der DDR ausgeliefert worden.
3. Für den Luchterhand Verlag wurde eine Auflage von 4 400 Exemplaren mitgedruckt, die ebenfalls etwa im August an den westdeutschen Verlag geliefert wurden.

Die Auslieferung in zwei Raten an den Buchhandel in der DDR hatte technische Gründe, wurde aber zu den bekannten Spekulationen in der westdeutschen Literaturkritik anders interpretiert.

In der BRD ist mittlerweile eine zweite Auflage erschienen, nachdem die 4 400 Exemplare schon durch Vorbestellungen vergeben waren. Der Luchterhand Verlag beschränkte im übrigen seine Tätigkeit auf den Zusatz »Edition Otto F. Walter« und die Preiserhöhung von 6.80 MDN auf 14.80 DM. Auch darüber, wer die Pause zwischen erster und zweiter Auflage verursacht habe, herrscht Unklarheit.

»Christa T.« ist in der DDR totkritisiert worden, totgeschwiegen worden – so sehen es westdeutsche Augen; ist diskutiert worden, sagt die DDR. Tatsache ist, daß von seiten des ZK, des DSV, des Verlags Zweifel an der gesellschaftlichen Verwertbarkeit, der Verbindlichkeit des Romans geäußert wurden. Tatsache ist, daß die Diskussion in der DDR – entgegen dem Fall »Geteilter Himmel« – nicht pro Christa Wolf verlief; aber Tatsache ist ebenso, daß Christa Wolf und ihr Verleger wieder in den Vorstand des DSV gewählt wurden. Ob »Christa T.« stalinistisch unterdrückt (West) oder öffentlich diskutiert wurde (Ost) – die Wahrheit ist in der Tat ein wunderlich Ding und liegt, so steht liberalistisch zu vermuten, in der Mitte.

I

Zu Recht haben westdeutsche Kritiken über Christa Wolfs »Nachdenken über Christa T.«[1] darauf hingewiesen, daß in »Christa T.« »die Phantasien und Träume des großen Entwurfs, der neuen humanitas«,[2] einer »neuen Welt der Phantasielosen«, den »Tatsachenmenschen«, den »Hopp-Hopp-Menschen« (66) entgegengehalten werden; daß die »poetische Verteidigung des Individuums gegen den Anspruch der ›eisernen Definitionen‹«[3] einen Protest gegen die »Angepaßten von heute«[4] in der DDR darstellt.

Die Akzentuierung dieses Aspekts läßt sich vom Text her legitimieren, wird zudem unterstützt durch eine Aussage von Christa Wolf selbst, in der sie die Aufgabe der Literatur in der DDR mit folgenden Fragen umschrieb:

»Mich interessiert, was für Menschen werden diese automatischen Anlagen bedienen? Was für ein Menschentyp bringt unsere Gesellschaft hervor? Wird das ein apolitischer Technokrat sein? Werden es Sozialisten sein? Hier hat unsere Literatur, glaube ich, ihre eigentliche Aufgabe (…)«[5]

Dennoch – »Christa T.« scheint mir mit dieser Sicht ebensowenig gerecht charakterisiert wie das Verhältnis zum »Geteilten Himmel« als ein Schritt von »vertrauensselige(m) Optimismus« (Werth 91) zur Einsicht einer »enttäuschten, (…) desillusionierten und ernüchterten Generation« (Ranicki 22).

II

Betrachtet man die sprachlichen Darstellungsmittel in »Der geteilte Himmel«, stößt man recht schnell ins Zentrum der stilistischen wie thematischen Fragen. Da findet sich einmal ein metaphorischer, symbolischer – versteht man darunter einmal ein auf Bedeutung zielendes, aber nicht eindeutiges »Bild« – Wortgebrauch: Kälte, Licht, Wind, Stadt (...) und natürlich: Himmel; da findet sich weiter ein reichlich penetrantes Reizwortfeld: Gewöhnung, Gleichgültigkeit, Gefahr, Illusion, Täuschung, Mögliches und Unmögliches, Hoffnung, Sehnsucht (...), es signalisiert thematische Relevanz und führt zum befriedigenden Interpreten-Aha. Partiell überlagern sich beide Bereiche, etwa: »Der Himmel? Dieses ganze Gewölbe von Hoffnungen und Sehnsucht, von Liebe und Trauer?«[6] – ohne daß die Überlagerung durchgängig und identisch wäre. Ein thematisch eindeutiger roter Faden wird so verunklärt durch bewußte »Poetisierung«, durch ein stilistisches Verfahren (Symbolismen), das im Geruche der Poetizität steht, wodurch die »Aussage« artifiziell überhöht werden soll. Tiefe durch metaphorische bis symbolische Verunklärung. Die gleichzeitige Andeutungs- und Verschleierungstaktik verweist auf einen bestimmten hochgespannten Kunstbegriff, den es später noch näher zu erläutern gilt, und auf die Tradition des bürgerlichrealistischen Romans von Goethe bis Frisch. Im übrigen läßt sich diese poetisierende Strategie bis in die Relation der zwei Bewußtseinsebenen, bis in die ausgeklügelte Kapitelstruktur, bis in die Figurenkomposition verfolgen. Unter dem Zugeständnis der partiellen Uneindeutigkeit kann man den thematischen roten Faden, wie er in Leitwörtern, Gesprächen und Reflexionen aufgebaut wird, etwa so nachzeichnen:

Notwendig ist eine »Sehnsucht«, eine sich abstumpfender Gewöhnung entziehende Hoffnung auf eine umfassendere Realisation von Menschlichkeit innerhalb der sozialistischen Gesellschaft, auf eine reflektierte und zur permanenten Reflexion bereite, nicht dogmatische Solidarität mit dem Staat und den von ihm gestellten Aufgaben. Diese Sehnsucht ist aber nur dann sinnvoll, wenn sie sich mit dem »Wirklichen« (GH 56) verbindet, kann nur dann Movens und Stimulanz des gesellschaftlichen Progresses werden, wenn sie die praktischen Konsequenzen, und das heißt auch Relativierungen, aus der Solidarisierung mit den Prinzipien der Gesellschaft zieht, wenn sie sich umfassend als Schritt vom »Ich-Denken« zum »Wir-Denken« beweist – um ein offizielles Schlagwort in der DDR der frühen sechziger Jahre zu gebrauchen. Die Sehnsucht und das ihr entsprechende Verhalten darf sich nicht allein an utopischen oder dogmatischen Sätzen orientieren, sondern muß auf Humanisierung des Lebens in der bestehenden Gesellschaft gerichtet sein. Meternagel, Wendland, Schwarzenbach sind Protagonisten des ersehnten menschlichen, vom anpassenden Gleichmut wie von individuellen Egoismen freien, sozialistischen Bewußtseins. Ihre Vorbildlichkeit, der Rita Seidel nachstrebt, soll dazu stimulieren, die Bedingungen zu schaffen, daß ihre »Lebensgrundsätze einmal das Leben aller Menschen bestimmen« (GH 96). Denn sonst »würden die Herrfurths die Welt überspülen« (GH 96). Auch Ritas Freund Manfred, der schließlich in den Bereich der IG Farben-West emigriert, ist ein Herrfurth. Deutlich ausgestattet mit den Zügen Bennscher Desperation und Kultivierung des Privaten bei Mißtrauen jedwedem Fortschrittsglauben gegenüber, bildet Manfred das untaugliche Objekt für Ritas Sehnsucht. Ritas und Manfreds Versuch, Glück in der Isolation, in der Liebesgondel hoch über der Stadt (GH 19), zu etablieren, scheitert an der Konfrontation mit den gesellschaftlichen Problemen, wie sie Rita im VEB Waggonbau erfährt; muß scheitern, da ihm die Solidarität mit dem Gesamt der Gesellschaft fehlt. Im Konflikt zwischen dem Streben nach nur individuellem Glück und dem Streben nach Vervollkommnung gesellschaftlicher Verhältnisse scheidet sich eine gesellschaftsrelevante Sehnsucht von einer Sehnsucht »um eines Wahnes willen« (GH 56). Nicht nur der Verzicht auf Sehnsucht und vorwärtstreibende Hoffnung überhaupt wird angegriffen, sondern auch eine Sehnsucht nach individueller Vollkommenheit, Befriedigung, die keine Rücksicht auf die gesellschaftlichen Bedingungen privater Existenz nimmt; denn diese ist eine »unfruchtbare Sehnsucht nach einem Phantom« (GH 56).

Wir haben also mit zweierlei Sehnsucht zu tun. Und klar wird auf die Notwendigkeit einer nicht egoistischen, verzichtenden Sehnsucht verwiesen, die bereit ist, »einen schweren Packen auf sich« zu nehmen, »von niemandem gezwungen, nicht nach Lohn fragend« (GH 56), einer »seelische(n) Kühnheit«, die es aushält, »diesem Leben Tag für Tag neu ins Gesicht zu sehen, ohne sich zu täuschen oder täuschen zu lassen.« (GH 147 f.) Eine solche Sehnsucht allein kann die Klammer bilden zwischen dem Himmel, dem »Gewölbe von Hoffnungen und Sehnsucht«, und der Erde, der »Nüchternheit der Geschichte« (GH 68). Es werden also nicht hie Streben, dort Anpassung im »Geteilten Himmel« polarisiert; propagiert wird vielmehr die Vermittlung von »Idealismus« und »Realismus«:

»Das Hauptproblem vieler junger Menschen ist (und wird bleiben) die Spannung zwischen Ideal und Wirklichkeit, zwischen Glückserwartung und Glückserfüllung, der Widerspruch zwischen den Möglichkeiten, die wir schon haben, und ihrer oft unvollkommenen Verwirklichung durch uns alle.«[7]

Einige Lösungen dieses Problems, sagt Christa Wolf, scheiden aus: »Resignation, Mystizismus, Verzicht auf Erkenntnis. Aber ebenso untauglich erscheinen mir: Apologetik des Bestehenden (die nämlich auch ein Verzicht auf Erkenntnis ist); provinzielle Selbstzufriedenheit und Enge; Isolation anstelle lebendiger Auseinandersetzungen mit allen geistigen Erscheinungen, welche die Welt heute hervorbringt; jede Art von Simplifikation und Rechthaberei, und natürlich jede Art von Vergewaltigung des wirklichen Lebens sowohl in der Realität als auch in der Literatur.«[8]

III

In dem für das Thema von »Nachdenken über Christa T.« wichtigen Gespräch zwischen Christa und einem ihrer ehemaligen Schüler, auf das die Rezensionen zu beharrlich zurückgreifen, verteidigt Christa T. das Recht der »halbphantastischen Existenz des Menschen« (143), eine Formulierung Gorkis, als Recht auf eine »moralische Existenz« (143), die eine »Anpassung um jeden Preis« als »Kern der Gesundheit« (141) hinterfragen muß. Der sich durch das Buch ziehende Ruf Christas, »Hoohaahooo, so ungefähr« (114), kommt aus dem moralischen Vorstellungsvermögen Christas, einer unbegrenzten Hoffnung auf das »Gute im Menschen« (159). »Christa T.« ist also nicht global eine »Verteidigung des Individuums gegen den Anspruch der ›eisernen Definitionen‹« (Ranicki 22), sondern spezieller eine Verteidigung der individuellen Phantasie, der von Sehnsucht gemachten Projektionen einer gerechteren, humaneren und glücklicheren Welt, einer individuellen kritischen Instanz: »Gewissen, stand da in ihrer Schrift. Phantasie.« (219)

Die Darstellung der Spannung zwischen Individuum und Gesellschaft ist eine Darstellung von »Moral« und den Bedingungen der Verwirklichung von Moral. Aber die Simplifikation einiger westdeutscher Kritiken scheint mir darin zu liegen, »Christa T.« als Darstellung der Rebellion der »halbphantastischen Existenz des Menschen« gegen anpassende, nicht »idealistische«, Technologen zu verstehen – und den dialektischen Charakter des Verhältnisses außer acht zu lassen. Mit imponierender Kenntnis der DDR-Literatur deutet Raddatz den See als Metapher für die »Problematik, die sich aus der dialektischen Spannung zwischen Individuum und Gesellschaft ergibt« (Raddatz 154). An diesem Detail läßt sich die angedeutete Spezifizierung demonstrieren: es sei auf Christa Wolf selbst verwiesen. Im »Geteilten Himmel« findet sich unmittelbar nach dem endgültigen Abschied zwischen Manfred und Rita folgende Stelle:

»Das erste, was sie nach langer Zeit wahrnahm, war ein

heller stiller Teich im dunklen Land. Der hatte das bißchen Licht, das immer noch am Himmel war, auf sich gezogen und spiegelte es verstärkt zurück. Merkwürdig, dachte Rita, so viel Helligkeit bei so viel Dunkel.« (GH 147)
Wenige Sätze zuvor fielen die titelgebenden Bemerkungen: »Den Himmel wenigstens können sie nicht zerteilen«, sagte Manfred spöttisch.
Den Himmel? Dieses ganze Gewölbe von Hoffnungen und Sehnsucht, von Liebe und Trauer? »Doch«, sagte sie leise. »Der Himmel teilt sich zuallererst.« (GH 146)
Christa T. nun baut sich ein Haus am See, über das die Erzählerin notiert: »Es kam uns unterstützungsbedürftig vor in seinem Kampf gegen den großen bewegten See und den dunklen Himmel.«[9]
Assozieren wir einmal mit Himmel und See nicht nur ein Signal auf das Verhältnis von Individuum und Gesellschaft, sondern genauer auf das Verhältnis von phantastisch-moralischem Entwurf, Sehnsucht, gegenüber individueller und gesellschaftlicher Stagnation – wie ist dann aber Christas Haus als Bollwerk gegen den See aufzufassen? Das Haus, »eine Art Instrument, das sie benutzen wollte, um sich inniger mit dem Leben zu verbinden, ein Ort, der ihr von Grund auf vertraut war, weil sie ihn selbst hervorgebracht hatte, und von dessen Boden aus sie sich allem Fremden stellen konnte« (193), kann als faktische Realisation eines Entwurfes betrachtet werden; als ein konkreter Versuch Christas, »zu dichten, dichtzumachen, die schöne, helle, feste Welt, die ihr Teil sein sollte«.[10] Das Haus ist damit zugleich ein Lösungsversuch der, von Raddatz besonders hervorgehobenen, Tonio Kröger-Problematik, nämlich eine Brücke zu schlagen zwischen den »zwei Hälften« (94) der intellektuellen und der praktischen Existenz. Ein Verklammerungsexperiment »zwischen sich – diesem Leben, das ihr doch durchschnittlich und oft sogar eng vorkam – und diesen freien, großmütigen Augenblicken« (112). Der Bau des Hauses, die Verwirklichung von »Nachtträume(n) und Wachträume(n)« (191) des skizzierten »Traumhause(s)« (202) manifestiert die Möglichkeit, durch Produktion die

»schmerzhaft empfundene Schranke zwischen Denken und Tun«[11] zu beseitigen. Das gegen den Seewind kämpfende Haus verbildlicht die Realisation eines Entwurfes aus der Fülle der Möglichkeiten von Entwürfen, stellvertretend darin die Praktikabilität von Sehnsucht, der Übergang von Theorie zu Praxis. Wie die geplanten Skizzen »Rund um den See« (218) zeigt der Bau des Hauses einen neuen Umgang mit Wirklichkeit – »sie hatte auch erfahren, daß das wirkliche Material sich stärker widersetzt als Papier und daß man die Dinge, solange sie im Werden sind, unerschütterlich vorwärtstreiben muß« (202), der beweisen soll, daß nur in der Umsetzung von Projektionen der Phantasie in Praxis die Kluft zwischen »Denken und Tun« geschlossen werden kann, daß nur realisiert werden kann, was projektiert ist, nur projektiert werden soll, was realisierbar ist. »Weil nicht Wirklichkeit wird, was man nicht vorher gedacht hat« (22); »So wäre diese Sehnsucht nicht lächerlich und abwegig, so wäre sie brauchbar und nützlich.« (41)

Ein vergeblicher Versuch. Christa T. stirbt, sie kann das Haus nicht bewohnen. Warum?

Der Bau des Hauses ist eine Scheinlösung des Problems. Christa T. hat den Umgang mit Wirklichkeit nicht gelernt. Die Erzählungen »Rund um den See« werden nie geschrieben; zu finden ist nur das Programm und der Zweifel daran: »Tatsachen! An Tatsachen halten. Und darunter in einer Klammer: Aber was sind Tatsachen?« (218) Der neue Umgang mit Wirklichkeit bleibt Christa T. Postulat, die Erkenntnis der Pflicht zur Nüchternheit, zu »Erfindungen, die kühn sein sollten, aber niemals fahrlässig« (41), bleibt bloße Erkenntnis. Christa T. wird mehr als ein Gegenbild gegen technologische Anpassung, sie wird damit zugleich zum warnenden Exempel für die Gefahr unverantwortlicher Projektion, Sehnsucht, der Nicht-Anerkennung der Regulation durch Wirklichkeit; sie wird damit zum Beispiel für die Unsinnigkeit der Phantasie »um jeden Preis«, von unbrauchbaren und unnützlichen Sehnsüchten. Christa T. dokumentiert auch die Sinnlosigkeit der Nicht-Anpassung.

»Die unverbrauchten Gefühle fingen an, sie zu vergiften.«

(198) Auch im neuen Haus verfällt sie ihrem Hang, »in die uferlosen, gefährlichen Phantasien« zu »versinken« (197). Eben darum kann sie sich im Leben nicht dingfest machen, da sie einem Durchspielen aller Möglichkeiten huldigt, einem permanenten Ausweichen in die nächste Phantasievorstellung, da sie Grenzen des Entwerfens nicht anerkennen will. Ihre Liebe zu dem Jäger, ihr gleichzeitiger Zweifel am Sinn des Hauses (198) deuten auf die Sucht, die tödliche Sucht, nach »gefährlichem gegenstandslosem Verlangen« (201). Ihr Tod, die Vergiftung durch gegenstandslose, nicht praktizierbare Erwartungen, ist schließlich der »angemessene(r) (...) Preis für die Verweigerung der Zustimmung«, für die Negierung von »Gegebenheiten« (200). Christa T. erliegt dem Reiz, »gerade solche Schritte auszuprobieren, die nirgendshin führten« (200). Die Auflehnung gegen die »Unvermeidlichkeit des Bestehenden« (92), die sich spätestens mit dem Tod als irreal erweist, ihre Krankheit als »mangelnde Anpassungsfähigkeit an gegebene Umstände« (92) kennzeichnen eine Überspannung der Individualität, ein Entfremden zwischen moralischer und phantastischer Existenz, zwischen phantastischer und realer Existenz, eine Negation des Kompromisses zwischen Sehnsucht, Hoffnung, »Ideal« und gegebenen Verhältnissen, einer Reflexion über Mögliches und Unmögliches, alles dessen was schon im »Geteilten Himmel« gefordert war.

»Was braucht die Welt zu ihrer Vollkommenheit? Das und nichts anderes war ihre Frage, die sie in sich verschloß, tiefer aber noch die anmaßende Hoffnung, sie, sie selbst, Christa T., wie sie war, könnte der Welt zu ihrer Vollkommenheit nötig sein. Nicht Geringeres hat sie zum Leben gebraucht, der Anspruch ist allerdings gewagt und die Gefahr, sich zu überanstrengen, groß.« (68)

Darin also liegt die Simplifizierung mancher Kritiken, »Nachdenken über Christa T.« lediglich als Protest gegen Anpassung, Verteidigung von Hoffnungen des Individuums zu verstehen, nicht auch als Protest gegen hypertrophe Ansprüche eines »idealistischen« Individuums, nicht auch zu verstehen als Verteidigung der Anpassung, der Anerkennung der Limitierung von Projektion durch historische Gesellschaftsverhältnisse.

»Der geteilte Himmel« wie »Nachdenken über Christa T.« fordern gleichermaßen den ›nüchternen‹, den »praktischen« Ausgleich zwischen der »halb realen, halb phantastischen Existenz des Menschen« (140), fordern also die Dialektik zwischen Individuum und Gesellschaft – aber Dialektik nun einmal ernst genommen. Beide Bücher variieren jenes alte, alte Lied, dessen Refrain Christa Wolf mit den alten, alten Worten der »Spannung zwischen Ideal und Wirklichkeit« umschreibt. Mag Rita S. von ihrer »bourgeoisen« Liebe zum sozialistischen Denken einen Schritt nach vorne tun müssen, mag Christa T. dagegen von dem, was da als Utopie, Vision, Hooohaahooo und der-Zeit-voraus durchs Buch geistert, einen Schritt zurück machen müssen – der simple Satz gilt für beide: »Man wünscht nur, was man kann« (221). Davor ist zu warnen, daß man »Christa T.« fälschlich aktualisiert, fälschlich als »Verteidigung des Individuums gegen den Anspruch der ›eisernen Definitionen‹« versteht, obwohl »die Welt« ja längst »aus eisernen Definitionen entlassen« (180) ist.

Den westdeutschen Kritikern, die mit Genugtuung in »Christa T.« das von Rebellion gedüngte Gras wachsen hören, sei eine simple Tatsache vor Augen gehalten: Christa T. wird erzählt. Dem Vorhandensein von zwei Bewußtseinsebenen sind die westdeutschen Kritiker von 1969 ebenso blind gegenüber wie die ostdeutschen Kritiker des »Geteilten Himmels« von 1963, soweit sie den Kurs der Hallenser »Freiheit« vertraten. Sicherlich gelingt Rita Seidel der Schritt nach vorn; sicherlich gelingt Christa T. der Schritt zurück nicht – also vom Optimismus zum Pessimismus? Hier muß erkannt werden, daß im Gegenteil zum »Geteilten Himmel« in »Christa T.« die Erzählerin sich von ihrer Heldin dissoziiert.

IV

»Meine Arbeit, als solche, selbst wenn es keine Leser dafür gäbe, könnte mehr bewirken als alle Kriege der Reaktion und alle Proteste der Progressiven.«[12]

Dieser – von Skrupeln der gegenwärtigen Diskussion über Literatur nicht eben strotzende – Satz von Helmut Heißenbüttel kann einerseits als extreme Gegenposition zur Literaturauffassung des Sozialismus verstanden werden. Verändert wird die Welt durch gesellschaftliche Prozesse, denen Literatur allenfalls beistehen kann; Sinn hat Literatur nur dort, wo sie kommuniziert, nicht »als solche«. Literatur bestimmt sich nach der jeweiligen Stellung im sozioökonomischen Prozeß.[13]

»Als solcher« verändert konventioneller sozialistischer Realismus[14] die Wirklichkeit nicht, konstituiert auch keine neue Wirklichkeit, zerschlägt auch nicht das, was man nun für Wirklichkeit hält. Und Wirklichkeit bleibt für den altgedienten Sozialismus noch immer der meß- und beobachtbare Prozeß der gesellschaftlichen Verhältnisse. Was sich in Brechts Maßstab – was realistisch sei, zeige sich an der Konfrontation mit Realität – so ungenau verklausuliert, sei einmal so pointiert: sozialistischer Realismus rekurriert auf einen vor- oder nachkritischen Wirklichkeitsbegriff; die Frage nach Wirklichkeit wird nicht erhoben; gestellt aber wird die Frage nach der Einstellung zu Wirklichkeit, nach den Verhaltensweisen als humane Dimension auf der Basis nicht hinterfragter Wirklichkeit der gesellschaftlichen Verhältnisse.

Doch noch einmal zu Heißenbüttels Satz: andererseits nämlich bekommt Literatur in sozialistischer Theorie z.T. dennoch eine so hochgetriebene Stellung, wie – auf ganz andere Weise – bei Heißenbüttel. »Immer ist da ein Zwang, den Stift wegzulegen. Musik hören, ganz alte oder die neueste. Den gefährlichen Wunsch nach reiner, schrecklicher Vollkommenheit in sich nähren. Ganz oder gar nicht sagen und unmißverständlich in sich das Echo hören: gar nicht. Das Fach zuschlagen, in dem die Zettel sich häufen.« (185) Christa T., die an unverbrauchten Gefühlen zugrunde ging, hat den Wunsch genährt, hat den Stift weggelegt. Christa Wolf, bzw. die Erzählerin, nahm den Stift auf. Schon »Der geteilte Himmel« gründete auf einer Zweiteilung der Bewußtseinsebenen. Die durch Krankheit und Krise hindurchgegangene Rita reproduziert ihre eigene Entwicklung, wenn auch in einer nicht immer eindeutigen Ich-Erzählung. Diese Struktur erscheint auch im »Nachdenken über Christa T.«, allerdings insofern modifiziert, daß nun die zwei Bewußtseinsebenen personell aufgeteilt werden. Die Ebene der gescheiterten Christa T. wird überlagert, zeitlich und thematisch fortgesetzt durch die Ebene der Erzählerin. Die Erzählerin übernimmt die Aufgabe, die Christa T. nicht vollendet hat: Nachricht zu geben über Erfahrung.

»Wenn ich sie erfinden müßte – verändern würde ich sie nicht. Ich würde sie leben lassen, unter uns (…) Würde sie an dem Schreibpult sitzen lassen (…) die Erfahrungen aufzeichnend, die die Tatsachen des wirklichen Lebens in ihr hinterlassen haben.« (222)

Im »Nachdenken, ihr nach-denken« (7) läßt die Erzählerin Christa T. das Zusichkommen vollenden, den »lange(n), nicht enden wollenden Weg zu sich selbst« (7), genau dadurch, daß sie das Zusichkommen durch die Reproduktion der Erfahrung mit faktischer Wirklichkeit ins Bewußtsein erhebt, daß sie es darstellt, daß sie es fixiert, daß sie eben »Nachricht« gibt »aus dem innersten Innern, jener tiefsten Schicht, in die man schwerer vordringt als unter die Erdrinde oder in die Stratosphäre, weil sie sicherer bewacht ist: von uns selbst.« (7) Den Stift nicht weglegen, heißt dann: eben nicht »gar nicht« sagen, schreiben heißt dann: Individualität offenbaren, im literarischen Produzieren die Kluft zwischen Denken und Tun überwinden, sich selbst bewältigen, sichtbar, »groß« (27) machen, heißt Phantasie, Entwürfe in korrigierende Konkretation überführen, heißt sich selbst und seine Phantasie als moralisches Vermögen erfahrbar und diskutierbar machen, eben »brauchbar und nützlich« machen und dadurch auch »das Leben (…) verletzbar durch Worte« (217) machen.

Schreiben heißt dann im Aufdecken des »innersten Innern« einen »produktiven Konflikt« herstellen zwischen phantastisch-individuellem Entwurf, Sehnsucht und faktischer Wirklichkeit, heißt dann die »Spannung zwischen Ideal und Wirklichkeit« erkennbar und vermittlungsfähig zu machen. Die Erzählerin, indem sie tut, was Christa T. hätte tun sollen, im Nachdenken über, hebt sie Christa T. auf.

Und was ist das für ein Optimismus in bezug auf die problemlösende Leistung der Literatur! Nein, der Weg vom »Geteilten Himmel« zu »Christa T.« ist nur oberflächlich ein Weg von Optimismus zu Pessimismus. In beiden Büchern spricht sich ein gleiches unerschütterliches Vertrauen aus, daß Probleme durch Literatur lösbar sind, indem die Dichter in der Lage sind, »Stück für Stück die sehr große Dunkelheit des noch Ungesagten zu erhellen« (GH 93).

V

»In diesem – mag sein, für DDR-Verhältnisse häretischen – Versuch, sich über sich selber zu verständigen, den eigenen Standort zu fixieren« (Raddatz 153), sieht nun ein Teil westdeutscher Kritik eine lobenswerte Nachholübung Christa Wolfs in westlicher Reflexion. Warum ist denn laut Buchbauchbindespruch »Nachdenken über Christa T.« »eines der wichtigsten Bücher aus der DDR seit langem«? Verräterisch konstatiert Marcel Reich-Ranicki mit Genuß, daß Christa Wolf darüber, was sie »offenbar von westlichen Autoren übernommen hat«, »jetzt sehr sicher und ganz natürlich« »verfügt« (Ranicki 22). In einem Angriff auf Frisch und andere, die meinen, Literatur könne nur noch kunstvoll eine terra cognita variieren,[15] verweist Christa Wolf deutlich auf das, was ihre Literaturauffassung vom Westen trennt: sozialistische Literatur produziert neue Konflikte, sozialistische Literatur verändert das Bewußtsein durch Erhellung von menschlicher, »seelischer« Dimension, die nur Literatur leisten kann.

Eben dies traut sich die Sackgassen-Literatur, jene berüchtigte Literatur am Rande des Schweigens schon lange nicht mehr zu. Was da so ausschaut wie gekonnt westlich, was da so sehr an Tiefe und Qualität gewonnen zu haben scheint, ist in der Tat »nicht für uns bestimmt« (Werth 90) und auch nicht für unsere ungeprüften Kritiker-Kriterien. Was heißt denn hier wichtig, gut und interessant? Für wen? Für welchen Maßstab? Doch wohl für Kritiker, die eine neue »Gantenbein«-Variante für lobenswert halten, doch wohl für Kritiker, die das Individualitätsproblem noch immer für das A und O halten. Doch wohl für Kritiker, die gut beurteilen, was »rundum zuchtvoll« (Raddatz 154) ist, ja, die sogar für einen »höchst erfreulichen Fall« (Ranicki 21) erklären, was »Interpretation geradezu herausfordert und (...) sich schließlich, nicht ohne Grazie und Koketterie, jeglicher Interpretation entziehen möchte«. Darüber läßt sich streiten. Nicht streiten läßt sich darüber, daß der Kritiker gefälligst seine Maßstäbe anzugeben hat, nicht allein durch Adjektive sichtbar machen darf.

Und da gilt es erstens festzuhalten, daß nicht wichtig sein muß, was woanders wichtig ist. Die Relevanz von »Nachdenken über Christa T.« für die DDR läßt sich von hier aus nicht beurteilen; immerhin läßt das Quasi-Verbot eine erhebliche Relevanz vermuten. Für die literarische und gesellschaftliche Situation der BRD ist »Nachdenken über Christa T.« nicht von Belang. So brisant dies Buch für die DDR sein mag, für die BRD ist es nicht tauglich, Bewegung zu veranlassen. Die simple, aber noch vielfach ignorierte Tatsache, daß Literatur in ihrer Funktion gesellschafts- und apparatbezogen ist, bestätigt sich hier recht klar. »Nachdenken über Christa T.« öffnet für uns keine Sackgassen. Und indem westdeutsche Kritik überhaupt nicht genügend darüber reflektiert, sondern in »Gantenbein«-, »Tonio Kröger«-Maßstäben schwelgt, verrät sie ihre Liebe zu einer Literatur, die sich als ausweglos erwiesen hat, die sowohl von ihren Autoren (Walser!) als auch von so unterschiedlichen Literaten wie Enzensberger, Heißenbüttel, Brinkmann zu überwinden versucht wird. Hier hätte »innerdeutsche« Kritik die Aufgabe, die Nichtaustauschbarkeit der Wertungskriterien festzustellen und deren situationsbedingten Stellenwert zu kennzeichnen. Dementsprechend sei hier festgestellt, daß »Nachdenken über Christa T.« deshalb für die westdeutsche »Szene« keine Bereicherung sein kann, weil die »Aufschlüsselung der subjektiven Innerlichkeit und die immer feinere Abspaltung der Handlungs- und Empfindungsmotivationen«[16] durch symbolistische Verfahren ebensowenig in der Lage ist, »vorhandene Reflexionsbarrieren«[17] zu durchbrechen, wie die permanente Erhöhung des »Schwierigkeits-grad(s)« der Kunst. Es sei betont, daß eine Kritik, die über die Situationsbedingungen ihres Gegenstandes und ihrer selbst nicht klar reflektiert, vielmehr durch angeblich sichere Kriterien, wie etwa »zuchtvoll«, verschleiert, ihre Aufgabe nicht erfüllen kann. Nämlich die dem Gegenstand angepaßten Maßstäbe von den dem Kritiker angepaßten Maßstäben zu trennen. Was immer man über »Nachdenken über Christa T.« bemerken mag, so darf nicht verschwiegen werden, daß für den westdeutschen Kritiker dieser Roman eine »Fremderfahrung« ist, die ihm einmal mehr verdeutlicht, daß es in unserer Gesellschaft darum gehen muß, gerade den Individualitätsroman »als die Galionsfigur eines ausgehenden, des bürgerlichen Zeitalters«[18] in Frage zu stellen, neue Wege zu suchen für eine Literatur, die nicht Bewußtsein bestätigen, sondern Reflexion provozieren will – sei es nun durch »radikale Selbstbeobachtung« (Heißenbüttel 210) des Mediums Sprache, sei es dadurch, daß man »erweiterte Sinnlichkeit« (ACID 384) durch Projektion bildhafter Vorstellungen erreichen will, sei es schließlich durch nichtfiktionale Prosa, Dokumentation. Würde man jedoch auf die von unserer Gesellschaft produzierten Konflikte in der Weise von »Christa T.« reagieren, mit einer neuen Variante der Problematik und der Strategie des Romans bis Frisch, so wäre man wahrlich »Örtlich betäubt«.

1 Christa Wolf: Nachdenken über Christa T. Halle: Mitteldeutscher Verlag 1968; Neuwied und Berlin: Luchterhand 1969 (Eingeklammerte Seitenzahlen im Text verweisen auf jene Ausgabe). **2** Fritz J. Raddatz: Mein Name sei Tonio K. In: Der Spiegel 23 (1969) S. 153-154 (= Raddatz). **3** Marcel Reich-Ranicki: Christa Wolfs unruhige Elegie. In: Die Zeit 21 (1969) S. 21-22 (= Ranicki). **4** Wolfgang Werth: Nachrichten aus einem stillen Deutschland. In: Der Monat 253 (1969) S. 90-94 (= Werth). **5** In: Neue Deutsche Literatur (NDL) 13/3 (1965) S. 101. **6** Christa Wolf: Der geteilte Himmel. Reinbek bei Hamburg: Rowohlt 1968 (rororo 1073) S. 146 (= GH mit Seitenzahl). **7** Christa Wolf in einer Stellungnahme zum »Geteilten Himmel«. In: Forum 18 (1963), zit. nach Martin Reso: »Der geteilte Himmel« und seine Kritiker. Halle 1965, S. 256. **8** NDL a.a.O. S. 103. **9** Christa T. 202. Zur Beziehung Himmel – See vgl. 233. **10** Christa T. 27. Zur Beziehung von Haus–Dichtung vgl. 23-28. **11** Christa T. a.a.O. S. 112. Vgl. hierzu u.a. S. 94, S. 112. **12** Helmut Heißenbüttel: Briefwechsel mit H. Vormweg. In: Akzente 3 (1969) S. 232. **13** Die Geschichte der DDR-Literatur regelt sich in ihrem Selbstverständnis nach der Anpassung an die politische Situation. 1945–1952 Antifa-Periode (antifaschistischer Aufbau); 1952 – V. Parteitag 1958; Betonung des »nationalen Grundwiderspruches« und des Arbeiter- und Bauernhelden; seit etwa 1960 herrscht dann zunächst die Akzentuierung des ökonomischen (friedlichen) Wettkampfes (Koexistenz, vorb. durch XX. und XXII. Parteitag 1958), bei gleichzeitiger Absage an Dogmatismus und Personenkult. Den Exzessen der Bitterfelder schreibenden Bewegung folgt seit letzter Zeit die »vertiefte Auffassung« des Bitterfelder Weges, wie sie gerade Anna Seghers gefordert hatte: in formal mehr qualifizierter Weise soll nach vollzogener Festigung des Staates und des staatsbürgerlichen Selbstbewußtseins die »innere« Problematik des Zusammenhangs von individuellem und sozialistischem Bewußtsein thematisiert werden als Ausprägung des humanistischen Menschenbildes. Vgl. dazu Christa Wolf, in: NDL, a.a.O. S. 97-104; insgesamt u.a. »Deutsche Literaturgeschichte in einem Band«, hrsg. v. Hans Jürgen Geerdts. Berlin: 1966, ab S. 639; Hans Koch: Unsere Literaturgesellschaft – Kritik und Polemik. Berlin 1965. **14** Unbeachtet bleibt dabei der »konterrevolutionäre« Sozialismus, der zumal in polnischen und tschechoslowakischen Ansätzen das Problem des sozialistischen Realismus zu differenzieren versucht. Vgl. besonders Karel Kosík: Zur Realismus-Diskussion. In: alternative 47 (1966) S. 56-73. **15** Vgl. NDL, a.a.O., S. 101. **16** Helmut Heißenbüttel: Über Literatur. Olten und Freiburg: Walter 1966, S. 209, (= Heißenbüttel). **17** R.D. Brinkmann und R.R. Rygulla (Hrsg.): ACID – Neue amerikanische Szene. Darmstadt: März 1969, S. 383 (= ACID). **18** Reinhard Baumgart: Aussichten des Romans oder hat die Literatur Zukunft. Neuwied und Berlin: Luchterhand 1968, S. 12.

Anselm Kristlein: Eins bis Drei – Gemeinsamkeit und Unterschied

Wieder sind die Schwierigkeiten zahlreich; wieder sind sie bekannt, aber nicht überholt; sie ergeben sich aus theoretisch-methodischen Ungeklärtheiten, der Notwendigkeit stark verkürzter Argumentation, nicht zuletzt aus dem Gegenstand: aus der schier unübersehbaren Fülle der theologisch-soziologischen Kompendien Walsers. Naheliegende Einwände nicht vergessend, aber überschlagend, möchte ich versuchen, den Zusammenhang (I) und die Entwicklungstendenz (II) der Kristlein-Romane[1] zu beschreiben, wobei die Meinung vertreten wird, daß in ihnen ein Bewußtseinszustand dargestellt wird, dessen Kennzeichen das Leiden unter einem Konflikt von Handlungszielen ist; dieser Konflikt wird zunehmend weniger anthropologisch und mehr politisch begründet.

I

Hier soll zunächst, Interpretationsergebnisse andeutend, der Sinn der Geschehensabläufe umschrieben werden, um dann nach dem Verhältnis von Erzähltem und Erzähler zu fragen. Das erzählte Geschehen scheint mir einen Dualismus von Handlungszielen auszubreiten, der in der »Halbzeit« als Dualismus von Drinnen und Draußen, im »Einhorn« von Machtlust und Machtverzicht, im »Sturz« von Abhängigkeit und Selbstbestimmung variiert wird.

»Halbzeit«: In einer steten Abwärtsbewegung werden die Lebensbedingungen für Anselm im ersten Teil aufgerollt. Im Verlauf der finanziellen und sexuellen Tagesgeschäfte, im Wechsel von Sehnsuchtsprojektionen und Enttäuschungen führt der Weg von der Wunschfülle des Traums, in dem Frauen leicht und Asiatinnen verfügbar werden, über die als Belastung empfundene Familie in verschiedene Niederlagen: bei Flintrop, bei Moser, bei Gaby und Onkel Gallus; Anselm verläßt die Begegnungen als Verlierer. Durch Erinnerungen werden die

Tageserlebnisse zum Gleichnis erhoben: das Leben ein Kampf, in dem man siegt oder verliert, verkauft oder verkauft wird; an ihm teilzunehmen, treibt der eingeborene Wunsch nach sexueller und ökonomischer Bestätigung: *Die Sehnsucht, erfolgreich zu sein, füllt den Geschlagenen aus wie die Finsternis ein geschlossenes Faß* (H 162).

Doch der sich da auf bleiernen Füßen, geplagt von einer scheuernden (Erfahrungs-)Narbe über das Lebenstrottoir schleppt, ist kein Franz Bieberkopf; denn er durchschaut seine Situation, er empfindet den extravertierten Bestätigungstrieb, an den er gekettet ist, als Muß. Anselm ist gespalten, er will zugleich im Draußen (H 264) siegen wie in der familiären Innerlichkeit Ruhe (H 162) finden und der Welt (H 157) entsagen: *Auf dem Rücksitz saßen Casanova und Augustin* (H 136). Der Dualismus von Weltverlangen und Weltflucht, von öffentlicher und privater Rolle,[2] wird vielfach variiert und so als allgemeine Zerrissenheit ausgewiesen: in den zwei Linien der Kristlein-Sippe, in der Gegenüberstellung von Alissa und Josef-Heinrich, in der Gespaltenheit Edmunds, der Maria Aegyptiaca usf.

Der zweite Teil zeigt einen Anselm, der sich für die Teilnahme am gesellschaftlichen Kampf entschieden hat und der sich darin übt, die Regeln zu erkennen und zu beherrschen, nach denen man in all den Gruppen- und Einzelkämpfen Sieger bleibt. Die Reflexionen verdünnen sich, die Erinnerungen schwinden, Alissa tritt in den Hintergrund. Es gilt, den Erwartungen der Gesellschaft zu entsprechen. Dies Aufgehen im gesellschaftlichen Schein wird in Parallelgeschichten wiederholt und durch das ständige Hervorheben der Foto/Film/Material-Motive unterstrichen und gipfelt im Herbeirufen Luthers als dem Innerlichkeitsidol, das in einer auf Wirksamkeit berechneten Geste aufgeht (H 599).

In III/1 beweist Anselm, daß er seine Lektion beherrscht; nun kann er den Ablauf von Begegnungen diktieren (Militär-Metaphern) und sie mit seinem Sieg enden lassen. Er erobert Susanne, die ihn nur noch mäßig interessiert (H 665), und legt damit sein Meisterstück im Mächtig-Sein ab.

Doch dem Sieg bei Frantzkes, den Patterson-Leuten und der Etablierung als Besitzer (H 89, 370, 790) folgt im zweiten Kapitel des dritten Teils ein neuer Zusammenbruch. In der Krankheit (H 218, 853) rächt sich die unterdrückte Innerlichkeit: die Galle – als Sitz der Melancholie Inbegriff der Psychosomatik – rebelliert, sie kann den Aufstieg zum Verschrottungs- und Verdauungsspezialisten (H 790 f.) nicht bewältigen, nicht verdauen also. Der Anpassungsschwung ist hin, das Selbst- und Machtbewußtsein gebrochen, Illusionen sind entlarvt; dies wird in den Geschichten von Bert und Frau Bruhns wiederholt und dann im Bild vom sehend gewordenen Don Quixote (H 889) verdichtet. Übrig bleibt nur der Schmerz darüber, zwischen zwei Pole eingespannt zu sein und in einer Pendelbewegung zerrieben zu werden.

»Das Einhorn« scheint zu zerfallen in die Gesellschaftsdarstellung, in Liebesgeschichten und die Erörterung des Erinnerungsvermögens. Die Bereiche sind jedoch klar miteinander verknüpft. Denn der Sinn des Nach-Denkens über das Erinnern liegt nicht in der, schon in »Halbzeit« (H 280) formulierten, Widerlegung der Augustinschen These von der Abrufbarkeit vergangener sinnlicher Erlebnisse, sondern im Versuch zu dementieren, daß Erinnern, wie Augustin meinte,[3] notwendig zur Erkenntnis Gottes, zur Gewißheit des glückseligen Lebens (beata vita) führe, oder daß, so Proust, sich im Erinnern die *promesse de bonheur*[4] einstelle. Im »Einhorn« weist Erinnern als Grundlage der Lebensbeurteilung in die Gegenrichtung, daß nämlich sich *die Geschehnisse in uns erhalten je nach dem Schmerz, den sie einmal verursachten* (E 21). Im reflexiven Nach-Denken über Vergangenes wird bewußt, daß der Kampf ums Dasein (E 238) dominiert, daß er Erlebnisse bestimmt und strukturiert, aber auch, daß er Schmerz zurückläßt. Erinnern als Aufarbeiten von Erfahrungen entdeckt als deren Substrat die Universalität des struggle for life, den keine Glückshoffnung oder Glücksillusion vertuschen kann, der aber dennoch mit einer nicht ausgelöschten, wenn auch nur noch als Enttäuschung präsenten Glückserwartung bewertet wird.

Die Geschichten um Barbara, Melanie und Orli führen im einzelnen vor, was im Erinnern ins Bewußtsein erhoben wird: die Verschränkung von Glückssuche und Brutalität in den menschlichen Beziehungen. Wie die Scheidung in Herren und Knechte, Starke und Schwache, Täter und Opfer (E 47) auch die Liebe beherrscht, die so die gegenseitige Ausnutzung und Unterdrückung verlängert, beschreiben die ersten beiden Episoden; daß sich in der Liebe nicht nur der struggle for life reproduziert, sondern ein Verlangen nach Glück, nach Dasein ohne Kampf Erfüllung sucht, betont die Orli-Geschichte. Sie schließt auch thematisch an die Darstellung der Blomich-Gesellschaft an, in der der struggle for life (das Zuavenmesser im Lebensbaum) durchgehend akzentuiert wird als Grundlage des Verhaltens, Denkens und Wahrnehmens. Die erste Phase des Orli-Teiles zeigt, wie in der parallelen Susanne-Geschichte der »Halbzeit«, Anselms Versuch, sich das Mächtig-Sein, seine Individualität[5] zu beweisen, das heißt: zu zeigen, daß auch er in der Lage ist, als Täter ein Opfer zu finden. Mit der geliehenen *Blom-Ich*-Rolle (E 285) erprobt Anselm seine Kampfeskraft; denn gewaltig zu sein ist auch noch der Wunsch derer, die selbst Opfer der Gewalt sind.[6] Was sich dann aber als *Identität* (E 383) einstellt, ist weder die idyllische Ausklammerung noch die utopische Aufhebung, sondern die widersprüchliche Erfahrung der Gleichzeitigkeit von Machtlust und Machtverzicht, Scham und Schamlosigkeit; im Bild: Keuschheit bei steter Erektion. Die von Kindheit an bestehende Mehrspännigkeit (E 149), der Dualismus Anselms – *lieve cruel person* (E 441) – , seine *Route zwischen Angst und Sucht* (E 152) – und das ist von Augustin bis Freud die Dichotomie von Begierde und Schuldangst, Trieb und Triebabwehr – gipfelt hier und scheint für einen Moment erträglich. Allein: *droomen zijn bedrog* (E 455), den die der Liebe innewohnende Gewalt entlarvt: eine Wilde (E 402), einen Zugvogel (E 447) darf man nicht einsperren. Orli flüchtet: *she is the one who will be hurt and hurt and hurt* (E 447). Und Anselm hat wieder einmal die Nase voll: Glück läßt sich nicht erreichen, dem Kampf ums Dasein ist nicht zu entkommen.[7]

Der »Sturz« muß als Dreischritt gesehen werden. Der erste Teil, in der Vergangenheit erzählt, ist eine letzte Odyssee, in der Kristlein die Welt hinter sich bringt, (...) so daß er, im zweiten Teil, der in der Gegenwart erzählt wird, aus dem Angestelltenverhältnis nicht mehr ausbrechen, dieses aber auch nicht durchhalten kann. Im dritten Teil, dem futurischen, werden dann als notwendige Lösung zwei Möglichkeiten des Endes angeboten.[8]

Obwohl Anselm diesmal schon zu Beginn die Nase voll zu haben scheint (S 11), verwickeln ihn dennoch Reste seiner sexuellen Lust, verkümmert zum Voyeurismus, Reste seiner Bestätigungssucht (S 94) in neue Abenteuer und Niederlagen; so fängt es wieder an, wieder durchkreuzen sich Mitmach- und Rückzugstrieb. Mit kläglichen Anerkennungsbemühungen soll ein Stück der am Gegentyp beneideten *Unabhängigkeit* (S 19, 45, 254) erreicht werden. Am Schluß der Odyssee erst scheint dieser Wille gebrochen, Anselm wird zum apathischen Objekt für Urteile (S 135) und Schläge. Der zweite Teil schließt daran nicht an, sondern wiederholt die Bewegung. Anselm bleibt zwiespältig; und dies folgt nicht aus dem Situationszwang, aus der Unterdrückung guter Absichten durch Abhängigkeit, sondern aus dem noch intakten Bedürfnis-Dualismus. Anselm ist nicht nur zähneknirschend-machtlos zwischen Blomich und den Arbeitern festgenagelt, sondern er beweist mit seiner Blomich-Hörigkeit, in der Hanni-Episode, im Familienausflug, daß er immer noch schamlos, also gewalttätig nach sexueller und gesellschaftlicher Bestätigung sucht; der Lernprozeß des ersten Teils (S 130, 136) war vergeblich. Erst zum Schluß (II/18) findet Anselm die Kraft, sich selbst zu bestimmen (S 296), die Abhängigkeit und damit die Gesellschaft hinter sich zu lassen. Kein Rollenspiel ist mehr nötig (S 335 f.), Kommunikation wird nicht mehr Entfremdung spiegeln, sondern im Schweigen oder in der neuen Sprache enden (S 341 f.). Im Glück der Selbstbestimmung liegt das Ende der gesellschaftlichen Existenz (S 356, 25 f.); Anselm befreit sich vom Leiden, indem er sich von sich selbst befreit.

Auf den gemeinsamen Nenner gebracht: In den Geschehensabläufen werden die Konflikte von Handlungsnormen dargestellt. Handeln ist ausgerichtet an Zielen, Normen; diese bestehen in der *Befriedigung gesellschaftlicher Bedürfnisse und der Realisierung gesellschaftlicher Werte*;[9] Handlungsziele vermitteln sich dem Einzelnen durch institutionelle Verordnungen, tradierte Ideologie, rollenbestimmende Erwartungen. In Anselm zeigt sich ein fundamentaler Dualismus von Handlungszielen, der durch keinen Kompromiß zu überbrücken ist, der zu periodisch wiederkehrenden Krisen, Kapitulationen, Selbstmordgedanken, Krankheiten führt. Unerträglich ist für Anselm der Widerspruch zwischen dem einen vorgegebenen Bedürfnis nach Bestätigung des sexuellen, ökonomischen und intellektuellen Markt- und Kampfwertes; und dem anderen, sein Handeln an Vorstellungen auszurichten, die sich aus christlich-humanistisch tradierten und verinnerlichten Idealen ableiten, die aber der tatsächlich verlangten Praxis widersprechen, und die sich als Widerstände gegen Anpassung, als Ekel vor dem Draußen niederschlagen und in der »Halbzeit« auf familiäre Autonomie, im »Einhorn« auf herrschaftsfreies Verhalten, im »Sturz« auf Selbstbestimmung abzielen.

II

Die Darstellung des Zerrissenseins und Zerrissenwerdens von Handlungsnormen ist fast so alt wie die abendländische Literatur. Nur: hier wird nicht erzählt, wie jemand in einen Normenkonflikt hineingerät, wie er ihn – oder wie er ihn nicht – übersteht; vielmehr wird hier das Leiden[10] an der Unmöglichkeit eindeutig sinnvollen Handelns artikuliert, das von Anfang an besteht. Das Leiden folgt nicht aus Zufällen, Schicksalsschlägen, moralischen Fehlern, politisch-biographischen Sondersituationen usf., es ist vielmehr durch den apriorischen Bedürfnisstreit unaufhebbar vorgegeben. Das Leiden ist nicht das Resultat einer Entwicklung, der Geschehnisabläufe, innerhalb derer ein Held in Konflikte gerät, sondern bedingt diese allererst insofern, als Handlungen und Figu-

ren die Abbildungen eines von Widersprüchen gezeichneten und an ihnen leidenden Bewußtseins sind. Hier stößt sich kein Held an der Gesellschaft die Hörner ab, läutert sich oder verdirbt, der »Held« vielmehr ist ein Zustand, das an sich selbst leidende Bewußtsein als Summe aller Handlungsteile und Handlungsträger.[11] Kein Subjekt gerät hier zwischen Objekte, vielmehr konstituieren alle scheinbaren Objekte das Subjekt. Denn grundlegend für die Kristlein-Romane ist ihr immer wieder sichtbar gemachtes Erzähltwerden aus der Ich-Perspektive, von einem Zustand her, von dem aus Vergangenes (wie Zukünftiges) als Projektion erscheint. Das gilt nicht nur für die generelle Erzählperspektive, die ›Stimmung‹, sondern auch für das, was im einzelnen erinnert, erzählt wird. Durch verschiedene Signale wird dem Erzählten der Anschein des Faktischen genommen, und wird es als taktische Zerlegung eines Bewußtseinszustandes aufgedeckt; u.a.:
– Der Handlungsablauf wird durch eine Zirkelstruktur aufgehoben;[12]
– scheinbar ›realistisch‹ Erzähltes, sogar ›Dokumente‹ werden als Fiktionen erkennbar;[13]
– die Figuren sind keine ›realistischen‹ Einheiten, werden vielmehr als Spielfiguren erkennbar, mit denen Probleme auseinandergefaltet und variiert werden;[14]
– die (Entwicklungs-)Psychologie wird außer kraft gesetzt.[15]
Geschehnisabläufe, Romanteile, Figuren sind Projektionen der widersprüchlichen Bedürfnisse Anselms, die zusammengenommen erst den *nach außen gestülpten* (S 273) Zustand des Kristlein-Bewußtseins ergeben, diese vielschichtige *Hirnzwiebel*[16] andeuten, die aus Widersprüchen besteht und unter diesen leidet. Anselm leidet darunter, daß Praxis immer Unterdrückung von Bedürfnissen ist, eigener wie anderer; und er läßt seinem Leiden Lauf in der Sehnsucht nach dem Tod oder nach Traumglück; beides vereint sich am Ende der Trilogie; doch selbst das bleibt eine Zukunftsprojektion.

III

Bleibt das Thema der Kristlein-Romane auch das leidende Bewußtsein, so wird doch der zugrundeliegende Normenkonflikt je unterschiedlich gefaßt und erzählt. Hierbei zeichnet sich die Entwicklungstendenz ab, daß der bedingende Normenkonflikt stets weniger als Ergebnis menschlicher Wesensart, stets mehr als Folge konkreter Gesellschaftsformen gesehen wird; daß zugleich der subjektive Leidensdruck eskaliert.

Gewiß ist das Leiden unter dem Pendeln zwischen Drinnen und Draußen in der »Halbzeit« durch die ausgebreitete Verkaufs- und Werbethematik auf die spätkapitalistische Industriegesellschaft bezogen. Mittels verschiedener Darstellungsverfahren wird aber der gegenwärtige Konflikt in das Licht eines allgemeinen Dualismus gerückt: durch die Gravitationsmetaphorik wird er ins Physikalische, durch die Familiengeschichte zur ererbten Veranlagung, durch die biologischen Vergleiche ins Natürliche, durch das Bemühen der Geistesgeschichte ins sog. Allgemein-Menschliche verlängert.[17] Solchen Verfahren, mit denen dem konkreten Fall der anthropologische Hintergrund angefügt wird, entspricht die grundsätzlich neutrale Haltung des Erzählers; denn eine abschließende Kritik könnte sich nur vom Standpunkt des besseren Wissens ergeben.[18] Da aber der konkrete Fall zugleich der Menschheitsfall ist, erfolgt in der »Halbzeit« alle Kritik und Ironie nicht aus einem übergeordneten Blickpunkt, sondern aus der Sicht des jeweils entgegengesetzten Pols des vorgegebenen Dualismus.

Ironie und Sympathie des Erzählers sind so gleichmäßig auf alle Figuren und also Handlungsziele Anselms verteilt.[19] Die Jagd nach Anerkennung nimmt sich aus dem Blickwinkel der familiären Autarkie lächerlich aus, die familiäre Abkapselung aus der Sicht des notwendigen Geldverdienens als illusionäre Flucht. Alissas Innerlichkeitswut und Kräuterglauben wird ebenso verspottet und bewundert wie Josef-Heinrichs Skrupellosigkeit; die armseligen Wünsche von Frau Bruhns und Flintrop werden ›auch‹ als Altersstarrsinn abgeurteilt, Frau Frantzkes Anhänglichkeit an Adalbertchen und Dr. Fuchs ›auch‹ in Schutz genommen, wenn die übrige Gesellschaft selbstgerecht über sie herfällt. Nicht ironisiert scheint mir allein das Anselmsche Leiden, das als sog. allgemeinmenschliches Leiden nicht mehr relativiert werden, nur noch bedauert werden kann. Das Dasein in der industriellen Gesellschaft der 50er Jahre wird zum Spiegel für den unabänderlichen Zustand des Menschen erhoben: *Wann hat die ursprüngliche Situation des Menschen im aktuellen Weltzustand je eine so gemäße Gleichung erhalten wie heute in Europa?*[20]

Auch im »Einhorn« wird die konkrete Situation anthropologisch überhöht; dies schlägt sich im Rückgriff auf Mythologismen (Einhorn, Heilige) wie auf die Kindheit als ›Ursituation‹, aber auch in Resten der allseitigen Sympathie/Ironie des Erzählers nieder, wenn etwa die Hbf-Gesellschaft ›auch‹ verhöhnt, der NDB ›auch‹ bemitleidet wird, der seine Vorhautverengung in Opern zu bewältigen sucht. Dennoch tritt der gesellschaftlich-historische Charakter des Normenkonflikts deutlicher in den Vordergrund als bei der viel breiteren Darstellung der Alltagswelt in der »Halbzeit«.[21] Das Leiden folgt nun mehr aus spezifischen gesellschaftlichen Bedingungen und kann so nach Maßgabe von Überlegungen, die diese konkrete Situation übersteigen und sich an unterdrückten menschlichen Möglichkeiten ausrichten, beurteilt werden. Dies tritt in der scharfen Teilung zwischen Bösen und weniger Bösen, zwischen Tätern und Opfern und entsprechend in der aggressiven Satire gegenüber den Starken und dem Mitleid gegenüber den Schwachen zutage. Dieckow ist, an NDB gemessen, ein armer Kerl; Frau Bruhns und die Baunickel (H 557 f.) sind, an den Blomich-Arbeitern gemessen, Dummköpfe. Darin, daß der Erzähler parteiisch wird, daß er klar Antipathien und Sympathien verteilt, daß er gar mit Karsch eine ungeteilt positive Figur auftreten läßt, zeigt sich, daß die gegenwärtige Situation nicht mehr als Beispiel menschlichen Daseins überhaupt vorgestellt wird, sondern als Depravationsform, als *Findesiècle* (E 35). Solche Kritik beruht notwendigerweise auf Vorstellungen von den Möglichkeiten menschlicheren Daseins, auf die jedoch der Erzähler weniger mit Reflexionen als mit seinem, übergeordnete Wertmaßstäbe implizierenden, aggressiven und mitleidigen Erzählen hinweist.

Was im »Einhorn« sich nur verdeckt, nur in der Erzählweise ankündigt, wird im »Sturz« von Anselm ausgesprochen: Das Leiden am Normenkonflikt ist nicht ein Leiden am unaufhebbaren Dualismus, vielmehr ein Leiden an der kapitalistischen Gesellschaft, die Anselm einen Platz zwischen Herrschern und Beherrschten zugewiesen hat und ihn, den zur blinden Anpassung an die Kapitalisten wie zur offenen Solidarität mit den Proletariern Unfähigen, im Klassengegensatz zerreibt. Zugleich ist damit die Handlungsmaxime angedeutet, die letztlich die Aufhebung des Leidens herbeiführen würde: die Parteilichkeit im Klassenkampf.

Anselm wandelt sich vom exemplarischen Menschen zum exemplarischen Angestellten; und Anselms Leiden steigert sich. Sind, wie behauptet, Handlungen und Figuren die Projektionen des jeweiligen Bewußtseinszustandes von Anselm, so veranschaulichen die immer grotesker und phantastischer werdenden Personen und Geschichten, daß Anselm sich in abnehmendem Maße in der empirischen Wirklichkeit wiederfinden, sich mit ihr vermitteln kann. Susanne – Orli – Alma T., Hanni, Finchen: nicht nur die Frauen werden immer weniger plausibel, wahrscheinlich im Sinne einer gemittelten Erfahrung. Sind aber, wie einem Motto (E 470) zu entnehmen ist, die Bilder der Phantasie Spiegel realer Verhältnisse, so dokumentiert der Anselm des »Sturz« schließlich, der sich nur noch in zusammengelesenen Unglücksberichten, in von Gewalt durchsetzten Traumgeschichten und in unvermittelten abstrakten Reflexionen ausdrücken kann, zugleich die Zunahme gesellschaftlicher Brutalität wie des subjektiven Leidensdruckes. Dient Schreiben der Kompensation (NDB's Opern, S 12, 16, 202, 245), so weisen die immer mehr traumatische Züge annehmenden Projektionen des Kristlein-Bewußtseins auf die Eskalation gesellschaftlicher Unterdrückung wie auf die wachsende Hilflosigkeit, mit ihr fertig zu werden.

Man kann – und das drängt sich angesichts einer Trilogie und des bekannten Dreisprungs westdeutscher Literatur[22] fast auf – in den Kristlein-Romanen Aspekte der Entwicklung der BRD-Literatur wiederfinden: von der Ideologie der ideologiefreien Rundumkritik der späten 50er Jahre über die selbstkritische, gleichwohl das gesteigerte Verlangen nach Freimütigkeit fütternde, ›Literatur des Schweigens‹ der 60er Jahre zur sog. Politisierung seither. Viel ist damit nicht gewonnen. Denn der für die Kristlein-Romane typische Versuch, Beobachtungen gesellschaftlichen Verhaltens und bis zur Unverständlichkeit reichende subjektive Phantasietätigkeit in der Ausbreitung eines Ich-Bewußtseins mitzuteilen, entzieht sich letztlich solcher Trendanalyse. Stets hat dieser hartnäckige Versuch, ›realistische Gesellschaftskritik‹ mit der Darstellung entschiedener Subjektivität zusammenzuschweißen, irritiert. Erst eine genaue Untersuchung des sich wandelnden Verhältnisses von ›politischer und subjektivistischer Tendenz‹ und seiner Ursachen könnte die Entwicklung der Kristlein-Romane ›erklären‹; ob es dabei ausreicht, in der zunehmenden Politisierung des Anselm-Bewußtseins die zunehmende Aufspreizung, Wut der Subjektivität, die stets weniger Möglichkeiten sieht, sich in intersubjektiver Wirklichkeit zu projizieren, begründet zu sehen, steht dahin.

1 Zitiert wird nach: Martin Walser: »Halbzeit«, Frankfurt/M. 1960/1973 (st 94) (= H); »Das Einhorn«, Frankfurt/M. 1966 (= E); »Der Sturz«, Frankfurt/M. 1973 (= S). **2** Vgl. hierzu die – trotz aller zu raschen Kritik – hervorragende Arbeit von Th. Beckermann: »Martin Walser«, Bonn 1972, bes. II/B. Vgl. auch Anmerkung 19. **3** Vgl. Augustinus: »Confessiones/Bekenntnisse« (Ausg. J. Bernhart), München 1955; bes. das vielfach zitierte 10. Buch. Weiter: A. Schöpf: »Wahrheit und Wissen«, München 1965. **4** Vgl. H.R. Jauß: »Zeit und Erinnerung in Marcel Prousts »A la recherche du temps perdue«, Heidelberg 1955. **5** Der Begriff der Individualität (Individuum), hier als Bedingung für Handeln, ist im »Einhorn« negativ besetzt: er korrespondiert mit *Notwendigkeit*, Fehlen von *Scham* und der Täter- bzw. Jägermetapher; vgl.: E 236, 271, 350-353, 373, 394 u.a., bes. auch die Irene-Episode 269-271. **6** Vgl. bes. E 61-67, 269-271. **7** Sehr zurecht weist auf den Dualismus auch Nägele hin. Aber ich halte die Freudsche Gegenüberstellung von Lust- und Realitätsprinzip für zu eng. Das Glücksverlangen im »Einhorn« zielt nicht bloß auf Triebbefriedigung, sondern auf einen allseitigen Interessensausgleich, eine Vereinigung von Triebbefriedigung und kategorischem Imperativ oder Freudschem Gewissen. Das Einhorn, der *eminente Anselm*, ist ja immer nur ein Teil von Anselm, und jene Individualität (E 352) beileibe nicht, wie es der Erzähler zunächst behauptet, das Zusammenschießen aller Anselme, sondern das rigide Ausklammern des Anselm= Gyrinus Taumelkäfer (E 12). Mit dem Einhorn wird Gewalt immer wieder bestätigt und wiederholt. Entsprechend kann wohl die Orli-Szene als *Realisierung des Einhorns* (Nägele 213) nicht als Utopie verstanden werden; nicht um die Rückkehr in eine bewußtlose, problemlose Kindheit handelt es sich hier, sondern um die Aufnahme des vorgegebenen Kindheits-Dualismus: Liebende reden zueinander in Gleichnissen von Gewalt. Wie Anselm nicht auf den sozialdarwinistisch vorprogrammierten *eminenten Anselm* verkürzt werden kann, so kann auch das Glücksverlangen Anselms nicht auf den dumpfen Regreß in eine von gesellschaftlicher Gewalt durchsetzten Natur festgelegt werden, vgl.: R. Nägele: »Zwischen Erinnerung und Erwartung«, in: »Basis« 2 (1972), S. 196-213. 8 Walser-Interview, in: »Die Zeit«, Nr. 21, 18.5.73, S. 26. 9 H.P. Dreitzel: »Die gesellschaftlichen Leiden und das Leiden an der Gesellschaft«, Stuttgart 1972 (Tb.), S. 227. Vgl. auch J. Habermas: »Zur Logik der Sozialwissenschaften«, in: »Philosophische Rundschau«, Beih. 5, Tübingen 1967, S. 56-79. 10 Ich gebrauche Leiden im sozialpathologischen Sinne; vgl. dazu Dreitzel, a.a.O. 11 So leitet nicht nur den handelnden, sondern auch den erzählenden Anselm der Versuch, die *wahre Identität im Ausprobieren verschiedener Verhaltensmuster zu entdecken.* Vgl. R.H. Thomas/W. v.d. Will: »Der deutsche Roman und die Wohlstandsgesellschaft«, Stuttgart u.a, 1969, S. 116. 12 Vgl.: H 9 f., 690 f.; S 9, 135, 352. 13 »Halbzeit«: so werden etwa in Alissas Tagebuch nicht nur Motive (Foto, Sonne, Gehen, Lügen, Erwartung, Blei usf.), sondern sogar Formulierungen wiederholt (H 352/130: Liebe; H. 354/341: Gott/Kunstgewerbe). »Einhorn«: hier bes. die Entlarvung der Barbara-Geschichte als Fiktion, E 166. Im »Sturz« allenthalben: S 9/57 (die Armreife), S 13/332 (Wiener und Berliner Dialekt), S 13 f/259 (der Unfall im Rohrach); vgl. auch die Daten-Ähnlichkeit: S 12, 54, 93, 105, 175; oder: wer ist eigentlich der Autor des Spinnen-Manuskripts? Edmund, Anselm, Dr. Zerrl oder Finchens Alter? 14 Daß Edmund in der »Halbzeit« und Beumann im »Einhorn« zweite Anselme sind, ist klar und wird ja ausdrücklich betont und durch Formulierungsüberschneidungen unterstrichen (vgl. H 692, 162/263, – Sehnsucht/Ruhm –, 188/253 – Unvorbildliche/Untauglichkeit – ; E 335 – das Buch über Liebe – ; S 273). Aber auch Gaby in der »Halbzeit« und NDB im »Einhorn« sind z.T. nur Variationen des jeweiligen Anselm-Problems. Solche Verschränkungen, Formulierungsübertragungen ziehen sich über die ganze Trilogie hin. Wie sehr Josef-Heinrich in der »Halbzeit« ein Anselm-Extrem ist, wird noch im »Sturz« bestätigt, S 302. Im »Sturz« sind die Überschneidungen kaum noch entwirrbar. Die Wiederherstellung der Person in Wachstuchheften etwa wird Anselm, Glatthaar und Traub gleichzeitig zugeschrieben (S 16, 199, 145); die Briefe Enzingers tragen deutlich Anselms und/oder Alissas Handschrift (bes. S 225). **15** So spielt die Lektüre von Alissas Tagebuch in der »Halbzeit« keine Rolle im weiteren Fortgang des Geschehens. Im »Sturz« hat der erste Teil keine psychischen und erkenntnismäßigen Konsequenzen für den zweiten. Die zu keiner Wandlung fähigen Figuren werden nur je auf einer anderen Ebene, in einem anderen Kontext und von einer anderen Perspektive beleuchtet. **16** Vgl. H 405/6, E 106, S 24. In diesem Bild wird quasi Walsers poetologisches Prinzip sichtbar, nämlich der Versuch, die Komplexität von Bewußtsein, Wahrnehmung aufzurollen. Eben das, was er schon in seiner Dissertation als *intensive Totalität* gegen die ›epische Totalität‹ forderte. Allerdings zeichnet sich hier auch ein Dilemma ab: wie nämlich die Sichtbarmachung von Gleichzeitigem im erzählerischen Nacheinander bewältigt werden kann. Dies zu leisten, ist der Sinn aller Versuche, das lineare, ›realistische‹ Handlungsgeschehen aufzuheben. **17** Vgl. dazu Beckermann, a.a.O., S. 146-155. Ihm ist zuzustimmen, daß sich darin Verdinglichungstendenzen zeigen. Ungerechtfertigt aber scheint B.s Schluß, daß diese Erzählverfahren die kritischen Impulse einzögen und den Leser zur Affirmation nötigten. Für einen solchen Sprung aus der Analyse einzelner Darstellungsverfahren zur tatsächlichen Wirkung, die B. auf den Nachvollzug seiner Interpretation festlegt, fehlt die Begründung. Vgl. dazu die treffenden Bemerkungen Kretschmers zum »Einhorn«, der jedoch, weil er die emanzipatorische Funktion der Poesie nachweisen will, zur Idealisierung eines formreflektierenden Super-Readers neigt und so seinerseits inhaltliche Aspekte domestiziert: M. Kretschmer: »Literarische Sprachbarrieren«, in: »Sprache und Gesellschaft« (Hg. A. Rucktäschel). München 1972, S. 230-259. **18** Auch Pezold betont, daß sich immer wieder Satire und *humanistisches Verständnis* durchdringen und letztlich *deutliche Wertungen und moralische Forderung* umgangen werden: K. Pezold: »Martin Walser«. Berlin 1971, S. 163. Daß es ihm nicht um Gesellschaftskritik gehe, hat Walser ja oft genug gesagt. Dies trifft aber nur auf generelle, sub specie eines sich verändernden Geschichtsprozesses gewonnene, Urteilskriterien zu; es berechtigt nicht – so H. Emmel –, der »Halbzeit« das kritische Engagement abzusprechen, das sich in Einzelheiten niederschlägt: H. Emmel: »Zeiterfahrung und Weltbild im Wechselspiel«, in: »Der Dichter und seine Zeit« (Hg. W. Paulsen). Heidelberg 1970, S. 181-206, 212-213. **19** Walser: *mir sind alle Figuren meiner Bücher gleichermaßen sympathisch*, in: H. Bienek: »Werkstattgespräche«, München 1965, S. 246. Beckermann (a.a.O., bes. S. 171-182) kommt zum Ergebnis, der Erzähler schlage sich auf die Seite der öffentlichen Rolle Anselms. Ich vermag das nicht einzusehen. Vor allem spricht dagegen die handfeste Ironie des Erzählers in den Gesellschaftsszenen, in denen der Ich-Erzähler sich selbst als ›tumben tor‹ benutzt und so Kritik an der Gesellschaft wie an seiner Anpassungs-Naivität freimacht. Auch die Er-Perspektive in der Susanne-Verführung unterstreicht die Distanz gegenüber der öffentlichen Rolle; denn ich sehe nicht, wie mit

der Verführung der *Ausbruch in die Rollenlosigkeit* (ebd., S. 99) versucht werden sollte. Die Eroberung ist völlig berechnet und führt unter planvoller Ausnutzung gesellschaftlich vorgegebener Rahmen (Kanabuh und Hirschen!) zum Erfolg. Darüberhinaus ist Susanne für Anselm von vornherein ein Konsumartikel (H 381/665). Und gerade darin, daß Anselm Susanne zur Erfolgsbestätigung seines Talents, sich zu verkaufen, benutzt, zeigt sich Anselms Integration in die öffentliche Rolle, von der sich der Erzähler vielfach distanziert und so Anselm Schuld gibt (bes. H 714 f.: der Antisemit).
20 M. Walser: »Vor dem Schreiben«, in: »Konturen«, H. 4 (Jan. 1953), S. 4.
21 Kretschmer (a.a.O., S. 246-247) sieht dies wohl richtiger als Beckermann (a.a.O., S. 193-194). Beckermann hat aber darin recht, daß die Projektionsfläche des Anselms-Bewußtseins im »Einhorn« Alltagswelt viel weiter ausschließt als im früheren Roman, obwohl die Verweise auf empirische Daten (Ortsnamen etc.) zugenommen haben. Dies deutet auf die Entwicklungstendenz dieser Romane: Politisierung des Bewußtseins und steigende Isolation des Subjekts. **22** Zuletzt: H.L. Arnold: »Die drei Sprünge der westdeutschen Literatur«, in: »Akzente«, 1-2/1973. S. 70-80.

Formen dargestellter ›Subjektivität‹

*R.D. Brinkmanns »Keiner weiß mehr«
und die »Tendenzwende«*

> *Verzehrt: wie weit darfst du dein Ich betreiben,
> Absonderliches als verbindlich sehn?
> Verzehrt: wie weit mußt du im Genre bleiben –
> so weit wie Ludwig Richters Bilder gehn?*
>
> *Verzehrt: man weiß es nicht.*
>
> G. Benn

I

»Tendenzwende«: Mit Bedauern, Frohlocken oder Einsicht in das scheinbar Notwendige wird seit gut zwei Jahren festgestellt, daß sich auch in der westdeutschen Gegenwartsliteratur etwas geändert habe, daß man wieder ›Ich sage‹. Unter den Titeln »Neue Innerlichkeit«, »Neue Subjektivität«, »Neuer Individualismus« wird dabei in der Prosa eine Reihe von Werken vereint, die u.a. folgende Merkmale aufweisen:
- Themen zwischenmenschlicher Beziehungen;
- unverhohlen Autobiographisches;
- die Zentralperspektive, d.h. die Einziehung der Distanz zwischen dem Erzähler und dem einen, alles beherrschenden Helden;
- Verzicht auf ausgefaltete, ›episch‹ sich entwickelnde Handlungszusammenhänge und reiche Figurenkonstellationen;
- Defizienz komischer Erzählweisen, die in der Regel mit einer komplexen Autor-Erzähler-Held-Beziehung verknüpft sind;
- schließlich ästhetisierendes Schreiben, vorrangig erkennbar am metaphernreichen und emotionalen Stil.

Was aber ein ehemaliger Promotor der Gruppe 47, Marcel Reich-Ranicki, als endliche Beseitigung der »gänzlich mißlungenen« ›Politisierung‹ der Literatur in der ›Studentenbewegung‹ betrachtet: »Nicht wie man die Gesellschaft umbauen und die Menschheit erlösen könnte, möchten die Leser von den Autoren wissen. Vielmehr wollen sie etwas über sich selbst erfahren. Man interessiert sich also für Privates und Individuelles. Und noch eins: Qualität ist wieder Trumpf«[1] – das versteht die so gescholtene ›Linke‹ als einen, gemäß der in den Feuerbach-Thesen und dann vor allem von E. Bloch betonten Vermitteltheit von Objekt und Subjekt, notwendigen Schritt nach vorne.

»Umgekehrt bedeutet die Wiedereinführung des Subjekts in die Literatur keine Absage an den Realismus, sondern macht diesen erst möglich.«[2]

Ohne Zweifel steht die literarische »Tendenzwende« in deutlichem Zusammenhang mit einer pragmatischen Revision auch der zur ›Studentenbewegung‹ gehörenden Generationen und damit in Zusammenhang mit den politisch-ökonomischen Veränderungen innerhalb der letzten Jahre. Dennoch griffe eine Erklärung der »Tendenzwende« als einem lediglich durch die aktuellen Umstände hervorgerufenen Umschlag in etwas literarisch ganz Neues oder Althergebrachtes zu kurz. Die »Tendenzwende« in der gegenwärtigen Erzählliteratur, so sei behauptet, ist vielmehr Ausdruck der für alle bürgerliche Literatur konstitutiven Problematik der ›Subjektivität‹, jedoch in einer Weise, die in der Tradition der westdeutschen Literatur steht und dazu neue, durch die ›Studentenbewegung‹ erst möglich gewordene Akzente setzt.

II

Um dies erläutern zu können, ist es zunächst notwendig, einige historische und terminologische Klärungen zu versuchen:

Der Roman in der bürgerlichen Gesellschaft

In der bürgerlichen Gesellschaft, die gemäß ihrem Selbstverständnis seit Schiller und Hegel gekennzeichnet ist durch den Markt, die Arbeitsteilung, Klassenunterschiede, durch institutionalisierte, schwer veränderbare Regelungen (»zweite Natur«), herrscht ›Entfremdung‹.³ Diese beinhaltet in diesem Zusammenhang vor allem ein problematisches – und von den Betroffenen als solches reflektiertes – Verhältnis von Individuum und Gesellschaft. Das utopische oder »mythische Analogon«⁴ zwischen Einzelnem und Allen, die durch religiöse Konstrukte und politische Zwänge garantierte sinnvolle Einheit von Teil und Ganzem, ist nicht mehr ungebrochen gegeben. Daß das Individuum vergesellschaftet und also auf die Gesellschaft lebensnotwendig angewiesen ist, daß es aber zugleich die Gesellschaft als die Verhinderung seines individuellen Glücks betrachtet, ist die Ursache seiner Leiden und Anlaß seiner Träume, Stachel seiner Phantasie.

Die prinzipielle paradoxe »Identität des Ich«, das »als Person überhaupt mit allen anderen Personen gleich, aber als Individuum von allen anderen Individuen schlechthin verschieden ist«,⁵ verschärft sich in der bürgerlichen Gesellschaft, sie tritt ins allgemeine Bewußtsein und wird Teil der Selbstreflexion der Bürger, sie bestimmt schließlich, da sie als weitgehend auch historisch bedingte erkannt wird, die politischen, geschichtsphilosophischen und ästhetischen Entwürfe, die Prognosen besserer oder unentrinnbar schlechterer Welten. Als Aufbegehren gegen den Entzug individuellen Glücks, als Kampf gegen die Gesellschaft, als Leiden, als Resignation und als Tod wird die ›Entfremdung‹ zum Thema der bürgerlichen Literatur, inbesondere ihrer ›typischen‹ Gattung, des Romans, von dem Hegel süffisant, aber nicht unzutreffend bemerkt, daß sein Inhalt der Aufstand und die Niederlage des nach ›Selbstverwirklichung‹ strebenden Individuums sei, das sich »die Hörner abläuft, mit seinem Wünschen und Meinen sich in die bestehenden Verhältnisse und die Vernünftigkeit derselben hineinbildet.«⁶

Die ›Entfremdung‹ spiegelt sich im Selbstverständnis der Autoren so wieder, daß sie zum Teil ihre authentischen Erfahrungen als Individuen, zum anderen aber auch das tendenziell jedermann Interessante artikulieren möchten – bzw. als vom Markt, vom Leser und von der Kritik Abhängige artikulieren müssen. Entsprechend formuliert die Ästhetik des 18. (und 19.) Jahrhunderts die Maxime: es sei das faktische, »innere« »Seyn« eines konkreten Individuums (das »Besondere«, die »Erscheinung«) als Träger der immer gleich wahren »Gefühle und Handlungen der *Menschheit*«[7] (das »Allgemeine«, das »Wesen«) darzustellen.

Nun steigert sich die ›Entfremdung‹ im Zuge der Entstehung der modernen Industriestaaten, vertieft sich der Riß zwischen Individuum und Gesellschaft in Deutschland seit der Jahrhundertwende derart, daß Praktikern und Theoretikern des bürgerlichen Romans die Maxime der Vermittlung von Individuellem und Allgemeinem uneinholbar, suspekt erscheint. Das Auseinanderfallen von individueller Erfahrung und übergeordneten Sinnwelten wird in Lukács' »Theorie des Romans« als »transzendentale Obdachlosigkeit« beschrieben, und Romanciers wie R. Musil, A. Döblin, J. Roth, H. Broch u.a. mühen sich theoretisch und praktisch an dem ab, was W. Benjamin so zusammenfaßt:

»Die Geburtskammer des Romans ist das Individuum in seiner Einsamkeit, das sich über seine wichtigsten Anliegen nicht mehr exemplarisch auszusprechen vermag, selbst unberaten ist und keinen Rat geben kann. Einen Roman schreiben, heißt, in der Darstellung des menschlichen Lebens das Inkommensurable auf die Spitze treiben.«[8]

Jedoch: »Einsamkeit« und Unberatenheit des Individuums eben sind das Kommensurable, das Exemplarische. Benjamin definiert das Exemplarische nur neu, beschreibt dessen neue Konturen im modernen Roman. Die »wütende Leidenschaft für das eigene Ich«,[9] die H. Mann seinem Bruder vorwirft, ist der neue Weg, um das für alle leserbezogene Produktion vorauszusetzende Allgemeinverbindliche zu erreichen; Th. Mann: »In mir lebt der Glaube, daß ich nur von mir zu erzählen brauche, um auch der Zeit, der Allgemeinheit die Zunge zu lösen, und ohne diesen Glauben könnte ich mich der Mühen des Produzierens entschlagen.«[10]

Die ›Subjektivität‹ als Charakteristikum des modernen Romans in der bürgerlichen Gesellschaft ist Ausdruck des konstitutiven Problems Individuum/Gesellschaft, ihre sich wandelnden Formen sind Ausdruck des steten Versuchs, das Verhältnis von Individuellem und Exemplarischem neu abzugrenzen und neu zu füllen. In den sich gegen die Vorläufer richtenden Neubestimmungen der ›Subjektivität‹ vollzieht sich die Evolution des modernen, bürgerlichen Romans.

›Subjektivität‹

Doch innerhalb des generellen Rahmens der ›Subjektivität‹ als Ausdruck des problematischen Verhältnisses Individuum/Gesellschaft, des Individualbewußtseins, meint der Terminus ›Subjektivität‹ im einzelnen Unterschiedliches, das hinsichtlich der Interpretation von Texten (und ohne alle Rücksicht auf ›Subjektivität‹ als transzendentale Größe) hier so getrennt sei:

Wenn wir umgangsprachlich Erzähltexte als ›subjektiv‹ bezeichnen, meinen wir in der Regel dreierlei:
1. ›Subjektivität‹ als Individualität – ein Text erscheint uns ›subjektiv‹, wenn er formal und/oder inhaltlich unverwechselbar ist, neu ist, wenn er also von unseren Erwartungen abweicht. Ist eine solche Variation oder gar Veränderung von Normiertem gemeint, sei im folgendem der Terminus ›individuell‹ gebraucht.
2. ›Subjektivität‹ als Innerlichkeit – Texte empfinden wir auch dann als ›subjektiv‹, wenn sie Inhalte haben – bzw. bestimmte Äußerungsformen verwenden, die diese Inhalte implizieren (wie Privatsprache) –, die wir in unserem Miteinanderhandeln als Berufstätige, Verkehrsteilnehmer usf. normalerweise nicht zur Sprache bringen. Diese Inhalte bezeichne ich hier als ›innerliche‹.[11]
3. ›Subjektivität‹ als Privates – daß etwas an einem Text ›subjektiv‹ sei, sagen wir auch dann, wenn wir meinen, daß es unverständlich sei, willkürlich oder von keinem allgemeinen Interesse. Was nur für den Autor, nicht aber uns Leser interessant und sinnvoll scheint, soll privat heißen.

Diese Unterscheidungen sind deswegen notwendig, weil offenbar für die jeweiligen Neubestimmungen der ›Subjektivität‹ des Romans wie auch für die kontroverse Bewertung jeweiliger ›subjektiver‹ Erzählungen und also auch für den Streit um die »Tendenzwende«-Literatur es von Wichtigkeit ist, was jeweils als legitim individuell und innerlich und was dagegen nur als privat empfunden wird. Im Kampf der literarischen Richtungen wie ›kapitalistischer Realismus‹, ›sozialistischer Realismus‹, ›Surrealismus‹, ›Dokumentarismus‹ und ›Neue Sensibilität‹ usf. und im evolutionären Neubestimmen von Positionen liegt wohl der entscheidende Punkt nicht im Individuellen und Innerlichen schlechthin, sondern genau da, wo es um die Frage geht: was ist nur privat und was ist repräsentativ, von allgemeinem Interesse, wobei immer die Maßstäbe für das Allgemeininteresse bestimmt werden sollten. Und so ist auch die »Tendenzwende« nicht schon deswegen Zankapfel der Kritik, weil in ihr Innerliches erzählt würde, sondern deshalb, weil die Einschätzung dieses Innerlichen uneinheitlich ist. Zankapfel ist, ob die »Tendenzwende« die Abkehr von Überlegungen ist, die nur ein paar ›versprengte Wirrköpfe‹ angehen, und die Hinwendung zu Themen aus der uns alle zunächst und am meisten betreffenden Alltagswelt, oder ob die »Tendenzwende« die Neubelebung jenes Individualismus ist, der nicht mehr zu trennen vermag zwischen ›Nabelschau‹[12] und Wirklichkeitsdarstellung. Und der Zank ist umso größer, je mehr mit ihm zugleich der Zank um die Legitimität der ›Politisierung‹ ausgetragen wird. Versucht man aber, die sich in der »Tendenzwende« vollziehende neue Abgrenzung von Privatem und Nicht-Privatem zu bestimmen, erkennt man, daß die »Tendenzwende« nicht unabhängig von der westdeutschen (und der mit ihr verzahnten österreichischen und deutschschweizerischen) Literaturgeschichte angemessen verstanden werden kann.

Tradition der westdeutschen Literatur

Ein roter Faden der Entwicklung der Literatur Westdeutschlands[13] bis heute scheint mir zu sein, daß auf dem Gebiet des Romans eine zunehmende Verschiebung der Inhalte ins je ehedem Private stattfindet, daß zugleich bis in die späten 60er Jahre die Organisation der Darstellung in wachsendem Maße allein abhängig wird vom individuellen Relevanzsystem des Autors, nicht mehr von Kompositionskonventionen wie ebensowenig von Rücksichten auf den Leser. Das ehedem Private wird so ausgezehrt. Inhaltlich und formal darf der Autor schalten und walten wie er will. Thematisch zeichnet sich eine Tendenz zum Authentischen, Autobiographischen ab, eine Reduktion der Literatur auf den Autor. Die Fiktionen werden abgebaut – versteht man dabei Fiktion als etwas, das nicht durch die Rückrechenbarkeit auf die authentische Erfahrung eines Individuums gebildet wird. Selbst die Prosa von Günter Grass, der nicht typischer Exponent jeweiligen Zeitgeistes ist, läßt sich beschreiben als stetes Einschränken dessen, was mit dem Erzählten exemplarisch bedeutet werden soll: Steckt in der »Blechtrommel« noch ein Stück des Anspruches, Welt auszulegen, und zwar als wenig geordnetes Sammelbecken rudimentärer menschlicher Triebe, so wird der panoramatische Anspruch in den »Hundejahren« schon dadurch eingeschränkt, daß mit der Einführung verschiedener Erzähler die Fiktion selbst problematisiert wird; in »Örtlich betäubt« schnurrt das weit in die Räume des Geschichtlichen und Phantastischen Greifende der Danziger Romane zusammen zur Betroffenheit allenfalls einer spezifischen Gruppe, nämlich der liberalen Intelligenz der Großstadt; im »Tagebuch einer Schnecke« schließlich ist der Held nicht einmal mehr scheinbar Jedermann, sondern nur noch G. Grass.

Vergleichbare Entwicklungen vom letztlich unproblematisierten Entwerfen von Wirklichkeitsmodellen mit Allgemeinheitsanspruch über die Befragung der fiktionalen Wirklichkeitsmodelle in der sog. »Literatur des Schweigens« der 60er Jahre bis hin zur unkaschierten, ja programmatischen

Privatisierung lassen sich bei Frisch, Hildesheimer, Walser, auch bei Zwerenz und anderen verfolgen. So wie schließlich H. Achternbusch (»Ich kümmerte mich lediglich nicht um den Trennungsstrich zwischen meinem Leben und dem Allgemeinen«)[14] möchte auch Max Frisch bewußt sich dem Repräsentativen entziehen: »Ohne Personnagen zu erfinden; ohne Ereignisse zu erfinden, die exemplarischer sind als seine Wirklichkeit; ohne auszuweichen in Erfindungen.«[15] Erstaunlicherweise bekundet Gabriele Wohmann mit dem gleichen Montaigne-Zitat, das Frisch in »Montauk« als Motto benutzt, im »Schönen Gehege« die gleiche Absicht, den Fiktionen zu entkommen.[16]

In bezug auf diesen roten Faden ist die »Tendenzwende« insofern überhaupt keine ›Wende‹, als ihre Erzählwerke die Tendenz der westdeutschen Literatur, stets mehr Innerliches zu berichten, das seinen Grund in der Privatperson des Autors hat, fortsetzen. Nun könnte man gegen die Behauptung einer kontinuierlichen Tendenz einwenden, daß etwa zwischen 1967 und 1973 ein ›politisiertes Loch‹ klaffe, das sehr wohl berechtige, von einer gegenwärtigen »Tendenzwende« in dieser Hinsicht zu reden. Zwar liegt offensichtlich mit der Enttabuisierung der Literatur gegenüber den Relevanz-Fragen und Verurteilungen in den Äußerungen der ›politisierten‹ Studentenbewegungs-Generation (bzw. der frustrierten Literatur-Studenten) eine Wende vor. Daß wieder ungestraft gelesen und gedichtet werden darf, signalisiert einen Umbruch. Aber eben: eine Praxis, gegenüber der die jetzige Literatur eine Wende wäre, hat es nicht gegeben in größerem Umfange. Erzählwerke, in denen – mit Reich-Ranicki – dargestellt würde, »wie man die Gesellschaft umbauen und die Menschheit erlösen könnte«, gab es nicht; erschienen Romane der ›politisierten‹ Literaten, so haben diese, wie etwa H.P. Piwitts »Rothschilds« von 1972, die gleichen Merkmale wie Werke der »Tendenzwende«. Und endlich ist auch auf dem Gebiet der Theorie nicht vulkanisch mit H.C. Buchs Rede auf dem Steirischen Herbst von 1974 die »Tendenzwende« losgebrochen, vielmehr ist das Problem ›Subjektivität‹ un-

unterbrochen Gegenstand der theoretischen Bestimmung gewesen.[17]

Also keine »Tendenzwende«? Oder nur eine in der Einschätzung der Literatur bei einer bestimmten Gruppe? Keineswegs; denn zwar steht die »Tendenzwende« in der gegenwärtigen Prosa durchaus in der Tradition der westdeutschen Literatur, die im Übergang von der Darstellung von Wirklichkeitsmodellen zur Exposition von Privatem, doch zumindest Autobiographischem liegt. Dennoch zeigen die Werke der »Tendenzwende« zwei entscheidende Neuerungen, qualitative Änderungen, die erst mit der ›Politisierung‹ möglich geworden sind:
- entsprechend der wachsenden Bescheidung des Funktionsanspruches der Literatur sind ihre Darstellungsweisen in minderem Maße esoterisch als in den Werken der »Literatur des Schweigens« (Frischs »Gantenbein«, Hildesheimers »Tynset«, Walsers »Fiction« etwa); Kommunizierbarkeit wird nicht mehr mit zynischer Affirmation gleichgesetzt;
- das Dargestellte ist weniger bezogen auf die Sprach- und Erkenntnistheorie, nun mehr bezogen auf die Reproduktion eines konkreten sozialen (und auch historisch exakt situierbaren) Erfahrungsbereichs.

Zum Vergleich sei Brinkmanns »Keiner weiß mehr« der »Tendenzwende« kontrastiert. Wiewohl es nicht nur an der Pietät gegenüber dem frühverstorbenen Generationsgenossen liegt, daß Brinkmann unter ›Linken‹ wieder zitabel wird,[18] und obwohl »Keiner weiß mehr« nicht so eindeutig Ausdruck einer vergangenen Epoche ist, wie es in meiner Darstellung verkürzend angedeutet wird, scheint mir dennoch dieser Roman die Problematik der ›Subjektivität‹ auf eine Spitze getrieben zu haben, von der aus Tradition und Innovation der gegenwärtigen »Tendenzwende« abmeßbar werden.

III

Daß sich Innerlichkeit als Kategorie für die Betrachtung von »Keiner weiß mehr« anbietet, ist evident: in Brinkmanns Roman geht es um Wahrnehmungen, Empfindungen, gedankliche Ausfaltungen von Befindlichkeit, um Liebe und Haß, Sehnsüchte, vor allem um sexuelle Wünsche und Enttäuschungen zumal im Verhältnis des Er-Helden zu seiner Frau; von ›objektiven‹ Zwängen, von Geld und von beruflichen Problemen ist keine Rede, sie spielen, wie wiederholt betont wird, für die dargestellte Innerlichkeit keine Rolle.

Auf den Charakter des »Privaten« in »Keiner weiß mehr« hat schon Heinrich Vormweg hingewiesen: »Er will schreibend das ganze Wirkliche aussprechen, und das heißt: nicht bekannte oder halbbekannte Bedeutungen des Wirklichen, sondern dieses selbst in seiner Aktualität und seiner Widersprüchlichkeit. Von Anfang an war das Wirkliche für Brinkmann, was den einzelnen unmittelbar angeht, also das physisch Nächste, man könnte auch sagen: das Private.«[19]

Deutlicher noch hat M. Walser die Nähe solcher Innerlichkeit zur Privatheit (im beschriebenen Sinne als Nicht-Repräsentativität) gesehen in seiner Kritik an der »Neuen Szene«, wie sie vor allem von Brinkmann propagiert wurde: Literatur reduziere sich auf den Autor, mit McLuhan: »Der Autor ist die Botschaft«[20] – und, sei hinzugefügt: Bazon Brock ist nur Bazon Brock.

Daß »Keiner weiß mehr« zu einem guten Stück privat ist, daß sich dieser Roman sperrt gegen das Interesse, das ›Hineinversetzen‹ des Lesers, zeigt sich schon ermüdend deutlich in seiner Darstellungsweise, seinem Aufbau. Ein Verständnis, eine nicht nur partielle sprachlich-thematische Entschlüsselung, ist erschwert. Es herrscht die temporale (vision avec) wie psychologische (Innensicht) Zentralperspektive des Er-Helden, was sich in den verschiedenen Redeformen des ›inneren Monologes‹ (im weiteren Sinne) zeigt. So zum Beispiel hier:

»Was sie dachte, wußte er nicht. Sie hielt die Augen angestrengt geschlossen. Das elektrische Licht war ihr vielleicht zu grell, es tat ihr vielleicht weh. Sonst war nichts. Er brauchte sich keine Gedanken zu machen.«[21]

Kein olympischer, allwissender Erzähler. In der Redeform der dritten Person werden die Vermutungen des Helden mitgeteilt. Die Innensicht des Helden und also die Außensicht anderer Figuren sind nahezu strikt durchgehalten. Die seltenen Durchbrechungen der dominanten Helden-Perspektive durch die Perspektive seiner Frau und durch ›quasi-auktoriale‹ Einschübe (»wie ihm schien«, »wie er zu sehen glaubte«, »wie er glaubte«)[22] müssen keineswegs als Aussagen aus einer mehrwissenden Perspektive eines olympischen Erzählers gelesen werden; sie können ebensogut als ausgestülpte Selbstreflexion des Helden begriffen werden – die Einziehung der Distanz zwischen Erzähler und Er-Held wird durch sie nicht gelockert.

Nun ist jedoch die Zentralperspektive, der dominante ›innere Monolog‹, noch an sich kein verständniserschwerendes Erzählverfahren, denkt man etwa an ein frühes (Schnitzlers »Leutnant Gustl«) und ein späteres Beispiel (Walsers »Ehen in Philippsburg«, III). Bei Brinkmann aber wird die Zentralperspektive nicht – wie bei Schnitzler und Böll – in Verbindung mit dem konventionellen erzählerischen Verfolgen der Handlung Schritt für Schritt verwendet. In »Keiner weiß mehr« ist die gewohnte zeitliche, räumliche, psychologische Handlungslogik im Sinne einer linearen Stimmigkeit aufgehoben. Das Erzählte ist vielmehr so strikt auf die jeweiligen Befindlichkeiten des Helden bezogen, daß es zu einer völligen Verunklärung der zeitlichen, räumlichen und psychologischen Verhältnisse kommt. Das Dargestellte organisiert sich von der momentanen psychisch-reflektorischen Verfassung des Helden her, was häufig zu einem Aneinanderfügen von Assoziationen führt, deren Verkettungslogik dem Leser uneinsichtig bleibt. Solche nicht durchschaubare Reihung von Handlungsmomenten erweckt zumindest den Eindruck eines wohl problematischen, aber in seiner Problematik schwer faßbaren Helden; erweckt den Eindruck der Privatheit des

Dargestellten. Aber mehr noch: da bei derartigen assoziativ verknüpften Aussagen die temporale Zentralperspektive durchbrochen wird, da die zeitliche Konsequenz aufgehoben wird, und da der Held mehr weiß, als er eigentlich wissen könnte, ist der Leser geneigt, solche Privatheit nicht nur dem Helden, sondern auch dem Autor, als dessen Spielfigur der ›unwahrscheinliche‹ Held verstanden werden kann, zuzuweisen. Ein wenig gutwilliger Leser mag von dem Urteil: »Pathographie« zu dem Urteil kommen: »Unverständlich, also Selbstbeschreibung eines kranken Autors«. Solcher, möglicherweise bis zum Kommunikationsabbruch führender, Eindruck erzählter Privatheit wird eben durch die Aufhebung gewohnter zeitlicher, örtlicher Darstellungslogik hervorgerufen: So sitzt etwa der Held bei Rainer, erinnert sich an London, an einen Brief, den er seiner Frau schrieb, es wird erzählt, wie er aus London zurückkommt, wie er sich später an London erinnert usf. – die Ausgangssituation Jetzt-Hier-Bei-Rainer wird schon bald verlassen, ›vergessen‹, das Erinnerte ist nicht integrierte Rückblende, sondern entwickelt einen neuen Zusammenhang, in dem schließlich erzählt wird, was erst nach der Ausgangssituation geschehen ist.[23]

Wer sich jedoch von dieser nicht nur unkonventionellen, sondern kommunikationsfeindlichen Darstellungsweise (Bekketts Namen wird bezeichnenderweise im Text genannt) nicht verschrecken läßt – wozu er von manchen sog. allzumenschlichen Seiten dieses Romans der »Sex-Welle« animiert werden könnte –, der findet nach einigen Mühen auch das Handlungsgerüst heraus:

Er gibt in Köln sein Pädagogik-Examen kurz vor dem Abschluß auf, nachdem er vorher einmal seinen Freund Rainer in London besucht hat, der mitwohnt in der 3-Zimmer-Wohnung von Er und dessen Frau, die Sekretärin ist, und ihrem kleinen Kind. Er beschäftigt sich erfolglos mit allerlei Arbeitsplänen, es kommt zu Streitereien mit seiner Frau, die ihn Mitte September verläßt und mit dem Kind in Holland Urlaub macht. Während ihrer Abwesenheit trifft er sich häufig mit einer Bekannten von der PH, mit dem homosexuellen

Rainer, der mittlerweile aus ihrer Wohnung ausgezogen ist, worauf der Held das Mittelzimmer für seine Frau neu herrichtet, trifft sich auch mit dem anderen Freund Gerald, einem zumindest verbal ausgesprochen heterosexuellen Junggesellen, der übrigens auch früher einmal bei ihnen wohnte. Dann holt er, es wird Ende September sein, seine Frau und sein Kind in Holland ab, für eine Zeitlang scheinen sich die Streitereien zu legen, doch dann beginnen sie erneut und heftiger. Schließlich fährt er, zur Trennung entschlossen, nach Hannover zu einer Lesung und kehrt zurück zu seiner Frau.

Soweit der aus dem Nachhinein erstellte Handlungszusammenhang. Innerhalb seines losen Gerüstes werden im einzelnen allerhand Dinge erzählt, die für einen in Ehesachen nicht unerfahrenen Leser durchaus einen hohen Grad von Wiedererkennbarkeit haben: Qualvoll einläßlich ist die Rede davon, wie man miteinander fertig werden soll in einer Beziehung, in der der andere doch immer mehr unverfügbar bleibt, nicht tauglich zur Erfüllung der Wünsche, die genährt werden von den Schönheiten der Musik und traumhafter Illustriertenfotos. Das Kind, heißt es öfters, sei an allem schuld: wo die Realität sich verkrustet hat, da wird die Lust zum Schmerz:

»Oder Rainer. Der konnte in einen Club abends gehen, dafür zurechtgemacht. Während bei Gerald sich alles immer von selbst erledigte, es hörte bei dem einfach wieder auf, von ihm in Gedanken aufgelöst. Das Bild verschwand einfach für Gerald wieder. Das war zwar vereinfacht gesehen, es gab für sie auch Schwierigkeiten, aber Gerald erledigte sie immer schon im voraus mit sich allein, es gab für ihn nicht diese Art von Nässe und dieses Schwitzen, keine klebrige Feuchtigkeit, keine Nässe, und Rainer brauchte bloß zum Spülstein zu gehen, sich die Hände abzuwaschen, den Bauch, die in sich zusammengezogene Flüssigkeit kroch langsam den Beckenrand hinunter zum Ausgußloch und verschwand, er konnte es eine Affäre nennen, auflösbar in nichts mehr danach, keine Erinnerung, kein Bild, erstarrt in einer vagen Pose und in dieser vagen Pose beliebig als Bild aus der Erinnerung, wenn benötigt, wieder hervorzuholen, halb abgewandt und dabei etwas nach vorn gebeugt beim Abrollen der Strümpfe.«[24]

Dennoch ist das Gegeneinander von Lust- und Realitätsprinzip, das Bestreben, »der von außen manipulierten Utopie im anderen habhaft zu werden«,[25] doch nur der Vorwand für ein anderes, generelles Thema, nämlich der Frage nach ›freier‹ Wahrnehmung jenseits aller traditionellen Bedeutungsimplikate, ja, jenseits aller Bedeutungsgebung überhaupt. Die kaum verständliche Makrostruktur, die schwer faßbaren Assoziationsreihungen haben ihre Entsprechung im Thema des Romans: Das Typische selbst, das Repräsentative soll dekuvriert werden. Es geht um die Freisetzung des Privaten als einem Moment der Aufhebung von ›Entfremdung‹. In der kalkulierten Verprellung des Lesers soll die Darstellungsweise noch ex negatione die Vermittlung des Positiven sein, nämlich eines von allen die Wirklichkeit verfehlenden Bedeutungsgebungen freien Wahrnehmens.

An dem dominanten Motivkomplex von »Bild«, »Vorstellung«, »Erinnerung«, »Geschichte« sei aber erst einmal gezeigt, daß dies tatsächlich das übergreifende Thema von »Keiner weiß mehr« ist.

Wie das Leiden des Helden ein Leiden an der Erstarrung seiner Beziehungen ist, an der gerinnenden Verfestigung seiner Wirklichkeit, so geht sein Wünschen auf Bewegung, Lebendiges, Auflösbares, auf den schönen Schein der von aller alltäglichen Kärrnerarbeit unbefleckten Unschuld, wie sie zur Zeit von »Keiner weiß mehr« zu sehen war auf den hundertwasserfarbigen Hochglanzfotos des »Twen«, auf denen der seximiniflowerpopop-Touch einer schwungvollen Pepsi- und Africola-Generation neuer langhaariger und langbeiniger german girls prolongiert wurde zur kühlen Ewigkeit des Moments:

»Titten, die beim schnellen Gehen unter dem Pullover, dem Kleid, einem Mantel etwas auf und ab hüpften, Titten, Titten, Fotzen, versteckt zwischen Beinen oben, Schenkel, Knie, die halbe Drehung eines Gesichts, ein Mädchen, das lachte, das Haar zur Seite gerutscht, nach vorn gefallen ins

Gesicht und aus dem Gesicht wieder mit einer kurzen Handbewegung nach hinten geschoben, fast so wie auf den Bildern, ausgeschnitten, an die Wand gesteckt, in einer durchgehenden, anhaltenden Bewegung, lebendig, sehr lebendig, lebendig festgehalten mitten in einer Drehung«.[26] Es geht hier nicht nur um sexuelle Omnipotenz. Der Wunsch des Helden nach dem »Lebendigen« betrifft alle Bereiche. Letzten Endes geht Brinkmanns Ehrgeiz auf die erzählerische Darstellung des erkenntnistheoretischen Problems, wie Wirklichkeit von Subjekten wahrgenommen und wiedergegeben werden kann ohne alle Habitualisierungen, Schematisierungen, ohne alle semantische, ideologische Vorstrukturierung, privat also. Und weiter noch: er will die Frage nicht nur darstellen, sondern er will sie positiv beantworten. Die vom Klappentext wohl unzutreffend als Darstellung einer zunehmend »von Außenreizen« »manipulierten« »männlichen Sexualität« bezeichnete Geschichte ist viel allgemeiner eine Erörterung (die allerdings gelegentlich das hohe Ziel erreicht und die »Attraktivität von Titten einer 19jährigen«[27] hat) schiefer und richtiger Verhältnisse zwischen Bewußtsein und Realität. Diesem generellen Thema subsumiert sich auch das Leitmotiv Bild/Foto, mit dem keineswegs nur die »Manipulation« »von außen« dargestellt werden soll, sondern ein auf das generelle Thema verweisendes Wechselverhältnis: »Photos aus Zeitschriften, die Gerald sich auch in seinem Zimmer an die Wände gesteckt hatte, Photos herausgenommen aus dem Kopf und als Vorstellung an die Wände projiziert, von den Zimmerwänden zurückgefedert in den Kopf als feststehendes Bildraster für die Außenwelt, ein festes System von Bezugspunkten aus glatten nackten Hautstücken, flachen kleinen Hintern, kindlichrunden Wölbungen«.[28]

In »Keiner weiß mehr« werden drei verschiedene Wirklichkeitsverhältnisse ausgebreitet. Die negativen Exponenten sind hierbei ältere Ehepaare, die sich eingespielt haben auf die »Lüge«, auf die sinngebenden Reduktionen der Wirklichkeit, die auch nur noch ein vorbestimmtes Wahrnehmen möglich machen:

»An den älteren Bekannten konnte er das manchmal bei unscheinbaren Gelegenheiten beobachten. Sie hatten sich irgendwie ganz auf diese wenigen Reste zurückgezogen und aus diesem Rückzug eine Art Notwendigkeit gemacht, um, wie ihm vorkam, überhaupt noch miteinander auskommen zu können, als sei das zwischen ihnen von vornherein abgesprochen gewesen, so daß sie nun auch nach außen hin ein ruhiges, feststehendes Bild von sich und dem anderen, dem Partner, abgeben konnten. Ihr Umgang miteinander stimmte«.[29]

Dieser negativen Position, in der die Wirklichkeit hinter ihren Bildern und Auslegungs-, Wahrnehmungsmustern verschwindet, folgt als mittlere Position eine der steten Projektionen und Zurücknahme der Projektionen, ein leidvolles Noch-Offenhalten der unvermeidbaren Verfestigung der Realität in bedeutungsvolle Bilder und Geschichten:

»Die Teile. Darauf, sah er, lief es ja auch schon bei ihnen hinaus, die einzelnen Teile passend zu machen. Nur daß sie sich noch nicht ganz abgefunden hatten, wenigstens nicht er. Er konnte noch Vorgänge erkennen, es gab sie stark, bei anderen, und sie beunruhigten ihn noch«.[30]

Diese gewöhnliche Position des Helden wird aber schließlich überboten von der positiven Einstellung zur Wirklichkeit. Dem bruchlosen Überstülpen von Auslegungsarrangements über die Dinge und der noch akzeptablen Irritation zwischen Projektionen und widerständiger Wirklichkeit wird die positive Möglichkeit einer Wahrnehmung der Wirklichkeit (und deren Darstellung) gegenübergestellt: die unmittelbare Evidenz des sinnlichen Erlebens, in dem es keine Spannung mehr von Subjekt und Objekt gibt, in dem sich selbst die Individuen unmittelbar zueinander verhalten. So werden die wenigen Augenblicke, in denen der Held und seine Frau bruchlos miteinander auszukommen scheinen, genau dadurch hervorgerufen, daß sie gemeinsam sinnlich erleben ohne alle Projektionen bzw. dadurch, daß Dinge, Vorgänge so benannt werden, daß kein Rest mehr zwischen Bezeichnetem und Bezeichnung bleibt. So zweimal, als sie im Kino sind: »Der

Zusammenhang schien mit einem Mal vollständig zu sein, mit ihr nur im Kino zusammen, ohne die Gegenwart anderer«;[31] oder beim Beischlaf: »Und es ist diese Weichheit, die sich ausbreitet, es ist dieses hartgewordene Gefühl, das einfach da ist, nichts anderes. Hier ist sie. Hier ist er. Auf derselben Stelle wie vorher. Das genügt. Keine Wiedersprüche. Keine Reden mehr darüber, nichts als das«.[32]

Dieser Spontaneität des Sich-Verhaltens zum Andern in einer unmittelbaren Emotion entspricht eine positive Wahrnehmung der Dinge, wobei diese nicht reduziert werden auf die Verweisung über sie hinaus; die Erscheinungen werden bei dieser Wahrnehmung nicht gesehen als Repräsentanten von etwas, Bedeutungsträger, sie sind vielmehr hierbei nur sie selbst. So, wenn ein Fenster, ein Dach und ein Himmel darüber erlösend wahrgenommen werden »ohne Bedeutung«, »ohne eine andere Bedeutung als so gesehen zu werden«.[33] Insbesondere aber das leitmotivisch auftauchende Erlebnis der Wahrnehmung einer bewußtlosen Prostituierten, die der Held aufheben will und deren Haut er sieht und spürt, soll die positive Möglichkeit der Wahrnehmung im sinnlichen Evidenzerlebnis verdeutlichen:

»Das hier war weich in ihm abgedrückt, war intensiv da, diese nackten, weißen Stellen an ihr hatten ihm eingeleuchtet, ohne daß er sich darum bemüht hatte, sie waren einfach da, warm, weich, etwas fett, und er konnte sie später, wenn er wollte, noch immer an seinen Händen spüren, warm, weich, etwas fett die Stellen, ganz da, keine Reste, das ganze war keine Geschichte, die sich für etwas anderes erzählen ließ, was es nicht war, aber man dafür hielt, als sei es mehr als eben diese eine Geschichte«.[34]

Der Schluß nun, die Reise nach Hannover, scheint den endgültigen Durchbruch in unverstellte Wirklichkeitserlebnisse zu bringen. Vorstellungen verdecken nicht länger die Wirklichkeit, Wirklichkeit wird wieder wirklich empfunden, ein Zusammenhang stellt sich zwanglos ein,[35] und schließlich funktioniert auch die Sprache ohne alle impliziten, mitlaufenden Bedeutungen: »so einfach, klar, eindeutig, einen

Satz, noch einen Satz, noch einen Satz, eine Frage, die Antwort. Dahinter lagen keine Verwicklungen, keine anderen Bedeutungen«.[36]

Der Zielpunkt dieses Romans liegt darin – so meine Interpretation –, daß die Darstellungsweise wie die Thematik nicht nur die Konventionen der Wahrnehmung, des Bewußtseins durchbrechen wollen, sondern in diesem Entzug verfestigter Verständigungen zugleich die Möglichkeiten unverstellter Wahrnehmungen positiv darstellen möchten. Damit jedoch wiederholt sich auch auf der Ebene des Themas, was die makrostrukturelle Kompliziertheit schon stimulierte: der Eindruck der Privatheit dieses Romans. Denn die positive Wahrnehmungsweise ist dilemmatisch; sie ist nur möglich auf dem Wege der Negation: sie ist »ohne Bedeutung«, »keine« Geschichte usf. Die ›freie‹ Wahrnehmung wird nur dadurch als solche erkennbar, daß von ihr mitgeteilt wird, sie sei nicht wie die alte und falsche. Die neue Qualität selbst aber ist nicht mitteilbar. Die hilflosen positiven Beschreibungsversuche »Hier ist sie. Hier ist er«, »einfach da, warm, weich, etwas fett« u.a. bleiben leer. Die unmittelbare Evidenz der Wirklichkeit im sinnlichen Erleben ist nicht mitteilbar. Sie bleibt unartikuliert im Helden, im Erzähler sitzen; sie bleibt privat. Das Individuum, mit Benjamin, kann sich in der Tat nicht mehr aussprechen. Die Befreiung von vorgegebenen Schemata, von den Bedeutungskonventionen ist die Preisgabe der Mitteilung. Die Loslösung der Dinge von ihren bedeutungszuweisenden Repräsentationen führt in der, von Brinkmann und Rygulla propagierten,[37] Pop-art wenigstens noch zu der wahrnehmbaren Suppendose ›an sich‹. Doch die von Bedeutungen befreiten Wörter tranportieren gar nichts mehr. »Hier ist sie. Hier ist er« – solche Versuche, Wahrnehmungen jenseits aller Konventionen und unverstellt mitzuteilen, sagen dem Leser gar nichts, oder der Leser macht seine »Geschichte« daraus und verfällt damit der Bestätigung seiner Auslegungsmuster. Verführt von dem Theorem der »Bewußtseinserweiterung« mittels Musik, Drogen, Visuellem, mittels unmittelbarer Emotionsstimulationen, Affektreizung, will

Brinkmann das Prinzip der direkten Übertragung unmittelbarer sinnlicher Erlebnisse auch auf die Literatur anwenden. Und er verkennt dabei, daß sprachliche Mitteilungen gerade nicht funktionieren nach dem Reiz-Reaktion-Mechanismus, daß sinnliche Erlebnisse in schriftlicher Sprache weder adäquat formulierbar noch transportierbar sind. Brinkmann: »Losgelöst von vorgegebenen Sinnmustern wendet sich die Imagination dem Nächstliegenden, Greifbaren zu und entschlüpft durch ein Loch in der Zeit (...) Dem Anwachsen von Bildern = Vorstellungen (nicht von Wörtern) entspricht die Empfindlichkeit für konkret Mögliches, das realisiert sein will. Für die Literatur heißt das: tradiertes Verständnis von Formen mittels Erweiterung dieser vorhandenen Formen aufzulösen und damit die bisher übliche Addition von Wörtern hinter sich zu lassen, statt dessen Vorstellungen zu projizieren«.[38]

Im Versuch, über das Negieren des Repräsentativen das Positive unvermittelter Wahrnehmung zu artikulieren, überschreitet Brinkmann die Grenze exemplarischer Innerlichkeit: Das Dargestellte bleibt eben dort, wo es über die Darstellung typischer Situationen hinauskommen will, privat, ohne Brücke sinnlicher oder gedanklicher Art zwischen Autor und Leser. Der Versuch ist hypertroph, sprachlich etwas mitteilen zu wollen, ohne sich auf die Bedingungen sprachlicher Kommunikation, soll sie glücken, einzulassen; denn diese findet nur dort statt, wo ein gemeinsamer Code, eine ›schematisierte Semantik‹ gegeben ist. Und Brinkmann scheitert daran, die Grenze einfach hinfällig zu machen, die der modernen bürgerlichen Prosa ihrem Selbstverständnis nach immer schon vorausliegt, nämlich die nicht mehr revidierbare Scheidung zwischen dem Privaten und dem Repräsentativen, zwischen der authentischen Erfahrung eines Individuums und der für die Mitteilung dieser Erfahrung vorauszusetzenden Typisierungen. So wenig wie die künstlerische Arbeit Aufhebung der ›Entfremdung‹ ist, ist die Literatur geeignet, Emotionen ohne Verlust von Ursprünglichkeit zu transportieren.

Schiller: »Die Menschen suchen immer gleich Worte zu allem, und durch Worte hintergehen sie sich dann. Jede Empfindung ist nur einmal in der Welt vorhanden, in dem einzigen Menschen, der sie hat; Worte aber muß man von Tausenden gebrauchen, und darum passen sie auf keinen.«[39]

Doch soll die Problematik von »Keiner weiß mehr«, das Überschreiten der Grenze des Vermittelbaren hin zum unkommunikablen Privaten, keineswegs hier einem persönlichen Irrtum R.D. Brinkmanns zugeschoben werden. Sie ist vielmehr forcierter Ausdruck jener Tendenz der westdeutschen Literatur, die, nachdem die Leistung der Literatur als Wirklichkeitsmodell bezweifelt worden war, den Wert darin erblickte, auf dem Weg möglichst weitgehender Selbst-Problematisierung und damit Kommunikationserschwerung in scheinbar besonderer Weise mitzuhelfen bei der Befreiung des Menschen von allen ihm auferlegten »sekundären Strukturen«, Ideologien, Konventionen, Sprachmustern, Erlebnisbeschränkungen usf. Wie die »konkrete Poesie« mit ungebräuchlicher Sprachverwendung das abendländische Weltbild aus den Angeln zu heben vermeinte, wollte die »Literatur des Schweigens« einen archimedischen Punkt a-ideologischer Erkenntnis bieten, wollte Brinkmanns »Neue Sensibilität« die »Eindimensionalität« des Bürgers aufbrechen. In gewisser Weise erscheint uns, die wir durch die nicht unerheblichen ›Bewußtseinserweiterungen‹ des vergangenen Jahrzehnts gegangen sind, ein solcher Funktionsoptimismus als ›vorkritisch‹, als Überschätzung des Schriftstellers, in der seine isolierte soziale Stellung zum Brückenkopf eines über allen Wassern schwebenden Emanzipationsgeistes emporgehoben wird, als eine Unterschätzung des Partners des Autors, des Lesers also, der zur empfangsbereiten tabula rasa vereinfacht wird.

Die in der »Tendenzwende« erschienenen Erzählwerke unterscheiden sich hiervor eben darin, daß zumindest *diese* Weise der Überschreitung der Grenzen des Exemplarischen zurückgenommen ist.

IV

Die Prosa der »Tendenzwende« steht in der Tradition der westdeutschen Literatur, für deren bestimmte Forcierung »Keiner weiß mehr« als Exempel diente, insofern, als sie etwa die Preisgabe der Handlungsschemata des realistischen Romans (im Sinne des 19. Jahrhunderts) beibehält; als sie nicht zu den fiktionalen Wirklichkeitsmodellen zurückkehrt; als sie die Tendenz zur Entfiktionalisierung oder Depotenzierung der Fiktion durch das unverhohlen Autobiographische fortsetzt.

Doch so sehr auch die Erzählungen der »Tendenzwende« selbst untereinander divergieren, unterscheiden sie sich insgesamt von ›der‹ Literatur der 60er Jahre dadurch, daß sie sich in größerem Maße an Lesekonventionen anpassen. Gemessen an Beckers »Felder« und »Ränder« (1964/1968), an Handkes »Hornissen« (1966), an »Die Insel« von Chotjewitz (1968), Fichtes »Palette« (1968), Brinkmanns »Keiner weiß mehr« (1968) und Walsers »Fiction« (1970) zum Beispiel sind die Prosaarbeiten von K. Struck, B. Klöckner, H. Dittberner, A. Höfele, F. Thiekötter und der Ausländer G. Leutenegger, E. Y. Meyer, W. Kofler u.a. deutlich ›konventioneller‹ und kommunikationsfreundlicher geschrieben.[40] Die Erklärung hierfür liegt sicherlich nicht darin, daß sich gleichsam automatisch innerhalb der sog. »literarischen Reihe« eine Gegenbewegung gegen gewisse Überspitzungen ergeben habe. Vielmehr ist diese Veränderung plausibel erklärbar als die Folge der Selbstreflexion der Autoren auf ihren gesellschaftlichen Standort, die ihrerseits mit der Bezweiflung der Hierarchien auch im kulturellen Bereich durch die ›Studentenbewegung‹ verbunden ist. So wie die Gleichung Esoterik = Qualität nicht mehr gilt, gilt auch die Gleichung nicht mehr: Lesbarkeit = Trivialität. Offenbar ist man nicht mehr gewillt, für die Negation des Bestehenden als maximalem Funktionswert den Preis des Kommunikationsabbruch zu zahlen.

In der kommunikationsfreudlicheren Einstellung der »Tendenzwende« spiegelt sich eine durch die ›Politisierung‹

stimulierte soziale Reflexion, die an die Stelle der erkenntnis-, sprach- und wahrnehmungstheoretischen Reflexion getreten ist. Das macht sich nicht nur im Bereich der Darstellungsweisen, sondern auch an den Inhalten geltend. So sind die Helden nicht mehr so sehr der Hohlspiegel gleichsam freischwebender räsonierender Individuen, sondern durch die konkrete, gesellschaftlich konturierte Lebenswelt umrissene Personen. So sind die Schwierigkeiten des Zusammenlebens in Schneiders »Lenz« und Strucks »Klassenliebe« nicht wie bei Brinkmann bezogen auf so generelle und abstrakte Fragen wie die nach dem Verhältnis von Lust- und Realitätsprinzip und von Wirklichkeit und Wahrnehmung, vielmehr sind sie bezogen auf spezifische Probleme gesellschaftlichen Alltagslebens wie Geldverdienen, Schichtenunterschied, Rollenverteilung.

Die Grenzen des Mitteilbaren scheinen in der Fortführung der westdeutschen Literatur in der »Tendenzwende« dort gezogen zu sein, wo die Kommunikationsbereitschaft des Lesers zu sehr strapaziert werden könnte, und dort, wo das Erzählte nicht mehr die Authentizität lebensweltlicher, historischer und sozial konkretisierbarer Erfahrungen artikuliert. Selbst die Erzählungen, in denen wie bei E. Y. Meyer und A. Höfele gleichsam Antropologisches wie Angst, Tod geschildert wird, sind doch sowohl leichter nachvollziehbar wie konkreter geographisch, sozial und entwicklungspsychologisch situiert als die mehr ›verfremdeten‹ frühen Erzählungen Walsers und Bernhards, Lettaus.

Das »mythische Analogon« ist neu bestimmt worden; was repräsentativ ist und was nur privat, ist neu abgegrenzt. Erschien in den 60er Jahren eher das gesellschaftlich, historisch Konkrete als das Belanglose, so nun die Reflexion auf erkenntnistheoretische und andere abstrakte Ebenen. Dennoch ist so das Problem der Privatheit des Erzählers nicht gelöst. Nicht in der Esoterik, nicht in den die Unverständlichkeit kalkulierenden Ambitionen der Prosa zeigt sich nun der Charakter des Privaten, wohl aber in der Aufschwemmung belangloser Fakten. Das abgeschriebene Tagebuch, aufgezählte Schlagertitel, Straßennamen, Personen wie etwa bei B. Klöckner, H. Dittberner und W. Kofler signalisieren die Gefahr, daß nun Dinge genannt werden, die nur für den Autor selbst Informationswert haben. Sie sind Haken seiner Erinnerungen, für den Leser jedoch repräsentieren sie nichts. Verlor sich Brinkmann mit dem Ehrgeiz seines Programms eines neuen Wahrnehmens im mitteilungslosen Privaten, so entkommt die »Tendenzwende« diesem dann nicht, wenn die autobiographische Wut nicht mehr Repräsentatives auszuwählen vermag.

Gewiß liegt in dieser Beurteilung eine rezeptionsbezogene Normvorstellung, die auf die Forderung nach einer Balance zwischen Authentizität individueller Erfahrung und dem intersubjektiv Exemplarischen abzielt. Diese Norm aber ist nicht an die moderne bürgerliche Erzählliteratur ›herangetragen‹, sie ist in ihr und ihrem Selbstverständnis von Beginn an als Problem gegeben. Im immer neuen Versuch, die Grenze zwischen Privatem und Repräsentativem neu zu ziehen, scheint sich ihre Evolution zu vollziehen.

In einer solch globalen historischen Betrachtung wird R.D. Brinkmanns »Keiner weiß mehr« gewiß zum Kontrastbild vereinfacht. Schon aber die Komplexität seiner Form entzieht diesen Roman einer eindeutigen Bestimmung. Und so läßt, es sei hier wenigstens angedeutet, die Vieldeutigkeit von »Keiner weiß mehr« auch eine andere Leseweise des Schlusses zu. Wiewohl das Ende nahelegt, es als Finden einer unverfälschten Wahrnehmung und Artikulation zu lesen, enthält es zugleich Momente der Selbstkritik. Zwar wird mit der Reise nach Hannover ein »Moment der Freiheit«[41] realisiert; dennoch ist diese »Freiheit« für den Helden keine Erlösung: abgewiesen von einer Prostituierten, onaniert er und schafft sich eine imaginäre Gemeinschaft mit den Freunden Gerald und Rainer, mit seiner Frau. Die »Freiheit« ist hier also die Vereinzelung. Die Erfahrung der großen Widerspruchslosigkeit ist auch die Erfahrung der Beziehungslosigkeit, Gemeinschaft gibt es nur in der Phantasie.

Diese Leseart des Schlusses wird gestützt durch auffallende Hinweise im Roman auf Hegel. Bei der Hannover-Onanie taucht noch einmal ein Verweis auf Hegel und seinen Schüler Gerald auf. Gerald hatte gesagt: »Bei Hegel ist der Verbrecher der vom Absoluten Verlassene, eine ganz gute Definition von Freiheit, finde ich, Aufhebung der Entfremdung, die Vermittlungen werden einfach durchgeschlagen.«[42]

»Freiheit« als Loslösung von allen Vermittlungen ist in der modernen Gesellschaft nur noch denkbar als Mythos oder Utopie; als Praxis würde sie die Isolation, den Tod bedeuten. Eine »freie« Wahrnehmung als eine von allen Bedeutungskonventionen freie Wahrnehmung impliziert ein nicht vergesellschaftetes Individuum. Auch dieses ist nur als transzendentale Größe denkbar. So könnte also in diesem Schluß eine Kritik am Programm der »Neuen Sensibilität« stecken, zumindest die Reflexion über Vergeblichkeit und Sinnlosigkeit der Suche nach »Freiheit«. Dann läge darin eine Grenzziehung für das Mitteilbare, die »Keiner weiß mehr« nicht nur als Kontrast, sondern auch als Übergang zur »Tendenzwende« erscheinen lassen könnte. Und damit würde die These, daß die »Tendenzwende« kein von aktuellen Umständen allein evozierter Umschlag oder Rückschlag sei, sondern nur im Blick auf die Kontinuitäten der westdeutschen Literatur hinreichend verstanden werden könne, noch ein Stück plausibler klingen.

---

1 Marcel Reich-Ranicki, Rückkehr zur schönen Literatur, FAZ 8.10.1975, S. 21. **2** H.C. Buch, Vorbericht, Literaturmagazin 4, Reinbek 1975, S. 15. **3** Vgl. J. Israel, Der Begriff der Entfremdung, Reinbek 1972, bes. S. 23 ff. **4** Vgl. C. Lugowski, Die Form der Individualität im Roman (1932), Hildesheim 1970. Nach Lugowski ermöglicht die neuzeitliche Kunst-Dichtung zunächst ein dem Erleben des Mythos in der antiken Tragödie analoges Einssein »von Einzelmensch und übergreifendem Verband, ja, von Einzelmensch und der Welt des Lebendigen überhaupt« (S. 8). **5** J. Habermas, Können komplexe Gesellschaften eine vernünftige Identität ausbilden?, in: J.H./D. Henrich, Zwei Reden, Frankfurt/M. 1974, S. 30 f. **6** E. Lämmert u.a. (Hg), Romantheorie. Dokumentation ihrer Geschichte in Deutschland 1620–1880, Köln/Berlin 1971, S. 261. **7** Vgl. ebd., S. 147

(Blanckenburg). **8** H. Steinecke (Hg.), Theorie und Technik des Romans im 20. Jahrhundert, Tübingen 1972, S. 61. Vgl. zum Problem nahezu alle in diesem Band versammelten Beiträge. Ferner: J. Schramke, Zur Theorie des modernen Romans, München 1974. **9** Th. Mann/H. Mann, Briefwechsel 1900–1949, Frankfurt/M. 1969, S. 117. **10** Th. Mann, Gesammelte Werke in zwölf Bänden: Bd. XI, Frankfurt/M. 1960, S. 571: »Wer ist ein Dichter? Der, dessen Leben symbolisch ist. In mir lebt der Glaube...« (»Über ›Königliche Hoheit‹«, 1910). **11** Vgl. hierzu bes.: J. Ritter, Subjektivität, Frankfurt/M. 1974, S. 11 ff. **12** Vgl. H.P. Piwitt, Klassiker der Anpassung, Literaturmagazin 1, Reinbek 1973, S. 22 f.: »Subjekte. Nicht im Sinne des eitel sabbernden bürgerlichen Ich, das sich für den Nabel der Welt hält.« **13** Vgl. dazu: R. Matthaei (Hg.), Grenzverschiebung, Berlin 1970, S. 13 ff.; M. Durzak, Der deutsche Roman der Gegenwart, Stuttgart 1971, S. 7 ff.; Akzente 1-2/74, S. 60-91; K. Batt, Revolte intern, Leipzig 1974, S. 5 ff., 191 ff.; H.L. Arnold u.a., Positionen im deutschen Roman der sechziger Jahre, München 1974, S. 9 ff., 147 ff.; D. Hinton Th./K. Bullivant, Westdeutsche Literatur der sechziger Jahre, München 1975, passim. **14** H. Achternbusch, Die Stunde des Todes, Frankfurt/M. 1975 (Klappentext). **15** M. Frisch, Montauk, Frankfurt/M. 1975, S. 155. **16** G. Wohmann, Schönes Gehege, Darmstadt 1975, S. 115 u.a. **17** Vgl. H.C. Buch, Kritische Wälder, Reinbek 1972, S. 142 ff. (Briefwechsel mit H.P. Piwitt, 1971). Zum steirischen Herbst: U. Greiner, Kann man wieder über Bäume reden?, FAZ, 25.10.1974, S. 25. **18** Vgl. Literaturmagazin 4, S. 14. **19** H. Vormweg, Ein Realismus, der über sich selbst hinauswill (1968), jetzt in: H.L. Arnold, Geschichte der deutschen Literatur aus Methoden, Frankfurt/M. 1972, S. 43. **20** M. Walser, Über die neueste Stimmung im Westen, Kursbuch 20 (1970) S. 23. **21** R.D. Brinkmann, Keiner weiß mehr, Köln 1968, S. 10. **22** ebd., etwa S. 91, 130, 257. **23** ebd., S. 63 ff. **24** ebd., S. 145 f. **25** ebd., Klappentext. **26** ebd., S. 131. **27** R.D. Brinkmann/R.R. Rygulla, Acid, Darmstadt 1969 (R.D.B., Der Film in Worten), S. 384: Gegen H.M. Enzensbergers – für das abendländische Denken symptomatische – »Unsinnlichkeit des Denkens«: »Es ist tatsächlich nicht einzusehen, warum nicht ein Gedanke die Attraktivität von Titten einer 19jährigen haben sollte, an die man gerne faßt«. **28** Keiner weiß mehr, S. 50. **29** ebd., S. 153 f., vgl. S. 61 f., 100, 143, 182. **30** ebd., S. 204. **31** ebd., S. 70, vgl. S. 86, 123. **32** ebd., S. 40. **33** ebd., S. 55, 56. **34** ebd., S. 162. **35** ebd., vgl. S. 267, 287, 286. **36** ebd., 276. **37** Vgl. Acid (Anmerkung 27). **38** Acid, S. 381. **39** F. Schiller, Briefe, München 1955, S. 242 (an Ch. v. Lengefeld am 10.2.1790). Zur grundlegenden Analyse des zur Debatte stehenden Sachverhalts, nämlich möglicher ›subjektiver Erfahrungen‹ und ihrer Artikulation auf dem Wege symbolischer Interaktion vgl. G.H. Mead, Geist, Identität und Gesellschaft, Frankfurt/M. 1973, passim. Wie schon bei Habermas (Anmerkung 5) ist auch hier wieder deutlich, daß es sich um prinzipielle Probleme vergesellschafteter Individuen handelt. Diesen ruhen die Probleme der ›Subjektivität‹ in der modernen bürgerlichen Gesellschaft auf. Die Bestimmung dessen, was ›anthropologisch‹, was modern nur ist im Sinne eines in das Bewußtsein erhobenen ›Anthropologischen‹, und was schließlich spezifisch historisch bedingte Inhalte der ›Subjektivität‹ sind, dürfte allerdings im einzelnen schwierig sein. 40 Diese Aufzählung ist allerdings so aleatorisch wie private Lektüre ist: K. Struck, Klassenliebe, Frankfurt/M. 1973; dies., Die Mutter, Frankfurt/M. 1975; E.Y. Meyer, In Trubschachen, Frankfurt/M. 1973; H. Dittberner, Das Internat, Darmstadt 1974; F. Thiekötter, Reisebekanntschaften, München 1974; A. Höfele, Das Tal, München 1975; B. Klöckner; Anna, Frankfurt/M. 1975; W. Kofler, Guggile, Berlin 1975; G. Leutenegger, Vorabend, Frankfurt/M. 1975. 41 Keiner weiß mehr, S. 270. 42 ebd., S. 111, vgl. S. 271 f., 246.

Deutschsprachige Literatur zwischen 1945 und dem Ende der fünfziger Jahre

Es ist üblich geworden, die Geschichte der deutschsprachigen Literatur nach dem Zweiten Weltkrieg darzustellen als Geschichte der Personen und ihrer Werke, die entscheidend nicht nur die literarischen, sondern auch die politisch-kulturellen Diskussionen der letzten dreißig Jahre bestimmt und damit einen Begriff von Gegenwartsliteratur geprägt haben. Das sind in der Schweiz allen voran M. Frisch und F. Dürrenmatt; in Österreich die Wiener und Grazer Gruppe und um sie herum, von I. Bachmann bis Th. Bernhard; in der Bundesrepublik H. Böll, H.M. Enzensberger, G. Grass, M. Walser und die anderen, welche unter die Gruppe 47 zählen, die nicht nur die westdeutsche Literatur eindrucksvoll repräsentiert.

Die Literarhistorie schreibt damit eine Geschichte der Sieger, beschreibt die Geschichte der deutschsprachigen Literatur als Vor- und Nachgeschichte der Generationen, die zwischen 1910 und 1930 geboren wurden. Diese gang und gäbe gewordene Sicht auf die deutschsprachige Literatur hat darin ihre Berechtigung, daß sie etwas Entscheidendes ratifiziert: Eine nicht scharf genug zu betonende Epochenzäsur dieses Jahrhunderts liegt um 1960, als sich in den westlichen Ländern der Wandel zu modernen demokratischen Industriegesellschaften mit deren kulturellen Werten nach amerikanischem Vorbild in allerlei Unruhen abzuschließen beginnt. Diese Epochenschwelle liegt zwischen den bürgerlich-autoritären wie christlich und nationalistisch geprägten Gesellschaftsformen einerseits und den neuen ›modernen‹ mit ihrer Wirtschaftsdominanz, ihrer Liberalität und den grundlegend veränderten Einstellungen und Verhaltensweisen (Religiosität, familiäre Strukturen, Geschlechterrollen, Enttabuisierungen, Medienpräsenz, Schichten-Differenzierung usf.) andererseits. Bei diesem säkularen Wandel nimmt die Gruppe 47-Kultur eine Funktion als Leit-Kultur ein. Und weil sich so über sie die Identität der ›modernen‹ Gesellschaft bildet, bekommt sie einen hohen repräsentativen Charakter. Erklärt sich von daher die Zentrierung auf die Gruppe 47, so ist doch festzuhalten, daß sich erst Ende der 50er Jahre die Vorbildhaftigkeit der Gruppe 47 einstellt, daß erst Mitte der 60er Jahre diese Literatur fraglos exemplarisch und dominant wird. Bis zu den späten 50er Jahren ist jedoch diese Literatur marginal. Wie abgelebt und gründlich vergessen auch immer sie sein mögen: Bis dahin beherrschen die literarische Öffentlichkeit in der Schweiz, in Österreich und der Bundesrepublik Namen und Werke, die wesentlich dem 19. Jahrhundert verhaftet sind. Wie groß der Epochen-, Generationen-, Macht- und Geschmackswechsel gewesen ist, bestätigt die Klage, die S. v. Vegesack in einem Brief, in dem er von der Tagung der Darmstädter Akademie berichtet und der 1964 an den noch immer einflußreichen Lyriker W. Lehmann gerichtet ist, eindringlich erhebt:

»Mich hat auch das, was die Bachmann vortrug, völlig verwirrt. Ich muss zu meiner Schande gestehen, dass ich nichts, oder fast nichts, – von alle dem begreifen konnte, – in meinen Ohren war es eine erschreckende Anhäufung unverdauter Wort-Gebilde, – alles erklügelt und erdacht, nichts von den Sinnen, und vor allem dem Auge Wahrgenommenes! Sie haben ganz Recht: dieser jungen Generation fehlt jede Beziehung zur Natur, – sie dichten abstrakt, wie sie ja heute auch abstrakt malen und musizieren. Mir scheint, noch nie war die Zäsur der Generationen so scharf und krass ausgeprägt, wie heute, – man spricht völlig verschiedene Sprachen!«[1]

Beispiel Bundesrepublik
Die Literatur in den westlichen Besatzungszonen und dann in der Bundesrepublik der 50er Jahre ist heterogen. Sie setzt sich aus zumindest sechs divergenten Teilen zusammen:
1. Die Innere Emigration, vertreten durch Namen und Werke der älteren Generationen, die während des Faschismus

in Deutschland blieben, schrieben oder schwiegen: G. Benn, W. Bergengruen, G. v. le Fort, W. Lehmann, R. Schneider, R.A. Schröder, F. Thiess, E. Wiechert u.a.
2. Das Exil, das teils nach Ost, teils nach West zurückkehrte, teils im Ausland blieb, das in einem bis Ende der 40er Jahre dauernden Kampf mit der Inneren Emigration um die moralische, politische, ästhetische Bewertung beider Literaturen lag: B. Brecht, A. Döblin, H. Hesse, H. und Th. Mann, A. Seghers, F. Werfel, A. und St. Zweig zum Beispiel.
3. Die Junge Generation, die ernüchtert oder ›umerzogen‹ aus dem Krieg oder den Lagern heimkehrte, sich an den Universitäten, in der Presse und im Radio von den Militärmächten mal unterstützte, mal geduldete, mal (weil zu links) verbotene Foren schaffte, von denen eines die 1947 in Bayern sich zusammenfindende Gruppe 47 ist: A. Andersch, H. Böll, W. Borchert, W. Jens, H.W. Richter, W. Schnurre, W. Weyrauch etwa.
4. Die Kolonne-Gruppe von Schreibenden, die zwischen der älteren Inneren Emigration und der Jungen Generation stehen: G. Eich, W. Koeppen, E. Kreuder, H. Kasack, E. Langgässer, H.E. Nossack, O. Schäfer und weitere.

Im nachhinein betrachtet, vereint alle, daß sie in Kategorien des ausgehenden 19. Jahrhunderts denken, vor allem in einem für die erste Jahrhunderthälfte signifikanten Krisenbewußtsein universalen Ausmaßes, das sich literarisch artikuliert in Modellen von christlich-apokalyptisch oder individualpsychologisch perspektiviertem Verfall. Im Prinzip weicht die Literatur der Jungen Generation, die sich in ihrer trotz der vielen Expressionismen relativen sprachlichen Nüchternheit von dem Sprachaufwand des Exils und der Inneren Emigration unterscheidet, von dieser weltanschaulichen Grundstruktur nicht ab; denn in einer Mischung aus Existentialismus und Sozialismus wird Geschichte entsprechend spekulativ gesehen, auch wenn die Vorzeichen hier positiv sind, indem alle Hoffnung auf eine bessere Zukunft gesetzt wird. Erst später nimmt die Literatur dieser Generation und vor allem

der etwas jüngeren ›Flakhelfer-Generation‹ die dezidiert antiideologische und scheinbar archimedische Beobachterwarte ein.
5. Nicht zu vergessen aber sind zwei weitere Literaturen, die für die literarische Öffentlichkeit der Nachkriegszeit gar nicht zu überschätzen sind, nämlich einerseits die Klassische Moderne, die verboten oder nicht greifbar war und von vielen nun zum ersten Mal rezipiert wird: H. Broch, A. Döblin, R. Musil, die expressionistische Lyrik und – allen voran – F. Kafka.
6. Die übersetzte Literatur zumal der alliierten Länder, die mit unterschiedlichen Schwerpunkten in großer Menge und mit politisch harten Mitteln (Zensur, Lizenzen, Papier) verbreitet wurde, um damit die Deutschen im jeweilig richtigen Sinne zu erziehen. Von literarisch erheblichem Einfluß wurden dabei die Lektüren der amerikanischen Kurzgeschichte (Hemingway) wie des sozialkritischen Romans der USA (Dos Passos, Faulkner, Steinbeck), des französischen christlichen (Bernanos, Gide, Mauriac) wie humanistischen (Camus, Sartre) und des englischen christlichen (Chesterton, Greene) Existentialismus. Hinzu kommt die große, aber spät einsetzende Wirkung von Joyce und Proust.

Das heterogene Profil der Literatur dieses Zeitraums, ihre uns teils fremd anmutenden Interessen, besonders aber die Tatsache, daß die Literatur der Jungen Generation und der Gruppe 47 in ihr kaum, die der Avantgarde gar nicht vorkommt, mögen einige Zahlen veranschaulichen:

Die Zeitschrift Athena stellte im 2. Jahrgang 1947/48, Heft 3, S. 31 ihren Lesern in allen vier Zonen die Frage *Wer repräsentiert die deutsche Literatur?* und gab als Ergebnis in Heft 6, S. 69 folgende Statistik, bezogen auf die Gesamtzahl der Einsendungen, nicht auf die der vorgeschlagenen Namen: Hermann Hesse 16%, Thomas Mann, Ernst Wiechert und Melchior Vischer je 14%, Jochen Thiem 12%, Werner Bergengruen 10%, Hans Carossa und Rudolf Alexander Schröder je 9%, Carl Zuckmayer 6,5%, Wilhelm Schmidtbonn 6%.[2]

Gewiß spiegelt diese Liste die »Zufälligkeit« wieder, die

aus den allgemeinen und auch literatursoziologisch sehr komplizierten Bedingungen der Zonen resultiert. So auch kann es zur Nennung von Schriftstellern kommen, deren Namen wir kaum noch recherchieren können. Doch läßt sich auch am Taschenbuchmarkt, der in den Fünfzigern expandiert und das gesamte deutschsprachige Gebiet umfaßt, ablesen, wie wenig diese Literatur dem Bild entspricht, das man sich von ihr aus der Perspektive einer späteren Gegenwartsliteratur macht:

- Bis Mitte 1959 hat das Fischer-Taschenbuch (seit 1953) unter seinen ca. 400 Titeln neben amerikanischer Literatur (Wilder, Soroyan, Marshall, Buck, Williams) vor allem Werke der Weimarer Republik und der Inneren Emigration präsentiert (T. Mann, Thieß, Werfel, S. Zweig, R. Schneider, v. le Fort, Carossa, Schaper), einige erfolgreiche Zeitgenossen (S. Andres, Zuckmayer, Bamm, Hausmann), aber nur einen einzigen, der mit der Gruppe 47 in Verbindung zu bringen wäre: P. Schallück. Erst nach 1961 gelingt der Gruppe 47 der Durchbruch zu den Fischer-Taschenbüchern.
- Das neue dtv-Taschenbuch (ab Herbst 1961) hat Mai 1964 240 Titel: 31 übersetzte (Marshall, Bernanos, de Montherland, Shaw), 21 der Klassischen Moderne und der Weimarer Republik, 14 in den Fünfzigern publizierte Titel des Exils und der Inneren Emigration, 17 Titel lebender Zeitgenossen außerhalb der Gruppe 47 (Anders, Spoerl), 14 der Gruppe 47 (mehrfach Böll und Jens).
- In der ältesten, seit 1950 erscheinenden Taschenbuchreihe, rororo, sind bis 1963 (ca. 650 Titel) die Gewichte so verteilt: Übersetzte Literatur – Colette 15 Titel, Greene 13, v. Vazary 12, Cronin 10, Buck 8, Galsworthy 8, Hemingway 8, Varé 7; deutschsprachige Autoren sind nur wenige vertreten, kaum welche der Jungen Generation – Thieß 5, Tucholsky 5, Fallada 5, v. Rezzori 3, Traven 3; nur 8 von 650 Titeln können der Gruppe 47-Kultur zugerechnet werden: Dürrenmatt 2, Kuby 2, Jens und Kaschnitz je 1.

Max Frischs *Stiller* kommt erst elf Jahre nach seinem Erscheinen ins Taschenbuchprogramm (1965). Nichts könnte augenfälliger machen, wie weit entfernt die Literatur der Nachkriegszeit bis zum Verfall der Ära Adenauer bzw. der Restauration unter dem Eindruck des Kalten Krieges von dem ist, was wir unter Gegenwartsliteratur zu verstehen uns angewöhnt haben.

Österreich
»Da plötzlich tauchten allüberall wie die Schwammerln literarische Rückbesinner auf ›österreichische Eigenart‹, auf den Glanz von vorvorgestern aus dem Reisig. Die zwei k hießen nicht mehr kalter Kaffee. (...) Österreich wurde, rechtzeitig zum Staatsvertrag, rasch erstmal alt.«[3]
A. Okopenko skizziert abfällig ein Bild der österreichischen Restauration nach 1945 (Staatsvertrag: 15.5.1955), die eine Literatur förderte, »die in harmonisch abgerundeter Form österreichisch, aufbauend und erbaulich sein mußte.«[4] Austriakismus, Mythos, Heimat sind Tendenzen der konservativen, häufig faschistisch belasteten Staatsliteratur.[5] Versöhnung und Gesundung in der Prosa (H. Waggerl), wuchtige Erhöhung der Geschichte zum Schicksal im Drama (M. Mell), in der Lyrik wird in Anschluß an J. Weinheber die Natur zum Projektionsraum eschatologischen Denkens. Dagegen wendet sich seit den Anfängen der Wiener Gruppe in den frühen 50er Jahren eine literarisch-politische Opposition, die sich nach und nach verschärft.[6] Von den Kontroversen darüber, ob der Kommunist Brecht gespielt werden dürfe (1954) bis hin zur Krise des P.E.N. und der Gründung der Grazer Autorenversammlung als Anti-P.E.N. (1973) vereinen sich die, welche endgültig eine andere Literatur Österreichs präsentieren, die in den sechziger Jahren zur bewunderten Provokation für eine innovative Literatur in deutscher Sprache wird.[7]

Gleichwohl scheint eine spezifisch österreichische Verklammerung in der Feindschaft zwischen Konservativen und Innovativen zu bestehen. Die Polarisierung ist Ergebnis einer kleinen, stark verflochtenen und kontrollierten Gesellschaft. Das Konservativ-Autoritäre treibt seinen Widerpart hervor, der auf ihn bezogen bleibt in der konträren Betonung des Österreichischen, des Regionalen, der Sprache. Dem Heimatroman antwortet der Anti-Heimatroman, der Verklärung Österreichs die Satire; der brauchtümelnden Mundart die grotesk oder sozialkritisch verwendete. Die Österreich-Fixierung hat möglich gemacht, daß dort, wo das als spezifisch geltende Skurrile des österreichischen Charakters, das Barocke der literarischen Tradition seinen Ausdruck zu finden scheint, durchaus sich Sympathien zwischen Konservativen und ihren Gegnern ergaben (F. v. Herzmanovksy-Orlando, H. v. Doderer) und ergeben.

Schweiz
Manches, was die deutschsprachige Literatur der Schweiz angeht, ist anders: das große Erbe eines positiven Identitätsbewußtseins, die – trotz aller Selbstkritik – Ferne von den politisch-militärischen Katastrophen, die geringere Verwicklung in den Faschismus. Das Problem der Stunde Null 1945 und der sich aus ihr ergebenden Zäsuren scheint gegenstandslos. Die nicht unbelastete Heimat- und Naturmythisierung bei A. Bächthold, M. Inglin wurde vorerst nicht zum Dissenspunkt, weil deren Werke auch beziehbar sind auf die schweizerische Tradition des humanistisch-kritischen Regionalromans, wie sie der 1938 gestorbene F. Glauser und A. Minder fortsetzten, ebenso auf den gemäßigt modernen Realismus der Identität reflektierenden Literatur von R. Walser und A. Zollinger. So könnte das Charakteristikum der schweizerischen Literatur gerade ihre thematische wie ästhetische Kontinuität sein, die in der Landesgeschichte, der Zeitgeschichte, der spezifischen Gesellschaftsverfassung und auch in der besonderen Divergenz von Alltags- und Schriftsprache begründet ist.[8]

Und dennoch: Auch in der Schweiz vollzieht sich, je mehr sich während des Kalten Krieges ihr restaurativer Charakter zeigt (z.B. in der Verfolgung K. Farners, der sich zu Brecht bekannte, zur Zeit des Ungarn-Aufstandes, 1956), ein markanter »Wechsel der literarischen Generationen«,[9] der um 1960 die Nachkriegszeit beendet und mit der ›Ära Dürrenmatt-Frisch‹ die schweizerische Literatur nachdrücklich ins Bewußtsein hebt. Spektakulär und weit über die Schweiz hinaus wird dieser Wechsel besiegelt durch den Zürcher Literaturstreit,[10] 1966, in dem vehement die obsoleten Vorwürfe E. Staigers gegen das ›Verbrecherische, Scheußliche und Gemeine‹ zeitgenössischer Literatur, selbst Frischs, zurückgewiesen werden.

Deutsche Demokratische Republik
Unter ganz anderen Voraussetzungen – der kulturpolitischen Verkettung von Staat und Literatur,[11] aus der sich für die Literatur ineins gröbere direkte und subtilere indirekte Funktionen ableiten als im ›scheinfreien Kräftespiel‹ des Westens, dann der separaten Dynamik einer sich am Sozialismus, seiner Lehren, Traditionen, Staaten und Kulturen ausrichtenden Gesellschaft – bestätigt sich auch für die DDR, daß mit den sechziger Jahren etwas Neues beginnt, das die Nachkriegszeit als historisch Vergangenes erscheinen läßt. Diese ist zunächst bestimmt durch die – unter dem Diktat der Ost-West-Spannung stehenden – gegenseitige Abgrenzung der Zonen bzw. einer sozialistischen und kapitalistischen Ordnung, wie sie auf dem ersten und einzigen gesamtdeutschen Schriftstellerkongreß, Berlin 1947, unüberbrückbar zutage tritt.[12] Im Vordergrund steht anfangs der Anspruch, die Legitimität der SBZ/DDR zu erweisen durch die Pflege antifaschistischer, klassenkämpferischer Traditionen (B. Brecht, A. Seghers, W. Bredel), damit und zunehmend reaktionärer gegen ›Formalismus‹, ›Dekadenz‹, etwa des Expressionismus und der amerikanisch-westlichen Kultur, die Prinzipien von ›Parteilichkeit‹, ›Volkstümlichkeit‹ und ›sozialistischem Realismus‹ durchzusetzen. Nach der Krise um Stalins Tod und dem Aufstand von 1953, schärfer noch nach dem Ungarn-Aufstand, wird eine eigenständige aktuelle DDR-Literatur propagiert, die sich in erster Linie auch ganz konkret als Produktivkraft im Aufbau einer sozialistischen Gesellschaft begreift. Ihre Bedeutung wird gemessen an ihrem Beitrag zur

Steigerung der ökonomischen Macht im Wettkampf der Systeme. Ihren Höhepunkt findet die Einbeziehung der Literatur in die basale Wirtschaftsproduktion im »Bitterfelder Weg« (1958–1964).

Gemäß der These, daß nach der ›Konsolidierung‹ der sozialistischen Gesellschaft nach dem Mauerbau von 1961 die ›Vermenschlichung‹ des Sozialismus vorrangig sein müsse,[13] thematisiert die Literatur ab den sechziger Jahren subjektive Probleme wie die biographische Revision der eigenen Geschichte (H. Kants *Die Aula*), die Relevanz individuell-existentieller Fragen (Ch. Wolfs *Nachdenken über Christa T.*) wie der weiblichen Selbstfindung (B. Reimanns *Franziska Linkerhand*). Die Literatur aus der DDR der sechziger Jahre ist es dann, die wegen ihrer inhaltlichen und gestalterischen Öffnung das – durch das Ungenügen an Avantgarde, Negativität, politischer Schärfe, am mangelnden Epischen der eigenen Literatur beförderte – Interesse des westdeutschen Publikums auf sich zieht. Die größere Kompatibilität der ost- und westdeutschen Literatur seither unterstreicht die gemeinsame Ablösung von der Nachkriegszeit, wobei nicht übersehen werden darf, »daß zwar die DDR-Literatur sich in den 60er Jahren zu einer stärkeren Betonung der Subjektivität und einem souveränen Umgang mit vielfältigen ästhetischen Mitteln hinentwickelt, dabei aber gleichzeitig ihrem Land und seiner Gesellschaft in der Regel noch emphatisch verbunden bleibt«.[14]

1 Siegfried von Vegesack: Briefe, hrsg. von M. Hagengruber, Graefenau 1988, S. 505 (6.11.1964). **2** Gerhard Hay: Zur literarischen Situation 1945–1949, Frankfurt/M. 1977, S. 6. **3** Andreas Okopenko: Klage um den Vormal, in: Jochen Jung: Vom Reich zu Österreich, Salzburg 1983, S. 323-327, hier S. 327. **4** Alfred Doppler: »Die Wiener Gruppe« und die literarische Tradition, in: Ders.: Geschichte im Spiegel der Literatur, Innsbruck 1990, S. 221–249, hier S. 222. **5** Vgl. Karl Müller: Zäsuren ohne Folgen. Das lange Leben der literarischen Antimoderne Österreichs seit den 30er Jahren, Salzburg 1990. **6** Vgl. Hilde Spiel: Die österreichische Literatur nach 1945, in: Dies.: Die zeitgenössische Literatur Österreichs, Zürich/München 1976, S. 13-127. **7** Vgl. Peter Laemmle und Jörg Drews: Wie die Grazer auszogen, die Literatur zu erobern, München 1975. **8** Vgl. Peter Wiesinger: Das Schweizerdeutsche aus österreichischer Sicht, in: Heiner Löffler: Das Deutsch der Schweizer: Zur Sprach- und Literatursituation der Schweiz, Aarau/Frankfurt/M./Salzburg 1986, S. 101-115. **9** Elsbeth Pulver: Die deutschsprachige Literatur der Schweiz seit 1945, in: Manfred Gsteiger: Die zeitgenössische Literatur der Schweiz I, München 1980, S. 137-484, hier S. 140. **10** Vgl. Sprache im technischen Zeitalter 21-24 (1967), S. 83-206, bes. S. 90, 100. **11** Vgl. Manfred Jäger: Kultur und Politik in der DDR, Köln 1982. **12** Vgl. Waltraud Wende-Hohenberger: Der erste gesamtdeutsche Schriftstellerkongreß nach dem Zweiten Weltkrieg, Frankfurt/M./Bern/New York/Paris 1988. **13** Vgl. Hans Kaufmann: Veränderte Literaturlandschaft, in: Ders.: Über DDR-Literatur, Berlin/Weimar 1986, S. 165-197. **14** Wolfgang Emmerich: Kleine Literaturgeschichte der DDR, Darmstadt/Neuwied 1981, S. 125.

Die Zweite Moderne

*Innovative Prosa der Bundesrepublik
von den fünfziger bis siebziger Jahren*

Gegenstand dieses Beitrags sind ›experimentelle‹, ›avantgardistische‹, ›antimimetische‹ (zusammengefaßt hier als: innovative) Texte aus der Bundesrepublik bis in die siebziger Jahre, die aber – gerade als innovative – nicht immer eindeutig als ›Texte‹ oder ›Prosa‹ zu definieren sind. Weil sie später und weil sie radikaler sind als die Werke der Klassischen Moderne der ersten Jahrhunderthälfte, werden sie als Zweite Moderne bezeichnet. Die Beschränkung der Darstellung auf Schrift-Texte ist ebenso pragmatisch erzwungen wie die auf die bundesdeutsche Provenienz dieser Texte. Das ist wenig sinnvoll, weil gerade die innovative Literatur an die internationale Avantgarde des Jahrhundertbeginns anknüpft, weil sie zumal als Konkrete Poesie, gar Visuelle Poesie dezidiert interkulturell ausgerichtet ist; andererseits resultiert die Einschränkung auf die bundesdeutsche Herkunft nicht nur aus Platznot, sondern auch daraus, daß etwa der Einbezug der wichtigen Wiener und Grazer Gruppe spezifische nationalhistorische Überlegungen erfordern würde. Daß sich der Blick auf die fünfziger bis siebziger Jahre richtet, liegt daran, daß, großzügig betrachtet, um 1960 die entscheidenden Impulse für innovative Literatur wirkungsrelevant gegeben werden, daß im Laufe der siebziger Jahre das Innovative einen Bonus verliert, aber dennoch im doppelten Wortsinn gewichtige Werke der innovativen Literatur, die sich den Ansätzen der späten fünfziger Jahre verdanken, nach teils jahrzehntelanger Arbeit erst in den siebziger und gar achtziger Jahren erscheinen (E. Dreyer, H. Wollschläger, W. Rohner-Radegast).

Die Zweite Moderne ist nur partiell (etwa: der frühe P. Weiss, W. Höllerer, H. Heißenbüttel, J. Becker) identisch mit der für die Bundesrepublik ab 1960 dominant werdenden Literatur der Gruppe 47, die einem ›modernen‹ oder ›magischen‹ Realismus verbunden bleibt,[1] dessen Bezugspunkte die Klassische Moderne (Kafka, Döblin als deutsche Paradigmen), die existentialistische und sozialkritische Literatur der westlichen Länder sind. Zwar tauchen (so in Grass' *Hundejahren*, in Walsers *Einhorn*) innovative Verfahren auf, Zitatcollagen meist, doch werden sie integriert in ein Konzept, das, so M. Walser in heftiger Invektive gegen die ›Literatur der Bewußtseinsveränderung‹, 1970, »die Welt noch mit Hilfe kritischer Abbilder korrigieren«[2] will. Die Kluft zwischen der versprengten innovativen und der repräsentativen realistischen Literatur in der BRD markiert auch der biedere Rat von G. Grass an R. Wolf (1964): »Ich würde Herrn Wolf vorschlagen, wirklich von einer vorhandenen Bildbeschreibung auszugehen und daraus zu einem Gegenstand oder zu einem festzulegenden Vorgang durchzudringen.«[3]

Selbst U. Johnsons *Mutmaßungen über Jakob* lassen sich vollständig realistisch rekonstruieren. Die Zweite Moderne bleibt eine Randliteratur trotz des theoretischen Interesses, das ihr von avancierten Realitäts-, Sprach- und Kunstphilosophien entgegengebracht wird. Getragen wird sie von einzelnen, um die sich im Laufe der fünfziger Jahre, dann in den Sechzigern Kreise bilden: Von M. Bense in Stuttgart, von A. Andersch während seiner Stuttgarter und Frankfurter Radiotätigkeit, kurzfristig vom Ulmer Kreis um die Schweizer M. Bill und E. Gomringer, vom unermüdlich fördernden H. Heißenbüttel, vom Walter-, dann Luchterhand-Lektor O.F. Walter, von W. Höllerers Literarischem Colloquium Berlin, von J. Drews und K. Ramm in München und bis heute in Bielefeld, wo ein harter Kern der Innovativen institutionell überlebt zu haben scheint.

Die Konvention, welcher der Generalangriff der Zweiten Moderne gilt, ist die der Abbildung von Wirklichkeit in Literatur: Mimesis. Ist für die Moderne generell ein Krisenbewußtsein hinsichtlich der Erkennbarkeit von Realität, ihrer sprachlich-literarischen Darstellbarkeit konstitutiv, so ist die Zweite Moderne radikaler als die Klassische Moderne in der Aufkündigung der Mimesis, der Forderung, daß in Literatur intersubjektive Erfahrungswelt wiedererkennbar vermit-

telt werden soll. Die vier Kompetenzen, mit denen Mimesis möglich wird, werden von der Zweiten Moderne (in je unterschiedlicher Auswahl, Stärke und Kombination) tangiert oder aufgegeben:
– Die linguistische Kompetenz: Von der syntaktisch-semantisch geregelten Normalsprache wird bis zur Verweigerung der Verstehbarkeit von Wort zu Wort, Satz zu Satz abgewichen.
– Die literarische Kompetenz: Die Übereinkünfte über ›Werk‹, ›Fiktion‹, ›Gattung‹, über die Bedeutungsgenerierung in Texten (in Prosa etwa: Perspektive, Handlung, Figur, temporale wie lokale Situierung) werden durchbrochen oder negiert.
– Die ideologische Kompetenz: Wissen und Meinen der alltagsweltlichen Orientierungen über wahr/falsch/wahrscheinlich, über natürliche, psychische, soziale, historische Zusammenhänge werden außer Kraft gesetzt.
– Die pragmatische Kompetenz: Als Summe der Störung der Diskurskonventionen werden die gewohnten Funktionserwartungen an Literatur wie ›Imagination‹, ›Identifikation‹, ›Empathie‹ nicht erfüllt.

Das Maß der Preisgabe der die Mimesis ermöglichenden Kompetenzen charakterisiert die verschiedenen Etappen einer im Krisenbewußtsein um Realität, Subjekt, Sprache/Literatur und ihren Relationen zusammengehörigen Moderne. Ich möchte im folgenden versuchen, Tendenzen der antimimetischen Zweiten Moderne mit ihrem historischen Wandel zugleich darzustellen, und zwar selektiv an zitierten Beispielen, wodurch allerdings vielleicht wichtige und bekannte Werke allenfalls erwähnt werden können. Die prinzipielle Überlegung, aus der sich die Aufstellung der folgenden Tendenzen ergibt, ist: Die klassische (den Realismus einschließende) Ästhetik spricht der Literatur das Vermögen zu, über das schreibende Subjekt in der Darstellung von Empirischem eine/die Wahrheit über Wirklichkeit auszusagen. Schon Hegels provokativer Satz vom Ende der Kunst zweifelt an der Reichweite dessen, was ein singuläres Subjekt in der Moderne an darstellender Erkenntnis erreichen könne. W. Benjamin verschärft diesen Zweifel zu der Feststellung, daß sich das moderne Subjekt »über seine wichtigsten Anliegen nicht mehr exemplarisch auszusprechen vermag«.[4] Wo Mimesis und die durch sie garantierte Exemplarik des schreibenden und lesenden Subjekts aufgegeben werden, stellt sich die Frage nach verbleibenden oder neuen Legitimationen für das literarische Subjekt, da für fixierte Literatur (im Gegensatz zum Tagtraum) auf die Norm eines das bloß Private überhöhenden Repräsentativen schon aus schreiblogischen Gründen nicht verzichtet werden kann. Die antimimetische Literatur muß also Realität, Subjekt, Literatur und ihre Verhältnisse neu bestimmen. S. J. Schmidt bemerkt dazu: »Der Verlust des Gegenstandes, d.h. all dessen, was darstellbares und erzählbares Nicht-Subjekt ist, stellt notwendig das Subjekt mit seinen Wahrnehmungs- und Darstellungsbedingungen und -möglichkeiten ins Zentrum des philosophischen wie ästhetischen Interesses«.[5]

Wie je anders eine auf exemplarische Artikulation gerichtete Legitimierung verfolgt wird – danach ist der folgende Überblick über die Zweite Moderne geordnet. Hierbei scheinen mir die gegebenen Antworten auf die Legitimationsfrage die Verbindung zweier polarer Deutungen der Moderne nahezulegen.

U. Japp sieht die Legitimation durch Exemplarisches in einer intertextuellen Funktion. Für ihn hat das moderne Werk dann repräsentativ Literatur in ihr »Selbstsein«[6] eingesetzt, wenn es in Relation zu nicht-literarischen Ausdrucksweisen und zu anderen literarischen Werken immer neu das Eigenrecht der Literatur behauptet. Nicht in der Mimesis, in der Darstellung von etwas außer ihr selber, sondern in der originären Selbstvergewisserung ihrer Autonomie ist das Exemplarische begründet. Sie demonstriert keine Aussage, nur sich selbst. Anders G. Wunberg: Er erblickt das Exemplarische der nachmimetischen Literatur in einer neuen, abstrakten Referenz auf Wirklichkeit, in einer »Neuen Mimesis«, die nun nicht konkret Erfahrungswelt darzustellen versucht, die vielmehr in einer Art ›Strukturhomologie‹ liegt: »Äquivokation«

der »Verschlossenheit, Rätselhaftigkeit und Unartikulierbarkeit«[7] der modernen Wirklichkeit. Die Zweite Moderne scheint mir jedoch die beiden hier behaupteten Funktionen zu verbinden, indem die legitimierende Exemplarik nach wie vor in dem Anspruch gesehen wird, etwas über Wirklichkeit Gültiges auszusagen, wobei dies nur eingelöst werden kann durch die intertextuell fundierte Störung von Konventionen und Diskursregeln. Das Exemplarische des literarischen Subjekts gründet nicht darin, daß es Organ eines Weltbildes ist, sondern vielmehr darin, daß es Medium einer Bewegung ist, der Permanenz der Störung, der Konventionsverweigerung, aber dies nicht allein zur Sicherung der Autonomie der Literatur, vielmehr mit dem Ziel, mehr Wahrheit über Wirklichkeit erkennbar werden zu lassen – oder doch: an Wahrheit über die verfälschenden, gewohnten Wirklichkeitsbilder. Die antikonventionelle Neubestimmung der Relation von Wirklichkeit/Subjekt/Literatur ist ein Akt ästhetischer Selbstbehauptung angesichts einer »unverfügbaren« Realität und darin zugleich Artikulation eines Weltbildes, nämlich dem, daß Wahrheit sich nur in der Permanenz der »Auseinandersetzung mit einer anderen schon formierten oder sich formierenden Möglichkeit, von Wirklichkeit betroffen zu werden, vollzieht« (H. Blumenberg).[8] Die Antworten der Zweiten Moderne auf die Legitimationsfrage folgen der doppelten Argumentation, einerseits Mimesis abzulehnen, andererseits eine über Konventionsstörung erreichbare Erkenntnisfunktion insofern in Anspruch zu nehmen, als Repräsentatives über Wirklichkeit/Subjekt/Literatur zur Sprache gebracht wird. Dabei zeigt der Wandel der Antworten der Zweiten Moderne auf die Gretchenfrage nach der Legitimation ein zweifaches Dilemma auf. Zum einen das, das aus dem immer neuen Versuch folgt, ein abstraktes Subjekt durch die Suche nach dem individuell Authentischen zu dementieren, das aber, da Sprache unhintergehbar konventionsgebunden ist, sich nicht artikulieren kann bzw. nur in der Negation, im Schweigen, im Individuell-Hermetischen, womit die Exemplarik wiederum in Gefahr gerät. Dieses Dilemma zeichnet sich in der Opposition der einer

Authentik verpflichteten Schreibweisen der sechziger Jahre gegen die Konkrete Poesie ab.

Das andere Dilemma resultiert aus dem Mißklang zwischen Anspruch und Wirkungsmacht der Zweiten Moderne. Der Anspruch ist überzogen. Die innovative Literatur reklamiert für sich die Exemplarik dessen, was J.H. Petersen einen »literarästhetischen« (Aufgabe des geschlossenen Werk-Charakters als sinnzentriertem Funktionszusammenhang), »rezeptionsästhetischen« (das Lesen wird Instanz der Organisation von Verständnismöglichkeiten) und »textontologischen« (Preisgabe von Mimesis, Fiktion) »Paradigmawechsel«[9] nennt; die Exemplarik mithin einer einzig dem modernen Bewußtsein angemessenen literarischen Ausdrucksweise. Dieser normative Anspruch auf das notwendig am weitesten fortgeschrittene Bewußtsein wird dann prekär, wenn (wie es seit den siebziger Jahren geschieht) die Speerspitzenaura dem Innovativen abgesprochen und schlicht die Lesemühe verweigert wird. Wollte man das als pures Banausentum denunzieren, geriete man in den Verdacht, daß der doch immer pathetisch behauptete aufklärerische, antiideologische Impuls des Innovativen nur ein verkappter doktrinärer war, der die mit dem Innovativen entstehenden Defizite anderer Lektüreinteressen (Sinn, Erzählen, Imagination, Mythos usf.) einfach als historisch obsolete verbietet. Darin zeigt sich die Historizität der Zweiten Moderne. Sie bezog ihr Selbstbewußtsein aus dogmatisierter Konventionsdurchbrechung, mußte sich aber, als sie als eine andere Bedürfnisse ausschließende Konvention empfunden wurde, der Forderung ausgesetzt sehen, daß innovativ nun etwas ganz anderes bedeuten könne, und sei es die Rückkehr zum verpönten Alten, das nun als zeitangemessener, als »exemplarisch« betrachtet werden könne. Innovation wird so zum relativen Begriff. Avantgarde kann veralten. Sie kann nicht alleiniger Inbegriff des Modernen sein. Sie ist vielmehr ein Element der Moderne, das sich abnützen, das verschwinden, aber ebenso wieder auftauchen kann im »Pluralismus der Schreibweisen«[10] der Moderne, die eine immer neue »Kombinatorik ihrer Elemente«[11] erlaubt und verlangt. Ist zwar das blanke Bewundern der Zweiten Moderne – wie in den sechziger Jahren – vorüber, so spricht für sie dennoch, daß sie weiterhin unverzichtbar fundamentale Probleme von Wirklichkeit/ Subjekt/Sprache/Literatur zur Geltung gebracht hat und in dem, was eine ›postmoderne Kombinatorik der Elemente der Moderne‹ genannt werden könnte, bis in die neunziger Jahre tradiert. Daß der Abfall von der Avantgarde nicht allein ein historischer Rück- und Sündenfall in Mystik und Restauration[12] ist, sondern daß in ihm womöglich anthropologisch bedingte Erwartungen an Literatur sich zu Wort melden, sei als Vermutung dahingestellt.

Konkrete Poesie – aus dem Geist der technischen Intelligenz

Konkrete Poesie leitet ihren Namen von jener früheren Malerei-Gruppe (de stijl) her, die an die Stelle bildhafter Wiedergabe des Sichtbaren die Thematisierung der konkreten Mittel des Malens setzt: Fläche, Linie, Farbe. Analog ist der Gegenstand der konkreten Poesie nicht die Repräsentation von Ereignissen und Empfindungen, sondern die Präsentation von Sprache als Sprache. Dabei besteht die exemplarische Legitimation für das produktiv-rezeptiv kreative Subjekt darin, daß es zum Fokus einer theoriefähigen Erkenntnis über die Fundamente des sprachlichen Bewußtseins wird und sich auch dessen Veränderbarkeit vergewissert. Franz Mon:

> links steht das wort links
> rechts steht das wort links
> links steht das wort rechts
> rechts steht das wort rechts
> (dann stand das wort steht
> da steht das wort steht
> hier steht das wort hier)[13]

Die ersten vier Zeilen spielen die Möglichkeiten durch, in denen »steht das wort« mit »links« und »rechts« kombinierbar ist. Hieraus ergeben sich zwei Lese-Systeme: Die Zeilen können entweder als Aussage über die Stellung von »links« und

»rechts« in anderen Zeilen verstanden werden (2 zu 1; 3 zu 2; 4 zu 3; (1 zu 3)) – und dann sind alle Aussagen richtig. Sie können auch (nach dem Muster der ersten Zeile) als Aussagen über sich selbst gelesen werden – und dann ist die dritte Zeile falsch. Dieses Kombinationssystem zerstört sich, weil die lineare Schriftlichkeit unserer Sprache eine links-rechts-Ordnung hat, die die Zeile »links steht das Wort rechts« als Selbstaussage unsinnig macht. Die von Mon ins zunächst konsequente System eingebaute Sollbruchstelle läßt Schriftlichkeit begreifen. Die Zeilen in Klammern, folgt man ihrem System, thematisieren zudem die der Schriftlichkeit inhärenten Kategorien der Zeitlichkeit (»dann stand« als Bericht über das Lesen der ersten Zeilen) und der deiktisch angewiesenen Räumlichkeit (»da«, »hier«). Als einzige Invariante in diesem Spiel mit systematischen Möglichkeiten der Sprache, auf die mittels Kombination und Störung aufmerksam gemacht wird, bleibt (»steht«/»stand«) »das wort«.

Dieses Wort-Pathos ist durchaus generell zu verstehen. Zwar nicht im Sinne der nicht abwegigen Assoziation einer lutherischen Wort-Standhaftigkeit über den Zinnen der linken und rechten Parteiungen, aber doch im Sinne eines existentialistischen Verweises auf den menschlichen Geist in seinen Bezügen zu Ordnungssystemen, zu Zeit und Raum. Die theoretischen Überlegungen Mons (und der frühen Konkreten Poesie überhaupt) gehen von der Identität der Probleme aus, die sich für die Sprache als System mit Regeln und Funktionen stellen, mit denen, welchen das in zivilisatorische Ordnungen eingebundene Subjekt ausgesetzt ist.[14] Die Beschwörung des Wortes im Netz festschreibender, aber eben auch aufdeckbarer wie kreativ störbarer Systemregeln der Sprache ist – vermöge der Gleichung: Subjekt = Bewußtsein = Sprache = Welt – Beschwörung des Subjekts im Netz der historisch gemachten und somit (entgegen der ›ersten Natur‹) »sekundären Systeme« (H. Freyer). Die Abhängigkeit von diesen erfährt das Subjekt als ›Entfremdung‹, solange es das System nicht durchschaut und nicht störend und ändernd eingreifen kann, um einer Petrifikation vorzubeugen. Sprach-Spielen ist mithin Erkenntnisarbeit an der conditio humana mit dem Ziel, das Subjekt zum Souverän seiner Bedingungen zu machen. Hierbei geht H. Heißenbüttel am weitesten, wenn er dem Aufdecken und Stören der indogermanischen Subjekt-Prädikat-Objekt-Ordnung im »antigrammatischen« Sprachspiel die Fähigkeit zutraut, ein sprachstrukturell autoritär geprägtes Bewußtsein in aufgeklärte Freiheit zu setzen: »Meine Arbeit, als solche, selbst wenn es keine Leser dafür gäbe, könnte mehr bewirken als alle Kriege der Reaktion und alle Proteste der Progressiven«.[15]

Das Subjekt der Konkreten Poesie wird zum Garanten einer vernünftigen freien Welt. Mit diesem Postulat schließt sich die frühe Konkrete Poesie (entgegen der philosophisch erheblich zurückhaltenderen, mehr streng semiotisch denkenden der sechziger Jahre)[16] der Geschichtsphilosophie M. Benses an, nach der die Neuzeit das ›mystisch‹ unfreie Denken abgelöst und mit mathematisch-naturwissenschaftlich-technischer Rationalität eine erstmals vernünftig selbstgeschaffene Wirklichkeit hervorgebracht hat, ein »über die ganze Erde ausgebreitetes großartiges Gebilde unserer Berechnungen«,[17] das aber nur dann nicht zu einem selbstläufigen Unterdrückungssystem (Benses Beispiel: die Atombombe) wird, wenn die »klassenlose (...) technische Existenz«[18] es begreifen und korrigierend beherrschen kann. Der Umgang mit Konkreter Poesie wird so zum Training für die Ingenieure der Welt durch die Analyse des Systems und seiner Veränderbarkeit, weil Vernunft und Sprachbeherrschung identisch sind.

Dieses Systemdenken, der Sprach-Fundamentalismus, die vertrauensvolle Glorifizierung technischer Rationalität atmen den Geist des sich in Abwendung vom Nationalsozialismus als antiideologisch und nur vernunftgeleitet verstehenden homo faber der fünfziger Jahre. Bense steigert dabei die Mathematisierung so weit, daß er auch die offenbar letzte Domäne bloß subjektiven Vermeinens, das Schöne der Kunst, exakten Berechnungen unterwerfen will,[19] und zwar mit einem kybernetischen Modell (Entropie). Einem solchen, hier nicht weiter ausführbaren, informationsästhetischen Programm unterliegt auch der folgende visuelle Text Benses,[20] an dem gleichwohl das Wichtigere der Konkreten Poesie ablesbar wird: Das kalkulierte Sprachspiel thematisiert basale Bedingungen von Sprache, vor allem das Prinzip der Herstellung von Sinn und dessen Regeln, und stimuliert so Sprach- und Selbstreflexion wie auch einen kreativen Umgang mit der Sprache. Beispielsweise könnte Benses kalkuliertes Wortfeld so homogenisiert und in eine Sinn-Ordnung gebracht werden: Mehrdeutige Worte werden Wortklassen zugewiesen und damit vereindeutigt, wobei die Entscheidung hier meist für die Lesart von einsilbigen Substantiven statt verbalen (»tritt«, »halt«, »schlaf«, »schlich«) und adjektivisch-adverbalen (»laut«, »weg«) oder präpositionalen (»bar«) Formen ausfällt; zwischen den homogenisierten Substantiven werden dann Sinn-Ketten möglich, semantische Isotope, die um Themen wie ›Meer‹, ›Haus‹, ›Nacht‹, ›Körper‹, ›Jagd‹, ›Jahreszeiten‹ Kohärenzen und damit einen rudimentären Text-Sinn formieren, etwa: »haut« – »lid« – »strumpf« – »ohr« – »blick« – »arm« – »rock«, welche Reihe dann über das doppeldeutige »scham« verbunden werden kann mit der Reihe »schlaf« – »traum« – »nacht« – »mond«, usf.; schließlich könnte ein Gesamtsinn versucht werden, der von den exponierten existentiellen Abstrakta »sog«, »sein«, »nichts«, »ist« ausgeht. Exemplarisch ist an dieser visuellen Variation der Konkreten Poesie deren Leistung abzulesen: im kreativen Sprach-Spiel die sprachlichen Regeln, die Vorverständnisse, die individuellen Abweichungen, die Möglichkeiten bei der Konstituierung von Sinn in Texten – und hier zumal von narrativer Kontextualisierung – witzig zu erfahren.

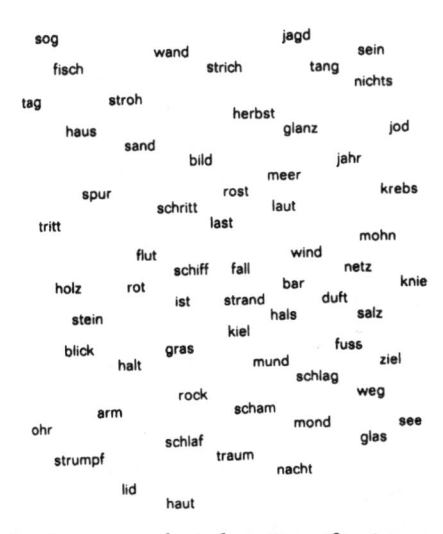

```
           sog              jagd
                  wand              strich       tang      sein
        fisch                                           nichts
     tag      stroh
        haus              herbst
              sand              glanz        jod
                    bild              jahr
                       meer
           spur        rost                    krebs
                 schritt    laut
     tritt            last
                                          mohn
              flut          wind
                 schiff  fall         netz
        holz   rot              bar              knie
                    ist  strand   duft
           stein           hals      salz
                      kiel
           blick          gras           fuss
                 halt              mund          ziel
                        rock         schlag  weg
              arm         scham
     ohr                         mond       see
        strumpf   schlaf  traum        glas
                                nacht
              lid
              haut
```

Archäologie eines exemplarischen Bewußtseins

Merkmal der aus – zumal religiösen – Begründungsgewißheiten entlassenen Literatur der Moderne ist der Konnex mit Theorie, um mit deren Hilfe ihre Aufgabe erfüllen zu können, dahingehend, »daß sie das prägende Erfahrungsmuster der Epoche im ästhetischen Gegenstand simuliert und im Rezeptionsprozeß vermittelt« (E. Lobsien).[21] Die Konkrete Poesie lehnt sich an die Theorie der industriell-technischen Revolution an und begründet mit ihr ein durch Ratio determiniertes Subjekt, als dessen exemplarischer Motor sie sich legitimiert. Den konträren Weg geht die Literatur, die sich an die für die Moderne nicht minder typischen Theorien gerade der nicht-rationalen Anteile am Bewußtsein (im weiten Sinne) hält, des Unbewußten, Affekthaften, Traumatischen. Die ›Psychologisierung‹ des Romans höhlt diesen gleichsam, solange er sich der realistischen Tradition bedient, von innen aus, wie R. Galle es an I. Svevo gezeigt hat;[22] und gleiches gilt auch für den deutschen Roman zwischen A. Schnitzler und dem späten Th. Mann. Signifikant für die Zweite Moderne ist dort, wo sie dem bewußtseinstheoretischen, meist psychoanalytischen (und weniger phänomenologischen) Denken verbunden bleibt, daß sie auf eine andere Tradition zurückgreift, auf die nämlich, die – wie die französische Avantgarde, etwa die écriture automatique, und vor allem wie J. Joyce – die theoretische Reflexion auf Bewußtsein, Psyche, nutzte zur Ausarbeitung völlig neuer Erzählverfahren. In Fortsetzung des Bemühens, die theoretisch analysierte Komplexität des Bewußtseins zu übertragen in komplexe Sprach- und Werkstrukturen, schuf gerade diese Tendenz der Zweiten Moderne umfangreiche Werke, die bis heute von einer provokativen Kühnheit (und entsprechend wenig rezipiert) sind.

Die theoriegeleiteten innovativen Schreibweisen der bewußtseinspsychologisch ausgerichteten Zweiten Moderne offenbaren eine Kluft, die im traditionelleren psychologischen Roman verdeckt blieb, der sich des ›symbolischen Subjekts‹ bediente und in dem unauflösbar das konkret Empirische und das Programmatische verbunden sind. Das ›analytische Subjekt‹ der hier zu verhandelnden Texte wird nicht mehr in der kollektive Erfahrung und theoriefähiges Programm amalgamierenden realistischen Anschauung dargestellt, sondern scheidet sich einerseits in das immer nur ansatzweise Erzählte mit Figur und Handlung, andererseits in eine Reflexionsinstanz, mit der das ›epische Ich‹, sei es durch kompositionelle Brüche, sei es durch direkte Reflexionen, eine Meta-Ebene über dem rudimentär Erzählten bzw. um das Problem des Erzählens überhaupt herum aufbaut. Was bei Th. Mann und R. Musil, wie mühsam auch immer, noch unter dem Gesetz der ›epischen Integration‹ steht, zerfällt nun in das Exempel und die bewußtseinsanalytische Systematik, die weit über alle konkrete Erfahrung hinausgreift und dies in der Dementierung konventioneller epischer Illusionsbildung unterstreicht.

Die hier in erster Linie zu nennenden Romane/Erzählungen von A. Schmidt in den fünfziger Jahren verstehen sich als Musterbücher für das, was Schmidt, in krauser Mischung divergenter Theorien, an Axiomatischem für Bewußtseinsakte, für psychische Typen, für eine Systematik der Bewegungen des Menschen in Raum und Zeit berechnen zu können glaubte[23] – durchaus im Geiste jener Rationalitäts-

und Wissenschaftsgläubigkeit der Nachkriegszeit, wenn auch gänzlich frei vom evolutionären Pathos der Konkreten Poesie. Das Schreibverfahren der Foto-Text-Einheiten[24] etwa ist das Ergebnis von Schmidts Analyse des Erinnerns, das sich vom Momentanen zur Zusammenhangsbildung weitet. H. Wollschlägers noch unvollendetes Projekt *Herzgewächse*[25] über einen, der 1950 nach Bamberg heimkehrt, gliedert sich in drei auch drucktechnisch ausgewiesene Schichten, ein Schreibkonzept, das sich Wollschlägers psychoanalytischen Überlegungen zur Symbolstruktur des Kreativen verdankt. Am weitesten getrieben sind die Sprach-, Text- und Druck-Auflösungen bei E.-J. Dreyer, der in seinem (für alle diese Texte) programmatisch *Die Spaltung*[26] genannten Roman anhand eines Helden, eines Musikwissenschaftlers in Leipzig um 1960, Bedingungen, Formen, Regeln der Phantasie erprobt und vorführt; bis in viele Übernahmen hinein liegt das Konzept für diesen Roman in Dreyers sich auf die Identitätsphilosophie berufender organologischer Theorie von den Gesetzmäßigkeiten der Kreation, in der sich das »Es« im Individuellen zur Geltung bringt.[27] Wie Wollschlägers *Herzgewächse* und *Die Spaltung* geht auch W. Rohner-Radegasts episches Großexperiment einer Archäologie des Bewußtseins auf Konzepte der fünfziger Jahre zurück und wurde wie diese erst nach jahrzehntelanger Arbeit beendet. Auch *Semplicità*[28] ist insofern deduktiv, als es den die innovativen Verfahren begründenden theoretischen Horizont dem Text immer wieder einschreibt, schon zu Beginn: »/dieser Song heißt: o-óh-o/o-óh/sitting on the banks/dying of thirst/o-óh-o/o-óh/heißt: würden sich wohl gefälligst ein wenig reduzieren lassen: Sie, verehrte Herrschaften, so heißt es, so ist der Türsteher gleich neben dem Eingang des Saales zu vernehmen, der hat sich die Ärmel seines Fracks hochgestreift, wischt den Schweiß von der Stirn und holt mit dem Vorschlaghammer in beiden Fäusten aus, um dem nächsten Eintretenden eine zu verpassen. das vollzog sich folgendermaßen (:)/(obwohl sie schon alt ist – diese Geschichte zu erzählen /o-óh-o/o-óh/sitting on the banks/, ich kann es nicht lassen, aber ich sage: diese Geschichte hat einen Sinn, ich möchte, indem ich sie berichte, etwas zeigen:/ hinzukommt der Dorfsonntag im Februar«.[29]

Weder wird weiter von einem Saal erzählt noch von einem Dorfsonntag, der allerdings als ein ständig variierend wiederholtes Motiv mit anderen Motiven, mit Reflexionen zu einem Geflecht verwoben wird, in dem sich nur ungefähr eine Zeitfolge von der Vorkriegszeit bis zu den siebziger Jahren und die Folge der Handlungsorte Stuttgart–Sizilien–Köln–München ausmachen lassen. Auch in Rohner-Radegasts *Semplicità* wird die Komplexität der Textorganisation, die mit drucktechnischen Innovationen unterstrichen wird, der Komplexität des Bewußtseins parallelisiert. Diese führt der in Psychoanalyse (C.G. Jung) und ZEN-Philosophie beschlagene Autor gegen die Eindimensionalität erzwungener Verdrängungen, Sublimationen, Repressionen, Funktionalisierungen unserer Kultur ins Feld.[30] Formsprengung als Sprengung normativer kultureller Fesselungen, gegen die semplicità, die Idee der Ganzheitlichkeit, beschworen wird – leitmotivisch etwa mit der »Katze«, aber auch als erinnerte Utopie einer Sizilienreise. Der programmatische Theorie-Hintergrund wird mit dem Beginn von *Semplicità* aufgerufen:

Der »o-óh-o«-»Song« weist nicht nur auf das den Text konstituierende (als vielfach gebrochen dargestellte) Prinzip der Erinnerung hin (sitzend am Fluß der Zeit), sondern ineins auch auf das die Erinnerung reizende Begehren nach dem widerspruchslosen Dasein »für das Eine und Einfache«[31] (Durst/Gier versus Ufer), das jedoch permanent frustriert wird. Grund dafür sind die Anpassungszwänge; das Bild hierfür ist der »Türsteher«, der Kafka – über diesen »Dichter des gestörten Zusammenhangs«[32] schrieb Rohner-Radegast die erste westdeutsche Dissertation – entlehnt ist. Damit ist schon implizit die Programmatik des Textes angekündigt, die auch in direkten Reflexionen ausgeführt wird. *Semplicità* geriert sich von Beginn an als Exempel, das »Sinn«, einen Belegcharakter für ein theoriebezogenes Programm hat. Entsprechend sind Text-Themen wie Text-Verfahren nicht induktiv-intuitiv vermöge epischer Imagination nachzuvollziehen und zu verstehen, sondern erst durch die Rekonstruktion des den Text fundierenden theoretischen Horizonts, der dem Text als antikonventionelle Struktur wie als explizite Meta-Ebene eingeschrieben ist.

Die hier versammelten Werke beziehen ihre Begründung und Legitimation aus bewußtseinstheoretischen Überlegungen, welche die exemplarische Artikulation eines zeitangemessenen Erfahrungsmusters zu garantieren scheinen. Soweit wäre auch von einer Theorie-Abhängigkeit dieser Literatur zu reden, die ihr die Aufgabe der Demonstration eines begrifflich Vorgegeben zuweist. Aber diese Werke gehen dennoch nicht in ihrer Theorie auf. Vielmehr hat die Genese aus der sichernden Theorie auch den Charakter des Vorwands. So bei A. Schmidt, dessen »Berechnungen« nicht kaschieren können, daß unter ihrer wissenschaftlichen Gloriole eine höchst selbstbezogene Präsentation der eigenen Individualität betrieben wird, die vorab als exemplarische legitimiert scheint. Oder so bei Rohner-Radegast, dessen tiefenpsychologischer Ansatz zugleich die Permission für ein unfügbares Mosaik aus privaten Obsessionen, Traumata, Erinnerungen und familiären Komplexionen ist.

Denn die Fundierung des Werkes in Theorie bedarf, weil es um generelle Probleme der Subjektivität geht, einer subjektzentrierten Ausführung. Diese jedoch erfolgt durch Introspektion des schreibenden Ich, durch die vorab als exemplarischer Fall von der Theorie erlaubten Selbstthematisierung. So kommt es zu einem merkwürdigen Sachverhalt: Die Bezugnahme auf Theorien des Bewußtseins, für die Literatur Fälle bereitstellt, ermöglicht ineins eine nahezu hemmungslose Privatisierung der Literatur. Das ›analytische Subjekt‹ dieser Epik zerfällt in eine theoriereflektierende und in eine unverrechenbare hermetisch-private Instanz. Theorie und Subjektartikulation sind ein prekäres Verhältnis eingegangen, das schließlich ihre Unvereinbarkeit vorführt. Die Rückversicherung bei der Theorie des Bewußtseins ist die Schleuse, mit der ein im einzelnen unkontrolliertes, auf Exemplarisches nicht geprüftes »Schöpfen« aus dem individuellen Fundus der schreibenden Subjekte frei wird. Die Generalabsolution durch die Theorie bzw. den theoretischen Schluß darauf, daß Fälle für systematische Zusammenhänge dargestellt würden, ermöglicht eine Generalisierung des Privat-Individuellen, die, wie J. Manthey böse über A. Schmidt notiert, nur der theoriefähige Vorwand für anderes ist: »In Wahrheit bauchredet er (...) von sich, als einem Studienrat im Gehalt des Weltgeists.«[33] Allgemeiner gesagt: So wird im Werk selbst jene »Schwebe« hergestellt, die sich aus der für die Literatur der Moderne kennzeichnenden Verschränkung von Ausrichtung auf Theorie und Konkurrenz zu ihr ergibt. Daß die komplexe Realität nur noch theoretisch zu fassen sei, ist die eine Vorgabe; die andere, daß sich gegen die reduzierende Theorie Subjektivität immer neu theoriesubversiv zur Geltung bringen will im »Modus der Zweideutigkeit, Gebrochenheit, Negativität«.[34]

Ein spätes Werk mit theoriebezogener bewußtseinsarchäologischer Tendenz ist P. Wührs *Das falsche Buch*, das, »bis unter den Friedhof belesen«,[35] Theorien zwar reichlich zitiert: Hamanns Ästhetik der ›Würfe und Sprünge‹, Luhmanns Systemtheorie und die psychoanalytische Diskurstheorie Lacans etwa. Doch wird Theorie keineswegs programmatisch zur Fundierung des Textes aufgerufen. Sie wird eingesogen in den permanent das Gleiche variierenden Denk- und Phantasieprozeß, nämlich in der Weise, daß es weder wahre Aussagen noch exemplarische Figurationen gibt. Wahrheit über Subjektivität ist nicht reflexiv, nicht erzählend darstellbar. Alles Fixierte ist Lüge, Reduktion. Diesem Diktum verfällt auch Theorie; sie hat keinen höheren Grad der Erklärung als die endlosen Selbstimaginationen. Wie diese kann sie nur Element eines unabschließbaren Spiels der Subjektivität mit sich selbst sein. *Das falsche Buch* setzt zwar die Tradition der Relationierung von Theorie und Subjekterfahrung im bewußtseinsanalytischen Roman fort, hebt dabei aber, poststrukturalistisch, die Hierarchie auf und ratifiziert damit, was gegen die theoretisch orientierten Intentionen zuvor schon anzuführen war: Nur scheinbar legitimiert Theorie die Kreation, tatsächlich aber unterlaufen beide sich gegenseitig, weil nur ein »regelgeleiteter Anarchismus«[36] subjektive Wahrheit avisieren kann, die aber weder behauptend noch imaginativ positiv ausgesprochen werden kann.

Groteske Demontage des bürgerlichen Subjekts

»Alle betraten, nachdem die Haushälterin uns bei der Abendmahlzeit zu einem Besuch in ihrem Zimmer eingeladen hatte, und nachdem auch die Familie herbeigerufen worden war, ihr Zimmer, um den Kaffee dort in den Blechnäpfen einzunehmen. Jeder überschritt, den in der Küche mit Kaffee gefüllten Napf in der Hand, die Schwelle, und begab sich in die Tiefe des Zimmers, indem man zunächst zur Rechten einen ovalen, mit einer Spitzendecke gedeckten und mit einer großen violetten Glasvase versehenen Tisch, und zur Linken eine Kommode mit Fotografien von älteren und jüngeren Frauen, jungen Mädchen, einem mit einem Reifen spielenden Kinde, einem auf dem Bauch liegenden Wickelkind, älteren und jüngeren Männern, teils bartlos, teils mit Schnurrbärten und Kinnbärten, passierte und sich dann einerseits an der Rückenlehne eines mitten in das Zimmer vorstoßenden Sofas und andererseits an einem viereckigen, auch wieder mit einer Spitzendecke gedeckten Tisch, auf dem eine Porzellangruppe, eine Hirtin in einer Krinoline, mit drei Schafen und einem springenden Hund, stand, vorbeibewegte, worauf man, links, am hohen Säulenfuß einer, mit einem Pergamentschirm bedeckten Lampe und, rechts, an einem neben dem Sofa stehenden niedrigen Tisch mit einer runden Messingplatte, auf der eine mit bunten Garnknäueln gefüllte Kristallschale, ein mit Muscheln besetztes Kästchen, ein Kerzenhalter aus Messing mit einer Kerze die jedoch nicht brannte, ein Tintenfaß und ein Bügeleisen standen, vorüberkam, und sich dann entweder nach rechts, wo (...)«[37]

Auch die Beschreibung von Örtlichkeit dient der mimetischen Prosa der wahrscheinlichen d.h. kollektive Erfahrungsmuster und Werte bestätigenden und nach ihnen rekonstruierbaren Situierung der ›äußeren‹ und ›inneren‹ Handlung. In seiner Beschreibung des Eintritts des ›epischen Ichs‹ in ein Zimmer im *Schatten des Körpers des Kutschers* ruft P. Weiss diese realistische Orientierung wach und dementiert sie zugleich. Die sich im Laufe der weiteren – ausgedehnten – Beschreibung in scheinbar wohlgeordnetem Stil, der jedoch bis in die Komma-Setzung eher Wirrnis indiziert, noch extrem häufenden exakten Angaben erweisen sich als absurd, weil sie wenig oder nichts definieren. Denn die Mitteilungen über die Fotos etwa besagen nur, daß auf ihnen alle denkbaren Personen abgebildet sein können: weibliche und männliche jeden Alters; und »links«, »rechts«, »vor«, »neben«, »hinter« usf. sind Auskünfte, die soghaft zunehmend leer, abstrakt werden, weil sie abhängig sind vom jeweiligen, nicht fixierbaren Blickpunkt des Protagonisten und keine Rekonstruktion zulassen. Es ist ganz unmöglich, einen Plan des Zimmers nachzeichnen zu wollen, den Weg des ›Ichs‹, als dessen Perspektive sich gerade das herausstellt, was, objektive Übersichtlichkeit suggerierend, in der sprachlichen Form des »alle«, »jeder«, »man« begegnet. Das Subjekt verliert sich zwischen den Dingen, ist desorientiert und versteht schließlich nicht, was es katalogisiert: »(...) worauf sich der Vater, der seinen Stuhl dicht an Schnees Sessel zog, mit folgenden mir verständlichen Worten an ihn wandte, erleichtert, trotz vielleicht nicht ganz leicht, ungeschickt, schleicht, Speichen, immer stolpern, immerzu stolpern, ihn mir grünlich (gründlich) vorgenommen«.[38]

Die überlangen Sätze der überdeterminierten Zimmer-Beschreibung präsentieren schließlich keine Gegenständlichkeit mehr, die Aufzählung des Gehörten gibt kein Gespräch wieder, der Text wird zur Vorführung höchst lächerlicher, weil funktionsloser Exaktheit – und schlägt daraus seine ästhetische Brillanz.

Wenn zutreffend solche Prosa als die Thematisierung von Wahrnehmung charakterisiert wird, so ist dies jedoch nicht anthropologisch oder phänomenologisch zu verstehen, sondern als gezielte Demontage einer realistischen Darstellung von Wahrnehmung und der vermeintlichen Objektivität der

Wahrnehmung des bürgerlichen Subjekts überhaupt, das sich als Souverän »eines in sich einstimmigen Kontextes«[39] fühlt. Derartige Demontagen des souveränen bürgerlichen Subjekts betreiben auch andere Texte der frühen sechziger Jahre, allen voran R. Wolfs erster Roman *Fortsetzung des Berichts*,[40] der dem *Schatten des Körpers des Kutschers* von P. Weiss nahe ist; in ihm verschlingen sich Zeit und Ort wie auch psychische und soziale Kausalitäten heillos und lassen ein auf Sinnliches reduziertes Subjekt zurück. In R. Lettaus *Schwierigkeiten beim Häuserbauen* und *Auftritt Manigs*,[41] der eine regelrechte ›Manig-Welle‹ in der Kurzprosa auslöste, werden gleichermaßen die Regeln der Empirie witzig demontiert.

Diese Prosa kennzeichnet das Groteske. Das Groteske ist bestimmt worden als unauflösliche Kombination von Widersprüchen (bei dieser Prosa: von Benutzung und Falsifizierung realistischer Orientierung und ihrer literarischen Verwendung), als zwischen Angst und Lachen changierende Darstellung des »Versagen(s) der Weltorientierung«,[42] »der nicht gelingenden Vermittlung von Subjektivität und den als objektiv erfahrenen, weltimmanenten Strukturen«.[43] Das Moment des Komischen relativiert eine mögliche existentielle Betroffenheit, die im Hinblick auf P. Weiss als die existentialistische Befindlichkeit des ›Im-Räderwerk-Seins‹, im Falle R. Wolfs als Despotie des Triebs bezeichnet werden könnte. Die Komik wird transportiert über die Artifizialität des Stils, die sich bei allen hier zu erwähnenden Texten aus drei Faktoren ergibt: Zum einen stammt das Beschriebene aus einer als vergangen anmutenden Zeit, wodurch es die ästhetische Patina des Nostalgischen erhält. Zum zweiten wechselt die Perspektive so zwischen den Ebenen des ›real‹ Wahrgenommenen, des Vorgestellten und gesehener künstlicher Bilder, daß Fiktionalität, Künstlichkeit stets angewiesen und reflektiert werden. Zum dritten werden Bezeichnungen abstrakt und etikettierend verwendet (etwa Weiss: »der Vater«, »der Kutscher«; Wolf: »der Bruder der Mutter meiner Frau«; bei Lettau das signifikante »ein Herr«), werden nahezu seriell wiederholt, kombiniert, wodurch das ästhetische Kalkül des Stils die Inhaltsreferenz dominiert. Die grotesk-komische Relativierung des Sinnwidrigen, Paradoxen, Absurden, Nihilistischen versetzt das Existentielle in eine Kunstwelt, die in den hier gemeinten Texten die Zeichen des bürgerlichen 19. Jahrhunderts zitiert. Die keiner Logik empirisch belegter Wahrscheinlichkeit folgenden Handlungsverläufe, das wie zufällige Kommen, Gehen, Verschwinden, Begegnen, Wahrnehmen, Erinnern, Vorstellen bringt keine konsistente, sei es äußere, sei es innere Geschichte hervor, ist tendenziell endlos, repetiert die immer gleiche komische Bedrohung durch Unerklärliches (Weiss), Körperlichkeit (Wolf), Wider-Sinn (Lettau). Gegenüber anderen hier aufgeführten Tendenzen, die subjektive Unverfügbarkeit der Realität darzustellen, ist für die groteske Demontage bezeichnend, daß sie dies durch die dementierende Verwendung des mimetischen Beschreibungsmodells tut, dessen Eingängigkeit sie nutzt, um zugleich die Bedingung seiner Hinfälligkeit zu demonstrieren, nämlich den »Zusammenbruch des bürgerlichen idealistischen Individualismus der Neuzeit«.[44]

In der grotesken Demontage des bürgerlichen Subjekts und seiner Weltorientierung liegt der auf das Exemplarische gerichtete Schreibanspruch, daß zeitgenössische Mentalität angemessen nur als komischer Verweis auf das Ruinöse ihrer Vorgeschichte artikuliert werden könne. Weniger durch Konstituierung neuer Modelle als durch die Demontage alter gehören diese Texte genuin zur Zweiten Moderne, auch wenn ihre antimimetische Provokation nicht durch eine Düpierung der Normalsprache von Satz zu Satz hervorgerufen wird, sondern durch makrotextuelle Schwerverständlichkeit und Unverwendbarkeit.

›Undurchschaubarkeit der Welt‹ – anarchische Suche nach dem Authentischen

›Undurchschaubarkeit‹, ›Nicht-Erklärbarkeit‹ der Realität, das sich in der ›Formzersplitterung‹ der Kunst verdoppelnde »Zeitalter des Fragments« usf. – um 1960 wird ein Reden über die Moderne allgegenwärtig, das, gespeist aus der konservativen und existentialistischen Kulturkritik, der Wirklichkeit im ›verwalteten Dasein‹ eine höchstens noch von der Reflexion zu durchdringende Komplexität und dabei der Kunst generell die Aufgabe zuspricht, auf diese entsprechend komplex, als ›zerborstener Spiegel‹, zu antworten. Ein früher Reflex auf die beliebig werdenden Schablonen der Verständigung über Moderne und Kunst, mit der sich jedoch die Moderne-Diskussion aus der Klammer der christlich-apokalyptischen Argumentation der fünfziger Jahre löst, findet sich bei J. Kaiser, der es für ein »volkshochschulhaftes Schlagwort« hält zu sagen, »die Welt sei geborsten, ein unübersehbares Chaos, die Kunst müsse darum auch so sein, um nicht als dümmlicher Anachronismus zu verkümmern«. Er resümiert die Stereotypen des glatt salvierenden Moderne-Geredes: »Die theoretische Physik fing an, sich mit Unbestimmtheitsrelationen und Relativität zu beschäftigen, die Musik siedelte sich jenseits des tonalen Kosmos an, die Malerei drang über Perspektive und Gegenstand hinaus, Bewußtseinsströme und rational kaum deutbare Bewegungen machten die Literatur schwer faßlich, ließen die klaren Konturen einsichtiger Mitteilung hinter sich. Da die Welt sich wie auf Befehl zum Rätsel verwandelte, taten die Künste es ihr – sei's antizipierend, sei's imitierend – nach«.[45]

Gegen diese in unkritischer Übereinkunft zum Topos gewordene Erklärung und Generalabsolution für alles Moderne, das der Gleichung Schwerverständlichkeit der Welt = Schwerverständlichkeit der Kunst folgt, fordert J. Kaiser eine ästhetische Autonomie, die sich der Illustration gängiger Philosopheme entledigt. Tatsächlich ist mit Beginn der sechziger Jahre eine literarische Tendenz zu beobachten, die über die üblichen Parabeln des Absurden hinaus in dem Sinne auf Autonomie zielt, daß sie sich nicht nur als strikt anti-ideologisch versteht und jede normative Weltauslegung verweigert, sondern überhaupt ›Weltanschauung‹ als Thema der Literatur ablehnt, aber gerade in der Permanenz des Zweifelns eine Basis für mögliche Wahrheiten sieht, deren Medium Kunst, und Kunst allein, ist. Jedoch ist diese Tendenz an das stereotype Reden über die Moderne durchaus gekoppelt. Sie hat gewissermaßen die zum Gequassel abgesunkene Erkenntnisskepsis verinnerlicht und sich – gemessen an den theoretischen Bezügen der sich den fünfziger Jahren verdankenden Innovationen – auf einen recht meinungshaft vorgetragenen Agnostizismus zurückgezogen, entfernt von den rationalistisch-positivistischen Subjekt- und Geschichtskonstruktionen der Konkreten Poesie wie von der Fundierung der Literatur in anthropologisch gemeinten Theorie-Konzepten vor allem psychologischer Provenienz. Gleichwohl übernimmt diese Tendenz das Konventionen störende Subversionspotential der vorausgehenden innovativen Schreibweisen, losgelöst von deren theoretischer Begründung, und baut es aus. Eingenommen wird eine vage poetologische Position, die Negation beschwört im Sinne des Satzes von Th.W. Adorno, der nun, allerdings eher als Aphoristiker denn als systematischer Theoretiker, rezipiert wird: »Aufgabe von Kunst heute ist es, Chaos in die Ordnung zu bringen.«[46] Als Fixpunkt der jetzt entstehenden allgemeinen Negativen Ästhetik, die wie eine Aura alles Innovative umgibt, ohne daß sie durch intensives Abmühen an der Kritischen Theorie gewonnen worden wäre (wie dann Ende der Sechziger), wird das Beharren auf dem allein im individuellen Subjekt verbürgten, möglichen Wahren gesetzt; sofern es nur ein künstlerisches Individuum involviert, denn diesem allein wird – kunstpathetisch, wenn nicht -religiös – das Vermögen zugedacht, in einer von erzwungenen Entfremdungen entstellten Welt im Werk Wahrheit auszusprechen, zumindest die Richtung der Wahrheit anzugeben, und dies, wiewohl im Fokus des Individuellen, mit exemplarischem Anspruch: »Der Künstler, der das Kunstwerk trägt, ist nicht der Einzelne, der es hervorbringt, sondern durch seine Arbeit durch passive Aktivität wird er zum Statthalter des gesellschaftlichen Gesamtsubjekts (...). In solcher Stellvertretung des gesamtgesellschaftlichen Subjekts, eben jenen ungeteilten Menschen, ist zugleich Vereinzelung getilgt, in dem endlich das Gesamtsubjekt gesellschaftlich sich verwirklicht«.[47]

Das individuell Authentische ist zugleich das Exemplarische und dieses wiederum das Utopische – in diesem nicht sehr fest gespannten Rahmen legitimiert sich die innovative Literatur der sechziger Jahre, die sich dabei deutlich als die Negation aller Übereinkünfte versteht. Für J. Becker kann der »Anspruch, mit seiner Fiktion ein Modell für Wahrheit vorzuführen«, eingelöst werden durch radikale Konzentration auf individuelle Erfahrung, die jedoch nur in der Unterminierung der »vorgeprägte(n) Verständnisweise, die aus jeder unreflektierten Redewendung hervorschaut«,[48] im Unterlaufen des romanhaften »sprachlichen und erzählerischen Zusammenhang(s)«[49] zur Sprache kommen kann; in einer »diskontinuierliche(n) Schreibweise« (Enzensberger), in den »Rissen, Brüchen, Übergängen« der »erzählerischen Modellformen«: »Erst jenseits des Romans findet das Schreiben den Sinn des Authentischen; erst seine aufgelösten Kategorien entlassen den utopischen Text, der jedem Roman schon eingeschrieben ist«.[50]

Im Zurückweisen der öffentlichen Sprach- und Ausdrucksmuster kommt dem Privaten Exemplarisches zu. Das Nachzeichnen der »Bewegungen« des »Bewußtseins«[51] wird dann »ziemlich beispielhaft« für eine Sensibilisierung des allgemeinen Subjekts, für die »Verschüttungen«, »unter denen seine Identität verschwunden ist«,[52] wenn es rücksichtslos selbstbezogen, eben nicht mehr im Blick auf ein transzendentales oder analytisches Subjekt, verfährt: »Bewußtsein: das ist meines in seinen Schichten, Brüchen und Verstörungen; Wirklichkeit: das ist die tägliche, vergangene, imaginierte. Sie lesen nur Mitteilungen aus meinem Erfahrungsbereich«.[53]

»hinab es steht das Fenster ist auf der Bierwagen unten ich unterbreche das Kauen in der Küche Wirt Martin steht da recht kühl und kucke raus ist der Morgen das nächste Faß Wirt Martin zählt mit fällt auf den Sack ich kucke zu auf der Straße der Fahrer rollt fern bläst ein Kapitän der Kumpel wartet das Faß im Bierkeller unten fort zur Falltür ich rieche Wirt Martin äugelt der Fahrer seilt zum Himmel (...)«[54]

Das erste Wort in J. Beckers sechstem seiner *Felder*, »hinab«, ist ambivalent beziehbar: auf das Ende des fünftes Feldes (»wuchten Fässer«), auf »und kucke raus«, auf »fällt auf den Sack« oder gar (wie es die erste Fassung deutlicher nahelegt: »hinaus hinab«)[55] auf die Bekundung einer Morgenempfindung. Ebenfalls ist die Reihenfolge der Sätze leicht variabel – aber: was fragmentarisch scheint, ist – wie ein Puzzle – vollständig überführbar in normalsprachliche Aussagesätze: »das Fenster ist auf«; »ich unterbreche das Kauen in der Küche« »und kucke raus«; »es steht« »der Bierwagen unten«; »Wirt Martin steht da«; »das nächste Faß fällt auf den Sack«; »Wirt Martin zählt mit« usf. Gewiß wird hier, auch wenn die Lokalangaben ›wahr‹ sein mögen, nicht die Authentizität eines ›vielstimmigen‹, multiplen Ichs ausgedrückt. Die reduzierte Beschreibung kann höchstens die situativen Bedingungen eines Bewußtseins nennen, von dem sich, wenn überhaupt, erst als Summe eines facettenreichen Textes, der so unterschiedliche Schreibverfahren wie hermetische Erinnerungsnotate und Collagen faktischer öffentlicher Rede kombiniert, eine Ahnung einstellen könnte. Becker wäre auch mißverstanden, unterstellte man ihm, er wolle naiverweise Authentisches direkt zur Sprache bringen. Das Durcheinanderwürfeln der konventionellen normalsprachlichen Situationsbeschreibung will nicht ein Mehr an Realismus des Authentischen, sondern die Reflexion auf die Kluft zwischen authentischen Wahrnehmungen und geregeltem Ausdruck lenken und so das Problem der Darstellbarkeit von Authentischem selbst thematisieren, hier vor allem am Punkt: Simultaneität der Wahrnehmung und Linearität der Beschreibung. ›Wahrer‹ ist der Text darin, daß er Empfindung und Ausdruck nicht versöhnt, sondern fragt, in welchem Verhältnis sie stehen, und darin, daß der Gedanke an eine mögliche Versöhnbarkeit von authentischer Empfindung und Ausdruck und damit an eine Erfahrung, die nicht auf das Leiden unter einer defizitären Identität zurückwirft, wachgehalten wird. Die *Felder* präsentieren Authentizität nicht, sie bedauern ihre Abwesenheit. Insofern umschreibt Becker per negationem die Idee von Identität und authentischer Selbstartikulation, beschreibt »kritisch den diskrepanten tatsächlichen Zustand der Welt: die Diskrepanz von hypostasierter Identität und faktischer Heterogenität«.[56]

Ähnlich hat P.O. Chotjewitz in seinen Anmerkungen zu *Der Nämlichkeitsnachweis* von R. Roggenbuck,[57] mit dem er sich und J. Becker in den literarischen Absichten vereint sieht, Verfahren und Ziel einer Literatur beschrieben, die durch die Suche nach individuellem Selbstausdruck auf subversive Weise geltende Ordnungsnormen aus den Angeln heben soll und für die seine Bücher *Die Insel* und *Hommage à Frantek*[58] stehen. »Red(se)ligkeit«,[59] »Unabschließbarkeit«,[60] »Aufgabe einer Persönlichkeit an Zustände«,[61] »konzeptionell chaotisch(e)«[62] Strukturen, Umgangs- und Sondersprachen, Zitieren, Dekuvrieren »nur scheinbare(r) und inadäquate(r) Kausalität von Satzzusammenhängen«,[63] »Schnitte inhaltlicher Strukturen, die nur in bezug auf die Subjektivität des Autors authentisch und angemessen motiviert sind«[64] – : diese innovativen Schreibverfahren bringen den Text, wie es an anderer Stelle heißt, in die »Subjektivität des Autors als wesentlichem Regulativ« zurück, damit wenigstens tendenziell in das Lebendige, das alle Ordnungszwänge nicht vernichten können, mit dem die Permanenz des Neuen, des Bewegens, die Prozeßhaftigkeit des Bewußtseins demonstriert und mithin die Veränderbarkeit der Wirklichkeit eingeklagt werden. »Roggenbucks Buch ist ständig im Fluß. Es ist: bewegliche Literatur«.[65] Nur mit dieser riskanten Maxime ist die Erstarrung literarischer und sozialer Verhältnisse aufhaltbar.

Eine durch die konsequent gesteigerte Demonstration der Abwesenheit bestimmte Suche nach dem individuell Authentischen operiert am Rande des Aufgebens. J. Beckers *Ränder*[66] umschreiben leere Seiten in der Mitte des Buches. Wenig später erscheint sein Fotoband *Eine Zeit ohne Wörter*[67] als neue Variante der Suche nach Direktheit. P.O. Chotjewitz, auch hierin provokativer, veröffentlicht einen Roman,[68] der Fotos des Autors als nackten Mann enthält. Viel weiter sind ›Lebendigkeit‹ und Authentik nicht zu treiben. Das Hintergehen der regelgebundenen abstrakten Sprache bringt R. Roggenbuck in seinem noch weniger erzählenden Text *Der achtfache Weg*[69] dazu, dem Text comicartige Zeichnungen, aber nicht trivialmythischer, sondern individualmythischer Art hinzuzufügen. Mit unterschiedlichen Mitteln erproben auch J. Fauser mit der Schnittechnik[70] und B. Vesper mit Visionsberichten[71] eine darin authentische Literatur, daß sie angemessener Ausdruck für die konkrete Drogenerfahrung sein solle. Wie sie beruft sich W. Wondratschek auf amerikanische Vorläufer, insbesondere W.S. Burroughs. In Wondratscheks wenigen Kurztexten der späten 60er Jahre wird der Bruch zwischen parataktischen Sätzen, die keiner offenen grammatischen, semantischen, thematischen Kohärenz folgen, zur produktiv-rezeptiven Stimulierung der Assoziation benutzt. Gegenstand seiner Texte ist die gesprengte Konsistenz der »Geschichten«, »jener« – wiederum werden Ästhetik und Politik gleichgesetzt – »letzten bürgerlichen Extravaganzen«.[72] Wo diese Texte am eingängigsten sind, die Steuerung der Assoziationen in den Satzbruchstellen also am größten ist, nähern sie sich, wie teils auch die noch zu zitierenden von Ch. Bezzel, dem ›Blödeln‹: »Die Harnblase ist der Spiegel der Seele. Blasinstrumente verbessern die Erbanlagen. Oft helfen Fingernägel.«[73] »Didi will immer. Olga ist bekannt dafür. Ursel hat schondreimal Pech gehabt. Heidi macht kein Hehl daraus.«[74]

D. Wellershoff hat das ›Blödeln‹ als regressive wie anarchische Revolte, als »heitere Verweigerung vernünftiger Realitätsverarbeitung«[75] durchaus ernst genommen, als Verheißung einer »Freiheit, in der es keine verletzten Standards und keine Sanktionen zu geben scheint«.[76] Da das ›Blödeln‹ (anders als der universellere Witz) in hohem Maß die Gegenständlichkeit der Despotie der individuellen Assoziation unterwirft, so daß es den außer der ›Blödel-Situation‹ Stehenden unbegreiflich erscheint, zeigt das literarische ›Blödeln‹ dieselbe Tendenz, die auch J. Beckers wenig komische Texte aufweisen: das Individuelle in seiner anarchischen Potenz zur Geltung zu bringen – aber dies nun eben nicht vor dem Hintergrund theoriefähiger Konzepte psychoanalytischer, phänomenologischer und geschichtsphilosophischer Provenienz, wie es bei der Archäologie eines exemplarischen Bewußtseins der Fall war. Wiewohl aus anderen Zusammenhängen entstanden, können in dieser Hinsicht auch G. Eichs *Maulwürfe*[77] und O. Pastiors *Ein Tangopoem*,[78] auch H. Achternbuschs *Hülle* und *Kamel*[79] genannt werden, an denen allerdings auch die Tendenz der anarchischen Suche nach dem Authentischen zur Verflüchtigung ins Privathermetische ablesbar wird.

Die diversen Facetten der anarchischen Suche nach dem Authentischen sind Indikatoren einer Revolte gegen Konventionen, Indikatoren einer Stimmung des Aufbegehrens, des Rufes nach Veränderung. Sie haben die ›Studentenbewegung‹ in ihren Anfängen begleitet. Sie sind dann teils als bürgerlich dekadenter Individualismus abgetan worden, teils auch politisiert worden, um sie auf die Formel von der Verrechenbarkeit des Individuellen mit dem historisch-dialek-tisch deduzierten Gang der Geschichte bringen zu können. Gegen diese Verrechnungsabsichten prägten die siebziger Jahre einen ganz anderen Begriff von Authentizität, nämlich den eines autobiographischen Schreibens, mit dem – jenseits der Negativität der frühen und des Kunstverdachts der späten Sechziger – der Literatur die pragmatische Funktion einer Verständigung zwischen Subjekten über ihre Suche nach dem richtigen Leben zurückgewonnen werden sollte – unbekümmert um die fundamentale Kritik an den Begriffen von Realität, Sprache und Text, vom Subjekt, wie sie der innovativen Literatur vorausgeht, die nun eher als unverbindliche Spielwiese vor der pragmatischen Wende zur Veränderung der individuellen und kollektiven Lebensbedingungen gesehen wird.

Montage, Collage, cut up – Konkretisierung, Politisierung

Montage ist mit gutem Grund als ein Grundprinzip der Moderne bezeichnet worden, weil in der konstruierten Heterogenität eines Werks der antimimetische Impuls des Innovativen sich vorzüglich manifestiert: Verweigerung von stringentem Sinn, von empathiefähiger Illusionsbildung, der generellen Erwartung, daß das Werk als organisch geschlossene Einheit, in der alle Teile in ein sukzessiv sich entfaltendes Bedeutungsganzes notwendig integriert sind, ein entsprechend stimmig-geschlossenes Weltbild repräsentiere.[80] Nicht minder einsichtig ist aber auch, daß das Prinzip der ›Montage‹, unabhängig von der die Moderne allgemein treffenden Parallelisierung realer und textueller Disparatheit (H.M. Enzensberger zu J. Beckers *Felder*: »Diese Teile sind disparat wie die der Wirklichkeit«[81]), keine differenzierende Kraft hat; das auktoriale Montieren – sei es von heterogenem Sprachmaterial, sei es von divergenten Textebenen – ist ein Verfahren, das je andere Funktionen haben kann und bei A. Döblin, Th. Mann, in den Texten der Gruppe 47 wie denen der Zweiten Moderne auch faktisch gehabt hat. Montage also ist eine Schreibweise, aber keine an sich unterscheidbare Tendenz. Nicht einmal die Gleichsetzung von fragmentarisierter Welt und Fragmentarisierung der Texte ist dem Verfahren »Montage« unbedingt inhärent, wie das Beispiel von G. Steinwachs veranschaulicht, in deren *marylinparis*[82] über Montage Darstellung von Totalität (hier: des deutsch-französischen Komplexes) angestrebt wird.

Gleiches gilt für die Collage als einer spezifischen Form der Montage, des Zerschneidens konventioneller Kohärenz, insofern, als Collage mit erkenntlich fremdem, vorgegebenem Sprachmaterial arbeitet.[83] Antimimetisch ist die Collage deutlich darin, daß das verschnittene Zitat nicht Modelle von Wirklichkeit darstellt, sondern daß gerade die sprachlich-literarischen Weisen, auf Wirklichkeit Bezug zu nehmen, zum Thema werden. Jedoch kann dies wiederum in den einzelnen Texten mit erheblich voneinander abweichenden Tendenzen geschehen. Darüber hinaus ist mißlich, daß Montage und Collage oft nur virtuell unterschieden werden können, weil in vielen Texten nicht ausmachbar ist, wo und wieweit Fremd- oder Eigenmaterial zusammengeschnitten wurden. Selbst das für die Collage einschlägigste Verfahren: cut up, das Zusammenfügen allein aleatorisch zerschnittener (später auch: vom Computer zerhackter) Druckerzeugnisse, ist eher eine Idee geblieben, die in den USA der fünfziger Jahre (Gysin, Burroughs), dann in der Bundesrepublik (J. Fauser, J. Ploog, C. Weissner) propagiert wurde, in der Praxis aber alle möglichen montierenden Verfahren zuließ, weshalb cut up eher der Schlachtruf für eine alternative Mentalität ist als ein spezifizierbares Verfahren.[84]

Gerade die Entwicklung von cut up in den USA wie in der Bundesrepublik nötigt dazu, montierende Verfahren nicht als separierbare Tendenz des Innovativen der Zweiten Moderne auszuzeichnen, sondern danach zu fragen, mit welcher Absicht diese Verfahren angewandt wurden. Cut up wird als Kategorie der Beschreibung eines Montage-Verfahrens untauglich, weil cut up das Etikett für die Bekundung eines Lebensgefühls wurde, der provokanten Abweichung des underground, schließlich des »Bukowski-Gefühl(s)«.[85] Die Verwendung montierender Verfahren muß befragt werden auf die dem Text implizite Arrangierungsinstanz, das Textsubjekt, und deren Artikulationstendenz. Hier nun läßt sich im Laufe der sechziger Jahre eine signifikante Neuorientierung erkennen, die Tendenz zu einer Konkretisierung und Politisierung des dem Text eingeschriebenen Subjekts.

H. Heißenbüttel hat montierende Verfahren für unterschiedliche Zielsetzungen genutzt. Im *Projekt Nr. 1. D'Alemberts Ende*[86] fungieren die erkennbaren Collagen aus materialistischen, psychoanalytischen, kybernetischen Theorien, deren heftige Diskussion für die Stichzeit – ›Handlungstag‹ ist der 26.7.1968 – typisch ist, um in diesem Projekt, das fremde mit eigener Sprache, das die Figuren, Perspektiven, Ebenen immer neu mischt, eine prinzipiell endlose Kombinatorik der textkonstituierenden Elemente zu verfolgen und damit auf ein intelligibles Subjekt zu zielen, das sich generell seiner Freiheit versichert, die aus der Entlassung aus ideologisch oder schlicht autoritär diktierten Umgangsweisen mit Realität resultiert. *D'Alemberts Ende* nutzt montierende Verfahren im Sinne der Konkreten Poesie für eine »offene Literatur«, die sich in keiner Hinsicht festlegt »auf Lösungen und Antworten«,[87] sondern exemplarischer Stimulus sein will für eine vorurteilslos offene und darin emanzipatorische Weltanschauung: »Diese Unabgeschlossenheit (entgegengesetzt der Geschlossenheit von Mythos und Metaphysik) bedeutet zugleich ununterbrochene und unbegrenzte Korrigierbarkeit.«[88]

Mit *D'Alemberts Ende* und den darin angewandten Montageverfahren legt Heißenbüttel Einspruch gegen das Übergewicht des Doktrinären ein. Andererseits wird gerade die von ihm früh und wirkungsrelevant geprägte Tendenz deutlich, vor allem in Collagen eine politische Position einzunehmen, die im Laufe der sechziger Jahre immer wichtiger wird. In *3x13 mehr oder weniger Geschichten* (vgl. besonders: *Kalkulation über was alle gewußt haben*) und *Neue Abhandlungen über den menschlichen Verstand* (darin besonders: *Deutschland 1944*)[89] werden in der Collage von Zitaten und Redeweisen der Faschismus, die Anpassung an ihn und seine ihn ›bewältigende‹ Verharmlosung dekuvriert. Das Arrangement des Materials richtet sich nicht nach einem intelligiblen Subjekt, zielt nicht auf ein solches, das transzendental über die Bedingungen der Möglichkeit von ›Offenheit‹ reflektierte. Das implizite Subjekt nimmt offensiv Stellung, ergreift Partei, appelliert an Gleichgesinnte, denunziert Gegner. Es konkretisiert sich als ein individuelles mit spezifischen Erfahrungen und Meinungen, die es zur Geltung bringen will.

Die Politisierung montierender Verfahren und innovativer Schreibweisen, ihre Ausnutzung für Appell, Persuasion, Agitation kennzeichnen die späten sechziger Jahre. Solche Indienstnahme von Formen der Zweiten Moderne für konkrete interessengeleitete Auseinandersetzungen während der ›Studentenbewegung‹ steht im Zusammenhang mit der seinerzeit nicht nur in bezug auf Literatur geführten Kontroverse, ob das aufklärerische Subjekt ein ›freischwebendes‹ sei, gleichsam über den Zinnen aller Parteiungen und unmittelbar zum Himmel der Vernunft, oder ob es ein notwendigerweise sich parteilich definierendes sei. Die Funktionalisierung montierender Verfahren für kämpferische Intentionen definiert das Subjekt und seine Exemplarik neu: Das Subjekt ist nicht das konstruierte intelligible der Konkreten Poesie, auch keines, das sich nur als Leerstelle auf dem Rücken der Negation denken läßt, sondern ein durch konkrete historische Bedingungen sozialisiertes, das sich in seiner je spezifischen Position zu Herrschaftsformen definiert und als Agent im Kampf um Restauration oder Fortschritt artikuliert und legitimiert. Damit aber stehen grundsätzliche Axiome des Innovativen zur Debatte. Und es ist nicht verwunderlich, daß mit der Politisierung die Diskussion des Realismus in den Vordergrund trat, das Innovative als solipsistische Spielerei oder, böser, als spätbürgerlicher Revolutionsverrat beargwöhnt wurde.[90]

Vor allem in der Lyrik breitete sich das Umfunktionieren montierender Verfahren zur Meinungsvermittlung aus. In der Prosa verwandten die Collage zum Zwecke der Ideologiekritik etwa A. Kluge in seiner Schlachtbeschreibung,[91] W. Aue in *Blaiberg oh Blaiberg*;[92] gerichtsnotorisch wurde vor allem F.C. Delius' sprach-, bewußtseins- und politikkritische Collage *Wir Unternehmer*.[93] Konkretisierung und Politisierung als ihre prononcierte Form zeigen sich auch bei den nicht nur der anarchischen Tendenz zurechenbaren Texten von W. Wondratschek: »In Deutschland, so scheint es, begegnen sich immer nur die falschen Leute. Darin haben wir Übung. Dafür sorgen unsere Gesetze. Wir haben noch nie von unserer Vernunft profitiert. Wir ziehen den schwarzen Anzug vor. CDU. Vor dem Haus ist der Rasen gemäht. Wohlstand für alle. Weißer geht's nicht. Das ist die Hauptsache«.[94]

Dem Collagieren von Slogans und Werbesprüchen in einem agitatorischen Text entspricht die politische Anspielung, die (Kultur-)Bürgersatire als Weise der Politisierung, die Ch. Bezzel in die ehedem aseptische Konkrete Poesie einbringt: »dann verließ mozart das hotel, betrank sich, wurde nüchtern, betrank sich, wurde nüchtern, rief bonnie an, betrank sich, wurde nüchtern, versuchte, fischart und angelus silesius anzurufen und ging dann in eine nebengasse. professor habermas rief dann die polizei an. dann lief die kleine asunción zu fuß nach torre dembarra. dann ging mitzi in bismarcks hotel zurück, legte sich auf kennedys bett und schlief bald ein. (...)«[95]

Ein solcher Text ist nicht nur zu verstehen als Thematisierung der Regeln von Textkohärenz und der ihnen zugrunde liegenden Vorstellungen über reale/wahrscheinliche Zusammenhänge; er ist zugleich Zitat von Bildungstopoi gegen neue Identifikationen (»Bonnie und Clyde«), er ist Demontage von Auratisierungen, er ist auch Polemik gegen die Kritische Theorie, sofern sich der emanzipatorische Impetus auf eine hermetische Theorie beschränkt, in praktischer Politik aber auf die Seite der Macht stellt: »dann fragte sich professor habermas, ob der polizist die worte, die er ihm über die straße zugerufen hatte, vielleicht nicht richtig verstanden hatte«. (ebd.)

Konkretisierung und Politisierung dominieren in den späten sechziger und beginnenden siebziger Jahren nicht nur bei montierenden Verfahren. Auch in der Visuellen Poesie ist eine unmißverständliche Instrumentalisierung erkennbar. Nicht die Reflexion abstrakter Zusammenhänge (Sinnkonstitution, visuelle Semantik) steht nun im Vordergrund: Cl. Bremer entwirft großformatige Text-Bilder, in denen Schrift und Bild in ihrer widersprüchlichen Kombination Kritik am Kapitalismus und Imperialismus vermitteln, zumal am Vietnam-Krieg.[96] Deutlich genug ist auch dieser visuelle Text von H. Mayer:[97]

sau
aus
usa

Auch Texte, die dem cut up-Prinzip folgen, werden zu individueller, in ihrem subversiven Potential als notwendig und exemplarisch gedachter Mentalitäts-Bekundung, was selbst in dem frühesten, noch hochkomplexen und tatsächlich mit Schneideverfahren arbeitenden deutschen Beispiel, J. Ploogs

Die Fickmaschine,[98] auf jenen »male chauvinism«[99] hinausläuft, der zunehmend die immer traditioneller erzählende, von cut up weit entfernte, sich cut up nennende Literatur beherrscht.

Überschreitungen – Conceptualisierung und Visualisierung

Nicht per se, aber häufig hat innovative Literatur einen transitorischen Text-Begriff; das Geschriebene ist vorläufig, der ›Text‹ Anreiz zu einem Prozeß unüberschaubarer Realisierungen, vor allem dann, wenn er als Vorgabe für Veränderungen durch die Lesenden gedacht ist. Mit einem solchen operativ auf maximale Freiheit angelegten Begriff von ›Text‹ und ›Lektüre‹ strebt innovatives Schreiben dem avantgardistischen Ideal nach, die Hierarchie zwischen genial inspiriertem Text und passivem Nachvollzug zu stürzen. Die, die Texte machen, sind nicht mehr stigmatisierte Subjekte, sondern eher nur darin exemplarisch, daß sie vormachen, was alle können sollen.

F. Mon beginnt seinen in Spalten gedruckten *herzzero* mit der Empfehlung, zwischen den Spalten nach Belieben zu springen, mit Bleistift und Kugelschreiber zu streichen, hinzuzufügen;[100] »(bitte vervollständigen)« sind die letzten Worte eines Textes von W. Wondratschek.[101] Und P. O. Chotjewitz droht an, beim nächsten Mal statt einer Reisebeschreibung dem Leser die Dinge selbst, »so wie sie sind«, zu »überreichen« »mit der Bitte, sich eine eigene Literatur anzufertigen. Warum noch am Prinzip der Arbeitsteilung zwischen Künstler und Menschen festhalten?«[102] »Konzeptliteratur« nennt H. Heißenbüttel einen Text von H. Geerken, der aus dem Satzfragment »MAN SOLL MACHEN ODER IRGENDETWAS MACHEN ABER ETWAS GUTES« und fünfundvierzig in Kürzeln gefaßten Hinweisen besteht, wie drei männliche Sprecher ihn mit unterschiedlichen Tonlagen, Lautstärken und Geschwindigkeiten zu Gehör bringen könnten.[103] Wenn B. Brock eine graphische Skizze zu einer möglichen Figuren-Handlungs-Konstellation als Roman bezeichnet,[104] dann deshalb, um die endlose Variabilität epischer Modelle ansichtig zu machen. Was geschrieben ist, was überhaupt ist, soll nicht als unabänderlich hingenommen werden. Die aufklärerische Bewegung ist unabschließbar: Alles Faktische ist eine Versteinerung des Möglichen.

Nicht nur virtuell, sondern tatsächlich wollen andere Projekte die Lesenden zu Produzenten machen. Die Subskribenten von *Endlich was Neues* konnten ihre Ordner-Anthologie selbst zum Unikat zusammenstellen.[105] Zuvor schon hatten P. Faecke und W. Vostell das auktorial-autoritär vorgegebene Werk ersetzt durch einen *Postversandroman*,[106] der nahezu ganz auf die Beiträge der Bezieher angewiesen war. Die Mitmachlust blieb aus, das Projekt ein Sammlerobjekt, das sich fast nur aus zwei silbernen Buchdeckeln und silbernen überdimensionierten Schrauben zusammensetzte; rein erhalten blieb somit die Concept-Idee, nach der ein Roman das Ergebnis von rezipierenden und zugleich produzierenden Lesern sein könne.

Im antiauratischen Impetus ist der Conceptualisierung die Visualisierung verbunden. Foto und Bild als Text-Teile sollen Authentisches (J. Gerz),[107] Stereotypes (L. Harig),[108] die Alltagsmacht der Bilder und ihrer comichaften Trivialmythisierung (H. v. Cramer, Meysenbug)[109] mit und gegen Sprache zur Geltung bringen. Die visuelle Depotenzierung von Sprache und Sprachwerk hat die Auflösung von Reflexion und Kunst im Intermedialen des Alltags im Sinn. Vollends preisgegeben wird der rationalistische Logozentrismus der fünfziger und sechziger Jahre in der visuellen Entsemantisierung der Schrift. Bei F. Kriwet[110] sind die zunächst nur als Grapheme erkennbaren Buchstaben noch Reste mühsam mittels Kommentaren zu entziffernder Sinnstücke. M. Vetter erfindet in seinem zweibändigen Roman[111] Schriften und erreicht damit jene Hintergehbarkeit der Sprache als ›lingua‹, die allem Innovativen, dem die Gleichung Sprache = Bewußtsein galt, undenkbar schien. Vetter will dezidiert die sprachlich-mentalen Prägungen aller Kulturen umgehen, indem er Schrift in keinem semantisch-syntaktischen Regelzusammenhang verwendet, sie vielmehr, ähnlich der Direktheit der phonetischen Poesie, zu vorsprachlicher, sozusagen ›natürlicher‹ Kommunikation nutzen will. Er weist damit auf die Esoterik der achtziger Jahre voraus, die zugleich auch eine Renaissance der Aura der Literatur, der Konventionen, des Epischen, des Mythischen hervorbringt, was angesichts »leerlaufender« Innovation begreiflich sein mag, jedoch den Rückblick auf die experimentierfreudigen Jahre der bundesdeutschen Literatur um so erfrischender und notwendiger macht.

1 Vgl. Hans Dieter Schäfer: Zur Periodisierung der deutschen Literatur seit 1930, in: Literaturmagazin 7 (1977), S. 95-115; Ronald Schneider: Realismustradition und literarische Moderne. Überlegungen zu einem Epochenkonzept »Nachkriegsliteratur«, in: Der Deutschunterricht 3/33 (1981), S. 3-22. 2 Martin Walser: Über die neueste Stimmung im Westen, in: Kursbuch 20 (1970), S. 19-41, hier S. 22. 3 Walter Hasenclever: Prosaschreiben. Eine Dokumentation des Literarischen Colloquiums Berlin, Berlin 1964, S. 19. 4 Walter Benjamin: Illuminationen, Frankfurt/M. 1969, S. 413. 5 Siegfried J. Schmidt: Erzählen oder Geschichte, in: Walter Buchebner Ges.: Wiener Avantgarde einst und jetzt, Wien/Köln 1989, S. 44-53, hier S. 45. 6 Uwe Japp: Literatur und Modernität, Frankfurt/M. 1987, S. 301 und passim. 7 Gotthart Wunberg: Hermetik – Änigmatik – Aphasie. Zur Lyrik der Moderne, in: Dieter Birchmeyer: Poetik und Geschichte, Tübingen 1989, S. 241-249, hier S. 247. 8 Hans Blumenberg: Wirklichkeitsbegriff und Möglichkeit des Romans, in: Hans Robert Jauß: Nachahmung und Illusion (Poetik und Hermeneutik I), München 1964, S. 9-27, hier S. 14. 9 Jürgen H. Petersen: Die Folgen der Moderne: Literarästhetischer, rezeptionsästhetischer und textontologischer Paradigmawechsel, in: arcadia 20 (1985), S. 273-289. 10 Japp, S. 344. 11 Ebd., S. 345. 12 Helmut Heißenbüttel: Widerstand gegen das Avantgardistische (politisch, neosubjektivistisch, antirational motiviert) und Restauration, in: Hartmut Geerken: Verschiebungen. 13 Texte, mit einem Nachwort von H. Heißenbüttel, Neuwied/Darmstadt 1972, S. 150. 13 Franz Mon: sehgänge, Berlin 1964, S. 5. 14 Franz Mon: Texte über Texte, Neuwied/Berlin 1970; zur Poetologie Mons (insbesondere seine Übernahmen aus H. Freyers Soziologie) wie zu Bense, Bezzel, Heißenbüttel u.a. vgl. Thomas Kopfermann: Konkrete Poesie. Fundamentalpoetik und Textpraxis einer Neo-Avantgarde, Frankfurt/M. 1981; zu Heißenbüttel zudem Helmut Klocke: Text und Theorie bei Helmut Heißenbüttel, Konstanz (Diss.) 1980. 15 Akzente 3/1969, S. 232. 16 Vgl. Siegfried J. Schmidt: Ästhetische Prozesse. Beiträge zu einer Theorie der nicht-mimetischen Kunst und Literatur, Köln 1971. 17 Max Bense: Technische Existenz, Stuttgart 1949, S. 193. 18 Ebd., S. 207. 19 Vgl. generell Helmut Kreuzer und Rul Gunzenhäu-

ser: Mathematik und Dichtung, München 1965; darin Max Bense: Zusammenfassende Grundlegung moderner Ästhetik, S. 313-332; ferner Elisabeth Walther und Ludwig Harig: muster möglicher welten. eine anthologie für max bense, Wiesbaden 1970. **20** Text und Kritik 30 (1971) (Konkrete Poesie II), S. 27 (der Text ist auf 1963 datiert). **21** Eckhard Lobsien: Das literarische Feld. Phänomenologie der Literaturwissenschaft, München 1988, S. 14. **22** Roland Galle: Eifersucht und moderner Roman, in: Rudolf Behrens und Richard Schwaderer: Italo Svevo. Paradigma europäischer Moderne, Würzburg 1990, S. 21-38. **23** Vgl. Arno Schmidt: Berechnungen I/II, in: Texte und Zeichen, 1/1955, S. 112-127; 1/1956, S. 95-102. **24** Vgl. besonders: Arno Schmidt: Seelandschaft mit Pocahontas, in: Texte und Zeichen 1/1955, S. 9-53. **25** Hans Wollschläger: Herzgewächse oder Der Fall Adams, Zürich 1982. **26** Ernst-Jürgen Dreyer: Die Spaltung, Siegburg 1979. **27** Vgl. Ernst-Jürgen Dreyer: Versuch, eine Morphologie der Musik zu begründen. Mit einer Einleitung über Goethes Tonlehre, Bonn 1976 (»das Es als Geber des in Kunst Gegebenen«, S. 23); sowie bes. Ders.: Entwurf einer zusammenhängenden Harmonielehre, Bonn 1977, bes. S. 7-27. **28** (Wolfgang) Rohner-Radegast: Semplicità, Frankfurt/M. 1982. **29** Ebd., S. 9. **30** Vgl. W. Rohner-Radegast: Erster Lektor für Lowry (deutsch) – Schicksalsfäden um »Unter dem Vulkan«. Eine Erinnerung, vielmehr schrittweise der Versuch dazu, in: Schreibheft Sonderdruck I, Essen 1985, S. 3-17 (Malcolm Lowry/Clemens ten Holder – Briefwechsel); Ders.: VERRÜCKT: DER GROSSE BAUM. Ästhetische Briefe mittenhinein in die Lage der Nation, in: analle 7 (1979), S. 68-80. **31** Rohner-Radegast, Semplicità, S. 125. **32** Ders.: Erster Lektor, S. 8. **33** Jürgen Manthey: Zurück zur Kultur. Die Wiedergeburt des nationalen Selbstgefühls aus dem Geist der Tragödie, in: Literaturmagazin 7 (1977), S. 12-29, hier S. 29. **34** Lobsien, S. 184. **35** Paul Wühr: Das falsche Buch, München 1983, S. 40. **36** Otto Lorenz: Schreiben wie nach einem Backrezept. Poststrukturalistische Theorie als Prämisse von Heißenbüttels »Projekt 3«, in: Text und Kritik 69/70 (1981), S. 85-96, hier S. 85. **37** Peter Weiss: Der Schatten des Körpers des Kutschers, Frankfurt/M. 1960 (geschrieben 1952); als Taschenbuch ebd. 1964, S. 67-68. **38** Ebd., S. 72. **39** Blumenberg, S. 12. **40** Ror Wolf: Fortsetzung des Berichts, Frankfurt/M. 1964. **41** Reinhard Lettau: Schwierigkeiten beim Häuserbauen, München 1962; Ders.: Auftritt Manigs, München 1963. **42** Otto F. Best: Einleitung zu: O.F. Best: Das Groteske der Dichtung, Darmstadt 1980 (WdF 394), S. 1-22, hier S. 15. **43** Irmgard Roebling: Groteske, in: Joachim Ritter: Historisches Wörterbuch der Philosophie, Bd. 3, Darmstadt 1974, S. 901-902, hier S. 901. **44** Carl Pietzcker: Das Groteske, in: Best, S. 85-102, hier S. 99. **45** Joachim Kaiser: Der Schriftsteller und sein Objekt, in: Jahresring 61/62, Stuttgart 1962, S. 54-62, hier S. 54. **46** Theodor W. Adorno: Minima Moralia, Frankfurt/M. 1964, S. 298. **47** Theodor W. Adorno: Noten zur Literatur, in: Ders.: Gesammelte Schriften 11, Frankfurt/M. 1974, S. 126. **48** Jürgen Becker: Gegen die Erhaltung des literarischen status quo, in: Sprache im technischen Zeitalter 9/10 (1964), S. 694-698, hier S. 696. **49** Ebd., S. 668. **50** Hans Magnus Enzensberger: Vorzeichen. Fünf neue deutsche Autoren, Frankfurt/M. 1962, S. 17. **51** Ebd., S. 16. **52** Jürgen Becker: (Statement), in: Renate Matthaei: Grenzverschiebung, Köln/Berlin 1970, S. 59. **53** Notat J. Beckers, in: Enzensberger: Vorzeichen, S. 16. **54** Becker: Felder, Frankfurt/M. 1964, S. 11. **55** Enzensberger: Vorzeichen, S. 197. **56** Hans-Ulrich Müller-Schwefe: Schreib' alles. Zu Jürgen Bekkers *Rändern, Feldern, Umgebungen*, anhand einer Theorie simuliert präsentativer Texte, München 1977, S. 58. **57** Peter O. Chotjewitz: Fünf Anmerkungen zu Rolf Roggenbuck: Der Nämlichkeitsnachweis, in: R. Roggenbuck: Der Nämlichkeitsnachweis, Frankfurt/M. 1967, S. 315-332. **58** Peter O. Chotjewitz: Hommage à Frantek. Nachrichten für seine Freunde, Reinbek 1965; Ders.: Die Insel. Erzählungen auf dem Bärenauge, Reinbek 1968. **59** Chotjewitz: Fünf Anmerkungen, S. 323. **60** Vgl. ebd., S. 332. **61** Ebd., S. 325. **62** Ebd., S. 329. **63** Ebd., S. 318-319. **64** Ebd., S. 319. **65** Ebd., S. 320. **66** Jürgen Becker: Ränder, Frankfurt/M. 1968. **67** Ders.: Eine Zeit ohne Wörter, Frankfurt/M. 1971. **68** Peter O. Chotjewitz und Günter Rambow: Roman. Ein Anpassungsmuster, Darmstadt 1968. **69** Rolf Roggenbuck: Der achtfache Weg, Reinbek 1971. **70** Jörg Fauser: Tophane, Gersthofen 1972. **71** Bernward Vesper: Die Reise. Romanessay, Jossa 1977. **72** Wolf Wondratschek: Ein Bauer zeugt mit einer Bäuerin einen Bauernjungen, der unbedingt Knecht werden will, München 1970, S. 15. **73** Ebd., S. 19. **74** Wolf Wondratschek: Früher begann der Tag mit einer Schußwunde, München 1969, S. 67. **75** Dieter Wellershoff: Infantilismus als Revolte oder das ausgeschlagene Erbe – Zur Theorie des Blödelns, in: Wolfgang Preisendanz und Rainer Warning: Das Komische (Poetik und Hermeneutik VII), München 1976, S. 335-357, hier S. 348. **76** Ebd., S. 340. **77** Günter Eich: Maulwürfe. Prosa, Frankfurt/M. 1968; vgl. dazu Peter Horst Neumann: Die Rettung der Poesie im Unsinn. Der Anarchist Günter Eich, Stuttgart 1981, S. 93 ff. **78** Oskar Pastior: Ein Tangopoem und andere Texte, Berlin 1978. **79** Herbert Achternbusch: (Hülle) Zigarettenverkäufer. Hülle. Rita, Frankfurt/M. 1969; Ders.: Kamel, Frankfurt/M. 1970. **80** Vgl. Helmut Kreuzer: Zur Avantgarde- und Montage-Diskussion – und zu diesem Heft, in: LiLi 46 (1982), S. 7-18. **81** Enzensberger: Vorzeichen, S. 16. **82** Ginka Steinwachs: marylinparis. montageroman, Wien 1978. **83** Vgl. dazu Volker Hage: Collagen in der deutschen Literatur. Zur Praxis und Theorie eines Schreibverfahrens, Frankfurt/M. 1984, bes. S. 65-78. **84** Vgl. Thomas Daum: Die 2. Kultur. Alternativliteratur in der Bundesrepublik, Mainz 1981, S. 147-156. **85** Ebd., S. 157-165. **86** Helmut Heißenbüttel: Projekt Nr. 1. D'Alemberts Ende, Neuwied/Berlin 1970. **87** Helmut Heißenbüttel: Offene Literatur, München 1977, S. 7. **88** Heißenbüttel: D'Alemberts Ende, S. 279. **89** Helmut Heißenbüttel: Das Textbuch, Neuwied/Berlin 1970, S. 89 ff., S. 245 ff; *Kalkulation* (1964/65), S. 100-101; *Deutschland 1944* (1965/67), S. 268-272; zu *Deutschland 1944* und generell zur Frage nach einem konkreten Textsubjekt vgl. Jörn Stückrath: Helmut Heißenbüttels »Deutschland 1944«. Deutung und Theorie einer Zitatmontage, in: Volker Hage: Literarische Collagen. Texte, Quellen, Theorie, Stuttgart 1981, S. 233-257. **90** Vgl. Hans Christoph Buch: Kritische Wälder. Essays Kritiken Glossen, Reinbek 1972, bes. die Kritiken zu Th. Bernhard (S. 102-106) und J. Becker (S. 106-111). **91** Alexander Kluge: Schlachtbeschreibung, Olten/Freiburg 1964. **92** Walter Aue: Blaiberg oh Blaiberg, Frankfurt/M. 1970. **93** Friedrich Christian Delius: Wir Unternehmer, Berlin 1965. **94** Wondratschek: Früher begann, a.a.O., S. 11; Ders.: Ein Bauer, a.a.O., S. 69-74. **95** Chris Bezzel: Die Freude Kafkas beim Bügeln. Die Freude Mozarts beim Kegeln. Die Freude Bismarcks beim Stricken, München 1972, Nr. 2 der Freude Kafkas. **96** Claus Bremer: Texte und Kommentare. Zwei Vorträge, Steinbach 1968. **97** Hansjörg Mayer: sau aus usa, in: Eugen Gomringer: konkrete poesie. deutschsprachige autoren, Stuttgart 1972, S. 26. **98** Jürgen Ploog: Die Fickmaschine. Ein Beitrag zur kybernetischen Erotik, Göttingen 1970. **99** Daum, S. 152. **100** Franz Mon: herzzero, Neuwied/Berlin 1968, S. 5. **101** Wondratschek, Früher begann, a.a.O., S. 78. **102** Chotjewitz: Die Insel, S. 7. **103** Geerken: Verschiebungen, S. 151-152. **104** Bazon Brock: Freundschaft, nachdem die Journalisten da waren (1963), in: Ders.: Ästhetik als Vermittlung. Arbeitsbiographie, hrsg. von Karla Fohrbeck, Köln 1977, S. 971. **105** Manfred Chobot, Jochen Gerz und Rolf Nörtemann: Endlich was Neues, Hann. Münden 1973/74. **106** Peter Faecke und Wolf Vostell: Postversandroman, Neuwied/Berlin 1970. **107** Jochen Gerz: Die Zeit der Beschreibung, Spenge 1974; 1976 (Das zweite Buch); 1980 (Das dritte Buch); vgl. W. Aues Bemerkung: »diese montagen sind mir wichtiger als die texte«, in: Chobot u.a.: Endlich was Neues S. 334. **108** Ludwig Harig: Sprechstunden für die deutsch-französische Verständigung und die Mitglieder des Gemeinsamen Marktes. Ein Familienroman, München 1971. **109** Heinz von Cramer: Der Paralleldenker. Zombies Roman. Hamburg 1968; Meysenbug: Glamour-Girl, Frankfurt/M. 1968; Ders.: Super-Mädchen, Frankfurt/M. 1968; vgl. dazu B. Brock: Ästhetik, S. 866: »heute produzierte Bücher der Gattung ›S.L.‹ (»schöngeistige Literatur« H.K.) haben in erster Linie kurzfristige Befrieder von Aneignungsverlangen zu sein.« **110** Ferdinand Kriwet: leserrattenfaenge. Sehtextkommentare, Köln 1965. **111** Michael Vetter: Handbewegungen 1. Roman, mit einem Vorwort von H. Heißenbüttel, Stuttgart 1973; Ders.: Handbewegungen 2. Roman, Stuttgart 1973; Ders.: Transverbal, o.O., o.J. (Kirchzarten 1990).

LITERATUR

Herbert Achternbusch: Zigarettenverkäufer. Hülle. Rita, Frankfurt/M.
1969. Ders.: Kamel, Frankfurt/M. 1970.
Walter Aue: Blaiberg oh Blaiberg, Frankfurt/M. 1970.
Jürgen Becker: Felder, Frankfurt/M. 1964. Ders.: Gegen die Erhaltung
des literarischen status quo, in: Sprache im technischen Zeitalter 9/10
(1964), S. 694-698. Ders.: Ränder, Frankfurt/ M. 1968. Ders.: Zeit ohne
Wörter, Frankfurt/ M. 1971.
Chris Bezzel: Die Freude Kafkas beim Bügeln. Die Freude Mozarts
beim Kegeln. Die Freude Bismarcks beim Stricken, München 1972.
Claus Bremer: Texte und Kommentare. Zwei Vorträge, Steinbach 1968.
Bazon Brock: Ästhetik als Vermittlung. Arbeitsbiographie, hrsg. von
Karla Fohrbeck, Köln 1977.
Manfred Chobot, Jochen Gerz und *Rolf Nörtemann (Hg.):* Endlich was
Neues, Hann. Münden 1973/1974.
Peter O. Chotjewitz: Hommage à Frantek. Nachrichten für seine Freunde, Reinbek 1965. Ders.: Die Insel. Erzählungen auf dem Bärenauge,
Reinbek 1968. Ders. und *Günter Rambow:* Roman. Ein Anpassungsmuster, Darmstadt 1968.
Heinz v. Cramer: Der Paralleldenker. Zombies Roman, Hamburg 1968.
Friedrich Christian Delius: Wir Unternehmer, Berlin 1965.
Ernst-Jürgen Dreyer: Versuch, eine Morphologie der Musik zu begründen. Mit einer Einleitung über Goethes Tonlehre, Bonn 1976. Ders.:
Entwurf einer zusammenhängenden Harmonielehre, Bonn 1977. Ders.:
Die Spaltung, Siegburg 1979.
Günter Eich: Maulwürfe. Prosa, Frankfurt/M. 1968.
Hans Magnus Enzensberger (Hg.): Vorzeichen. Fünf neue deutsche Autoren, Frankfurt/M. 1964.
Jörg Fauser: Tophane, Gersthofen 1972.
Peter Faecke und *Wolf Vostell:* Postversandroman, Neuwied/Berlin 1970.
Hartmut Geerken: Verschiebungen. 13 Texte mit einem Nachwort von
H. Heißenbüttel, Neuwied/Darmstadt 1972.
Jochen Gerz: Die Zeit der Beschreibung, Sprenge 1974. Ders.: Das zweite
Buch. Die Zeit der Beschreibung, Sprenge 1976. Ders.: Das dritte Buch.
Die Zeit der Beschreibung, Sprenge 1980.
Eugen Gomringer (Hg.): konkrete poesie. deutschsprachige autoren,
Stuttgart 1972.
Ludwig Harig: Sprechstunden für die deutsch-französische Verständigung und die Mitglieder des Gemeinsamen Marktes. Ein Familienroman, München 1971.

Helmut Heißenbüttel: Das Textbuch, Neuwied/Berlin 1970. Ders.: Projekt Nr. 1. D'Alemberts Ende, Neuwied/Berlin 1970. Ders.: Offene Literatur, München 1977.
Alexander Kluge: Schlachtbeschreibung, Olten/Freiburg 1964.
Ferdinand Kriwet: leserrattenfaenge. Sehtextkommentare, Köln 1965.
Reinhard Lettau: Schwierigkeiten beim Häuserbauen, München 1962. Ders.: Auftritt Manigs, München 1963.
Renate Matthaei (Hg.): Grenzverschiebung, Köln/Berlin 1970.
Meysenbug: Super-Mädchen, Frankfurt/M. 1968. Ders.: Glamour-Girl, Frankfurt/M. 1968.
Franz Mon: sehgänge, Berlin 1964. Ders.: herzzero, Neuwied/Berlin 1968. Ders.: Texte über Texte, Neuwied/Berlin 1970.
Oscar Pastior: Ein Tangopoem und andere Texte, Berlin 1978.
Jürgen Ploog: Die Fickmaschine. Ein Beitrag zur kybernetischen Erotik, Göttingen 1970.
Rolf Roggenbuck: Der Nämlichkeitsnachweis, Frankfurt/M. 1967. Ders.: Der achtfache Weg, Reinbek 1971.
Wolfgang Rohner-Radegast: VERRÜCKT: DER GROSSE BAUM. ästhetische Briefe, mittenhinein in die Lage der Nation, in: anale 7 (1979), S. 68-80. Ders.: Semplicità, Frankfurt/M. 1982. Ders.: Erster Lektor für Lowry (deutsch) – Schicksalsfäden um »Unter den Vulkan«. Eine Erinnerung, vielmehr schrittweise der Versuch dazu, in: Schreibheft Sonderdruck I, Essen 1985 (Malcolm Lowry/Clemens ten Holder Briefwechsel), S. 3-17.
Arno Schmidt: Berechnungen I, in: Texte und Zeichen 1/1955, S. 112-127. Ders.: Berechnungen II, ebd. 1/1956, S. 95-102. Ders.: Seelandschaft mit Pocahontas, ebd. 1/1955, S. 9-53.
Ginka Steinwachs: marylinparis. montageroman, Wien 1978.
Bernward Vesper: Die Reise. Romanessay, Jossa 1977.
Michael Vetter: Handbewegungen 1. Roman. Mit einem Nachwort von H. Heißenbüttel, Stuttgart 1973. Ders.: Handbewegungen 2. Roman, Stuttgart 1973. Ders.: Transverbal, o.O., o.J., Kirchzarten 1990.
Peter Weiss: Der Schatten des Körpers des Kutschers, Frankfurt/M. 1960.
Ror Wolf: Fortsetzung des Berichts, Frankfurt/M. 1964.
Hans Wollschläger: Herzgewächse oder Der Fall Adams, Zürich 1982.
Wolf Wondratschek: Früher begann der Tag mit einer Schußwunde, München 1969. Ders.: Ein Bauer zeugt mit einer Bäuerin einen Bauernjungen, der unbedingt Knecht werden will, München 1970.
Paul Wühr: Das falsche Buch, München 1983.

Körperthemen, Körpertexte und »*das laute Schreiben*« in deutschsprachiger Gegenwartsliteratur

> »*Tres digiti scribunt totum corpusque laborat*«
> (Sankt Gallisch, frühes Mittelalter)

1979 wurde die im Jahrzehnt der Politisierung abgesagte Frankfurter Poetik-Vorlesung wieder aufgenommen. Durfte, so Adolf Muschg, der »Schein« zuvor »wenigstens nicht schön sein«, »wenn er nicht ausgepfiffen werden wollte«, seien nun die Pfeifer verstummt: »Sie kommen wieder, die Dichter (...)«.[1] Reästhetisierung[2] als Signum der Literatur der 80er Jahre heißt: Pathetisierung von Literatur und Schreiben (die Rückkehr zu den Begriffen ›Dichtung‹ und ›Dichter‹ zeigt dies an), Aufgreifen tradierter ästhetischer Modelle (Sonett, Novelle, historischer Roman z.B.), Renaissance eines elaborierten Stils, des »erhobenen vornehmen Tons«, wie es Jörg Drews folgenreich zuspitzte,[3] – womit ein die 70er Jahre bestimmendes materialistisches und ein entauratisierendes, Autonomie, Fiktionalität, Hermetik, Vielsinnigkeit preisgebendes[4] Verständnis der Literatur überholt wurde.

In die *Gegenwartsliteratur der Reästhetisierung* geht ab der Mitte der 80er Jahre das Stichwort ›Körper‹ aus den wissenschaftlichen Diskussionen ein und wird mit den 90er Jahren zu einem Schlüsselbegriff ambitionierter literarischer Praxis und Selbstreflexion. Im Vordergrund steht dabei eine poststrukturalistisch-dekonstruktive Konzeption von ›Körper‹, mit der Gegenwart als signifikante Epoche begriffen wird, denn die zur Körper-Diskussion gehörenden Termini wie ›Verschwinden des Subjekts‹, ›Abwesenheit von Sinn‹, ›Spiel‹ usf. dienen zur Charakterisierung des Ästhetischen und der Gesamtgesellschaft.

Dabei wird in der Gegenwartsliteratur Körperliches durchaus divergent zum Thema. Günter Grass etwa setzt weiterhin auf eine *Vitalisierung*, die ebenso in der positiven Besetzung des weiblichen Körpers gegen den männlichen Blick im ›Frauenkrimi‹[5] zu beobachten ist wie in Sten Nadolnys so enthusiastisch rezipierter Propagierung des Durchsetzens individueller Disposition[6] wie auch in Patrick Süskinds Aufwertung des körpernahen Sinns Geruch gegen den abstrakten Fernsinn Sehen samt seinen rationalistischen Konnotationen.[7] Fortgeschrieben wird ein *psychosomatisches Erzählen* vom Körper als Feld der Entzweiungsschlachten und Entfremdungsschmerzen unter sozialer, familiärer, geschlechtsbedingter Herrschaft, vom Körper als Materialisation von Identitätsdefiziten, als Klangkörper der Dissonanzen von Fremdbestimmtheit und gewünschter Selbstversöhntheit: Martin Walser, Elfriede Jelinek, Ludwig Fels, Peter Roos z.B.[8]

In etwas kühner Konstruktion einer literarischen Entwicklung der 80er Jahre aus vor allem Baudrillardscher Sicht hat Hubert Winkels dargelegt, daß die Thematisierung des Körpers als »Medium, an dem sich der Opferzusammenhang der Geschichte und der Gesellschaft offenbart«[9] im Sinne körperlich »konkrete(r) Reaktionen auf eine konkrete Gestalt der Macht«,[10] im Laufe der 80er Jahre notwendig überführt werde in eine neue Konzeption von Literatur. ›Körper‹ wird zum Stichwort für Schreibverfahren. Denn die dem psychosomatischen Erzählen zugrundeliegende Opposition von Subjekt und Gesellschaft sei eine konventionelle Illusion, da weder der Begriff des Subjekts und einer tendenziell authentischen Erfahrungsthematisierung haltbar sei noch der einer einheitlich zu definierenden Gesellschaft. Zeitgemäßes Schreiben könne danach kein Schreiben über subjektive Körpererfahrungen sein. Der Körper sei nichts anderes als Text, längst beschriftet durch die Oktrois der Definitionssysteme. Psychosomatisches Schreiben bleibe somit Nachvollzug dieser Systeme, scheine nur Selbstausdruck zu sein. Wolle aber Literatur eine subversive Funktion behalten, wolle sie ein Bewußtsein vom Verschwinden des Körper-Subjektes bilden, müsse sie im nicht hintergehbaren Text den Zwang der Definitionsregeln aufzubrechen versuchen. Dieses tun *Körpertexte*. Sie haben nicht Körper zum expliziten Thema, sondern sind Textkonventionen unterlaufende Texte, die Löcher in die erzwungenen Illusionen reißen, mit denen wir dem Schein erliegen, selbstbestimmte und authentisch sich äußernde Subjekte zu sein. Deshalb ist das Interesse der Körpertexte die Frage, »wie sich nach der Auflösung der an den Begriff der Gesellschaft und des Subjekts orientierten literarischen Verbindlichkeiten die sich ankündigende ›neue Rhetorik‹ abgeleiteter, sekundärer, zitierter Zeichen unterlaufen läßt, wie sich eine Poetik des Möglichkeitssinns, der Spielwelten, der Simulationsordnungen nutzen und von innen her zerstören läßt.«[11]

Da es mir im weiteren um – von der Körpertext-Theorie teils nicht unabhängige – Ansätze im gegenwärtigen Schreiben geht, die dennoch nach potentiell authentischem Selbstausdruck suchen, überschlage ich die Differenzen zwischen Körpertext-Konzeptionen aus tiefenpsychologischer Sicht (Klaus Briegleb), aus der Annahme universeller Simulation (H. Winkels), aus der Sicht postmoderner Spiel-Theorie (Felix Ph. Ingold) und denen, die einer Theorie weiblichen Schreibens folgen,[12] und halte als Gemeinsames fest: Ein tendenziell autonomes, sich selbst authentisch empfindendes, bestimmendes, verwirklichendes Subjekt ist eine preiszugebende idealistische Illusion, da jedes Subjekt definiert ist durch biologische wie soziokulturelle Ordnungen, die Körperliches, Sinnliches, Verhalten, Empfinden, Denken und Äußern zum Nachvollzug unhintergehbarer Programmierungen machen. Folglich ist auch die Idee eines Subjektes, das seine ihm eigenen Intentionen in einem nach Maßgabe eines Sinnganzen komponierten Werk tendenziell authentisch artikuliert, zu verwerfen. Schreiben ist der variierende Umgang mit vorgegebenen Regeln der Diskurse Sprache und Literatur, das Jonglieren mit syntaktischen, semantischen, semiotischen Ordnungen, ist intertextuelle Kombinatorik, Vermischung von Sprach-, Schreibweisen, Gattungen. Allerdings unterscheiden sich, sehe ich recht, zwei Funktionsnormen: Geht die postmoderne Spiel-Konzeption davon aus, daß subjektive Mitteilungsversuche unsinnig seien und daß die Lehre eines solchen Versuchs nur darin bestehen könne, »daß es eine Lehre nicht gibt; daß es die diskursive Lehre bloß als die diskursive Leere gibt«,[13] so implizieren die Konzepte des subversiven Schreibens (zumal des weiblichen) das Postulat, daß im Unterlaufen, gar Zerstören der symbolischen Ordnungen wachgehalten bleibe der Schmerz über die Abwesenheit eines autonomen Subjekts, einer weiblichen Identität, was die regulative Idee der Wünschbarkeit von Autonomie, Identität und Veränderung voraussetzt.

Gegen die Konzepte der Körpertexte und ihre theoretischen Bezüge sind bekanntlich Einwände erhoben worden, was die Haltbarkeit des Subjekt- und Diskursbegriffes[14] und was die Verabschiedung der Literatur von einer Anschließbarkeit an individuelle, soziale, politische und geschichtliche Verantwortung anbelangt.[15] Auch, und das ist mein Metier, von seiten der Schreibenden, die sich Intention, Werksinn, die Mitteilung eines subjektiven Selbst- und Weltverständnisses nicht rauben lassen wollen. So schilt der Erzähler in Markus Werners erfolgreichem Roman »Bis bald« auf einen »Freund«: »er spricht vom Tod des Individuellen, vom Untergang des Subjekts, vom Fall des Ichs, man sehe nur noch programmierte Puppen (...) das Ich, sagt er, sei nur noch eine sprachliche Behauptung und eine dreiste Fiktion (...) Ich sagte trotzig, daß ich noch Ich genug sei, um mich dem Zeitgeist zu entziehen (...) Und wenn die Dichter, sagte ich, das Ich nicht fallen lassen, zeugt das vielleicht von Treue und kann sogar als Akt des Widerstands begriffen werden (...) Und abgesehen davon, sagte ich, könne ich mir vorstellen, daß es für den Dichter schon mühsam genug sei, ein Ich spazierenzuführen; wenn man jetzt noch von ihm verlange, ein auf der Höhe der Zeit sich befindendes Nicht-Ich spazierenzuführen, dann treibe man ihn möglicherweise ins Schweigen«.[16]

Selbst der der Körper-Text-Theorie verbundene Autor Kurt Drawert sieht als Intention seines Schreibens, nicht nur die Diktatur über den Körper aufzuschreiben, sondern die Entfernung zwischen Subjekt und Diskurs, Körper und Text zu verringern, nach Authentischem zu suchen, immer bewußt der

»Gefahr, den Körper zu verlieren, immer in Gefahr, ein Leben lang so.«[17]

Wie sind solche Versuche, »den Text an den Körper«[18] zu bringen, denkbar und machbar?

Dietmar Kamper hat zwei »einander widersprechende« und zu vermittelnde »Annahmen«[19] in den Diskussionen über Körper pointiert: »Dementsprechend gilt der Körper einerseits als unüberholbar, als Nonplusultra der Authentizität, als letzter Hort der Offenbarung des Geheimen. Andererseits wird angenommen, daß er schon immer überholt sei, daß er das transitorische Moment eines aufs Ganze gehenden Abstraktionsprozesses darstelle, daß er nur als Dublette einer universalen Kodierung diene. Während die erste Annahme es mit der Körpersprache hält, also mit einem aktiven Körper, dessen präverbale Realität spontan zur Sprache gebracht werden kann und muß, geht die zweite von einer *Schrift* des Körpers aus, also von einer passiven, erlittenen Geschichte, die sich im Dunkel der Vorzeit verliert.«[20]

Diese Kontroverse und der Versuch ihrer Vermittlung ist Ausgangsort für ein zeitgenössisches Schreiben, das »den Text an den Körper« zu bringen sucht. *Meine These ist*, daß Tendenzen der Reästhetisierung, die gegen die materialistische, dann lebensweltliche Funktionalisierung der Literatur einen elaborierten Stil gewinnen oder wiedergewinnen wollen, zu verstehen sind als Versuche, durch die Stärkung des Phonetischen, durch Musikalisierung des Textes den Ausdruck von Subjektauthentischem wenigstens anzuzielen, ein ›Präverbales‹ der »Körpersprache« mit dem Semantikzwang der »Schrift des Körpers« zu vermitteln, somit »den Text an den Körper« zu bringen, – indem das Körperliche, gemeint als somatische Gestimmtheit, im Text als anwesend gezeigt werden soll durch die Integration der Stimme in den Text. Solche Versuche – letzten Endes vielleicht notwendigerweise theoretisch naiv – ziehen aus Roland Barthes lieber die Passage, in der das Phonetische gegen die Schrift aufgewertet wird und ein Schreiben gefordert wird, das ›rauh‹, ›laut‹ ist: »*das laute Schreiben* (...) sein Ziel ist nicht die Klarheit der messages, das Schauspiel der Emotionen; es sucht vielmehr (im Streben nach Wollust) die Triebregungen, die mit Haut bedeckte Sprache, einen Text, bei dem man die Rauheit der Kehle, die Patina der Konsonanten, die Wonne der Vokale, eine ganze Stereophonie der Sinnlichkeit hören kann: die Verknüpfung von Körper und Sprache, nicht von Sinn und Sprache.«[21]

Nun sind Bemühungen, durch Musikalisierung der Literatur, durch Analogisierung der Mittel der temporalen Künste Musik und Literatur, durch dynamische Gestaltung von Rhythmen, Tempi, Klangbeziehungen eine sinnliche Direktheit »unter Umgehung des Gedanklichen«[22] zu erreichen, nicht neu, wurden seit Ende des 18. Jahrhunderts wiederholt intensiv unternommen und reflektiert. Gleichwohl hat sich die Linguistik mit dem Phonetischen als Substitut des Mündlichen in Literatur »so gut wie gar nicht befaßt«,[23] und hat sich die Literaturwissenschaft mit dem Musikalischen im Text meist unter der Perspektive der Sinn-Unterstreichung (»Wanderers Nachtlied«) und Sinn-Aufhebung (›absolute Chiffre‹) in Lyrik und als Kompositionsverfahren (›Leitmotiv‹) in Prosa beschäftigt, so daß ich auch deshalb auf terminologisch schwankendem Boden stehe. In der Musikalisierung der Gegenwartsliteratur als Versuch, durch Stimmliches ein als subjektiv authentisch Empfundenes einzubringen, geht es aber nicht um die Opposition der klassischen Moderne: Semantisches versus Phonetisches. Der reine Lauttext kommt kaum vor. Es geht vielmehr um eine, je im Einzelnen zu bestimmende, komplexe Beziehung von Semantischem und Phonetischem, die sich addieren, durchkreuzen, ergänzen. Es ist nicht der Gegensatz von Sinn und Abstraktion wie am Jahrhundertbeginn. Wo das Phonetische nicht allein (wie in manchem Sprachspiel) auf den meist durch den komischen Effekt erbrachten Aufweis von Mehrsinnigkeit aus ist, folgt seine Funktion eher Friedrich Nietzsches (allerdings auf die Überzeugungsrhetorik argumentativer Texte gemünzter) »Lehre vom Stil«, die im Stil über die Darstellung des Thematischen hinaus einen »Griff in das Gemüt«[24] erreichen und somit den ›ganzen Menschen‹ zur Sprache bringen will: »Das Verständlichste an der Sprache ist nicht das Wort selber, sondern Ton, Stärke, Modulation, Tempo, mit denen eine Reihe von Worten gesprochen werden – kurz die Musik hinter den Worten, die Leidenschaft hinter dieser Musik, die Person hinter dieser Leidenschaft (...)«.[25]

Musik und Literatur, und das ist immer auch: Körper und Sinn – ein weites, vag durchfurchtes Feld. Für Paul Zumthor korrespondiert die poetische Schreibintention einem Wunsch nach Lebens-Ausdruck, der »mit der Herstellung eines Sinns nichts zu tun hat«,[26] der zwar in der Mündlichkeit früher Kulturen wie früher Lebensphasen am ungebrochensten erscheint, jedoch in Schriftlichkeit erhalten bleibt: »Jedes Wort der Dichtung (ob schriftlich vermittelt oder nicht) entspringt einem innern und ungewissen Ort, der schlecht und recht mit Metaphern bezeichnet wird: Quelle, Grund, Ich, Leben.(...) Es bezeichnet nichts Bestimmtes.«[27]

Die Arbeit am Stil, an der Integration von Mündlichkeit, an der Herstellung der ›lauten Sprache‹ einer Literatur, die sich nicht auf Installationen von Intertextualitäten und postmodernes Sprachdesign reduzieren will, strebt nach Musikalität als einer scheinbar dem Begrifflichen nicht unterliegenden Vermittlung von Sinnlich-Körperlichem, das als tendenziell authentisch erfahren zu werden scheint. Für Theodor W. Adorno ist es die Suche des Schreibens nach Unmittelbarkeit, bei der es aber auf die »Irrfahrt der unendlichen Vermittlung geschickt wird, um das Unmögliche heimzubringen«,[28] wobei das Scheitern die musikalische Schreibintention nicht hindern kann, nicht doch immer wieder die Hürden, wie Mündliches, Körperliches in Schrift einzubringen und wie der quasi-mündliche ›Primärberührungseffekt‹ durch Schrift in Lektüre übertragbar seien, überwinden zu wollen. Wo Adorno, letztlich theologisch, ein Mißlingen der ›Offenbarung des Absoluten‹ setzt, setzt George Steiner, letztlich theologisch, die ›gelingende Offenbarung Gottes‹, was einer, letztlich meist untheologisch denkenden, Gegenwartsliteratur, die über Musikalität die Distanz zwischen Diskurs und Körper verringern möchte, profan entgegenkommt: »Die Bedeutungen von Dichtung und die Musik dieser Bedeutungen, die wir Metrik nennen, sind auch solche des menschlichen Körpers. Der Widerhall der Empfindungen, die sie hervorrufen, geht in die Eingeweide und ist taktiler Art. Es gibt meisterhafte Prosa, die nicht weniger auf mündliche Artikulation hin angelegt ist (...)«.[29]

Solche – eine Expression des ›ganzen Menschen‹ in Texten postulierende – Positionen kommen einer zeitgenössischen Schreibintention zupaß, die weder auf direkten Eingriff in gesellschaftliche Handlungsnormen noch auf Anschluß an die individuelle Lebensplanung noch auch auf Hinterfragung von Sprache bis zur Kommunikationsverweigerung mehr aus ist, sondern auf tendenziell authentischen Selbstausdruck, auf Exploration des Subjekts (aller Theorie zum Trotz): »Worum es heute stärker zu gehen scheint, gerade in der jüngeren und jüngsten Autorengeneration, ist die Darstellung dessen, was nicht sagbar ist, was sich auf einer körperlichen Ebene abspielt und angemessener sinnlicher Repräsentation bedarf (Fühlen, Emotion, Rhythmus, warum nicht: Erlebnis) – eine Anstrengung also, die durchaus auf ›Authentizität‹ (Japp) aus ist, zuweilen die Avantgardeklassiker wiederentdeckt, aber eine leerlaufende postmodernistische Perspektive ausdrücklich vermeidet.«[30]

Das Dilemmatische der Formulierung »Darstellung dessen, was nicht sagbar ist« ist ebenso schwer zu überlesen wie es schwer zu übersehen ist, daß gleichwohl die Renaissance eines ›lauten Schreibens‹ Platz greift. Auch so auf Stoffe und Mitteilungen bedachte Autoren wie Sten Nadolny und Hanns-Josef Ortheil zielen mit ihrer Stilarbeit auf die ›Vorlesbarkeit‹ des Textes (Nadolny),[31] auf den Gleichklang von »Satzrhythmus« und »innere(r) Stimme« des Schreibers (Ortheil).[32] E. Jelinek hält für den wesentlichen Gegenstand der Schreibarbeit das Musikalische.[33] Durs Grünbein fordert ein ›wirksames‹ gegen ein ›thematisches Schreiben‹ aus einer »Grundspannung heraus, in der alle physiologischen Eigenschaften enthalten sind (...) Stimme, Körperbau, Wahrnehmungsweisen, alles was nicht nur mit den Inhalten oder Erlebnissen selbst, sondern mit den Organen und ihrer Synästhesie zu tun hat, gehört hierher, weil es längst vorher da war.«[34]

Klaus Modick erprobt, mit Berufung auf die Kritische Theorie wie auf Ernst Jünger, ein ›somnambules Schreiben‹, das einen, Traum und Rausch verwandten, »Schwindel«, eine »Melodie« erzeugt, in der das Unaussprechliche realer Grenzerfahrungen des Bewußtseins »ästhetisch organisiert nachgezeichnet«[35] werden kann. Marcel Beyer berichtet, daß ihm seine Prosa erst gelungen sei, nachdem er den angemessenen Rhythmus gefunden habe, denn viel wichtiger als das Inhaltliche »ist die Rhythmizität.«[36] Hierauf Thomas Kling: »Genau.«[37] Und unter dem scharfen, skeptischen Brennglas der »Beginnlosigkeit« von Botho Strauß bleibt immerhin zu lesen: »er sehnte sich nach dem TEXT vor der Schrift, der Botschaft vor dem Code, dem Flecken vor der Linie (...) ohne verfrühte Figürlichkeit, nach Sätzen mit diffusem Hof und Hall«.[38]

Die Wiederkehr der mit Metrik und Reim *gebundenen Sprache* in den 80er Jahren (bei Uli Becker, Thomas Böhme, Ulla Hahn, Ursula Krechel, Günter Kunert, Peter Maiwald, Ralf Thenior, Wolf Wondratschek u.a.) frappierte als ›trauriges Kuriosum‹,[39] als Rückfall in das Biedermeier, in die Erlebnislyrik des 19. Jahrhunderts,[40] als Kündigung jeglichen Experiments. »Die Form wird zum Signum eines Traditionswillens, der doch nur Hohlformen produziert.«.[41] Soviel diese Kritik auch für sich haben mag, kann dennoch generell nicht gelten, daß die Aufwertung phonetischer Strukturen eine lyrische Sangbarkeit meine, in der fälschlich eine unwiederholbare heile Ordnung im ästhetischen Schein gebundener Sprache beschworen werde.[42] Ein solches geschichtsphilosophisches Verbot gebundener Sprache verkennt, daß Metrikschemata und Reime zwar ordnungsbezogen sind, daß aber Sprachordnung und ›Heilheit‹ nicht identisch sind. Dort, wo es nicht um pure Reprisen geht, wird mit Binnen- und Endreimen, Assonanzen, mit ganzen oder partiellen Metrikschemata so reflektiert, oft zitathaft, gearbeitet, daß sehr differenzierte Gedichte entstehen, denen aber durch die Verwendung gebundener Sprache die Dimension tendenziell mündlicher Wirkung zugewonnen wird. Zudem hat Robert Gernhardt zurecht betont, daß ohne die gebundene Sprache in der Lyrik Komik als Ordnungsverstoß schwer zu realisieren ist, was, da Komik der Kollaps von Sinn ist, die Gleichung von gebundener Sprache und ›Heilheit‹ aus den Angeln hebt.[43]

Peter Rühmkorf hat nicht nur die besten Beispiele für eine unkonventionelle Lyrik mit gebundener Sprache, sondern auch als erster eine Begründung gegeben, warum gegen Hermetik und Alltagslyrik zumal der Reim wiederzuentdecken sei. Die ›Schwingungsübertragung‹ – »mehr noch: der leiblich-körperliche Ausdruck von Anruf und Echo«[44] – gründe auf menschlicher Lust an Wiederholung, Doppelung und festige als Nenner zwischen schreibendem und lesendem Subjekt die lyrische Kommunikation. Was nicht heißt, daß das Individuelle, Authentische ans Kollektive delegiert würde. Denn zum einen seien die allgemeinen »Resonanzgrundlagen« »individuell wie kollektiv«[45] beglaubigt, zum andern stelle sich durch das individuelle artistische Spiel mit Mustern – phonetische wie semantische Stimmigkeitsbedürfnisse – erst jener ›Schwebezustand‹ von Ordnung und Chaos, Konvention und Eigenem ein, in dem das Authentische mitteilbar werde.

Nicht eine mikro- = makrokosmische Harmonie wird besungen, sondern jener von Gottfried Benn um den ›Wallungswert‹ der Worte gelagerte und so vorbildlich (für Rühmkorf, Th. Böhme, U. Becker) vorgemachte eigene *Sound* wird gesucht, um ein Inflationswort der 90er Jahre aufzugreifen. Der eigene Sound aber ist von nachgemachter Stimmungslyrik ebensoweit entfernt wie von transsubjektiver Zitatbastelei. Vielmehr wird »mit dem bloßen Ohr an den Endungen und dem Klopffinger auf der Schreibtischplatte«[46] jenen »Melodien und Liedern« nachgespürt, die »innere Rhythmen betreun«.[47] Ohne die Unablösbarkeit von Schrift je zu leugnen, ist die Rückkehr zu phonetischen Schemata bzw. das Jonglieren mit ihnen auch ein Substitut für Mündlichkeit, für die individuelle Stimme, sie will »Ohrenlust«,[48] »den sinnlichen akustischen Effekt in allererster Instanz«,[49] das ›laute Schreiben‹ also, sie will nicht das Verschwinden des Körpers in der Schrift, im Gegenteil: seine Präsentation.

Das *Sprachspiel* ist heute allgegenwärtig. »Alles plaketti« (DAS) heißt es in der Werbung, PhilosophInnen schreiben gern verrückt, »Kaspar Mauser – Die Feigheit vorm Freund« heißt ein Prosa-Buch von Katja Lange-Müller,[50] eins von Annegret Gollin »Schrei-BerlinG«.[51] »Heutiges Sprachdesign (...) ist (...) das Ergebnis eines neuen, in der Wortkunst und der Alltagsrede gleichermaßen sich durchsetzenden Interesses an kleinsten Konstruktionen und spielerischen Operationen, welche ihrerseits die große Rhetorik der Macht und die großen Diskurse des Wissens, folglich auch die großen Autoren und Autoritäten sowie, in letzter Konsequenz, jede vernünftige, auf wechselseitiges Verstehen angelegte sprachliche Kommunikation mit subtiler Radikalität untergraben.«[52]

Derartige Funktionsgleichsetzung der Kombinationslust in Werbung, Argumentation und Literatur überzeugt schon deshalb nicht, weil die Werbung wohl kaum akommunikative Radikalität bezahlen würde.[53] Das Sprachspiel ist nicht einzig Symptom für eine propagierte postmoderne »Unverbindlichkeit und Oberflächlichkeit, Heiterkeit und Infantilismus«.[54] Die phonetische Kombinatorik im Sprachspiel ist auch verstehbar als eine »den Text an den Körper« führende Musikalisierung, indem das Assoziieren über Klangbeziehungen (vor allem Homophonien und Assonanzen) Ausdruck eines spezifischen Subjektes ist – auch in seiner sinn-bezogenen Mentalität.

Das Eröffnungsgedicht in Th. Klings vielbeachtetem Band »geschmacksverstärker«[55] beschreibt einen – bei Kenntnissen von Bands, Liedern, Szene in vielen Details konkretisierbaren – nächtlichen Punk-Treff im ehemaligen Düsseldorfer In-Lokal Ratinger Hof. Die verifizierbaren Beobachtungen zu Punk-Outfit, Punk-Verhalten, zur Punk-Musik sind zugleich Material für vielfach sich überschneidende phonetische (klangliche wie metrische) Assoziationsverbindungen, Sprachspiele, in denen keineswegs nur »Distanz zur eigenen Sprache« gewonnen wird, »indem das Zufällige (...) muttersprachlicher Formeln erkannt wird«,[56] sondern mit denen sich eine spezifische Wahrnehmungsweise charakterisiert: Sex, Suff, Aggression, Gerede sind ineins Stoff und Obsession der Perspektive. Die Assoziationen bilden Ketten über den ganzen, somit aus seiner Abfolge gehobenen Text: »leberschäden«, »beschädigtes leder«, »laberschäden«; sie bilden Paare: »blitzkrieg/blickfick«; sie führen zu Neologismen: »pechschwanz«. So formt sich in der Milieu-Beschreibung zugleich eine beschreibende Mentalität. Im Sprachspiel kommt das Subjekt des Spiels zur Sprache. Es ruft Zeugen aus der antibürgerlichen Nachtszene der Weimarer Republik auf (Anita Berber, Valeska Gert). Und mit den literarischen Anspielungen auf Benn (»flügeln«, »schädel«) verschwindet das Subjekt nicht in Intertextualität, sondern bekennt sich programmatisch zur zeitgemäßen Fortsetzung eines zynisch-melancholischen ›Existentialismus‹ – auch so ist das durchaus komische Zitat-Spiel zu lesen, in dem aus »O Nacht! Ich nahm schon Kokain«[57] »o nacht! ich nahm schon flugbenzin…« wird.[58]

Selbst dort, wo ein forciertes Sprachspiel die Konturen von Stoff, Figur, Situation und Handlung, Semantik mehr auflöst und sich tatsächlich einer »diskursiven Leere« zu nähern scheint, wie etwa in Ginka Steinwachs' »rosa prosa« »G-L-Ü-C-K«, bleibt gleichwohl eine »diskursive Lehre«, die nämlich eines weiblichen Subjektes, das durch das Ersetzen von Sprach- und Text-Konventionen durch eigene Regeln widerständisch immer neu versucht, Geschlechter- und Sprachzuweisungen zu unterlaufen und das Thema genuin weiblichen Selbstausdrucks zu umkreisen – im redundanten Bild des Textes: mit der Zunge den Stein im Mund rollend –, theoretisch vergeblich, praktisch in exzessiver Ich-Performance.[59]

Das Körper-Ich der Prosa. Gängig ist, der Prosa zwar Stilarbeit zuzutrauen, nicht aber einen der Lyrik vergleichbaren Sound. In Prosa dominiere der Inhalt.[60] Nietzsche hat mit der Bemerkung Friedrich Schillers, daß die »Empfindung« dem »klaren Gegenstand«, eine »gewisse musikalische Gemütsstimmung« der »poetischen Idee« vorausgehe, seine Gattungstheorie gestützt, nach der die objektive (apollinische) Prosa von Bildern, Bedeutendem ausgehe, die subjektive (dionysische) Lyrik jedoch bilder- und bedeutungsloser Widerhall einer Weltmusik und eben deshalb wahrhaft objektiv sei.[61] Nun beschreibt Schillers Notat zutreffend eine Erfahrung, die selbstverständlich auch meine und die anderer Prosaschreibender ist – und immer wieder gewesen ist. Wie sich dies je im Einzelnen auch zu Stoff- und Botschaft-Interessen verhalten mag, die Prosa der 80er Jahre will mit der Stilarbeit, dem langwierigen Probieren der stilistischen Varianten die Annäherung des Textes an jene »gewisse musikalische Gemütsstimmung«. In dieser Suche nach der Notation des ›Gefühlstons‹[62] heben sich die Grenzen zwischen den Gattungen auf. »Nichts ist episch, alles ist lyrisch.«[63] Die Mittel hierfür sind das Arsenal der Klänge und zumal der Rhythmus als schriftliche Pendants einer psychosomatischen Motorik. Marcel Beyer hat 1991 mit »Das Menschenfleisch« einen Roman publiziert, der an den Motiven Liebe und Eifersucht explizit den Körpertext zum Thema hat, die Gleichheit von Körper, Zeichen, Sprache. »Am Anfang war da eine Notiz, wahrscheinlich von Jacques Lacan, wo es heißt, der Mensch sei von Beginn seiner Existenz an die Sprache gebunden, schon in der Gebärmutter umgeben«.[64]

Immer wieder wird – parallel zur Vergeblichkeit, im Sexualakt nur noch Körper zu sein – vom Wunsch nach Hintergehen der Sprache erzählt, der aber nur in Schweigen, Tod erfüllbar sei. Als (etwas unpräzises) Wunschbild für körperliches Mitteilen wird die taktile Punktschrift Blinder genannt: »was mir am besten gefällt sind die weißen Rückseiten der beschriebenen Blätter ... die Punkte ... jeweils drei Stück ... ins Papier gedrückt von der Schreibmaschine ... erscheinen auf der Rückseite ... als Erhebungen ... wie Blindenschrift ... und sonst nichts...«.[65]

Was hier Verbildlichung und zugleich komische Dementierung (denn im Fotosatz drückt sich nichts durch) eines Wunsches nach taktiler Sprache (die aber doch Sprache bleibt) ist, kann auch als Hervorhebung von rhythmischen Einheiten gelesen werden, die an anderen Stellen durch Satzzeichen oder bei fehlenden Satzzeichen durch die semantisch-grammatische

Einordbarkeit markiert werden: »Etwas Schwarzes fällt aus dem Fenster, schwebt auf die Straße hinunter, jemand ruft hinterher, aus der Wohnung, nicht zu verstehen, der Wind trägt«.[66] »Warum ist das (/) was Frauen sagen (//) wahrer als das (/) was Männer sagen (//) Papierfetzen im Wasserbecken (/) steuern den offenen Ausguß an (//) tauchen unter im Wasserstrudel (//)«.[67]

Es zeigt sich rasch, daß M. Beyer den Roman mit einem spezifisch kurzen Rhythmus geschrieben hat, mit einer eigenen, den semantisch-assonantischen Gliederungen verbundenen Artikulationsparzellierung, die, ähnlich den Zeilen der Lyrik, nahezu dominant wird. Das ist Körper in die Schrift zu bringen versucht. In der Art, wie ein thematischer Gegenstand mit dem subjektiv bearbeiteten Materiellen der Sprache sich einverleibt wird, liegt die Artikulation des Körperlichen – wenigstens als ästhetische ›fixe Idee‹. Wie erwähnt, war es gerade M. Beyers Schreibmühe, diese ihm stimmige Rhythmisierung zu erreichen. Offen mag bleiben, wie ironisch oder nicht die letzte Passage von »Menschenfleisch« das Programm eines ›lauten Schreibens‹ vertritt: »›Was Kunst ist, wissen Sie ebensogut wie ich, es ist nichts weiter als Rhythmus‹, sagt Kurt Schwitters. Was Kunst ist, wissen Sie ebensogut wie ich, es ist nichts weiter als dokumentierter Sex. ›The reality is that nothing compares to good sex, nothing‹, sagt Lit Louis.«[68]

Das ›laute Schreiben‹ will eine nicht-semantische psychosomatische Selbstempfindung, will die ›Musik des Subjekts‹, den Körper in die Schrift integrieren. Es bleibt *das Dilemma*, daß es schwerlich geht, weshalb Nietzsche barsch befand: »Deshalb ist es nichts mit Schriftstellerei.«[69] Das Dilemma ist, daß die Schrift doch nicht gesprochene Sprache ist, daß schablonierter Sinn meist das Primäre des Lektüreinteresses bleibt, daß die Substitute für Mündlichkeit in Schrift beliebiger Rezeption ausgesetzt sind, daß Klänge und Rhythmen nicht sehr reichhaltige Mittel sind, so daß (unterstellt man nicht eine Homophonie von knappen Sprachmitteln und basaler anthropologischer Körperlichkeit: Atem, Gleichklang, Mißklang etwa) die eigene Modulation immer auch Wiederholung und Variation von Traditions-

Mustern ist und nicht fraglos authentische Ich-Stimme (ein Quell des ewigen Weiterschreibens). Das Dilemma bleibt, ob es denn überhaupt Authentisches gebe, nicht nur in Sprache. Trotzdem: Ist es deshalb schon sinnvoll, mit Lacan eine neue Kunstperiode beginnen zu lassen, welche die Kategorien der alten widerlegt: Autorsubjekt, Intention, Werk, Sinn, Mitteilung – und eben auch somatischer Selbstausdruck? Möglicherweise ist ja das poststrukturalistische Axiom: »Nicht der Mensch hat die Sprache, sondern die Sprache hat ihn«[70] ein alter Seufzer der Moderne über den Riß zwischen tendenzieller Selbstempfindung und normierter Artikulation; und ist es für alle Schulen und Zeiten der Moderne typisch, auf ihre Weise gleichwohl den Riß überwinden zu wollen, auch wenn es durch die Thematisierung des Risses geschieht. Und wäre es denk- und wünschbar, daß Subjekte auf Verstandenseinwollen verzichten müßten, auch in der Kunst? Das Problem ist alt: »Jede Empfindung ist nur einmal in der Welt vorhanden, in dem einzigen Menschen, der sie hat; Worte aber muß man von Tausenden gebrauchen, und darum passen sie auf keinen.«[71]

Dieses Zitat aus einem Liebesbrief Schillers zeigt gewiß den Nachhall des steigernden Unsagbarkeits-Topos. Und ist gleichwohl generell gemeint. Für die Kunst befreite sich Schiller aus dieser Mißlichkeit durch die Theorie der Idealisierung, des Hinaufläuterns des Individuellen in das es aufhebende Exemplarische. Den historisch verständlichen und wohl notwendigen Einspruch gegen die idealistischen Ideen von Autonomie usf. zu einem Exorzismus der Subjektartikulation zu dogmatisieren, beseitigt aber den Riß nicht. Es bleibt die conditio moderna, im vergesellschafteten Selbst das Individuelle erfahren und mitteilen zu wollen. Mühselig von Satz zu Satz; von Text zu Text. Und von Zeit zu Zeit – denn es könnte, leichthin besehen, sein, daß das Musikalische für das Schreiben in Zeiten wichtiger wird, wenn Ordnungsideen und Schreibnormen labil werden. In der Sinnlichkeits-Aufwertung um 1800, in der Empfindungskunst des Fin de Siècle. Wobei heute ›das laute Schreiben‹ nicht unabhängig auch davon sein dürfte, daß das ideologisch auf sich selbst zurückgewiesene Individuum narzißtisch zwischen Körperkult und Todesangst schlingert, Körper Fixstern ist, daß Feeling, Sound, Verströmen Kategorien eines Sinnlichkeitsgebotes sind, zu dem das gerade ubiquitäre Musikalische nicht unerheblich beiträgt. ›Laut schreibend‹ dem Tod trotzen, weil Sounds weniger hinfällig erscheinen als Botschaften. Die Mühe um den eigenen Sound, den Sound überhaupt folgt der Erlebnis- und Ausdruckssehnsucht nach Erlösung von rationalistischer Differenzierung, von außenbezogener Darstellungs-Verantwortung, nach den »Intonationen eines Satzes, die uns entrücken im Bruchteil der Sekunde.«[72] So Botho Strauß – aber auch so: Sprache sei heute »nur ein großes Nachtönen, in dem kein Stil mehr Eigenschaft genug besitzt, keine Stimme genügend mehr stimmt, um die Weise eines Menschen zu modulieren«.[73] Es scheint mir keine Alternative zu geben, als diese postmoderne, um alle dialektische Versöhnung gekappte, Variation eines modernen Risses auszuhalten. – Immer in der Hoffnung, es werde mit diesen Mühen des ›lauten Schreibens‹ im Individuellen noch etwas Exemplarisches und Authentisches über Subjekte zu verstehen, zu empfinden gegeben. Wenn allerdings die für die moderne Poetologie konstitutive Idee des nicht nur konventionellen Exemplarischen, des nicht nur konformen Allgemeinen im Besonderen, in der Subjektartikulation nicht mehr haltbar wäre, bliebe tatsächlich nur das Achselzucken über das ›Verschwinden des Subjektes‹[74] im Text – und überhaupt.

---

1 A. Muschg, Der Zauberlehrling. Oder: Es darf in Frankfurt wieder Poetik gelehrt werden, Die Zeit 18.4.1980. 2 Vgl. für die Bildende Kunst B. Brock, Die Re-Dekade. Kunst und Kultur der 80er Jahre, München 1990. 3 J. Drews, Über einen neuerdings in der deutschen Literatur erhobenen vornehmen Ton, Merkur H. 430/Jg.1984, S. 949-959. Auszüge aus der sich anschließenden Debatte sind dokumentiert in: V. Hage/A. Fink (Hrsg.), Deutsche Literatur im Jahresüberblick, Stuttgart 1986, S. 272-294. 4 Gemeint sind die »Verständigungstexte« (1976 ff.). Vgl. hierzu H.-U. Müller-Schwefe (Hrsg.), Männersachen. Verständigungstexte, Frankfurt a.M. 1979, S. 212-213. 5 G. Grass, Unkenrufe, Göttingen 1992. Die zum Stereotyp gewordene Figur der offen zu sich stehenden Kriminalistin ist zuerst eingeführt worden bei

D. Gercke, Weinschröter, du mußt hängen, Hamburg 1988. **6** Sten Nadolny, Die Entdeckung der Langsamkeit, München 1983. **7** P. Süskind, Das Parfüm, Zürich 1985. Entsprechend das Gehör bei: R. Schneider, Schlafes Bruder, Leipzig 1992. **8** M. Walser, Seelenarbeit, Frankfurt a.M. 1979. E. Jelinek, Die Liebhaberinnen, Reinbek 1975 u.a.; vgl. dazu K. Zeyringer, Innerlichkeit und Öffentlichkeit: österreichische Literatur der achtziger Jahre, Tübingen 1992, S. 194-201. L. Fels, Ein Unding der Liebe, Darmstadt und Neuwied 1981. P. Roos, Körper! 3 Männer. Ein Tumult, (Performance-Ms.) Leverkusen 1991. **9** H. Winkels, Einschnitte. Zur Literatur der 80er Jahre, Köln 1988, S. 25. Kühn insofern, als Winkels eine konsequente Entwicklung vom Subjektausdruck fort sieht, was ihn nötigt, späte Autoren des Jahrzehnts gegen Intention und Rezeption zu lesen (Rainald Goetz). **10** ebd., S. 23. **11** ebd., S. 19. **12** K. Briegleb, Weiterschreiben! Wege zu einer deutschen literarischen ›Postmoderne‹?, in: K. Briegleb/S. Weigel (Hrsg.), Gegenwartsliteratur seit 1968, München 1992 (Hansers Sozialgeschichte der deutschen Literatur Bd. 12), S. 340-381. H. Winkels, Einschnitte. (Anm. 9) F. Ph. Ingold, Der Autor am Werk. Versuche über literarische Kreativität, München 1992. Zur Theorie weiblichen Schreibens vgl. R. Lachmann, Thesen zu einer weiblichen Ästhetik, in: C. Opitz (Hrsg.), Weiblichkeit oder Feminismus?, Weingarten 1984, S. 181-194; S. Weigel, Die Stimme der Medusa, Dülmen 1987, bes. S. 196-213; dies., ›Frauenliteratur‹ – Literatur von Frauen, in: K. Briegleb/S. Weigel, Gegenwartsliteratur, a.a.O., S. 245-267; E. Czurda, Wohnt die Dichterin zwischen Hirn und Finger oder im Asyl?, in: F. Ph. Ingold/W. Wunderlich (Hrsg.), Fragen nach dem Autor: Positionen und Perspektiven, Konstanz 1992, S. 257-264. **13** Ingold, Der Autor am Werk, a.a.O. (Anm. 12), S. 321. **14** Gemeint ist die reiche Postmoderne-Debatte, zumal die, die sich an die Arbeiten Manfred Franks angeschlossen hat. Literaturwissenschaftlich zuletzt D. Kimpel, Der Autor in Selbstauslegung und Weltbezug von Martin Opitz zu Friedrich Schiller: Panegyrista – Politicus – Biedermann – Genie, in: F. Ph. Ingold/W. Wunderlich (Hrsg.), Fragen nach dem Autor, a.a.O. (Anm. 12), S. 89-104. **15** O. K. Werckmeister, Zitadellenkultur. Die schöne Kunst des Untergangs in der Literatur der achtziger Jahre, München 1989, S. 25 und passim. **16** M. Werner, Bis bald, Salzburg 1992, S. 91-92. Zum sog. »Freund« vgl. den Abschnitt über M. Werner in H. Winkels, Einschnitte, a.a.O. (Anm. 9), S. 27-41. **17** K. Drawert, Der Text und der Körper, Sprache im technischen Zeitalter H. 121/Jg. 1992, S. 82-91, hier: S. 91. **18** ebd. **19** D. Kamper, Körperlichkeit – Die Überholung des Körpers, mündlich und schriftlich, in: J. Hörisch/H. Winkels (Hrsg.), Das schnelle Altern der neuesten Literatur, Düsseldorf 1985, S. 131-140, hier: S. 132. **20** ebd., S. 132-133. **21** R. Barthes, Die Lust am Text, Frankfurt a.M. 1974, S. 97-98. **22** R. Peacock, Probleme des Musikalischen in der Sprache, in: St. P. Scher (Hrsg.), Literatur und Musik. Ein Handbuch zu Theorie und Praxis eines komparatistischen Grenzgebietes, Berlin 1984, S. 154-168, hier: S. 167. Der poetologische Topos ›Musik – Sprache‹ = ›Gefühl – Begriff‹ hat zumal in den verschiedenen Richtungen um 1800 und um

1900, in der klassischen Moderne und dem Surrealismus eine erhebliche Rolle gespielt. Auffallend ist, daß er in der um die ›Gruppe 47‹ zentrierten Literatur der Bundesrepublik weniger explizit diskutiert wurde, weil – wie in der nachfolgenden materialistischen und Lebensplan-Literatur – Realismus und Erkenntnisfunktionen im Vordergrund standen. **23** H.-M. Gauger, Nietzsches Auffassung vom Stil, in: H.U. Gumbrecht/K.L. Pfeiffer (Hrsg.), Stil: Geschichten und Funktionen eines kulturwissenschaftlichen Diskurselements, Frankfurt a.M. 1986, S. 200-219, hier: S. 212. So wird von J. Macheiner, Das grammatische Varieté, Frankfurt a.M. 1991, die poetische, für gut gelungene Sätze zum Vorbild nimmt, über die Rolle des Phonetischen bei der Besetzung grammatischer Variationsmöglichkeiten nicht eigens nachgedacht. **24** Lou von Salomé, zit. bei H.-M. Gauger, Nietzsches Auffassung..., a.a.O. (Anm. 23), S. 201. **25** Fr. Nietzsche, zit. bei H.-M. Gauger, Nietzsches Auffassung..., a.a.O. (Anm. 23), S. 207 (Notat aus demselben Jahr wie »Zur Lehre vom Stil«, 1882). **26** P. Zumthor, Einführung in die mündliche Dichtung, Berlin 1990, S. 29. **27** S. 143. **28** Th.W. Adorno, Fragmente über Musik und Sprache, in: St. P. Scher (Hrsg.), Literatur und Musik, a.a.O. (Anm. 22), S. 138-141, hier: S. 140. **29** George Steiner, Von realer Gegenwart. Hat unser Sprechen Inhalt?, München 1990, S. 20-21. **30** A. Kramer, Den Bielefeldern traue ich inzwischen alles zu, NRW literarisch, H. 1/Jg. 1991, S. 17. **31** Sten Nadolny, Das Erzählen und die guten Absichten. Münchner Poetik-Vorlesungen, München 1990, S. 88. **32** H.-J. Ortheil, Schauprozesse. Beiträge zur Kultur der 80er Jahre, München 1990, S. 48. **33** Vgl. G. Wendt, »Es geht alles prekär aus – wie in der Wirklichkeit«. Ein Gespräch mit der Schriftstellerin Elfriede Jelinek, Frankfurter Rundschau, 14.2.1992. **34** D. Grünbein, Drei Briefe, Sprache im technischen Zeitalter, H. 122/Jg. 1992, S. 172-180, hier: S. 172. **35** K. Modick, Erfahrung im Grenzlosen. Ernst Jünger, die Drogen und die Literatur, Süddeutsche Zeitung 5./6.9.1992. *Klaus Modick*, mit dem ich über die ›Melodie‹ der Literatur wiederholt gesprochen habe (ihm Dank!), schreibt mir zu den hier vorgestellten Überlegungen: »Was mir nicht zu Ende gedacht worden scheint: Daß solches ›körper-mimetische‹ Schreiben durchaus kein Gegensatz zum Sinn-Vollen, Diskursiven, ja Realistischen sein muß. Es ist vielleicht eine Verlagerung der Projektionsfläche: Die Welt ist nicht, was der Fall ist, sondern was mein Fall ist. Insofern sind all diese Ansätze wohl auch keine Subjekt-Zersetzungen, sondern überhaupt erst Konstituierungen oder jedenfalls Versuche der Stabilisierung – allerdings einer Stabilisierung, die sehr viel weiter ausgefaltet ist als das klassisch selbsterkennende Ich. Wenn das zutrifft, hätte Moderne überhaupt erst begonnen, insofern das Subjekt zu begreifen beginnt (und sei es in Form von überschießenden Ermächtigungsphantasien), daß es prinzipiell unbeschränkt ist, daß die Formungen in personale Individualität nicht bloß zufällig, sondern auch willkürlich sind. Entgrenzungen wären dann nicht als Individualitätsaufgabe zu verstehen, sondern als Exploration verborgener, verkrüppelter Vollständigkeit des Subjekts.« **36** Das Eingemachte – Smalltalk 91. Thomas Kling und Marcel Beyer talken über ...

Musik ..., Konzepte H. 10/Jg. 7 (1992), S. 53-61, hier: S. 56. **37** ebd. **38** B. Strauß, Beginnlosigkeit. Reflexionen über Fleck und Linie, München 1992, S. 19-20. **39** M. Braun/H. Thill (Hrsg.), Punktzeit. Deutschsprachige Lyrik der achtziger Jahre, Heidelberg 1987, S. 169 (M. Braun). **40** Vgl. H. Korte, Geschichte der deutschen Lyrik seit 1945, Stuttgart 1989, S. 185-195. **41** ebd., S. 194 (zu G. Kunert). **42** So B. Hillebrand, Diese ausgesungene Welt, in: L. Jordan/A. Marquardt/W. Woesler (Hrsg.), Lyrik – Erlebnis und Kritik. Gedichte und Aufsätze des dritten und vierten Lyrikertreffens in Münster, Frankfurt a.M. 1988, S. 125-140. **43** Vgl. R. Gernhardt, Gedanken zum Gedicht, Zürich 1990, S. 26-27. Zu seiner Komik-Theorie: R.G., Was gibt's denn da zu lachen?, Zürich 1988, bes. S. 449-482. **44** P. Rühmkorf, agar agar – zaurzaurin. Zur Naturgeschichte des Reims und der menschlichen Anklangnerven, Reinbek 1981, S. 14. **45** ebd., S. 98. **46** ebd., S. 119. **47** G. Benn, Gesammelte Werke in acht Bänden, hrsg. von D. Wellershoff, Wiesbaden 1960, Bd. 1, S. 276. **48** Rühmkorf, a.a.O. (Anm. 44), S. 138. **49** ebd. **50** Katja Lange-Müller, Kaspar Mauser – Die Feigheit vorm Freund, Köln 1988. **51** A. Gollin, Schrei-BerlinG, Berlin 1988. **52** F.Ph. Ingold, Der Autor am Werk, a.a.O. (Anm. 12), S. 338-340. **53** So trefflich schon gegen die Funktionsgleichsetzung des Reimes in Werbung und Literatur bei R. Gernhardt, Gedanken zum Gedicht, a.a.O. (Anm. 43), S. 90. **54** Ingold, Der Autor am Werk, a.a.O. (Anm. 12), S. 299. **55** T. Kling, ratinger hof, zettbeh (3), in: T. Kling, geschmacksverstärker, Frankfurt a.M. 1989. **56** W. Koller, Redensarten. Linguistische Aspekte, Vorkommensanalysen, Sprachspiel, Tübingen 1977, S. 189. **57** G. Benn, a.a.O., (Anm. 47), S. 53 (»O Nacht – :«; die Anspielungen Klings beziehen sich auf dieses Gedicht). **58** Ähnlich: Die erste Zeile in Uli Beckers Gedicht »Ohnmacht – :«: »O Nacht! Ich nahm zwo Aspirin« (in: U.B., Das Wetter von morgen, Zürich 1988, S. 63). **59** G. Steinwachs, G-L-Ü-C-K. rosa prosa. originalfälschung, Frankfurt a.M. 1992. Steinwachs greift die für die Körper-Text-Theorie beliebte Kafka-Erzählung »In der Strafkolonie« auf (vgl. S. 71). Früher schon bei: R.S. Zons, Randgänge der Poetik, Würzburg 1985, S. 75. **60** Vgl. jüngst T. Ransford, Schöner als der Prosa Haus, Chelsea Hotel, H. 1/Jg. 1992, S. 104-106. **61 Vgl.** F. Nietzsche, Die Geburt der Tragödie, in: F. N., Sämtliche Werke in zwölf Bänden, Bd. 1, Stuttgart 1964, S. 67-68. **62** Vgl. B. Strauß, a.a.O., (Anm. 38), S. 69 f. **63** ebd., S. 24. **64** M. Beyer, Das Menschenfleisch, Frankfurt a.M. 1991, S. 159. **65** ebd., S. 105. **66** ebd., S. 97. **67** ebd., S. 101 (Die von mir gesetzten Striche sollen die schwachen und starken Zäsuren zeigen.). **68** ebd., S. 162. **69** zit. nach H.-M. Gauger, Nietzsches Auffassung..., a.a.O. (Anm. 23), S. 207. **70** Zons, Randgänger der Poetik, a.a.O. (Anm. 59), S. 22. **71** F. Schiller, Briefe, hrsg. v. G. Fricke, München 1955, S. 242 (10.2.1790, an Charl. v. Lengefeld). **72** B. Strauß, Beginnlosigkeit, a.a.O. (Anm. 38), S. 27. **73** ebd., S. 42. **74** So F.Ph. Ingold. (Anm. 12), Vgl. K. Stadtmüller, Wörterbeschau, Publizistik und Kunst, H. 11/Jg. 1992, S. 31-33, hier: S. 32.

Transzendentales Standbein gegen historisches Spielbein: noch unentschieden

Die Kontroverse E. Lobsien/H.-D. Weber spitzt sich zu auf die Frage, ob rezeptionsrelevante (also nicht nur statistische) »Textstrukturen noch vor jeder Rezeption«, »vor aller Rezeptionsgeschichte« (Lobsien) beschrieben werden können, was die phänomenologische Textbeschreibung zum Sinequanon aller höheren Literaturwissenschaft machte. Läßt sich nur vom Ende der Geschichte nach »Gründen« fragen? Oder gerade nicht von ihr her? Darin liegt die alte Kardinalfrage: Sind die Verhältnisse von Anlässen (hier: Textstrukturen) und Verhalten (hier: rezeptive Bewußtseinsakte) nach universellen Regeln erklärbar?[1] Die Kontroverse führt also in den leidigen Streit zwischen ›Anthropologen‹ und ›Historikern‹ und also wohl ins Dilemma. Dennoch will ich versuchen, gegen das »transzendentale Standbein« (Lobsien) zu treten und das historische Spielbein zu stützen. Daß Rezeption weder (wie die selbstbewußte Experteninterpretation in aller Regel impliziert) eine monokausale Determination des Lesers durch den Text ist noch eine monokausale Determination des Textes durch den Leser (wie in der Psychologie, etwa bei Müller-Freienfels, angenommen wurde), sondern eine ›dynamische Interaktion zwischen Text und Leser‹ (Iser) ist, ein »Prozeß gelenkter Wahrnehmung«[2] (Jauß), wird mittlerweile durchgängig angenommen; und dies ist auch dem einfachen Literaturhistoriker plausibel, der in der Folge der Rezeptionen eines Werkes Konstanten wie Varianten beobachtet, so daß naheliegt, eine zweifaktorige ›Aktivität‹ anzusetzen, Rezeption als Ergebnis textueller Bedingungen wie spezifischer Leserdispositionen zu begreifen. Die Crux der Rezeptionstheorie aber bleibt: Welches ist in der Rezeption Folge der nicht hintergehbaren, objektiven Determinanten des Textes und welches Folge der wandelbaren Leserdispositionen? Und: Gibt es eine Möglichkeit, den »Prozeß gelenkter Wahrnehmung« »textlinguistisch« mit potentiell universeller Gültigkeit in seinen »konstituierenden Motivationen und auslösenden Signalen«[3] zu beschreiben, also das, was E. Lobsien »intentionale Rezeptionslenkung« nennt – was notabene nicht die aus der Genesesituation[4] ableitbare Absicht der Textherstellung meint, sondern die »Rezeptionslenkung«, die dem Text unabhängig von bestimmten Kommunikationssituationen a priori durch seine sprachlich-literarische Eigenart zukommt. In seiner Auseinandersetzung mit den Konzepten eines ›Superreaders‹ hat W. Iser gezeigt, daß allen Beschreibungsversuchen so lange historische Relativität inhärent bleibt, wie es nicht gelingt, über die Ebene der Ratifikation bestimmter, historisch bedingter »Konkretisationen« des Textes hinauszukommen.[5] Ihm selbst gelingt dieser entscheidende Schritt in einer quasi ›transzendentalen Wende‹ der Rezeptionstheorie (ich ziehe sein Modell des Lesens »als Prozeß einer dynamischen Wechselwirkung von Text und Leser«[6] in dieser Kontroverse heran, da E. Lobsien seinen eigenen Ausgangspunkt von einer Phänomenologie der Subjektivität noch nicht publiziert hat): Bei W. Iser trägt der materielle Text (T) einen spezifisch strukturierten Zeichenzusammenhang (»Textstruktur« TS), der intentional auf Bewußtseinsakte (»Aktstruktur« AS) bezogen ist, beides zusammen erst ergibt die rezeptionsrelevante spezifische Struktur des Textes, die W. Iser als »Werk« oder »impliziter Leser«[7] bezeichnet. Im »Werk« liegt die transzendental begründete Vorbedingung jeder Rezeption des Textes; und es ist, da es vor aller Historizität liegt, objektiv und abschließbar zu beschreiben als »die Gesamtheit der Vororientierungen, die ein fiktionaler Text seinen möglichen Lesern als Rezeptionsbedingungen anbietet«:[8] hier hat das »transzendentale Standbein« seinen Ort. Kriterien der »Werk«-Beschreibung sind die Bedingungen des Lesens, wie sie von einer Analyse menschlichen Bewußtseins her gewonnen werden. Historizität tritt erst unter ihnen in die Rezeption ein, und zwar in zwei Stufen je nach dem Grad ihrer Manifestheit: einmal als »Konkretisationen« (K) oder »Aktualisierungen« des »Werks« durch die Selektion aus den angebotenen »Vororientierungen« und deren je unterschiedliche Auffüllung mit Gehalt, zum andern als Folgehandlungen des Lesens (F); in schematischer Reduktion:

T → »Werk« = TS + AS → K ← Leser → F.

Der für unsere Kontroverse springende (oder eben standbeinfeste) Punkt liegt in W. Isers Konzept bei der Bestimmung des »Werks« als einer zweifaktorigen Größe aus »Textstruktur« und »Aktstruktur«,[9] als ein durch sein Ensemble an Stimuli von Bewußtseinsakten strukturierter Text, als Matrix aller möglichen Realisierungen. Da diese Matrix »Werk« selbst noch nicht historisch gebrochen ist, bleibt auch die Beschreibung der Bedingungen der Möglichkeiten von »Konkretisationen« jenseits der geschichtlichen Relativierung, sie steht mit dem Standbein »vor jeder Rezeption« (Lobsien). Mir aber ist nicht plausibel, daß das »Werk« (also ein rezeptionsrelevant strukturiertes Gebilde) als »Beziehungshorizont für die Vielfalt historischer und individueller Aktualisierungen des Textes«[10] einen transzendentalen Status haben soll, und mithin auch nicht, daß die Beschreibung dieses »Werkes« objektiv sein und sich hermeneutischer Problematisierung entziehen kann.

Am Beispiel: Anhand einer Abbruchstelle im Fortsetzungsroman hat W. Iser einsichtig gezeigt,[11] was eine »Leerstelle« ist, und daß sie eine textstrukturell bezeichenbare, rezeptionsrelevante Stelle eben deshalb ist, weil sie als Pendant den Bewußtseinsakt der ›Vorstellung‹ hat (hier: »... Da hob der Mann die Hand mit dem Knüppel und...«; als Vorstellung etwa: »Wie mag es weitergehen«). Die »Leerstelle« ist einerseits beschreibbares Textelement (Handlungsabbruch), andererseits und zugleich ein Bewußtseinsakt. Nun kann diese »Leerstelle« Element der »im Text parat gehaltenen Wirkungsstrukturen«[12] nur dadurch sein, daß eine Rezeptionshaltung der Art ›Handlungslesen‹ existiert. Ein (nach C. Lugowski)[13] vorindividualistischer Leser, der nicht linear, sondern sporadisch und simultan liest, würde diese »Leerstelle« nicht realisieren, die Lektüre einfach beenden oder vielleicht in eine Meditation darüber verfallen, welch wunderbare Kraft die Menschen die Hände samt Knüppel heben läßt. Dies ist an sich noch kein sinnvoller Einwand, als ja das Isersche Konzept keineswegs behauptet, daß ein vorhandenes Wirkungspotential auch jedesmal in toto eingelöst werden müsse. Dennoch folgt aus der Spielfigur eines unbekannten, archaischen oder futurischen Lesers durchaus eine ernste Frage: Kann die Beschreibung des »Werkes« alle rezeptionsrelevanten Elemente erfassen, und das ist ihr Anspruch und Prüfstein, wenn denkbar ist, daß unter Bedingungen, die wir gar nicht kennen, die aber einen unbekannten Leser in seiner Bewußtseinsaktivität leiten könnten, andere Textelemente einen funktionalen Wert für das Lesen bekommen? Ist ausgeschlossen, daß hypothetisch jedes Element des Textes rezeptionsrelevant wird, und also der Text abschließbar nur als eine einzige »Leerstelle«, unstrukturierbar und also zwecklos beschreibbar ist? Das »transzendentale Standbein« ist ja nur dann gegeben, wenn nicht nur die Bewußtseinsakte per se (oder doch zumindest das Potential von Bewußtseinsakten) universell, abschließbar benannt werden können, sondern eben auch die Modi der Verknüpfung von Bewußtseinsakten und Textelementen. Möglicherweise verfügt etwa ein futurischer Leser sogar über die gleichen Bewußtseinsakte (Vorstellung, Protention, Retention, Illusionsbildung u.a.) wie wir, sind aber Textelemente Pendants dieser Bewußtseinsakte, die wir als solche überhaupt nicht in den Blick bekommen. Kann z.B. »Unbestimmtheit« als Kategorie »intentionaler Rezeptionslenkung«, als Textsortenkriterium benutzt werden in allgemeingültiger Absicht, wenn diese von sicherlich wandelbaren Konzepten darüber abhängt, was Bestimmtheit ist und was nicht? Ist auszuschließen, daß ein futurischer Leser Becketts Prosa wie redundante Berichte liest, sie also für ihn eine Funktion in bezug auf seine Bewußtseinsaktivität erhalten, die in unserer Beschreibung der »Gesamtheit der Vororientierungen« noch nicht aufgehoben ist, weil der futurische Leser bei gleichem Bewußtseinspotential über andere Bewußtseinsinhalte verfügt, was andere Modi des Verhältnisses von Bewußtseinsakten und Textelementen zur Folge haben könnte? Kann, gesetzt, es gäbe einen transzendental verankerten Akt ›Lachen‹, ein Text abschließend in seinem komischen Wirkungspotential beschrieben werden, wenn nicht auszumachen ist, daß ein futurischer Leser nicht nur an anderen Stellen lacht, als wir vermeinen, sondern sogar weint, wo wir einen Text in seinem komischen Wirkungspotential beschrieben haben? Abschließend ist die »Gesamtheit der Vororientierungen« nur zu beschreiben, wenn die Universalität von (gewiß selegierbaren) Reiz-Reaktions-Mechanismen zwischen »Textstruktur« und »Aktstruktur« angenommen wird. Selbst dann, wenn man transzendental begründete Bewußtseinsakte[14] annimmt, muß das »Werk« noch keinen ›transzendentalen Status‹ haben (und muß mithin auch die Beschreibung nicht objektiv im universellen Sinne sein), wenn nicht unwahrscheinlich ist, daß das Zusammenspiel, die Verknüpfungsmodi, von Bewußtseinsakten und textuellen Anlässen nicht durch universelle Mechanismen (und also schon hic et nunc überschaubare) geregelt wird, sondern durch historisch bedingte, wandelbare (und also nicht schon jetzt abschließend überschaubare). Wenn aber aufgrund dieser auch das »Werk« konstituierenden Historizität die »intentionale Rezeptionslenkung« nicht abschließbar mit allgemeingültigem Anspruch beschreibbar ist, wenn das »Werk« angesichts der Vermutung, daß potentiell alle seine Elemente rezeptionsrelevant werden können, wenn es also (sub specie aeternitatis und extrem gesagt) in seiner rezeptionsrelevanten Spezifik nicht abschließbar beschrieben werden kann, dann steht zu vermuten, daß eine Beschreibung des »Werkes« eben doch bei der Analyse der »intentionalen Rezeptionslenkung« bestimmte und historisch bedingte Rezeptionsweisen zum Maßstab nimmt, daß sie »Textstruktur« und »Aktstruktur« korreliert nach Maßgabe historischer Kenntnisse, nämlich vertrauter Rezeptionsgewohnheiten oder doch -möglichkeiten – und dann ist das »transzendentale Standbein« nur ein verkapptes historisches Spielbein. Selbst das »Werk« (so wendet nun der einfache Literaturhistoriker sein Unbehagen in freche Behauptungen) ist, weil es der Historizität unterworfen ist, nur beschreibbar als Matrix nicht aller möglichen, sondern all der Rezeptionen, die mir aus meinen historischen Kenntnissen als möglich erscheinen; die Beschreibung ruht auf historischem, nicht auf universellem Wissen. Das Zusammenspiel von »Textstruktur« und »Aktstruktur« ist wandelbar, die Modi ihrer Verknüpfung sind sozialgeschichtlich (im weiten Sinne) fundiert. Eine Beschreibung des »Werks« beschreibt die Korrelationen von »Textstruktur« und »Aktstruktur« nach dem Maß empirischer Kenntnisse.

Nicht allein »Konkretisationen« und Folgehandlungen unterliegen sozial ausgebildeten und sozial kontrollierten und also wandelbaren Regeln, sondern auch die Vermittlungsmodi von (gesetzt:) transzendentalen Bewußtseinsakten und textuellen Anlässen.[15] Diese sozialen Regeln oder Normen bilden das jeweilige Verhaltensmuster ›literarische Kommunikation‹, das insofern ein ›offenes‹ System darstellt, als es sich um einen Interferenzbereich von literaturspezifischen, sprachlichen, symbolischen, ideologischen usf. Regeln handelt. Die Beschreibung der »intentionalen Rezeptionslenkung« muß auf dies System von (auch, aber nicht nur) Rezeptionsweisen bezogen werden, von ihm her ergeben sich die eingeklagten »Gründe«. Es begründet einerseits langfristige Regeln der Vermittlung von »Textstruktur« und »Aktstruktur« (und deshalb ist es durchaus sinnvoll, ›relative‹ Konstanten anzunehmen), andererseits mehr oder minder rasch wandelbare, so daß von ihm her Varianten, Innovationen als solche begriffen werden können. Hier, auf dem Gebiet eines sich allererst im Sozialen profilierenden Bewußtseins, sind »Vororientierungen« zu konturieren, ist die nun allerdings nur relativ gültige »intentionale Rezeptionslenkung« zu beschreiben als Matrix unterschiedlicher »Konkretisationen«. Erst die »historisch vorgegebenen Bedürfnis-, Wert- und Motivationssysteme des Lesers«,[16] die ihrerseits nicht unabhängig von den anderen, etwa produktions- und distributionsbezogenen Normen zu verstehen sind, bilden die Brücken zwischen »Textstruktur« und »Aktstruktur« und bieten so Kriterien für eine (vorläufige) Beschreibung der Wirkungsstruktur des Textes.

Das Universelle, auf das bei der Beschreibung zu rekurrieren ist, sind nicht die sich per se ereignenden Bewußtseinsakte, sondern dies, daß sich Bewußtseinsakte nur sozial und also geschichtlich vermittelt ereignen: »Soziale Normen sind eine *anthropologische* Voraussetzung für Handeln.«[17] Transzendentales realisiert sich nur auf dem Rücken sozialer Verhaltensnormierungen und ist nicht präparierbar zu Kriterien, die eine objektive, abschließbare Beschreibung des »Werkes« als Folie für die Klassifikation aller möglichen Rezeptionen garantieren. Die Analyse des Lesens (und des Schreibens wie der anderen am sozialen System ›literarisches Verhalten‹ beteiligten Faktoren) sollte erfolgen als Reduktion auf ein spezifisch strukturiertes soziales Normensystem, das allerdings (denn es geht nicht um einen kruden ›Sozialdeterminismus‹) den Charakter eines idealtypischen Modells hat und Individualität, Innovation und Wandel nicht verneint.[18]

Die einzelnen Normen, seien es sanktionierte Muß-Vorschriften oder Habitualisierungen, internalisiert der Leser (und z.B. Schreiber), das am ›literarischen Verhalten‹ beteiligte Individuum, mit dem jenes literarische Normensystem überhaupt erst Realität gewinnt,[19] durch den Umgang mit all den Bezugspersonen und -gruppen, Institutionen, die literaturbezogene Normen vermitteln. Die Großmutter vielleicht lehrt durch ihre Märchenvorlesung die Einübung in eine entscheidende Norm, nämlich Fiktionen von Berichten zu unterscheiden und adäquate Rezeptionshaltungen zu entwickeln, eine bestimmte Korrelation von »Textstruktur« und »Aktstruktur« zu habitualisieren; ähnlich wird der Umgang mit Handlung, Metaphern, Sprachformen usf. gelernt. Historisch und mengenmäßig weitreichende Normen (wie Fiktionalität) stehen hierbei neben sehr modischen wie Rezeptionsverweigerung und also auch Verweigerung von Bewußtseinsprozessen hinsichtlich modisch tabuisierter Formen und Themen. Wie wenig aber selbst eine so basale Norm wie die Trennung von Fiktion und Nicht-Fiktion, die H.N. Fügen in Anschluß an Ingarden das entscheidende »kulturspezifische Verhaltensmuster«[20] im Umgang mit Literatur nannte, wie wenig sie stabil und von der Verfügbarkeit durchs »transzendentale Standbein« entfernt ist, zeigt, daß sie nicht nur Kinder recht mühsam erlernen, daß Erwachsene sie nicht realisieren können, sondern daß sogar so eruderte Leser wie Literaturwissenschaftler (allerdings nur germanistische) gelegentlich den Unterschied zwischen Fiktion und Bericht vergessen.[21] Literarizität, Gattungsschemata, Funktionsbestimmungen u.a. sind weitere, in einem interdependenten Zusammenhang stehende Normen, die die Vermittlung von »Textstruktur« und »Aktstruktur« in der Rezeption regeln, die aber auch andere Aktivitäten im Bereich des ›literarischen Verhaltens‹ regeln. So ist etwa die literarische Produktion, die zu begreifen ist als eine Sequenz von normengeleiteten Handlungsakten[22] unter der Kontrolle verinnerlichter, vermuteter oder gewußter Rezeption, stets bezogen auf die Regeln der Rezeption; Texte sind als »intentionale Rezeptionslenkungen« bezogen auf den Wachruf von Rezeptionsweisen; Rezeptionsweisen sind die Bedingungen der Produktion.[23] Vor diesem Geflecht von sich wandelnden und umstrukturierenden Normen, aber auch relativ konstanten Normen, die alle im offenen System ›literarisches Verhalten‹ in interdependentem Zusammenhang stehen, sind rezeptionsrelevante Textstrukturen zu beschreiben – es sei denn, man verfügte über eine universelle Physiologie des Lesens. Ich habe gleich zu Beginn von einem »Dilemma« gesprochen. Einem privaten insofern, als dem einfachen soziologisierenden Literaturhistoriker in der Regel Vertrautheit mit hier vorauszusetzenden Argumentationszusammenhängen abgeht. Ein allgemeineres insofern, daß auch bei dem Standpunkt, von dem ich ausgehe, daß nämlich ›Anthropologismen‹ nur als abstrakte Konstrukte denkbar sind, daß Bewußtsein nur als ›formales‹ Potential denkbar ist, das nicht hinreichend faßbar ist, um konkrete Strukturierungen rezeptionsrelevanter Elemente eines Textes beschreibend vorzunehmen, daß also auch bei einem solchen, etwa H. Plessner und G.H. Mead folgenden Absehen von einem ›substantiellen‹ Begriff von Konstanten im menschlichen Verhalten, sofern dieser nicht in der unhintergehbaren Historizität besteht, daß auch hierbei letztlich ein Zirkel zwischen ›Anthropologischem‹ und ›Konkretem‹ bleibt, den die Forderung nach einem ausschließlichen Rekurs auf sozialgeschichtliche Normierungen unseres Verhaltens nicht löst. Deshalb: transzendentales Standbein gegen historisches Spielbein: noch nicht entschieden – wobei ja die Unterscheidung Standbein/Spielbein nur den apollinisch auf der Stelle ruhenden Heros erfaßt, während die fortschreitende Bewegung einen ständigen Wechsel der Beine impliziert.

1 Vgl. Habermas, J.: Zur Logik der Sozialwissenschaften. Tübingen 1967. Zum hier ausgesparten Problem, ob Aspekte des Handelns mit Aspekten des Bewußtseins gleichgesetzt werden dürfen (wofür sich allerdings in M. Webers weitem Begriff des nicht primär sozialen Handelns Gründe finden), sei nur betont, daß Bewußtseinsakte in der Rezeption sich in Handlungszusammenhängen ereignen, in diesen zugelassen und in diesen abgebrochen werden können. Vgl. Kinder/Weber: Handlungsorientierte Rezeptionsforschung. In: Kimpel/Pinkerneil: Methodische Praxis der Literaturwissenschaft. Kronberg 1975, S. 222 ff. 2 Jauß, H.R.: Literaturgeschichte als Provokation. Frankfurt a.M. 1970, S. 175. Jauß verstehe ich hier, vereinnahmend, so, daß sein »transsubjektiver Horizont« als Beschreibungsgrundlage der »intentionalen Leserlenkung« kein transzendentaler, sondern ein historischer ist. 3 Vgl. Anm. 2. 4 Kemper, H.-G. (in: Vietta/Kemper: Expressionismus. München 1975, S. 222 ff.) zieht aus der Falsifikation des Iserschen ›Superreaders‹ den Schluß, ›Intention‹ könne nur die ›Intention‹ der Genese, wobei diese mehr sei als der Autor bei Hirsch, sein. Dagegen ist zu bedenken, daß aufgrund langfristiger Rezeptionsweisen die ›Intention‹ sich nicht nur aus der Genese erklärt, so daß die »intentionale Rezeptionslenkung« durchaus den Charakter einer ›mittelfristigen Quasi-Ontologie‹ gewinnen kann. 5 Iser, W.: Der Akt des Lesens. München 1976, S. 50 ff. 6 ebd., S. 176. 7 »Werk« benutzt Iser vor allem in Iser, W.: Der Lesevorgang. In: Warning (Hrsg.): Rezeptionsästhetik. München 1975, S. 253 ff. 8 Iser: Akt des Lesens, S. 60. 9 ebd., S. 63: »Textstruktur und Aktstruktur verhalten sich zueinander wie Intention und Erfüllung. Im Konzept des impliziten Lesers sind sie zusammengeschlossen«. 10 ebd., S. 66. 11 Iser, W.: Die Appellstruktur der Texte. Jetzt in: Warning (Anm. 7), S. 236 f. 12 Iser: Akt des Lesens, S. 65. 13 Lugowski, C.: Die Form der Individualität im Roman. Berlin 1932. Lugowski zeigt mehrfach, daß die Kategorie ›Handlung‹ in Beziehung steht zur Ausbildung der Kategorie ›Individualität‹. 14 Folgt man G.H. Mead (Geist, Identität und Gesellschaft, Frankfurt a.M. 1973), so ist Bedingung aller Interaktion die »Identität«, die ihrerseits erst das Ergebnis der Ausbildung des Bewußtseins in der Sozialisation ist. Also ist auch Kommunikation nur beschreibbar in bezug auf diese, nur konkret vermittelt faßbare »Identität«. Aus dieser Position, der die von H. Plessner vergleichbar

ist, der als das Anthropologische eben das Unspezifizierte betrachtet, ist schwer verständlich, wie konkrete Sachverhalte (und ein solcher ist ein Text in seiner spezifischen Wirkungsstruktur) sollen beschrieben werden können, ohne daß historische Kenntnisse über empirische menschliche Verhaltensweisen zugrunde gelegt werden. So wie Triebe, etwa Sexualität, nicht mit abschließender Gültigkeit bestimmt werden können als spezifische, so bleibt auch hiernach das Transzendentale eine Größe konstruktiver Theorie, taugt nicht zur Beschreibung, und zwar spezifizierenden Beschreibung sich unterscheidender konkreter Sachverhalte. Vgl. hierzu Berger/Luckmann: Die gesellschaftliche Konstruktion der Wirklichkeit. Frankfurt a.M. 1970, S. 49 ff.; Dreitzel, H.P.: Die gesellschaftlichen Leiden. Stuttgart 1972, S. 103 ff. **15** Als Beitrag zum vorliegenden Band hatte ich versucht, anhand der Rezeption ausländischer Literatur im deutschen Kaiserreich zu zeigen, in welchem Maße soziale Normierungen als kommunikative Prädispositionen die Rezeption bestimmen. Da aber doch Rezeptionsäußerungen, auf die der Historiker zurückgreift, den mentalen Prozessen äußerlich bleiben und also nichts zum Beweis der prinzipiellen Historizität *aller* Leseakte beitragen, habe ich es aufgegeben, mehr als theoretisch-behauptend reden zu wollen. **16** Kühnel, W.: Bestseller..., Börsenblatt Frankfurt a.M. 59 (1975), S. 975 ff. **17** Bellebaum, A.: Soziologische Grundbegriffe. Stuttgart u.a. 1974, S. 44. Vgl. auch Anm. 1. **18** Vgl. hierzu die Beiträge von Kockelmans (S. 1 ff.) und Sprondel (S. 176 ff.) in: Maurice Merleau-Ponty und das Problem der Struktur in den Sozialwissenschaften, hrsg. von Grathoff/Sprondel. Stuttgart 1976. **19** Zur Entontologisierung des »Systems« vgl. Slawinski, L.: Literatur als System und Prozeß, hrsg. von R. Fieguth. München 1975, bes. S. 173 ff. **20** Fügen, H.N.: Die Hauptrichtungen der Literatursoziologie und ihre Methoden, Bonn 1971, S. 13 ff. (S. 19). **21** »dieser Martin Walser: (...) spielt er den freundlichen, aufmerksamen und geduldigen Hausherrn und Familienvater, wo man doch seinen Romanen nach eher einen gereizten, gehässigen Haustyrannen erwartet hätte.« Schwarz, J.: Der Erzähler M. Walser. Bern 1971, S. 64. **22** Vgl. Thurn, H.P.: Soziologie der Kunst. Stuttgart u.a. 1973, S. 65 ff.; auch Schmidt, S. J.: Texttheorie. München 1973, bes. S. 162 ff. **23** Leider sind die Komplexe literarischer Produktion in der gegenwärtigen Literaturwissenschaft völlig vernachlässigt. Das ist deshalb schade, weil so die konstitutiven Zusammenhänge von Rezeptionsweisen und Produktionsweisen, aber auch anderen Normen des literarischen Systems verkannt werden. Hierzu haben Hinweise gemacht: Natew, A.: Zum methodologischen Streit um die Literatur- und Kunstwissenschaft. Zs. f. Ästh. u. allg. Kunstw. XVIII (1973), S. 59 ff.; Hauser, A.: Soziologie der Kunst, München 1974, S. 459 ff.; Schenda, R.: Sozialproblematischer Erwartungsraum und Autorenlenkung. Volkskunde 72 (1976), S. 62 ff.; die ausführlichste Begründung des Zusammenhangs von Produktion und Rezeption, die allerdings zu Konsequenzen führt, die der Produktion eine nicht unproblematische Determination der Rezeption zugesteht, in: Naumann, H. u.a. (Hrsg.): Gesellschaft Literatur Lesen. Berlin/Weimar 1973, passim, bes. S. 17 ff.

Essays

Das Lesen ist auch nicht mehr das, aber noch genug

Selbst für eine Festschrift über das Lesen hat es keinen Sinn, Irrtümer über das Lesen weiterzusagen, auch wenn sie verständlich sind. Und es ist ein *historischer Irrtum*, daß das Lesen per se Inbegriff der Bildung, der moralischen, politischen, ästhetischen Erziehung sei, der Humanisierung. Das ist eine Idee des Bürgertums vom 18. Jahrhundert an bis hin zu den Arbeiterbildungsvereinen, den Konzeptionen von Stadtbibliothek, Bücherstube und Büchergilde, als indertat Lesen das Mittel war, Literatur das Medium, in dem der ideologische, nationale und ökonomische Führungsanspruch des Bürgertums erhoben werden konnte. Wir aber sind keine Literaturgesellschaft (mehr). Die Leselampe ist ein veraltetes Möbel, das dann in den 50er Jahren schnell zur Fernsehleuchte verkam. Die Medien für die Ausbildung der Persönlichkeit wie für die Unterhaltung haben sich ebenso verändert wie die politischen Kommunikationsformen und das allgemeine Alltagsverhalten: Kino und Kneipe, Fernsehen, Gespräche, Reisen – stellen neue Weisen dar für das, was früher allein dem guten Buch zugetraut wurde: die Geist- und Herzensschule von Individualität und Nation.

Das Lesen hat an Gewicht verloren. Was nicht heißt, daß nicht mehr gelesen würde. Von Analphabetentum noch keine Rede. Aber Gegenstand und Funktion des Lesens haben sich verändert. Zeitung und noch mehr Zeitschrift und Sachbuch stehen im Vordergrund, spezifizierte Lektüren mit praktischem Wert; die gemischte literarische Bildung für alle Stände, wie sie die Zeitschriften des 19. Jahrhunderts verfolgten (»Gartenlaube« und »Westermanns« voran), ist nicht mehr absetzbar. Daneben dann die transportable Pocketunterhaltung für die Straßenbahn, den Strand, fürs Einschlafen: vom Heftroman über Konsalik zur Science Fiction. Dagegen fällt die ambitioniertere Belletristik sehr ab. Dies nicht zu sehen, ist ein *empirischer Irrtum*. Die sogenannte höhere Dichtung (und jetzt wieder vollmundig tatsächlich so genannte Dichtung, als hätten wir nicht gute Gründe gehabt, dies Wort in seinem fatalen deutschen Glanz klein zu halten nur noch als Begriff für ›fiktionale Literatur‹ – aber faule Zeiten sind allemal an der Fetischisierung des scheinbar Genialischen erkennbar) hat ihren Wert nur noch für einen in Relation zum Ausbildungsgrad rapide kleiner werdenden Kreis.

Daß – wie im Falle von Thomas Mann – ein ganzer Güterzug mit der Volksausgabe eines Romans beladen wurde, haben weder Böll noch Marquez noch Grass und Ende je erreicht. Seinerseits hat wiederum Thomas Mann bei weitem nicht die Bedeutung erreicht, die Schiller in unvorstellbarer Weise für das 19. Jahrhundert gehabt hat. Die Literatur zumal, das Buch überhaupt, ist aus dem Zentrum der Kultur gerückt. Das hat viele, auch einfache technische und finanzielle Gründe. Und es ist ein *systematischer Irrtum*, wenn man die Argumente einer Theorie, die in historischer Notwendigkeit völlig auf Buch und Literatur fixiert war, weiterträgt, als hätten sie gegen jede historische Veränderung und neue Erkenntnis klassisch festen Bestand. Die aus Gründen der Selbstverteidigung offensiv gewordene Literaturwissenschaft hat unter dem Etikett der Rezeptionsforschung, obwohl es sich dabei nicht um Rezeptionsforschung handelte, sondern um die Ummünzung einiger Postulate der alten normativen Ästhetik in alte interpretatorische Verfahren, mit Hartnäckigkeit den alten Glorienschein der Literatur, wie er um 1800 gemalt worden ist, aufgefrischt: Was Tolles alles das Lesen bewirke an Bewußtseinserweiterung, Erfahrungsbereicherung, Sensibilitätsschöpfung, letztendlich: die Wahrheit, die Menschlichkeit, der Vorschein des Ziels der Geschichte. Unsinn, scheint mir. Doch sind der historische und empirische Irrtum leicht aufzudecken mittlerweile, der systematische weniger. Denn was nun wirklich beim Lesen im Seelenhirn geschieht, wissen wir noch lange nicht. Über den genauen Akt des Lesens und seine Wirkung auf den Menschen lassen sich vorerst nur Eindrucks- und Ansichtssätze formulieren.

Ich glaube nicht, daß das Lesen von Dichtung, von dem weiter die Rede sein soll, all das leistet, was man ihm seit den Versuchen, die Entfremdung durch ästhetische Theorie aufzuheben, zugemutet hat: die Wiederherstellung des ganzen, in Geist und Gemüt mit sich und allen versöhnten Menschen, was didaktisch zum Fremderfahrung-Machen schmolz und kapitalistisch zu dem Plastiktüten-Spruch: Erfahrungen, die man kaufen kann; wobei jedesmal ein Mehr- oder intensiveres Leben, eine konzentriertere Aufnahme der Welt durch Lesen als durch die Beschränktheit des alltäglichen Lebens gemeint ist. Lesen nicht nur als Instant-Aneignung der Welt, sondern schließlich als Hauptmöglichkeit, der sich im praktischen Leben entziehenden Wahrheit ansichtig zu werden. Dahinter stehen schlicht umgeprägte religiös-theologische Maximen: die Offenbarung der Wahrheit durch die Schrift, die Schrift als Brennspiegel der Weltgeschichte, der Schöpfer des Buches als Prophet. Ich setze dagegen darauf, daß alle Erfahrungen, Erlebnisse, die Denken, Fühlen und Tun nachhaltig beeinflussen, sich nur im praktischen Leben ereignen, daß sie sich nicht simulieren lassen; durch Lektüre also erfährt man in diesem Sinne der Prägung des Bewußtseins nichts über Liebe, über Tod, Abenteuer. Man erfährt kein anderes Leben, was nur durch reale Konfrontation mit anderen Menschen möglich ist; man macht also keine Fremderfahrungen und kann sich schon gar nicht zusammenkaufen, was man alles so erfahren möchte, als wenn die Lektüre von siebenundzwanzig Beziehungsnovellen nur eine einzige Beziehung anders gestalten könnte – so viel man auch ›erfährt‹, lernt aus Romanen etwa über fremde Lebenskreise und Zeiten: und schon deshalb sollten Dostojewski, Marquez, Fontane nie ungelesen bleiben, obwohl dies nichts Spezifisches für Dichtung ist. Genau andersherum: Literatur funktioniert wie ein Monolog mit sich selbst; sie ist der Spiegel, in dem jeder sich selbst erblickt; diese unbestimmte Druckerschwärze der Literatur ruft im scheinbar Fremden die Vorstellungen und Emotionen hervor, die im Leser schon steckten. Genau dies ist auch ein wesentlicher Unterschied zum

Film, der so etwas wie Dschungel oder ein Sterben unausweichbar präsentiert, während die Beschreibung dessen lediglich Angelhaken in unsere schon vorhandene Vorstellungswelt wirft. Nur: Dies muß ja keineswegs überflüssig, gar schlecht sein, wie die alte Kunsttheorie, die sich immer nur denken konnte, daß im Lesen Welt und Wirklichkeit außerhalb des Subjektes eingesogen werden, verdächtigte, weil ihr Selbsterfahrung im Lesen als zu subjektivistisch, egozentrisch, schließlich: narzißtisch schien. Wieviel man auch immer beim Lesen über andere lernen mag – was sie essen und hoffen, wie sie was tun –, geht es in erster Linie beim gegenwärtigen Lesen doch darum, sich selbst zu lesen, denn jede Lektüre ist eine andere; mit seinen eigenen Vorstellungen, Gefühlen, Vergleichs- und Absetzungswünschen konfrontiert zu werden. Eben darum auch wird das Lesen mit der Pubertät, ab der die Suche nach Identität zentral wird, existentiell. Bei sich sein, näher an sich als im praktischen Umgang mit Menschen – das scheint mir der historische Nenner zeitgenössischer Lektüre zu sein, denn Funktion und Sinn des Lesens sind eben nicht anthropologisch fixiert. Nur ein technokratisches Denken, das vom Lesen einen allgemeinen Output für das politische Individuum, die Gesellschaft und die Menschheitsgeschichte als eindeutig und möglichst direkt vorzeigbar verlangte, konnte das Lesen als Möglichkeit, sich selbst zu entwerfen auf der ziemlich ungewissen Projektionsfläche des Textes, als ungehörig abtun. Dabei liegt vielleicht gerade in dieser scheinbar narzißtischen Funktion des Lesens als Ausgleich unzureichender Selbstvergewisserung und unbefriedigender sozialer Kommunikation und als Möglichkeit, eine Ahnung vom Innenleben der anderen zu bekommen, das, was die Hieb-und-Stich-Begründungstheorie im Himmel der legitimierenden Normen immer suchte: der Grund für die Unverzichtbarkeit des Lesens heute.

Im Lesen kommt über sich selbst an den Tag, was innerlich nur dumpf geahndet ward (so Lenz über den »Werther«); es bringt nichts Fremdes in den Leser hinein, sondern lockt das in ihm Mögliche heraus. Daß zu dem Spektrum des im

Leser Möglichen auch pure Neugier, Spaß, Spannungslust, Sprachlust und auch Lust an der ganzen Situation »Lesen« gehört, also viel mehr als das mit dem Muster der »Werther«-Lektüre verbundene melancholisch-erotische Übertragen auf eine Projektionsfigur, soll nicht vergessen werden. Das Aberwitzige, Spinnerte, das Verkehrte nach der Richtschnur des Pragmatischen ist mir dabei besonders lieb. Lesen als Lockerung der Vorstellungen von einer ganz anderen Wirklichkeit, als Training des Anarchismus im Kopf, als Zweifel am eingebläuten So-ist-es-nunmal. Und dies nicht nur in Inhalten, sondern auch in der kleinen Sprachform; durchs Lostreten der Spracherfindung das Sagbare erweitern. So bleibt für den Leser genug an sehr Verteidigungswertem, an Belebung seiner Möglichkeiten, auch wenn damit die menschheitserzieherische Funktion des Lesens nicht unter Beweis gestellt ist, nicht einmal die ihr anscheinend eigene Überwahrheit. Neinnein: Heißenbüttels Satz, daß seine Konkrete Poesie mehr bewirken könne als alle Kriege je zusammen, halte ich nach wie vor für eines der dümmsten Ergebnisse einer Überschätzung der Literatur, die sich nur aus der Kunstreligion des deutschen Idealismus verstehen läßt. Vorsicht, Vorsicht mit der »Dichtung« und ihrer Wahrheit! Abschminken, darunter bleibt noch genug.

Soll also jeder so und das lesen, wie und was er mag. Denn was zur lustvollen Erfahrung seiner selbst taugt, läßt sich gerade nicht vorberechnen, darf nicht diktiert werden. Wo dies aber nicht reichen darf, wo – wie im institutionellen Literaturunterricht etwa – mit dem Lesen Absichten verfolgt werden müssen, da wünschte ich mir zweierlei:
– Eine ästhetische Erziehung in dem Sinn, daß mehr Kenntnisse über das kunstfertige Gemachtsein von Texten gesammelt werden, um den Genuß bewußter zu machen, um das Vermögen zu erhöhen, die Strategien eines Textes, mit denen er ein Sinnbild verfertigt, erkennen zu können und damit die ideologische Verführung, die in jedem Text steckt, um dies Spannende verfolgen zu können, wie immer wieder, immer neu der Versuch gemacht wird, schreibend wie lesend sich eine

eigene stimmigere Welt zu bauen durch Sätze. Eine ästhetische Erziehung, die in die Lage versetzt, den eigenen Geschmack zu begreifen, das konkrete Objekt des Gefallens und Mißfallens und das Geschmacksurteil auch formulieren zu können, damit ein Gespräch nicht nur mit sich über die Lektüre stattfinden kann, in dem die Einsamkeit und Sprachlosigkeit, die das Lesen immer begleiten, wenn nicht begründen, überholt werden können. Dazu eignet sich Lesen mehr noch als der Umgang mit anderen Medien; denn im Lesen steckt wie im Reden über Lesen ein Stück Freiheit: Man kann den Text beliebig seiner Geschwindigkeit, Aufmerksamkeit anpassen, man kann ihn wiederholen, unterstreichen, exzerpieren – so entsteht vielleicht die wünschbare Versöhnung zwischen dem Ausleben der Gefühle und der Anstrengung des Geistes.
– Eine historische Erziehung, so daß alle Lesefreunde dazu verlockt werden, Entdecker zu werden in dem Kontinent, der trotz der Buchexplosionen immer weißer wird; denn nichts an Kunst verschwindet so schnell, gründlich, auch ungerecht wie Belletristik. Die 50er Jahre etwa kommen geballt wieder, naja, nicht daß ich mir auch die Literatur der 50er Jahre restauriert wünschte, nur zum Beispiel: Musik, Möbel, Film, aber nichts von Schaper, Schröder, Andres – die Literatur stirbt schneller als alles. Dazu anregen, selbst aufzuspüren, was es so gab und gibt, sich nicht auszuliefern den Schleusern des Angebots und der Höhenkammliteratur: »Werther«, »Lenz«, »Schwarze Galeere«, »Ein Hungerkünstler«, »Homo faber«, »Die Angst des Tormanns« bzw. das Lesebuch der schönsten Gedichte aus den schönsten Anthologien schönster Gedichte zu DM 29,99 und zum Fest. Solche Entdeckungsreisen ins Vergessene, in den von Literaturgeschichten und Sortimentsbuchklötzen leergefegten Kontinent der Literatur könnten auch dazu führen, daß ein reicheres Bild vom Wandel der Literatur entsteht und eine höhere Vorsicht gegenüber dem derzeitigen wilhelminischen Bedienen aus verflossenen Stilen, als seien Stile überhaupt sinnvoll wiederholbar, als seien sie unabhängig von dem sie durchdringenden Fatalen an Weltan-

schauung. Ein Benn war ein Benn. Ein Benn redivivus ist eine Ärgerlichkeit; dito mit Hemingway.
Aber genug der strengen Mine – lesen, lesen, überhaupt lesen! Die Literatur am Leben erhalten! Lesen tut not; denn ohne Leser wäre der Parzival nur eine Oper von Wagner, wäre der Simpl höchstens eine Fernsehserie, wären die Gedichte von Jakob van Hoddis weggebrannt, wie er selbst nicht nur symbolisch weggebrannt wurde. Der Verlust von Geschichte, damit der Verlust des Wissens um vergangenes Leiden wäre, notierte Adorno, der Einmarsch in die Unmenschlichkeit. Die Geschichte des Menschen aber ist nicht zuletzt die Geschichte seiner schreibend und lesend verfertigten Bilder seiner selbst.

Schweine-Bande

Daß Literaturgeschichte gegen die Genese- und Rezeptionszeit literarischer Werke diese zu der ihnen angemessenen Geltung bringe, ist ein allein die Literaturgeschichtsschreiber selig machendes Gerücht. Trotz wichtiger Ausnahmen korrigiert in aller Regel die Literaturgeschichte nicht entscheidend den je aktuellen (sicher: sich in verschiedene Klassen aufteilenden) Literaturbetrieb, sondern sie verfestigt dessen Wertungen. Die akademische Literaturgeschichte und auch die junge der bundesdeutschen Literatur verewigt das Rauschen in den Feuilletons, das häufig vom Eigenwind hervorgerufen wird. Die Funktion der Literaturgeschichte, deren Geschichte wiederum eine Geschichte von Abschreibungen ist, beschränkt sich auf das Ausfällen von Namen und auf das Zementieren von Epochen-Etiketten; ihre Funktion ist hingegen nicht die von ihr so gern reklamierte: nämlich gegen alle zeitgenössische Verkennung Sichtung zu sein von wahrer, sich historisch erst durchsetzender Qualität. Die Gnade der späteren Geburt ist auch hier trügerisch, weil selbst nur kurzzeitig Zurückliegendes schon durch den Reißwolf des Betriebs gedreht oder zum Verschwinden gebracht wurde. Der Regel-Germanist ist von diesen zeithistorischen Vorsteuerungen schon deshalb nicht unabhängig, weil er sich schlicht nicht auskennt und, seitdem die ehemalige Forderung nach Aktualität der Germanistik keine mehr ist, damit beschäftigt ist, eine neue Theorie wie Jägersoße über die längst hundertmal abgeschossenen Gegenstände zu gießen; denn mit der Menge der zu erledigenden Forschungsliteratur scheint die Bedeutung des eigenen Schusses um so glänzender auf. Der Regel-Germanist kennt auch dem Hören nach nicht ein Viertel, ein Fünftel der Namen, die im KLG verzeichnet sind; er kennt nicht einmal das KLG, das er zwar irgendwann hat anschaffen lassen und das im Büro seiner Sekretärin brav, aber unwillig nachgeladen wird. Das ist keine Satire, es ist eine Feststellung. Dem Regel-Germanisten fällt, soll es für einen der national wie international hin- und hergeladenen Vorträge etwas noch Flotteres als Kafka, Rilke und R. Walser sein, natürlich Thomas Bernhard und das Problem des Autobiographischen ein oder, bei gegebenem Geschlecht, Ingeborg Bachmann oder ein gewisser Meckel, der mit Lyrik und einer Vatersache von sich reden gemacht haben soll – der ausgeschickte Hiwi endet dann beim Verweis auf jenes Lexikon im Handapparat seines Meisters. Blauäugig ist der ignorante Regel-Germanist dem sozialdarwinistisch sinternden Literaturbetrieb ausgeliefert. Er sammelt, was der Schlachthof ihm als Überlebendes anbietet, und gibt es als Geschichte der Literatur weiter an die von ihm auszubildenden Lehrer, Redakteure, Lektoren, Kulturleiter und Assistenten für neuere Literatur. Da das Angebot unbewältigbar ist, sind die Institutionen, die Literaturgeschichte stiften, froh über die für sie getroffene Vorauswahl. Was das Feuilleton als Hauptwerke des Jahrhunderts mit dem größten Medienaufwand deklariert, würdigt der Literaturhistoriker als Hauptwerke des Jahrhunderts. Und der Literaturbetrieb, vor allem der einflußreiche Literaturkritiker, weiß um seine Macht als Nadelöhr, als (soziologisch) ›gate-keeper‹, als (gemein) Selektions-Polizist. Von Marcel Reich-Ranicki las ich, daß er sich als Ringrichter verstehe, der darauf zu achten habe, daß die Schwachen aus dem Ring verschwänden, daß nur die Stärksten überlebten. Dieser hübsche Vergleich zweier freier Konkurrenzwirtschaften ist auch darin so gut, daß er die gleiche mafiose Klüngelei in beiden Betrieben trifft, auch wenn der Fotosatz weniger stinkt als die Boxhalle. Was da geschmiert, gepuscht, lanciert wird, entgeht der gutgläubigen Öffentlichkeit ebenso wie dem tumben Spezialisten-Germanisten, der schon einmal einen Blick auf die unsägliche »Bestenliste« wirft, die den Anschein erweckt, sie teste mit statistischer Objektivität literarische Qualitäten, obwohl sie nur die Interessenbörse des Kartells ist. Man dachte sich das schon: Wer so über die Korruptheit des Betriebs schilt, muß einer der K.O.-Geschlagenen sein. Ja: Ich bin ein Schlechter, hänge im Kröpfchen. Wie es dazu kam, soll als Exempel der Betriebs-Schlägereien, als eine der vielen

Literatur-Geschichten vor aller Literaturgeschichte anhand meiner FAZ-Karriere erzählt werden:

Marcel Reich-Ranicki kannte ich aus den Jahren, in denen ich Fan der Gruppe 47 war, in denen DIE ZEIT *das* Avantgarde-Organ war und z.B. mit Doppelrezensionen aufregte, ich kannte ihn von den am Radio mitgelauschten Gruppen-Sitzungen als Kritiker, der, wenn auch mit breitem Hammer, den Nagel auf den Kopf traf. Über zehn Jahre später war er für mich als Schreiber zur Furchtfigur geworden, so daß mir sein Interesse an mir beim Klagenfurter Bachmann-Preis, Sommer 1978, durchaus erleichternd erschien. Das Interesse galt zwar leider nicht dem Roman-Verfasser, sondern dem etwas abwegigen Germanisten mit Kenntnissen in der Gegenwart, der, da Germanisten naturgemäß nicht zur Literatur taugen, vielleicht als Kritiker verwendbar wäre, zumal ich die Haare gewaschen trug. Sein Angebot nahm ich gern an: So konnte ich meiner Leidenschaft zur zeitgenössischen Literatur öffentlich frönen; das Geld brauchte ich, um freier Autor sein zu können; die FAZ mag ich zwar nicht, ihr Feuilleton mochte ich. Es ging nicht gut. Das Urteilen liegt mir nicht; außerdem kommt, wenn man selbst im Betrieb steckt, immer schiefe Konkurrenz herein; und auf die Spezialkompetenz, wissenschaftliche Arbeiten zu einer nur der Zeitung günstigen Kosten-Nutzen-Relation zu besprechen, wollte ich mich nicht einlassen. Nach einem halben Dutzend Kritiken gab ich, November 1978, die Mitarbeit auf.

M. Reich-Ranicki hatte es gut mit mir gemeint. Er hatte mir geduldig meine Fehler beim Rezensieren vorgehalten und mir versichert, ich würde es schon noch lernen und sein Interesse bestehe weiterhin. So bezog ich die Vernichtung meiner Erzählung »Du mußt nur die Laufrichtung ändern« in der FAZ durch J. Quack, November 78, da doch mein erster Roman, »Der Schleiftrog«, halbwegs gnädig behandelt worden war, nur auf den Erziehungsprozeß der FAZ: Der Autor solle sich klar werden, daß er als Autor nichts zähle, solle sich auf seine besseren Aufgaben konzentrieren. Die ungewöhnlich heftige Erledigung meines zweiten, sonst ganz gut weggekommenen Romans »Vom Schweinemut der Zeit« in der FAZ vom 11. Juni 80, wieder durch J. Quack, empfand ich schon als Nachstellung. Aber wieso? Verfolgungswahn, da doch alles nur nach den sauberen Regeln freier kritischer Köpfe vor sich ging? Reichte die läßliche Sünde, als Kritiker der Mühe nicht gelohnt zu haben, für solche Rache? Am 16. Juni 80 las ich beim Kritiker-Treffen des Südwestfunks in Baden-Baden. Reich-Ranicki befand vor den laufenden Kameras mit jener von mir einst geschätzten Deutlichkeit, daß Literatur entweder zur Genialität oder zur Scharlatanerie tendieren könne; ersteres sei bei Jonke der Fall, zweites bei mir, was schon die falsch und reichlich verwendeten Doppelpunkte zeigten etc.: Schelte der Kopfliteratur. Das saß; und ich wußte, daß ich gehaßt und gestraft wurde, aber noch immer nicht: warum. Beim letztlich nicht so gemütlichen Beisammensein am Abend in den Weinbergen (RR hatte mich seiner Frau als Professor der Germanistik vorgestellt, womit ich wieder eine gezielte Doppelohrfeige weghatte, weil ich kein Professor bin und wie die andern als Autor betrachtet sein wollte) kamen vom geselligen Nebentisch Leute und raunten, fragten dann, was ich dem Reich-Ranikki getan hätte, denn der habe eben gesagt, daß er dafür sorgen werde, daß solche *Schweine* wie Dittberner und Kinder keine Zeile in der FAZ veröffentlichen. (Das tat er auch, allerdings baten wir auch nicht darum.) Ich begriff's nicht. H.C. Buch riet: Die Halbe ihm über den Kopf und zack, nur nicht auf Diskussionen einlassen. Nun war ich aber doch noch immer von der selbst berufenen kritischen Unbestechlichkeit Reich-Ranickis und vom aufklärerischen Zwang eines vernünftigen Diskurses überzeugt, so daß ich mit ihm reden wollte. In einem äußerst indignierten Gespräch seinerseits stellte sich dieses heraus: Juli/August 78 hatte ich Hugo Dittberners Erzählungen »Draußen im Dorf« rezensiert – zu enthusiastisch, wie mir ein Redakteur mitteilte, der den Text, korrigiert, zurückgab. Ich akzeptierte die Einwände, moderierte meine Sprache (denn der Punkt war, daß ich eine Sprache gewählt hatte, die nach der Rezensions-Skala nur Jahrhundertwürfen vorbehalten sein sollte), änderte aber mein Urteil, meinte ich, nicht. Ich sah die Angelegenheit als Teil meines Lernprozesses, zu dem auch gehöre, den zu verantwortenden Ton anzuschlagen, worauf die Redakteure zu achten hätten, um Urteils-Vergleichbarkeit herzustellen mit dem Blick aufs ganze Feuilleton. Daß die Angelegenheit auch etwas zu tun haben könnte mit alten Animositäten und Gruppen- und Grabenkriegen, glaubte ich in meiner noch nicht verlorenen Unschuld gegenüber dem Betrieb nicht. Ich hielt auch Marcel Reich-Ranickis rügenden Rat, mich als Kritiker nie mit den Autoren in Verbindung zu setzen, durchaus für einen guten Erfahrungssatz (als verquicke sich nicht gerade dieser Kritiker in hohem Maße mit allem, was ihm lieb und schön ist); denn mein Kontakt zu Dittberner hatte sich als unheilvoll erwiesen. Ich hatte Hugo Dittberner vom Vorgang geschrieben, dabei die Veränderungen allein auf meine Kappe genommen und der FAZ, ausdrücklich, keine Zensur vorgeworfen. So – und nun war ein Stück weite Welt gekommen, über das Reich-Ranickis gelangweilter und beleidigter Rede zu entnehmen war: Er sei in den USA, wohl an einer Universität, auf Studenten getroffen, die ihn mit dem Vorwurf konfrontiert hätten, die FAZ übe Zensur aus, Beispiel: die Dittberner-Rezension. Und dies könne nur von dem H.L. Arnold stammen,* der seinerseits zuvor diese Universität in den USA besucht habe. Also: Eine *Schweine*-Bande von Kinder-Dittberner-Arnold habe der FAZ den Dolch in den Ruf gestoßen, und das im freien Westen und das ihm, dem Anwalt der Freiheit. Nicht nur Marcel Reich-Ranicki, sondern die ganze Redaktion hat sich damals besonders über mein heuchlerisches Verhalten geärgert. Daß hier ein Mißverständnis vorliege, daß ich solche Schweinerei nicht begangen hatte, konnte ich Reich-Ranicki zeigen, der daraufhin den Fall für erledigt erklärte. Und auch dies hielt ich zunächst für eine glaubhafte Aussage.

Aber Pustekuchen. Nun ging's erst los. Wenige Tage später bekam ich in Klagenfurt, Sommer 1980, mein Fett. Es hat sich nichts geändert, es wurde bösartiger und dies mit Erfolg;

mehr als aliquid blieb hängen. Ich bin persona non grata bei der FAZ und damit bei den ihr offiziell oder inoffiziell anhängenden Personen und Institutionen (z.B. bei von der FAZ abgeschriebenen Rezensionen). Jede meiner Buchpublikationen wurde seither gründlich von der FAZ gebodigt; nie vom Chef, nie in der Aura einer Literatur-Beilage; schon von der Zeit, vom Ort, vom Rezensenten her als Unterklasse-Literatur erkennbar. Wie solche Rezensionen zustande kommen, darüber habe ich meine Vermutungen nach meinen Erfahrungen; sicher ist, daß der Chef die Verteilung genau steuert; hierbei kann er Rezensenten wählen, von denen er genau weiß, daß deren Geschmack nur eine Vernichtung zuläßt; er kann auch Willfährige wählen, von denen es ausgerechnet unter den FAZ-geilen bestallten Akademikern, die sich Charakter leisten könnten, genug gibt. Jedenfalls weiß ich, daß ein wohlwollenderer Rezensent meinen letzten Roman »Ins Auge« dezidiert nicht bekommen hat, sondern Peter Engel, der die Unverschämtheit besaß, seine Vernichtung mit einem Rundblick über die negative Aufnahme meiner Bücher nach dem »Schleiftrog« einzuleiten mit dem Fazit, man habe mir doch immer schon gesagt, ich solle lieber aufhören; dieser Rundblick ist exakt an den aus dem Archiv gezogenen FAZ-Kritiken entlang geschrieben: Schergen- und Schurkentum.

So etwas tut nicht nur im Augenblick weh; der Betriebsschnack, ein Verriß in der FAZ sei besser als nichts und das größte Lob, hat mich nie beruhigt. Und man glaubt ja nicht, wie viele die FAZ lesen und einem pünktlich jedesmal eine Kopie schicken, weil sie es gut mit einem meinen, aber einem nie die Kopie einer besseren Kritik zukommen lassen. Das entscheidende Schlimme ist, daß so Stück für Stück ein negatives Image entsteht; man hat seine nicht mehr revidierbare Einschätzung weg; man ist Mittelmaß, Durchfaller oder, wie die Freundlichen sagen: ›Du gehörst zu den Stillen im Lande‹. Mit dem Rüchlein ist ungut leben. Das setzt einen auf die schiefe Ebene, unhaltbar: Besprechungen nehmen ab (ca. dreißig zum ersten, keine zehn zum letzten Roman – was nicht allein durch größere Leseschwierigkeit erklärbar ist), Einladungen zu Lesungen gehen zurück (ca. vierzig beim ersten, vier beim letzten Roman), kein Fernsehen fragt mehr an, von den Radios nur das regionale, die Bücher geraten selten ins Schaufenster, auf den Büchertisch, natürlich keine Preise, keine Bestenliste, man wird einer, mit dem man sich allerhand erlauben kann: Wortlos feuert einen ein Verleger mit allen Titeln aus dem Programm, von Übersetzungen ist nicht mehr die Rede, sonstige Nebenrechte werden nicht verkäuflich, wortlos setzt einen ein Bearbeiter für ein Lexikon ab, man sinkt in die Niederung des literaturgeschichtlichen Schlamms, aus dem sich dann die Literaturgeschichte und sogenannte Nachschlagewerke erheben. Die Kränkungen sind groß, sie sind die normalen von uns vielen. Zu Gegenmaßnahmen fehlt es mir an allem, vor allem aber schon die Lust, auf die Buchmesse zu fahren. Daß man sich sagen kann, man sei kein Mafioso, lindert nicht den Druck der Erfolglosigkeit; in Träumen ohrfeige ich zurück. Leicht verinnerlicht man die Schelte; es braucht Kraft, sich zu ermuntern, daß der Mist mein »Ins Auge« nicht ist, zu dem ihn die FAZ gemacht hat. Wirklich nicht, ich habe Zeugen, aber das Image liegt fest, man ist ein Untergeher: Literaturbetriebler, mit denen man sich mal duzte, kommen nun mit dem Sie, andere erkennen einen nicht mehr; ein Untergeher fällt immer durch – das leichtfertige Abtun meines wie ungünstig auch immer gewählten Abschnittes aus »Ins Auge« bei den Kranichsteiner Literatur-Tagen in Darmstadt hat niemand von der Jury und den Zuhörern, für mich vernehmbar, durch Lektüre des erschienenen Buches überprüft; man wird ein Autor, der das Lesen nicht lohnt; die Liebsten schauen einen noch mitleidig an eine Weile, dann bleiben nur noch zwei, drei Freunde; und ärgerlich schaut der Verlag auf die Bilanz. Und so geht das einzelne Literaturgeschichtchen in die Literaturgeschichte ein, in der ich, solange überhaupt, erwähnt sein werde als Autor des »Schleiftrogs«, eines Romans, der autobiographisch die Studentenbewegung darstelle usf. – ziemlicher Käse. Die Karriere ging nicht hinauf, sie ging hinab im Betrieb – aber keineswegs die Qualität der Bücher. Nützt nichts – so macht der Betrieb Geschichte.

Es geht mir bei dieser Steuerung der Literaturgeschichte durch den Literaturbetrieb besonders um zwei zeitspezifische Aspekte:

– Im Gegensatz zu den späten fünfziger und sechziger Jahren, in denen das Feuilleton der gleichen Leit-Gruppe (in etwa: Gruppe 47 bzw. die ihr Nahestehenden) oppositionell war und offensiv die vielfältigen neuen, ›modernen‹ Schreibweisen der ›jungen‹ bundesdeutschen Literatur verteidigte, hat Literatur generell an Wertschätzung verloren. Das hat weniger mit einem Verlust von Qualität zu tun als mehr mit der Umschichtung in der Hierarchie des Wertes und des Konsums von Medien. Und das hat auch zu tun mit einer größeren Ungeduld gegen das weniger Erfolgreiche, weniger magazinmäßig Präsentable; ich fürchte, daß der grundsätzliche Bonus für das Verrückte, sich für Kulturleistungen krummzulegen, auch ohne daß diese Erfolg brächten, schwindet, und damit der Bonus der Künstler-Bürger-Spannung. Erfolg und Effizienz drängen sich als Wertrahmen vor. So ergreift die allgemeine Ökonomisierung auch die Literatur-Beurteilung, was sich auch am Umfang der Texte ausweist: sozusagen die klassisch erzählte Novelle als handlichste und verkäuflichste Gattung. Höchst fatal wird es zudem, da sich die ökonomische Erfolgsorientierung verbindet mit jener allseitigen technologisch-ingenieurmäßigen Denkweise von ›gesunder‹ Normalität vom Blutdruck bis zu den Genen, nach der alles Ungewöhnliche, Zumutende als Wahn erscheint. Es sind dies Zeitgeist-Bedingungen, denen sich das Literatur-Feuilleton mit seinem, besonders in der FAZ erschallenden, Ruf nach Nicht-Langeweile, Unterhaltung, Lesevergnügen und -spaß unterwirft. Ein trauriger Fall von Preisgabe einer Kultur, die als quere, widerständige, nicht als an die allgemeine effiziente Konformität angepaßte gerade den besonderen Schutz bräuchte, den ihr aber die Wende-Ästhetik versagt. Wie denn auch anders, wenn das mächtigste Feuilleton der Bundesrepublik beherrscht wird von einem, den Klaus Roehler so charakterisiert: »Im Namen der Rose Parfüm zu einer unendlichen Geschichte verrührt: das wäre sein Lieblingsbuch, obwohl er es öffentlich nicht sagen würde. Aber er läßt uns merken, daß er auf ein solches Ereignis schon lange wartete und immer noch hofft«.

Nun ist das ungnädige Unzufriedensein mit der zeitgenössischen Literatur nicht auf die FAZ beschränkt, keineswegs. Sie ist allgemein in den Feuilletons. Der Wind im Rücken der Literatur der fünfziger und sechziger Jahre ist einer mißmutigen Flaute gewichen. Ich vermute, daß auch hier wieder gar nicht so sehr der Grund in Qualitätsschwankungen liegt, sondern: Es handelt sich um einen handfesten Generationenkrach. Es ist wohl an der Zeit, laut genug zu sagen, daß die allgemeine Mißachtung, mit der seit Jahren die Literatur aller Generationen, die jünger sind als die der Gruppe 47 und ihrer Nachlaßverwalter, bedacht wird, ihren Grund auch darin hat, daß die Gruppe-47er alles, was nach ihnen kam, für ziemlich wertlos hielten. Das ist ein historisches Problem von Macht und Machterhaltung einer dominanten Gruppe noch immer, das ist darin ein ganz spezifisches und wichtiges Problem der Bundesrepublik. Die Gruppe gibt es schon lange nicht mehr, aber man schaue, wer im Betrieb das Sagen hat. Wir ›Jüngeren‹ haben uns immer nur unsere schlechtere, uninteressantere Literatur vorhalten lassen müssen. »Die Jungen – haben sie ›einfach nichts zu sagen‹?« hieß das AKZENTE-Heft 5/66, und dieser Spruch geistert in allen Variationen bis heute durch die Blätter. Rezensionen beginnen gern so, daß zuvörderst festgestellt wird, die bundesdeutsche Literatur der Nachwachsenden tauge nichts, was man ja wisse – und dieser Fall bestätige es, oder: und dieser Fall sei nun aber eine erfreuliche Ausnahme. Erst waren wir realitätsfern und verhascht, zu unpolitisch, dann zu politisch mit Schaum vor dem Mund, seither sind wir immer nur eins und immer wieder, nämlich weinerlich, larmoyant, und betreiben Nabelschau. Walter Jens soll zu seinem jüngsten Jubeltage wieder in diese Klage ausgebrochen sein. Und so bügeln sie uns seit zwanzig Jahren ab, unsere Lehrer und Väter, und wir nichtssagenden Jungen werden grau darüber. Da sitzen sie in den Sesseln der Literaturetagen und hauen uns um die Ohren: Lateinamerika, Afrika, Italien, Schweden, Wieland und Musil. Nur wird nie bedacht, daß die Bedingungen solcher Urteile eben auch seit zwanzig Jahren vorbei sind. Schwer geht in diese höchstrichterlichen Köpfe aus der großen Vergangenheit, daß die Lebensverhältnisse nicht mehr die der Ära Adenauer sind, daß sich in den ideologischen und praktischen Lebensverhältnissen einiges Erhebliche getan hat und daß mithin auch das ästhetische Modell des gemäßigt modernen magischen Realismus der Gruppe 47 samt seiner Repräsentativitäts-Ideologie (der Dichter als über den parteilichen Wassern schwebender Seher) kein vorbildlicher Maßstab mehr ist. Sie haben uns nie Luft gelassen. Sie haben von uns zum Ruhm der von ihnen aufgebauten großen bundesdeutschen Literatur die »Blechtrommeln« erwartet, die sie nicht mehr schreiben konnten. Und schon geht die Wut der Großen in Prosa, Lyrik und Feuilleton darüber, daß das Nachgeborene keinen Pfifferling wert sei, hundertmal nachgeplappert, in die Literaturgeschichte ein als jenes alt beliebte Muster von Welle und Tal, Gold und Bronze, so daß man immer häufiger wird lesen dürfen, daß nach der bedeutenden »Halbzeit«-Zeit die Niederungen der Neuen Innerlichkeit kamen und die postmodernen Verirrungen der achtziger Jahre undsoweiter – das ist kein um Objektivität bemühtes Bild der Geschichte, sondern das Bild, das sich die Starken im Literaturbetrieb nach ihrem Ebenbilde geformt haben.

Und man muß es sich geschehen lassen. Denn wer die Macht hat, hat auch das Recht. Man muß sich zum Durchfaller stanzen lassen, man muß sich das Unzeitgemäße verkopfter Literatur als Billig-Marken-Zeichen verpassen lassen, man muß sich als Nachzügler in epigonalen Zeiten wegwischen lassen. Denn meckern tun doch immer nur die, die eins draufgekriegt haben und nun in Neid von ihrem Versagen ablenken wollen, indem sie aufs Allgemeine verweisen. Verrisse werden ungestraft und mit aller Macht des Mediums oder der Position vor Tausenden vollzogen; seine einzelne Gegenstimme darf der Autor nicht erheben, will er ein Charakter sein. Vornehm geht der Autor, der, wie es auch so nett heißt, nicht zur Bundesliga gehört, zugrunde und still; hoffen soll er auf die Korrekturen der posthumen Literaturgeschichte; die, wenigstens, wird's ihm schon richten. *Schweine*-Bande, ruf ich – und danke den andern.

---

* Nicht die Studenten, sondern ich selbst habe Reich-Ranicki mit diesem Vorwurf ›konfrontiert‹: im April 1979 an der University of California Los Angeles (UCLA), wo R.-R. einen Vortrag hielt und ich im ›Spring Quarter‹ Gast des German Department war. Freilich sind die Zusammenhänge komplizierter. H.L. A.

Gegen die Wiederkehr des Dichters

Nun, so manches kehrt zurück: der Titel, die Nationalhymne am Ende des Programms, der Schlips, der Rucksack, die Drittelparität nicht. Und es könnte einem, auch deshalb weil er teils Germanistik praktiziert, als »minor« verdächtigten Schreiber ganz recht sein, daß Dichter und Dichtung statt Autor und Literatur jetzt wieder so voll in aller Munde sind, selbst ehedem linken Zungen hakenlos abgehen wie »Konkret«, das sich doch für das letzte aufrechte Organ hält. Man könnte aufatmen; Kunst ist wieder Kunst; und Dichter sind wieder Dichter: »Ich war doch ein Schriftsteller – ja warum die Sache nicht beim richtigen Namen nennen! – ich war doch nun mal ein Dichter« (so N. Johannimloh, auch er ein Zwitter zwischen Rektor und Reich-Ranicki, ironisch).

Aber ich mißtraue dem neuen Dichterkult. So sehr, daß ich unversehens vor Jahren freundliche Erstsemester, die sich nichts Böses bei dem gerade wieder in Schwange kommenden Wort gedacht hatten, ruppig anpfiff. Warum – das sahen sie trotz der Erläuterung nicht ein. Die Wiederkehr des Wortes, das mal Schlagpunkt einer nicht zuletzt von der Literatur und der Literaturwissenschaft ausgehenden ideologischen Umkrempelung war, scheint mir ein Symptom einer Wende von einem kritischen zu einem hagiographischen Umgang mit Literatur zu sein, welcher die kompensatorische Kehrseite einer sog. zukunftsorientierten Technologiefixierung ist. Kunst, Genie, das autonome Subjekt – der Überbau für den heutigen Menschen als solchen, der an Terminals spielt und sich bennsch an Exquisitem labt in schwarz-weißen Kachelcafés; Postmoderne. Dichter ist nicht nur ein harmlos modisches Jargonwort. Ist explosiv. Mit seiner Wiederkehr geht eine Epoche unter, eine der Literaturwissenschaft, auch eine der Intentionen, die einmal zu einer Schriftsteller-Gewerkschaft führten.

Ich gebe zu: Wenden haben ihre partielle Berechtigung, indem sie eine Antwort auf Defizite der Vergangenheit ge-

ben. Die Exkommunikation der Literatur und Literaturwissenschaft als obsoleter Interessensbereich war falsch; die sozioökonomische Domestizierung der/des Schreibenden; die polittechnische Verkürzung der Frage nach der Wirkung von Literatur; die Einebnung von fiktionaler und apophantischer Schreibweise. Gebe auch zu: Wie meine Schreibkollegen wäre ich wirklich gern ein Dichter und alles, was Stolzes an dem Wort hängt, und sonst gar nichts. Goethe und Kafka nah. Und ein besonderer Mensch, gut für einen Fußplatz an Handkes Grabplatte im Friedhof künftiger Literaturgeschichte. Und mancher Abend ertrank in der kollegialen Frage: Der ist ein Dichter und die, Du auch, aber ich? Trotzdem: Es gerät mit der Wiederkehr des Wortes Dichter doch eine gute Portion meiner Identität als mal schreibender, mal lehrender Literat unter die Räder, welche so flugs die vorausgegangenen Jahre wegmalmen, als wäre aus ihnen nichts zu lernen. Es erbittert mich, wie in Moden der Mensch sich rastlos von einer auf die andere Seite wirft, obwohl doch Aufklärung im pathetischen Sinne, Lernen also, nur durch beharrliche Auseinandersetzung mit Vorgedachtem statthaben kann. Auch die Germanistik neigt dazu, scham- und gedankenlos Richtungen und Fixsterne in blinder Absolutheit zu wechseln wie allgemein sonst mal weite gegen enge Hosenbeine. Strukturalismus in, Strukturalismus out; Marx in, Marx out; Freud in, Freud out; Wirkungsästhetik in, dieselbe out; und noch ist Lacan in. Dennoch bleibt sie eine Wissenschaft mit historischem Bewußtsein. Ich bitte sie um Beistand, wenn ich festhalte:
– So selbstverständlich darf der Dichter nicht wiederkehren als Haumichel gegen eine verkopfte Literatur, so einfach darf das Experimentelle nicht unter den Teppich der falschen Sechziger gekehrt werden. So leicht dürfen weder Heißenbüttel abgehen noch Peter Weiss, die Novelle wiederkehren. Sicher hat sich viel des dogmatischen Modernen erschöpft; man sieht es an der Musik, der Malerei: Worüber wir uns die adornesken Köpfe zerbrachen, ist gegenüber der Wiederkehr des Gegenständlichen und des Emotionalen einfach langweilig.

Die Wiederkehr manches Konventionellen ist eine Antwort auf Defizite der Vorzeit; denn es gibt keine Pfeilstringenz der Avantgarde; da vollzieht sich manches in Reprisen, Krebsgängen und Bocksprüngen. Doch dies ist scharf zu trennen von der Wiederkehr alter Ideologien, die dem gewachsenen Wissen von Erkenntnistheorie und Ideologiekritik nicht standhalten können. Ein historisch kundiger Germanist weiß, wie das neue Leitbild Expressionismus voller höchst Fatalem ist. Zu solchen Dichtern zurück – nein! – Dichter (wie Dichtung auch) ist für uns Deutsche ein übel befrachtetes Wort. Eben keinesfalls das viel neutralere ›Poet‹ der Engländer. In seinem hochschwellenden Bedeutungsindex ist es überhaupt nur ein deutsches Wort. Darin steckt der Wurm eines chauvinistischen Kultur- und Nationalanspruches. Schiller, der deutsche Heros, die Kleinstaaterei und die Folgen. Der unvorstellbare Massenwahn der Schillerfeiern im 19. Jahrhundert zeigt, worum es ging: um die Identitätsbildung eines zerrissenen Volkes im höchsten Reiche des Geistes. Flex und der I., W. Vesper und der II. Weltkrieg. Wiechert contra Sartre. Was ist der Deutsche: politisch nichts. Was will er werden: alles: Faust, Rembrandt (großzügig pangermanisch) und Beethoven – der scheinbar unpolitische Thomas Mann hat es expliziert. Der Deutsche ist der Dichter an sich. Solchem Dichtermythos ist die postmoderne antiaufklärerische Gesinnung nicht unverwandt, die heute das Linke und Jüdische als Mißachtung »deutscher Eigenart« (G. Bergfleth) diskreditiert. Diesen Gegensatz von Dichter und Literaten hatten wir schon mehr als genug. Erinnert sich, schämt sich denn keiner ein bißchen? Nicht verschenken sollten wir die Aufarbeitung der Geschichte der Germanistik: Zwei Weltkriege sind auch im Namen deutscher Art und Dichtung geführt worden. Juden und ihre Bücher sind auch verbrannt worden unter der Losung: Dichtung contra Schriftstellerei.
– Daß Dichter und Dichtung in Deutschland so zu Ehren kommen konnten, lag nicht nur am via Dicht&Denk nachgeholten Führungsanspruch der Nation. Auch an der merkwürdigen Stopfung der von der Säkularisation hinterlasse-

nen Lücke des Priesters durch die kunstreligiöse Ästhetik der deutschen Klassik, die das Genie des Dichters als »alter deus« einsetzte. Halten wir dagegen die entmythologisierende Absicht jener erst gewiß zu rigoros materialistisch, dann sozialgeschichtlich und psychoanalytisch gewordenen Germanistik wach, die uns lehrt, daß auch der Dichter kein exzeptioneller Mensch ist, sondern entschlüsselbaren Deformationen unterliegt, sozialen Prägungen, einem Klassenbewußtsein, sexistischen Vorurteilen. Er ist befragbar; nicht aus dem Schneider begründbarer Sezierungen. So einfach darf der Dichter nicht als fraglos über allen Wassern der Ideologie schwebender Künstler wiederkehren.

– Wie der Dichter kein unbezweifelbarer Seher ist, ist Dichtung keine dem Wahren unbezweifelbar nähere Offenbarung; ist nicht das vorab tiefere, wesentlichere »Andere der Vernunft«. Diese zwei Ghettos aufzäunende Unterscheidung unterschlägt, daß ein Mehr an Erlebnis und Einsicht nur zu gewinnen ist, wenn Phantasie und Vernunft aufeinander beziehbar bleiben. Deshalb sollte die Literaturwissenschaft – ohne dem primären Erlebnis von Texten das Recht ab- und einem szientistischen Wissenschaftsverständnis zu viel Recht zuzusprechen – weiterhin üben, ein Werk nicht zu übersetzen in kongenial gemeinte indirekte Diskurse, sondern es Analysen unterwerfen von Verfahren, Sinnerstellungen, Strukturen. Die Germanistik sollte sich ihrer Kompetenz der Fliegenbeinzählerei nicht schämen. Die harte Philologie hat sie allen Kunstberednern voraus. Kunstverstand besteht neben der Fähigkeit, ein Sensorium für das Nichteinholbare der Fiktionen zu haben, darin, sachkundig Macharten von Texten und deren Kontexte zu erläutern, um den subjektiven Diskussionen über Literatur ein handfestes Fundament zu legen. So einfach darf die nachraunende Dichtungswissenschaft nicht wiederkehren. – Gewiß zielt Literatur in Anlaß und Wirkung auf ein Erlebnis, das nicht kurzgegriffen und kurzzeitig erklärbar ist. Da steckt Seele drin, durch keine Theorie so leicht packbare conditio humana. Aber konkret ist sie doch durch und durch historisch. Die Wiederkehr des Wortes Dichter könnte in Zusammenhang stehen mit dem Boom des Wegnennerns alles Historischen zum Ewiggleichen, könnte anzeigen, daß historisch-hermeneutische Bemühungen aufgegeben werden zugunsten einer quasi-anthropologischen Einfühlung in Werke = Menschen über alle Zeit- und Gesellschaftsdifferenzen hinweg. Welch ein Irrtum! Denn es täuscht doch sehr, Petrarca auf dem Mont Ventoux zu lesen als ersten Alpintouristen und Heym als frühen Friedensbewegten. Petrarca hatte Thomas von Aquin im Kopf, die Schilderung seiner Bergbesteigung könnte keine alternative oder ästhetische Naturverbundenheit anzeigen, sondern pure symbolische Fiktion sein; Heym dachte nicht an die Grünen, sondern an den gloriosen Untergang des Abendlandes. Literatur zu begreifen als einerseits irritierend unhistorischen, andererseits spezifisch historischen und also historiographisch befragbaren Reflex auf ihre Zeit, scheint mir das Spannendste an einem nachdenkenden Umgang mit Literatur. Der lehrte, uns als Menschen, aber eben historisch und sozial bestimmte Menschen zu begreifen. Die Wiederkehr des Wortes Dichter verdächtige ich einer machtkonformen Trennung von Kunst und Geschichte. Womit das Erlebnis von Literatur (das unvernünftige und subjektive, das der vivisektischen Analyse sich widersetzende) nicht abgetan sei. Und all das Anarchische in ihm auch nicht. Nicht die subversive Chance, die in ihm liegt. Nein. Weder die materialistische Entlarvung noch die nachbetende Aneignung werden der Literatur gerecht. Sich auf Literatur angemessen einzulassen, braucht das Zulassen des Erlebnisses und die kühle Analyse. Das geht im Einzelnen nicht immer, braucht es auch nicht; das braucht den Austausch zwischen Rollen und Institutionen. Das braucht den Kontakt zwischen Lesern, Schreibern, Kritik und Wissenschaft. Aber wo gibt's das? Es bosselt doch jeder im Kulturkampf so vor sich hin. In Bamberg gibt's das. Darum: Vivat Bamberg! Es dankt der Schriftsteller als Germanist.

Literaturkritik

*Den Geißbock das Singen zu lehren, ist nicht
leichter, als dem Esel die Distel zu wehren
(Selbsterfundenes Chinesisches Sprichwort)*

I. VOM GEISSBOCK

Auf erhebliche Änderungen in der Literaturkritik durch einen Generationswechsel zu setzen, finde ich illusorisch. Wie alle Betriebe hat sie ihre Regeln, Abhängigkeiten, Verführungen. Historisch gesehen, ist die Literaturkritik ein Zwilling des literarischen Marktes. In ihr laufen ökonomische, politische und ästhetische Interessen zusammen. Sie hat Einfluß auf Ansehen und Verdienst, lenkt die kulturelle Diskussion, setzt Geltungen durch. Der kritische Geist schwebt nicht frei, sondern ist gebunden ins Geschäft, ist nicht abkoppelbar vom Kampf um Macht, Geld, Ideologien, von den schärfer gewordenen Medienkonkurrenzen. Das war trotz des hohen theoretischen Niveaus im Prinzip schon bei Lessing und Schiller so. Wenig sinnvoll also, dieser institutionell gebunden Kritik den Spiegel ästhetisch-normativer Überlegungen entgegenzuhalten, da sie Agentin anderer als ästhetischer Interessen oft ist und vielleicht sein muß. Es bleibt aber, an die Anständigkeit, die Charakterfestigkeit der Kritisierenden zu appellieren mit dem Satz von Ingeborg Bachmann: »In jedem Beruf muß es jedoch zumindest einen Menschen geben, der in einem tiefen Zweifel lebt und in einen Konflikt gerät.« Appelle sind Ausdruck von Hilflosigkeit.

Ich habe ein paar Wünsche und mache mir Mut damit, daß das, was wirkungslos bleibt, nicht falsch sein muß.

Ich wünsche mir die Wiederkehr ästhetischer Debatten wie in den 60ern die Doppel-Rezensionen oder die »Kunst als Ware«-Debatte. Ich verwünsche die Ersetzung dieser Diskussionen durch das Auftreten von Medien-Reisenden in auf die Momentanität ausgerichteten Fernseh- und Jury-Keilereien, bei denen die mit dem Voyeurismus liebäugelnde Selbstdarstellung den Wert von Argumentieren außer Kraft setzt.

Ich wünsche mir Möglichkeiten der Zusammenführung der ästhetischen Auseinandersetzungen und der sich rapide spaltenden Kulturen. Ich verwünsche die Zersplitterung der Kulturmedien in »konkret«, »Tempo«, »Akzente«, »manuskripte«, »ZEIT«, »taz«, »Spiegel«, »Emma«, »Merkur«, »Bücherjournal« usf. Ich bin gegen Zentralmacht, gegen die Wiederholung der Monokultur von »Akzente« und »Zeit« in den frühen 60ern. Aber ich fürchte, die kulturelle Kleinstaaterei führt zu einer Ghettoisierung über die notwendige Absetzung von Generationen und Gruppen hinaus. Es könnte zur Partialisierung kommen, die schon die Kneipen-Kultur beherrscht, in der geregelt ist, wo man sich als Schülerin, als Studentin, als 30jähriger oder 40jähriger oder Grauer bewegen kann. Ist das Artenvielfalt oder ökonomisch forcierte Gleichgültigkeit? Ich weiß es nicht; mir jedenfalls fehlt ein plurales und umgreifendes Kritik-Medium. (Die FAZ lese ich nicht.)

Ich verwünsche die Aller-Maul-Oberkategorie »Lesevergnügen« und wünsche mir, daß die Kritisierenden geduldiger, sorgfältiger, ich traue mich zu sagen: germanistischer lesen, mit gewisser Hingabe an den Text. Ich wünsche mir, daß der Malus für Avantgarde im Sinne nicht illusorischen Schreibens verschwindet. Mit den Sottisen gegen Kopf-, Germanisten- oder Intellektuellen-Literatur verdoppelt die Kritik die ökonomische Denkart der Verlage, die schwer Absetzbares weghauen. Die Fixierung auf Unterhaltung schneidet aus der Palette gut geschriebener Literatur weiträumig Stellen aus, die durchaus nicht faul sind. Schandfleck vielmehr des Kulturbetriebs ist, daß Wolfgang Rohner-Radegast noch immer auf seinem unpublizierbaren Lebenswerk sitzt. Zum Beispiel.

Ich wünsche mir größere Zurückhaltung gegen die scheußliche Tendenz der Medien-Sensationen. Zu widerstandslos bestätigt der Literaturbetrieb die Wut des Marktes auf Spitzenereignisse und die Gier unserer Gesellschaft auf Show.

Der Becker-Graf-Effekt tut niemandem, der Literatur schon gar nicht gut. Ransmayr und Jelinek sind die trübsten Erscheinungen dieser Sensations-Geilheit. Am Zirkus beteiligt zu sein, wird weitaus wichtiger, als die Texte zu lesen. Ransmayr lediglich gekauft und in der Hand zu haben, ist der Wert, der dem Mediensausen entspricht. Bei Jelineks »Lust« schon fast eine Tragödie: Ein grandioses Sprachkunstwerk wird im Sog des öffentlichen Geschwätzes, höchstens angelesen und meist nur wegen des Titels, zum Anlaß selbstlaufender Diskussionen; sozusagen: Heute abend »Der Zauberberg« – Und: Was halten wir vom Alpensterben? Zur entmündigenden Gier nach Mediensensationen gehört auch die Wut nach Bilanzierung, nach Bestenliste und Jurysprüchen, nach dem Buch des Monats, nach dem besten der Saison, nach Jahresabschluß und Buchmessenolympiade; diese Wut dient nur dem Markt, nicht der Kunst, denn diese ist, glaube ich immer noch, dem Markt konträr, sie hat ihren Sinn nicht in der Umsatzkonkurrenz.

Ich verwünsche die seit bald zwanzig Jahren breitgekauten Sprüche, daß die zeitgenössische Literatur nichts tauge. Sie tauchten mit dem Ende der Gruppe 47 auf und sind so langlebig wie die nun inoffizielle Gruppe 47 selber. So pflegen viele Rezensenten ihre Kritik zu beginnen: Man wisse ja, damals oder anderswo, aber dagegen hier und jetzt. »Die Jungen haben nichts zu sagen« hieß der Nachlaß einer Gruppe und ihres Trosses, die, literatursoziologische Einmaligkeit, aufgrund der besonderen Bedingungen der Bundesrepublik über 30 Jahre das Sagen behielten. Und daß sie nun mit einem 47 000-Mark-Preis die Unfehlbarkeit ihrer Literatur dogmatisieren, ist Kaiser-Gehabe. Dagegen wünsche ich mir Nachdenken:

1.
Aufstieg und Leistungen der Gruppe 47 verdanken sich einer Wertschätzung für Literatur als ästhetischer und ideologischer Leitkultur, die längst dahin ist. Nur aufgrund dieser Bedingungen um 1960 konnten diese ästhetischen Modelle

entstehen, die aber ihre Zeit hatten und nicht übertragbar sind. Wir sind nicht aus einer großen in eine epigonale Literatur gerutscht, sondern aus einer literarischen in eine postliterarische Zeit, wobei die öffentliche Hätschelung der Literatur aus schlechtem und zynischem Gewissen, weil Geld da ist, sofern es der Imagewerbung nur dient, genau ihrer Marginalität entspricht. Literatur ist staatliche und kommunale Zier geworden in dem Maß, wie das Lesen abgenommen hat. Das ist ein Prozeß medialer Umakzentuierung, für den die Texte, welche die Öffentlichkeit nur noch in ihrem sozialen Hallwert interessieren, keine Schuld tragen. Demgegenüber konnte die Gruppe 47 sich nahezu in einer weimar-klassischen Sonne aalen.

2.
Neue Lebenserfahrungen politischer, sozialer, lebensweltlicher Art, insbesondere der Geschlechter- und Familienkonstellationen, haben eine neue Literatur der 70er Jahre, dann der 80er Jahre notwendig gemacht, die nicht, wie die Gruppe 47-Autoren und ihre Nachfahren suggerieren, nur als ästhetisches Unvermögen und Weinerlichkeit abgetan werden kann. Jede Zeit bekommt die Literatur, die sie braucht. Der heutigen westdeutschen Literatur »Die Blechtrommel«, »Die Halbzeit« oder die Lateinamerikaner, die Afrikaner um die Ohren zu hauen, ist historisch wenn nicht bösartig, dann dumm.

3.
Ist nicht nur historisch arrogant wie Enzensbergers und anderer Wellen-und-Tal-Theorie, nach der es halt mal gute und schlechte Literatur gibt – die der Gruppe 47 war eben eine gute, die danach eben eine schlechte –, sondern auch ästhetisch ungerecht. Dagegen behaupte ich, daß in Lyrik, in Prosa, in Dramatik Œuvres entstanden sind, die den Werken der Gruppe 47 ebenbürtig sind, wenn man schon einen überhistorischen Qualitätsstandard überhaupt für sinnvoll hält, die jedenfalls angemessener Ausdruck ihrer Zeit sind. Ich habe

keine Scheu, Uli Becker neben Celan zu setzen und Henscheid oder Kronauer neben Grass, Strauß neben Hildesheimer, Jelinek neben Frisch, Paul Wühr neben Arno Schmidt. Und bitte: Brauchen sich von Kieseritzky und Markus Werner vor Lettau und Bichsel zu verstecken? Zum Beispiel.
Ich wünsche mir, daß die Literaturkritik von dieser ungerechten Fixierung auf das vermeintliche Goldene Zeitalter der Literatur in der Bundesrepublik loskäme. Aber das ist wohl schwer. Es ist verständlich, daß wir so gebannt sind von der für die kritische Auseinandersetzung mit dem Faschismus und dem Deutschland des 19. Jahrhunderts wie für die beginnende Aufnahme der Moderne wichtigen Gruppe 47-Kultur. Kein Grund aber für die kalte Schulter, die die »Akzente« der bundesdeutschen Gegenwartsliteratur zeigen. Kein Grund, alles Spätere für Murks zu halten. Auch für uns ergrauende, so ganz und gar von der Findungsphase der bundesdeutschen Geschichte geprägten Nachgeborenen ist die Hoch-Zeit der Gruppe 47 nun so lange vorbei wie damals die Literatur der späten 30er Jahre vorbei war. Oder mit dem Satz einer 1965 geborenen Germanistikstudentin: Grass, Böll – das ist eine Literatur, die mit meiner Zeit nichts mehr zu tun hat.

II. NUN ZUM ESEL

Der Schriftsteller Heinz Risse, in der Nachkriegszeit renommierter, dann gründlich vergessener Romancier und Essayist, der heute 90 Jahre alt wird, war am 30. 3. 88 zu lesen, hat einen Preis von 20 000 Mark ausgesetzt. Damit soll die beste Arbeit eines Wettbewerbs zum Thema »Über nicht-künstlerische Einflüsse auf die Beurteilung literarischer Werke im 20. Jahrhundert« prämiert werden. – Bis zum Lebensende also Rachsucht, Kränkungswahn und gerechte Empörung über die Behandlung oder Mißachtung durch die Literaturkritik, die eben ein Interessensyndrom ist, in dem das »Künstlerische« nur ein Faktor ist. Ein Freund bekommt Darmbluten in Erwartung der Rezensionen zum neuen Buch. Sind sie da, bekommt er eine Blasenschwäche, denn ihn verletzen auch die guten. Gottlob ist es ihm erspart geblieben, keine Rezensionen bekommen zu haben. Andere probieren, sich Liebkind zu machen, gar die Kritisierenden zu bestechen. Andere fliehen nach Neuseeland, erscheint das Buch. Totschlagenwollen, Füßeküssen und demonstrative Abkehr bilden das Spektrum der psychischen Abhängigkeit derer, die das Wichtige tun, nämlich Bücher schreiben, von denen, die in Feuilletons, Jurys, Listen, vor Kameras und Mikrofonen vor den Tausenden, nach denen die Schreibenden nur lechzen können, etwas Merkwürdiges tun, nämlich Literatur zensurieren und den meist mehr am Spiel der Kritik als am Lesen Interessierten sagen, was und wie sie Literatur lesen sollen. So entstehen Sklavennaturen mit Masochismus, Größenwahn, Schadenfreude und Neid, Selbstaggression, Aufgabe.

Die Struktur gleicht der von Abhängigen in anderen Konkurrenzsystemen. Kunstmachende sind keine Ausnahme. Von ihren Verlegern zumeist nur als ökonomischer Posten behandelt, von größerer Resonanz abgeschlossenen, wird die institutionelle Kritik oder Nicht-Kritik zur Prüfungsinstanz von exemplarischer Geltung. Zugleich aber ist diese Kritik, wenn sie überhaupt und auch wenn sie erfreulich erfolgt, Demütigung an sich, denn die Kritik kann nie das einem mehrjährigen Lebensrisiko auch finanzieller Art entsprechende Wagnis, die entsprechende Mühe und Aufmerksamkeit aufbringen. Bücher, forderte Uwe Johnson, müßten so langsam gelesen werden wie sie geschrieben wurden. Das Gegenteil passiert; das Lebenswerk gerät bei einem Zeilenhonorar, das das Lesen dickerer Bücher nicht lohnt, vor aller Öffentlichkeit zu »In Kürze« – aha, »ZEIT«, immerhin, freu dich doch.

Nun sind, ich weiß, Kritiker keine Psychiater oder Künstlersozialbetreuerinnen, nun ist, ich weiß, das Verhältnis von Buchangebot zu Lesekraft und Rezensionsplatz fast unausrechenbar niedrig, nun hat man seine Geschäftszwänge, ich weiß es traurig aus dem akademischen Betrieb, es geht um sporadische Arbeitsbeurteilung, nicht um Schicksale. Anderes einzuklagen, ist zwecklos. Die Schreibenden müssen ihren Umgang mit dem kritischen Betrieb, dem sie sich, so wie er ist, aussetzen, von sich aus erträglich gestalten. Es gibt drei Tendenzen:

1.
Möglichst erfolgreich mitmischen. Prinzipiell fürchte ich, daß dabei die Kontrolle über sich und das Schreiben verloren wird, ohne je die Kritik kontrollieren zu können, zu deren Regeln die Demonstration von Unabhängigkeit oder Unbestechlichkeit gehört, was sich im Niedermachen der zu sehr zu Erfolg Strebenden vorführen läßt. Das Mitmischen kann schon was einbringen – aber um welchen Preis? Ich will nicht in dies Narrenhaus, in dem jeder jedem flüstert, wer was mit wem und welchem Hintergrund und warum, und jeder sich beklagt, daß jeder, den er treffe, ihm flüstere, wer was mit wem und welchem Hintergrund und warum.

2.
Die Kraftgebärde: Die Kritik möge mich im Arsche lecken. Goethe, sicher, Sturm und Drang. Noch einmal historisch gesehen: Markt, Literaturkritik und das Originalgenie mit seiner aggressiven Verweigerungshaltung entstehen gleichzeitig, sie sind komplementär. Das hat auch den Grund, daß die öffentliche Vernunft sich an ihrem Gegenteil, der Aura des anarchischen Individuellen, erst erweist. Damit ist eine soziale Rollenzuteilung verbunden, die mir zu eng ist, die zum Selbstbetrug führen kann: Künstler gegen Bürger, Freak gegen Betrieb. Außerdem mag ich der so erzieherisch auftretenden Kritik den Entlastungswunsch nicht erfüllen, mit dem sie sich vor der Verantwortung ihres Tuns drücken möchte und der sich in der Maxime niederschlägt: Den wahrhaft Bedeutenden bleibt Kritik immer äußerlich wie der Eiche die Sau. Und schließlich ist die demonstrative Abkehr längst eine Marketing-Strategie geworden: Seht her, ich schau euch nicht an. Negative Fixierung auf den Kritik-Betrieb.

3.
Sinnvoller scheint mir der Versuch, der mühsam von Mal zu Mal und bei jeder Gelegenheit neu zu unternehmende Versuch, sich mit dem öffentlich begutachtenden Betrieb in Distanz auseinanderzusetzen. Was eine wohlfeile Kompromißformel scheint, ist in Wahrheit eine kaum zu erreichende Lebensaufgabe, siehe Heinz Risse und viele andere, auch sehr Erfolgreiche.

Dieser Versuch hat zwei Ziele: Zum einen, das in der Kritik Geäußerte als oft kompetente Meinung zu akzeptieren, aber dabei dennoch, egal, ob die Meinung gut oder schlecht ist, sie nur als einzelne Meinung zu verstehen. Das ist zwar verfälschend, weil diese scheinbar nur einzelne Meinung dadurch, daß sie im Rahmen der kultur- und medienpolitisch steuernden Institution erfolgt, ihr anhängende generelle Absichten vertritt, doch ist es für die Betroffenen ein hoffnungsloses Unterfangen, die anhängenden Interessen gerecht einzuschätzen. Was weiß ich, und ich will es auch nicht wissen, warum ein Autor und Kritiker meinen Verlag und die Titanic-Schule, zu der er mich nebenbei glatt schlägt, abkanzelt und »DIE ZEIT« ihm dafür eine ganze Seite einräumt. Die unausgesprochenen Motive, die zur Jagd auf Hermann Burger geführt haben, sind mir ebenso wenig handgreiflich wie die Motive zur Wiedergutmachung am posthumen Werk. Ich nehme mir vor: Mich sollen die betrieblichen Hintergrundsmotive nicht kümmern und nicht grämen. Indem ich die kritische Meinung von ihren angedeuteten oder unausgesprochenen Interessen und Strategien abkoppele, indem ich sie als pure einzelne Meinung lese und lediglich ihre expliziten Argumente prüfe, enthebe ich sie des Geltungsanspruchs, den sie sich als institutionelle Kritik zuspricht. Ich streiche die Gleichung: Meinung plus Macht = Gültigkeit durch, obwohl sie stimmt. Da ich mich gegen den kritischen Betrieb nicht wehren kann, entmachte ich ihn in einem Privatstreich. Ich gestehe dem, was ex kathedra gesprochen wird, keinen höheren Grad von Richtigkeit zu als der Meinung des einflußlosen einzigen Lesers in Bielefeld. Denn ich sehe keine andere Möglichkeit, das Angebot zur emotionalen und intellektuellen Auseinandersetzung mit dem eigenen Werk zu nutzen, ohne in den Fleischwolf des kritischen Betriebes gezogen zu werden.

Der Versuch, Kritik aus Überlebensgründen zu privatisieren, steht in Zusammenhang mit dem weiteren Ziel, der negativen oder positiven Traumatisierung durch den kritischen Betrieb, so weit möglich, zu entkommen, das heißt: die Selbsteinschätzung von der institutionellen Einschätzung zu trennen, das konfliktuöse Verhältnis zur Kritik zum Anlaß des Bedenkens zu nehmen, genauer zu erkennen, welche Motive und Interessen mich selber beim Schreiben und Veröffentlichen leiten; denn auch das Publizieren ist ein Motiv-Syndrom, in dem das »Künstlerische« nur ein Faktor ist. Ich versuche, das Ausgesetztsein im kritischen Betrieb positiv zu wenden als Stimulierung zu mehr Souveränität gegenüber den neurotisierenden und mechanisierenden Zwängen des Betriebs, die Erfahrungen mit ihm will ich nutzen für ein Lehrstück zur Übung in Freiheit.

Der erfolgreichste Weg zu einer Immunisierung gegen die Verinnerlichung der Urteile und Zwänge des Betriebes ist der der Solidarität, der Freundschaft mit den Schreibenden, und zwar allen, auch mit denen, die gar nicht publizieren, auch mit den vielen, vielen zuvor. Selbstrettung durch Reflexion auf Geschichte, Selbstrelativierung als Abwehr des aktuellen Verwertungsrummels.

Das tönt illusorisch, selbsttherapeutisch, altklug, zu vernünftig. Es ist wohl auch mehr regulative Idee als tägliche Lebensweise. Es ist ein Versuch, der der kaum hintergehbaren Abhängigkeit von der Macht der Kritik entspringt. Zugegeben auch, daß gegen solche Taggedanken die wüsten Träume von Nobelpreis und Maschinengewehr ihr Recht behalten. Und es könnte sogar so sein, daß in unseren Verhältnissen der tatsächliche oder imaginäre Kampf um Anerkennung der autoritären Kritik kreative Kräfte schafft und hält: Ich werd's euch schon zeigen. Dennoch wünsche ich mir ein Verhältnis zur Kritik von der Art interessierter Wurstigkeit. Für mich ist die Voraussetzung für den Versuch in Unabhängigkeit, nicht nur in *einem* Betrieb zu stehen, von keinem Betrieb materiell und psychisch allein abhängig zu sein. Ich bin sicher, daß mir der Versuch nur unvollkommen gelingen wird. Aber dennoch: Auf die große Frage, wie ehrlich, richtig, so weit möglich frei von der Selbstdefinition durch die sozialen Konkurrenzen zu leben und zu schreiben sei, gibt es nur diese kleine Antwort: Versuch es trotz des erheblichen Übergewichtes, das das Sekundäre gegenüber dem Primären, von dem es zehrt, gewonnen hat und weiter gewinnt.

Von Lese-Lust und -Mühe

*Zwischen Theorie- und Unterhaltungs-Dogmen eingeklemmt:
Warum nach Hildesheimer weiterschreiben?*

Das Rahmen-Thema heißt, eine Provokation von W. Hildesheimer aufnehmend: »Ende der Fiktionen? Grenzen der Darstellbarkeit«. Der Doppel-Titel könnte eine systematische und eine historische Frage einschließen. Das »Ende der Fiktionen« zeigt an, daß vielleicht einmal möglich war, was es jetzt nicht mehr ist. Dies wäre historisch zu erörtern. »Grenzen der Darstellbarkeit« weist dagegen in eine systematische Richtung, ob nämlich die Eigenart der literarischen Fiktionen prinzipiell ausschließt, bestimmte Bereiche bestimmter Provenienz im fiktionalen Sprachtext manifest oder latent ›darzustellen‹, also durch die Summe der Gegenstände und der Gestaltungsverfahren zum Thema zu machen. – »Ein Hundsfott, der mehr gibt als er hat«: Ich werde mich nicht systematisch zur Leitfrage äußern und nur unvollkommen historisch. Und zwar so: Über den mittlerweile historisch fernen Kontext, in dem mir W. Hildesheimers Diktum vom »Ende der Fiktionen« zu stehen scheint; über das heutige unstreng oder gar nicht mehr normativ denkende Kunstgespräch, das vieles für möglich hält; über die gegenwärtige Tendenz der Kritik, die dazu neigt, die »Grenzen der Darstellbarkeit« pragmatisch sehr eng zu ziehen mit erfolgversprechender Rücksicht auf die Dominanz der Lektürewünsche nach Unterhaltung. Und schließlich wende ich die Frage ins Eigene: Welche Antwort würde ich (als Schreiber von prosaischen Fiktionen) W. Hildesheimer geben? Diese Antwort geht von einem Pol aus, der dem von W. Hildesheimer konträr ist, nämlich vom nicht beendbaren Recht des Subjekts auf seine Fiktionen. Bin ich auch anderer Meinung als Hildesheimer, so hätte ich gerne eine Umarmung gleichwohl versucht, die im gemeinsamen Seufzer bestünde: Ach Ästhetik, Theorie – das Schreiben und das Lesen wachsen auf einem viel weiteren Feld, einem unbegrenzbaren und einem, hoffe ich, ohne Ende, in das kein Theorie-Traktor seine graden Furchen ziehen soll.

ENDE DER KUNSTRELIGION

Wie aus seltsam fernen Zeiten tönt W. Hildesheimers Grabgesang der Fiktionen, aus Zeiten, als das Predigen noch was geholfen hat. Aber sehr nah tönt seine Mißachtung des Subjektiven. Und immer noch dröhnt der Hammer auf dem Kopf: Weiterschreiben? Warum? Wie?

Fern scheint mir die Zeit, in der uns normative Ästhetiken, die vorrangig Systematisches im Sinn hatten, also generelle Regeln und Bestimmungen über Form, Inhalt und Funktion der Literatur, manchmal mehr beschäftigten als das Schreiben, Lesen und Reden darüber, das weniger auf endgültige Klärungen aus ist (Hildesheimer klagt nicht ohne Grund über diese Prävalenz der Theorie über die Praxis). Die Hoch-Zeit der normativen ästhetischen Debatten begann in den späten 50er Jahren, als kämpferisch eine Literatur (die der Gruppe 47) durchgesetzt werden sollte, die erstmals in der deutschen Literatur der Nachkriegszeit den Theorien der Moderne angemessen sei. Aus wirklichkeits-, sprach-, fiktions- und geschichtstheoretischen Perspektiven wurden Konstitution und Aufgaben der Literatur deduziert. Soziale und politische Überlegungen (Aufdecken der Realitätsstrukturen und ihre Veränderung), existentialistische (Subjekt versus fragmentarisierte und undurchschaubare und undarstellbare Gesamtrealität), sprach- und wahrnehmungstheoretische Ansätze (›Bewußtseinserweiterung‹ durch Destruktion der Sinn-Bildungs-Konventionen) standen dabei im Vordergrund. Um 1970 dominierte eine Verengung auf mit Gewalt vorgetragene (und in dieser Gewalt – etwa gegenüber Thomas Bernhard –, nicht in den Ideen liegt das Trauma von ›'68‹) materialistische Positionen. In den 70er Jahren wurde die normative Ästhetik reduziert, pragmatisiert für eine, noch immer auf die Fiktionen fixierte, subjektbezogene Lebensplan-Diskussion. Mit den 80er Jahren verschwanden die normativen Ästhetiken oder sie relativierten sich zu je hausgemachten Poetiken. Mir scheint, daß W. Hildesheimers »Ende der Fiktionen« eher den historischen Ort der Kapitulation der normativen Ästhetiken markiert, in deren Untergangsstrudel er neben seiner eigenen Position den orthodoxen Materialismus und die Rede von der politischen Relevanz ebenso hineinzieht wie die bewußt theorieunbemühte ›Betroffenheitsliteratur‹, als daß es eine systematisch weiterzudenkende Antwort auf die Frage erlaubt, was Fiktionen sein könnten und was sie vermöchten. Das ist kein Vorwurf – W. Hildesheimer hat sich nie als Theoretiker ausgegeben, und sein subjektiv dringlicher Ruf von der Nutzlosigkeit der Fiktionen verhallte nicht in der Wüste, im Gegenteil: Er ist manchem Voraussetzung des Trotzdem-Schreibens. Dennoch könnte Hildesheimers Rede mehr als das normative Nicht-Mehr-Aus-Und-Ein-Wissen der 70er Jahre verstanden werden, weniger als ein endgültiges Urteil über ein Ende der Fiktionen.

Als W. Hildesheimer 1975 das Ende der Fiktionen forderte, begab er sich nicht in die Zwangsjacke theoretischer Argumentationszusammenhänge, sondern benutzte aus ihnen Versatzstücke, um zu sagen: Epische Fiktionen haben nichts mehr zu sagen. Zu deren Bestimmung bezieht er sich auf den klassischen Modell-Gedanken des, grob gesagt, 19. Jahrhunderts: In unverzichtbaren Kunstwerken bringe sich Subjektivität zur Geltung, jedoch so, daß darin Realität in ihrem Wesen erscheine, indem nämlich im Subjektforcierten zugleich eine »Transzendenz« (244) auf die »kollektive Realität« (244) ansichtig werde, auf das, »was die Welt zusammenhält und was sie auseinanderbricht« (237). Nur so erlangten sie das »Gewicht«, einer »großen humanen Sache zu dienen.« (235) Solch Kunstverständnis ist aber der karge gemeinsame Nenner, auf den sich sowohl die idealistische Ästhetik wie die des bürgerlichen Realismus der Mitte des 19. Jahrhunderts wie die des sozialistischen Realismus, aber auch der scheinbar paradoxe anti-realistische Realismus, wie ihn Adorno gegen Lukács formuliert, reduzieren läßt: wahre Wirklichkeitsdarstellung, repräsentative Subjektivität, geschichtsbezogene Funktion, wobei für den Fortschrittsskeptiker Hildesheimer diese Funktion sich auf das letzte Bollwerk des humanistischen Engagements zurückgezogen hat.

Diese kontrahierten Axiome der Ästhetik des Realismus, deren dogmatische und platte Versionen Hildesheimer verwirft, ohne an den drei Säulen des Modell-Gedankens zu rütteln, konfrontiert er nun mit einem Postulat aus dem antirealistischen Lager, einem Postulat, das bei den Opponenten in der Realismus-Debatte der Zwanziger Jahre auftauchte und das in den 50er und 60er Jahren recht landläufig wurde im Kunstgespräch und in der Moderne-Deutung – nämlich dem, daß moderne Realität in ihrer Totalität oder ihrem ›Wesen‹ weder subjektiv erfahrbar noch abbildbar sei, ja, daß sie möglicherweise objektiv keine Einheit habe. »Realität als das dem Subjekt nicht Gefügige«, ist bei H. Blumenberg zu lesen; bei W. Benjamin früher: »Einen Roman schreiben, heißt, in der Darstellung des menschlichen Lebens das Inkommensurable auf die Spitze treiben«; und bei J. Becker: »eine zeitgenössische Erzählweise gibt darum vorab zu erkennen, wie bezweifelbar die Besonderheit des Erzählens ist, daß die Übermacht und Anonymität des Realen jede erzählbare Geschichte vom Einzelfall zu dementieren droht.« Falle also, folgert Hildesheimer unerbittlich, die wirklichkeitsdarstellende Leistung der Fiktionen fort, so sei das Subjektive der Fiktionen nicht mehr exemplarisch, sondern nur noch privat. Und damit komme den nur noch partikularen Fiktionen keine erkenntnis- und womöglich geschichtsbildende Kraft mehr zu. Mithin seien die dennoch entstehenden Fiktionen verzichtbar. Also möge das leidende Subjekt, statt die Individualität seines Leidens zu notieren, doch lieber zum Psychiater gehen, und also könne der humanistische Impuls nur außerhalb der Fiktionen wirken.

Ohne die persönliche Ernsthaftigkeit von Hildesheimers Ruf nach dem Ende der Fiktionen und ohne die in ihm immer noch hörbare Provokation der Frage nach dem Sinn und den Möglichkeiten von Literatur verkleinern zu wollen, irritiert sein Abschaffungs-Vorschlag. Hildesheimer testiert allen Fiktionen Nichtigkeit, weil sie seinem Kunstverständnis von Wirklichkeitsdarstellung, exemplarischer Subjektivität und humanistischer, emanzipativer Funktion aufgrund der nicht mehr gegebenen Abbildbarkeit nicht entsprechen können. Damit stünde aber doch zunächst einmal sein durch die Geschichte, wie er sie sieht, falsifiziertes Kunstverständnis zur Debatte. Es irritiert, daß er gleichwohl nicht die Historizität dieses Verständnisses bedenkt; daß er nicht versucht, angesichts eines Wirklichkeits-Begriffs, der mit dem ästhetischen Modell-Gedanken nicht mehr vereinbar ist, anders, neu über Fiktionen nachzudenken. Von seiner Schwundstufe des humanistischen Realismus her läßt er die Fiktionen überhaupt untergehen, ohne Möglichkeiten aufzugreifen, die es ja seit Hegels ›Satz vom Ende der Kunst‹ und seit des frühen G. Lukács' Diktum von der ›transzendentalen Obdachlosigkeit‹ des modernen Romans gibt, Fiktionen und ihre Leistungen jenseits des Gedankens (darstellbarer) Totalität von Wirklichkeit zu bestimmen. Hierbei hätte er bei denen anknüpfen können, die auch die verlorene Totalität konstatieren, ohne die Fiktionen deshalb aufzugeben – wie neben W. Benjamin bei E. Bloch, bei verschiedenen Ansätzen der ›Avantgarde‹, nicht zuletzt bei den Modernisten unter seinen Zeitgenossen. Aber offenbar sah Hildesheimer keinen Weg, auf dem die von ihm sowohl gegen die materialistische wie gegen die alltagsweltliche Reduktion so pathetisch geforderte ›Wahrheit‹ der Fiktionen, die eben eine globale Wahrheit über Realität und zugleich eine existentielle Wahrheit sein sollte, noch darstellbar, auf dem die Erlösung des Subjekts zum Exemplarischen und die geschichtsbildende Wirkung der Fiktionen noch erreichbar wären. Um es schärfer zu formulieren: Hildesheimer erklärt mit dem Ende der Fiktionen einen längst moribunden Kunstbegriff für tot, der am Ende des 18. Jahrhunderts antike, jüdisch-christliche Gedanken amalgamierte zu einer Ästhetik, welche eine heilsgeschichtliche Sicht auf Realität und ihr Wesen, auf die stigmatisierte Subjektivität und auf einen teleologischen Gang der Geschichte säkularisierte und auf Kunst übertrug. Die Kunst wurde zum Religionsersatz. Und an die Stelle von Christus plazierte sich das stigmatisierte Genie als Organon der Wahrheit über Wirklichkeit und Geschichte. (Ebenso kenntnisreich wie polemisch hat dies E. Neumann nachgezeichnet). Ende der Fiktionen? Eher wohl Ende einer Kunstreligion, die angesichts von Realitäts- und Geschichtserfahrungen und -Konzeptionen des 20. Jahrhunderts und angesichts nach-realistischer ästhetischer Überlegungen doch schon reichlich obsolet war, auch wenn sie in den Debatten der sog. ›Studentenbewegung‹ noch einmal sehr gepredigt wurde, wobei für Hildesheimer wiederum die Fiktionen viel zu scholastisch auf zu einsilbige Nenner gebracht wurden. Hildesheimers »Ende der Fiktionen« ist auch verstehbar vom Patt der Ästhetiken in den 70er Jahren und ihren zermürbenden Schlachten, in denen W. Hildesheimer gegen Materialismus und »Neue Subjektivität« die Fahne des unverzichtbaren Kunstwerkes in einem idealistisch-humanistischen Sinn hochhalten wollte, auch wenn er mit ihr unterging.

Befreit man Wolfgang Hildesheimers Provokation von ihrer queren, weil zwei unterschiedliche Positionen gegeneinander ausspielenden, Begründung, befreit man sie von ihrem zeithistorischen Kolorit, schlägt sie trotzdem nicht sanfter auf den Kopf: Warum weiterschreiben, wenn die Literatur aus dem Zentrum der Welterkenntnis gefallen ist? Wie? Ein mir naheliegender Weg ist der, den das Axiom der Nichtabbildbarkeit eröffnet, der aber nur beschritten werden kann, wenn die von Hildesheimer der Psychiatrie anheimgestellte Subjektivität in den Überlegungen wieder berücksichtigt wird. (Ein Weg, den in der Auseinandersetzung mit Hildesheimer Klaus Briegleb, mir allerdings ein wenig zu rigid, einschlug.)

VIELHEIT. ENDE DER DOGMEN

Die Axiome des Mimesis-Modells der erzählenden Fiktionen, die W. Hildesheimer aufrichtet, um sie am Dogma der Unmöglichkeit von repräsentativer Realitätsdarstellung zerschellen zu lassen, ohne daraus neue ästhetische Folgerungen zu ziehen, sind heute nur noch für wenige zweifelsfrei. Daß es eine überschaubare Wirklichkeit gebe, deren wesentlicher Charakter mit kollektiver Verbindlichkeit von einem künstlerischen Subjekt artikulierbar sei, läßt sich gegen die zunehmenden soziologischen Theorien der Heterogenität von Realität nur schwer behaupten.

Daß es ein Subjekt gebe, das Fürsprech für sich und andere und gar alles sein könne, ist selbst angesichts von weniger spekulativen Theorien als denen des Poststrukturalismus und denen der Postmoderne keineswegs selbstverständlich. Daß ein solches Subjekt, wenn es es gäbe, sich mit dem Anspruch auf Authentizität und generelle Wahrheit in literarischen Fiktionen äußern könne, ist für die dekonstruktive Theorie des subjektverschlingenden Diskurs-Charakters der Literatur ein archaischer Irrglaube. Und lineare Geschichte? Fortschritt? Der humanistische Eingriff in die Geschichte durch Kunst, der ja nicht anders denkbar ist als definiert von einem anthropologischen Begriff von ›gut‹ und ›richtig‹ jenseits der Geschichte? Starker Mottengeruch seit dem ›Ende der großen Erzählungen‹ wie insbesondere der vom teleologischen historischen Progreß. Wunschvorstellungen einer zwar ehrwürdigen, aber alten Ästhetik, die vom Erziehungs-Gedanken durch Literatur gebannt war, eine Wunschbehauptung, denn wir wissen ja zum Beispiel nahezu nichts über das Lesen und seine Folgen, ob also das Postulat, die Fiktionen müßten einer ›großen humanen Sache dienen‹, überhaupt eine diskutable empirische Basis hat. Gewiß ist es sinnvoll und lehrreich, immer wieder alte ästhetische Theorien zu überdenken, neue zu erproben. Doch bin ich eher erleichtert darüber, daß wir aus den Korsetts der dogmatischen Ästhetiken entlassen sind, aus der Kunstreligion etwa und ihren Geboten und Verboten; atme auf, weil die Vielheit künstlerischer Möglichkeiten bedacht, geübt und genossen werden kann. Mir jedenfalls war und ist jeder Totalitarismus zuwider, der immer mal wieder das Ende der Literatur diktierte, der einem Menschen von Geist bei Höllenstrafe untersagte, statt Heißenbüttel auch mal Böll lesen zu wollen, der das gegenständliche Malen ein für allemal für vogelfrei erklärte, der Negation als einziges Kriterium für Kunst zuließ, weil nur so der Affirmation zu entkommen sei, der dann wieder Gegenständlichkeit und Parteilichkeit gegen die Abstraktion einklagte, weil nur so der Affirmation zu entkommen sei, der jede Fiktion verbannte, die sich nicht als Hebamme zu einem emanzipierten Alltagslebens instrumentalisieren ließ, – undsoweiter und weißgottwas. Viele Wege, meine ich, führen nach Rom, einem papstfreien Rom, in dem alles, was gut und interessant ist, aufgenommen wird. Was aber gut ist und was interessant, ist eben nicht generell zu dekretieren, es umfaßt viele Schreibweisen und dazu manche, die unser Geist sich noch gar nicht als mögliche zwischen Himmel und Erde vorstellen kann. Was gut und interessant ist, ist nicht von einem archimedischen Punkt vorab festzulegen, sondern von Fall zu Fall, von Text zu Text zu debattieren. Warum soll ich dem Kanzelspruch glauben, Fiktionen müßten die Wahrheit über das Innerste der Welt erscheinen lassen? Oder dem, Fiktionen könnten nur noch die Abwesenheit von Subjekt und Sinn demonstrieren? Fiktionen, versteht man darunter eben nicht Modelle von so oder so einsinnig definierter Realität und Geschichte, sondern lexikalisch schlicht das Als-ob einer als wirklich erscheinenden, aber nicht wirklichen Welt (Metzlers Literatur Lexikon), können sein, was jemand überzeugend damit macht, also nahezu alles: Erzählen und gegen das Erzählen Erzählen; ein das Fingieren vexierhaftes Umspielen; Klitterung von Muster der Fiktionen; sie können unbekümmert realistisch sein, um Positionen mitzuteilen, um Emotionen zu bewegen, um einen Subjekt-Ausdruck zu wagen, um Panoramen zu entwerfen versunkener, versinkender oder gewünschter Welt, um von Biographie zu erzählen, um Gewalt und die Gemeinheit politischer und privater Macht anzuprangern, um Geschichten von Sehnsüchten und Traurigkeiten zu erzählen. Wer hat das Recht, wem zu sagen, daß nur dieses oder jenes darstellbar sei oder überhaupt nichts mehr? Übers Gelingen soll gerechtet werden, aber dem Schreiben muß die vorausgesetzte Freiheit unverzichtbar sein, die Welt nach seiner Manier behandeln zu dürfen. Und darf man übersehen, daß manche Dogmen unserer Ästhetik, Kritik und Literaturwissenschaft, wie vor allem die dogmatische Opposition von erzieherisch oder durch Reflexivität hoher gegenüber narzißtisch bestätigender, emotionaler trivialer Literatur, sich historischen Konstellationen verdanken (dies erhellt immer noch J. Schulte-Sasse), mit deren Ende sie, wie auch immer und in welcher Version auch immer sie weitergeredet werden, auch beendet sein könnten? Im allgemeinen ›Geschmack‹ wenigstens sind längst, unbekümmert um die ästhetik-theoretischen Problematisierungen der epischen Fiktionen, diese selbst bei den Lesenden nicht nur in vielen Varianten en vogue, sondern geradezu umso beliebter, je konventioneller sie sind. Falsches Bewußtsein? Wer, er sei denn ein kleiner Gott, dürfte darüber richten, was als Zeitangemessenes geschrieben und gelesen werden darf?

Die Lesenden, von denen ich etwas weiß, sind die Studierenden, vor allem der literaturwissenschaftlichen Fächer. Also, sollte man unterstellen, besonders reflektierte und kundige Lesende. Außer denen, die selber schreiben und sich Stütztheorien suchen, ist ihnen die allgemeine Debatte um ein Ende der Literatur, der Fiktionen ebenso egal bis unverständlich wie die um den letalen Zustand der deutschen Prosa. Das normative Gezerre um das Innovative, das Negierende oder dessen Verlust, um die Medienkonkurrenz, die Weheschreie über eine an den Rand gedrängte Literatur kommen ihnen eher vor wie ein Gejammer von vorgestern. Scheinen ihnen Erregungen, die sich immer noch festmachen an dem, was vor nun bald 30 Jahren mal galt, jetzt aber verloren geht oder endlich vorbei ist. Der beschworene Bezugspunkt der Debatten, die ästhetisch-ideologischen Hoch-Zeiten am Ende der Nachkriegszeit in den 60er und 70er Jahren, liegen vor ihrer Geburt. »Dieser ganze Gruppe-47-Scheiß geht mir gründlich am Arsch vorbei.« Andere: »Die Debatten sind mir schnurz, ich für meinen Teil weigere mich, noch jemals ein Buch aufzuschlagen, in dem über das Schreiben geschrieben wird.« »Ich lese kein Buch mehr, in dem ein Zeigefinger steckt.« »Ich lese keine Bücher mehr, in denen ich erfahre, was ich schon weiß, daß es nämlich beschissen ist.« Manche halten sich ganz an die amerikanische Literatur. Manche an die neueste deutschsprachige Prosa wie die von P. Weber und R. Schneider und M. Beyer, von R. Goetz, und das auch deshalb, weil es, was zunehmend wichtig wird, sich um eine generationsgleiche Literatur handelt, jenseits des altdeutschen ›Scheiß‹ von Gruppe 47 und '68 und Deutschem Herbst, jenseits der Autoritäten der Generationen, die immer noch das Sagen für sich beanspruchen. Manche heften sich an I. Bachmann, H. Müller, E. Hilsenrath oder H. Rosendorfer, an A. Schmidt nur noch wenige. Manche sagen immer nur eins: Pynchon. Manche wollen Literatur nur noch als intermediales Ereignis, vor allem im Verbund mit Rock. – Kurzum, eine recht gemischte Gesellschaft, in der es nicht annähernd einen Konsens gibt über theoretische Konzepte von Realität und Kunst. Und werden sie überhaupt diskutiert, werden sie nicht normativ auf Lektüren bezogen.

Die Abkoppelung der Lektüren von den Theorien, die ihrerseits einigermaßen frei und unverbindlich aus dem Supermarkt der Zeitgeist-Magazine besorgt werden, scheint mir signifikant für die Vielheit. Ebenso eine Rehabilitierung der Unterhaltung oder des Spaßes an oft sehr selektiven Lektüren und eine Hintansetzen von Wahrheits- und moralischen Funktions-Fragen. Gerade die Enttabuisierung der Unterhaltung verweist darauf, daß mittlerweile völlig andere Axiome im allgemeinen Kunstgespräch gelten als die, auf die sich W. Hildesheimer bezogen hat. Die Grenzen der Darstellbarkeit werden nun nicht mehr von einer geschichtsspekulativen Ästhetik gezogen. Dafür drohen heute ganz andere Grenzen der Darstellbarkeit, nämlich die, welche ein westeuropäisch-amerikanischer gemittelter guter Geschmack und gesunder Menschenverstand für naturgegeben hält. Als darstellbar könnte begrenzt werden, was die opinio communis für gewohntermaßen darstellbar hält und was mithin in größeren Mengen verkäuflich ist.

LUST-LESEN

Die Legitimität der Unterhaltung, mehr aber noch die Dogmatisierung der Unterhaltung zumal durch ausladende Fiktionen stehen im Mittelpunkt des gegenwärtigen Streites um die Lesekultur, der sich allzu oberflächlich, einseitig und ungerecht auf die Frage kapriziert hat, ob die deutsche und deutschsprachige Gegenwartsprosa etwas tauge. Die Enttabuisierung der Unterhaltung wird hauptsächlich mit dem Argument verlangt, daß die spezifisch deutsche Tradition, die sich seit der Ausbildung der Klassik etablierte und strikt auf die Trennung von Hoch- und Trivialliteratur setzte, mit nicht mehr zeitgemäßen Konzepten eines linearen historischen und eines der innovativen Überbietung gehorchenden ästhetischen Progresses verbunden sei. (Nebenbei: Die Dichotomie von Lesbarkeit versus Diskursstörung ist gewiß keine deutsche Spezialität. Und: Jetzt noch Schreibenden, etwa W. Hilbig, das Anhängen am Überbietungsschema vorzuwerfen, ist, nachdem es seit 25 Jahren nichts mehr zu überbieten gibt, und nachdem dies auch nicht mehr versucht wird, nur noch dadurch zu verstehen, daß man a tout prix und mit allen zackigen Vorurteilen dem Unkonventionellen den Garaus machen will.) Zu dieser deutschen Tradition gehöre auch die Fixierung einer Autoren-Rolle, die durch Opposition gegen alles Konventionelle bestimmt sei. Das Ergebnis der Verfangenheit in die deutsche, ideologische und ästhetische, Isolation seien Romane, die inhaltlich larmoyante Nabelschau betreiben, ästhetisch subjektivistisch seien durch überambitionierte Artifizialität und Unverständlichkeit, die negativ und leidensverliebt seien, stoff-, handlungs- und figurenarm und voller langweiliger Themen. Die dagegen geforderte gut gemachte Geschichte reklamiert inhaltlich so etwas wie Welthaltigkeit und impliziert ästhetisch den Realismus im allerallgemeinsten Sinne, nämlich: ein unaufdringliches Erzählsubjekt, die Geschlossenheit der epischen Welt, die psychologische Wahrscheinlichkeit, die grammatische, semantische, kompositionelle und sinnhafte Verträglichkeit. Dieser nun jeglicher kunstreligiösen und humanistischen Begründung bare pragmatisierte Realismus könnte, wenn er keine Toleranz mehr für das scheinbar Unrealistische zuläßt, geradewegs ins »Juste-milieu« (K.H. Bohrer, 1970), in die Diktatur des gesunden Menschenverstandes führen.

Nun ist aber gar nicht zu übersehen, daß bei der Propagierung der Unterhaltung sich verschiedene Motive und Bezugsrahmen mischen:
– Die Notwendigkeit, sich auf einem kapital-konzentrierten

Buchmarkt mit Titeln behaupten zu müssen, die höhere Absatzzahlen erreichen können; eine Entwicklung, die sich auf den ganzen westeuropäischen Markt erstreckt; und die in Deutschland seit der Vereinigung insbesonders bedrohlich für die mittleren Verlage, die sich zumal um Literatur für kleinere Leserschichten kümmern, geworden ist; eben deshalb spielt bei dieser Debatte nur die Prosa eine Rolle, da Drama und Lyrik im Binnen- wie Auslandsmarkt ökonomisch zu vernachlässigen sind – nicht aber der Film, dem es deshalb in seiner ärgerlichen Deutschheit wie dem Roman an den Kragen geht.
– Das national Zwanghafte, den unterstellten deutschen Sonderweg einer gewissen Verhausung in obsoleten Literatur-Konzepten meinen konstatieren und für außerdeutsche Weltläufigkeit öffnen zu müssen, ohne zu sehen, daß ähnliche Debatten in Westeuropa (L. Baier hat darauf hingewiesen) und in Nordamerika schon ausgefochten worden sind oder noch werden.
– Eine Generalreversion von Ideologemen, die einer vergangenen Moderne zugeschlagen werden, um die ideologische Patina angesichts welthistorischer Umwandlungen zu Ende des Jahrtausends los zu werden.
– Der Versuch, eine neue Funktionsbestimmung der Literatur besonders im ästhetischen Vergleich mit den Neuen Medien, aber auch generell im Bezug auf neues Medien- und Freizeitverhalten zu finden.
– Eine tiefe Verstörung über die Marginalisierung der Literatur, die nicht mehr im Zentrum einer intellektuellen Selbst- oder Weltauseinandersetzung steht.
– Ein Abgrenzungskampf zwischen eher normativ (gedacht habenden) und pragmatisch denkenden Generationen bzw. eine Ab- und Aufrechnung der Irrtümer und Wandlungen innerhalb der Generationen.
– Und nicht zuletzt die Inszenierung von Kritik-Institutionen, die sich nicht mehr als erste Diener der Literatur, sondern als deren eigentliche Herren sehen und so auch wirkungsmächtig präsentiert werden.

Bei der Menge der verknüpften brisanten Motive im Unterhaltungs-Streit der deutschen Literaturkritik wird leicht verdeckt, daß er ein Epiphänomen eines fundamentalen Wandels der Kultur in den reichen westlichen Gesellschaften ist, für die allgemeine soziale und auch kulturelle Normen, die in der Bundesrepublik noch bis zu den 60er Jahren reichten, außer Kraft gesetzt sind. Von ihm her ist verstehbar, warum es keine relative Homogenität der normativen Diskurse mehr gibt, warum Lesen abgekoppelt wird von Theorie und Reflexion, warum Unterhaltung zur zentralen ästhetischen Kategorie geworden ist.

Kultursoziologische Überlegungen zum sog. Wertewandel (D. Bell, U. Beck, G. Schulze) gehen übereinstimmend davon aus, daß der Wechsel von einer Überlebensgesellschaft, in der die Strategien des Alltagshandelns durch die Sicherung des Lebens von außen definiert und autoritär kontrolliert waren, zu einer Wohlstandsgesellschaft, in der die Strategien des Alltagshandelns mehr den innengeleiteten Entscheidungen des Subjekts überlassen oder auch aufgelastet werden, eine Individualisierung schuf, durch die bislang geltende kulturelle Normen enttraditionalisiert wurden. Die Übereinkünfte zum Beispiel über die Unterscheidung in Hoch- und Trivialliteratur nebst den ihr anhängenden Kanones und nebst der zu ihr gehörenden Unterscheidung zwischen ehrenwert-erzieherischen und unehrenhaft-selbstbezogenen Funktionen von Lesen, die Übereinkünfte über die Axiome der Moderne und die Aufgaben der Literatur in der Moderne gelten nicht mehr. Sie sind nicht mehr Gemeingut der intellektuellen Institutionen. Zwar sind sie aufgehoben in bestimmten, immer älter werdenen Kreisen, vor allem innerhalb der Universität, aber sie werden ansonsten nicht tradiert und nicht erinnert, sich mit ihnen nicht auseinanderzusetzen, ist kein Mangel. Die Individualisierung ersetzt die autoritär vorgegebenen Normen durch die je eigenen in der Vielzahl konkurrierender Normen und Interessen. Hat auch das Individuum Ziel und Sinn seines Handelns nun selbst zu finden, so gibt es gleichwohl einen dominierenden Wert in der Gesellschaft, der mit der Individualisierung korrespondiert und die früheren Werte von Pflicht, Unterordnung unter die Tradition und die bestehenden Diskurse ersetzt. Dies ist die »Entfaltung« (Beck), das »Erlebnis« (Schulze). Doch bildet dieser Wert nur eine formale Gemeinsamkeit, da die individuellen Konkretionen des Wertes zu einem endlos differenzierten Spektrum sich ausweiten können. Die »Erlebnisgesellschaft« ist nach Schulze durch das gemeinsame Projekt verbunden, sich das Gefühl eines schönen Lebens zu verschaffen, ›ästhetische‹ Gefühle von Positivität und Angenehmem. Hedonismus als Ziel der individuell zu findenden Strategien des Alltagslebens. (Nebenbei und zur Kritik an Schulze: Daß vom Hedonismus nicht jeweils nur die anderen betroffen sind, ist empirisch gesichert. Daß unter ihm angesichts der Fülle der Möglichkeiten eines schönen Lebensgefühls und der Fülle der Möglichkeiten, sie nie zu erreichen, das einzelne Leben nicht leichter wird, ist auch ausgemacht. Und Arm und Reich werden trotz desselben Erlebnis-Diktats keineswegs nivelliert. Und schließlich bedeutet Individualisierung nicht, daß keine gruppenrelevanten Normen und deren permanente Umschichtungen, daß also keine Abhängigkeiten mehr von Sozialisierungen entstünden. Doch was früher erzwungen wurde, vollzieht sich nun auf dem Wege vermeintlicher Freiheit.)

Für die Literatur erläutert die Theorie des Übergangs in die Individualisierung und den Hedonismus der »Entfaltungs«- oder »Erlebnisgesellschaft«:
- Die Enttabuisierung der tradierten Realitäts-, Moderne- und Literatur-Konzepte.
- Die Marginalisierung der Literatur, da Lesen in der Hierarchie dessen, was schöne Erlebnisse verschaffen kann, ohne Rücksicht auf Tradition neu zur Disposition gestellt wird.
- Die Marginalisierung der Belletristik, insbesondere der epischen Fiktionen, da einem nun von den Romanen entbundenem spezifizierteren und nicht traditionskontrollierten Bedürfnisspektrum sofort ein reichhaltig spezifiziertes Buchangebot zur Verfügung gestellt wird, was an der Marginalisierung der Belletristik im Sortiment vor allem durch

die Lebenshilfe- und Erlebnisbücher abzulesen ist.
- Die Unterhaltungs-Dominanz: Das schöne Erlebnis hat zwei Aspekte, die sich aus der Positivitäts-Erwartung ergeben. Nämlich einerseits den inhaltlichen, daß Angriffe auf die Vorstellung vom gelingenden angenehmen Leben durch deprimierende Stoffe abgelehnt werden. Damit ist die Aversion gegen den bestehenden Kanon und gegen seine Fortsetzung geschaffen, denn: »Eindeutig hat sich die Kunstgeschichte bei ihrem Weg in die Moderne allmählich vom Pol positiver Lebensphilosophie entfernt und dem Pol negativer Deutungsmuster angenähert.« (Schulze, S. 147) Dies heißt offenbar allerdings nicht, daß keine ›traurigen Sachen‹ erzählt werden dürften; denn die Helden von P. Süskind und R. Schneider, um die erfolgreichsten deutschen ›Novellen‹ zu nennen, gehen ja unter. Nur, und das ist der zweite Aspekt, dürfen sie nicht auf ›traurige Weise‹ erzählt werden wie etwa in einem zynischen Ton oder in einer von keiner Ironie aufgehellten Melancholie, in einem Todespathos, vielmehr müssen die Schreibweisen dem hedonistischen Verlangen nach Positivität genügen. Das tun sie augenscheinlich dann, wenn zweierlei berücksichtigt wird: Wenn zum einen im Lesen die habitualisierten Konventionen der epischen Fiktionen nicht unterlaufen werden, wenn also die linguistische Korrektheit, die kompositorische Geschlossenheit (die episch-formal ›heile Welt‹), die starke der Langeweile entgegenwirkende Handlung gewahrt werden, wenn schlußendlich alles vermieden wird, was das emotionale Lesen stören könnte, und dies sind alle Weisen der Distanzschaffung zwischen Text und Vergnügenserwartung. Zweitens trifft die epische Fiktion offenbar dann auf umso größere Lektürewilligkeit, je mehr lustbesetzter Mehrwert geboten wird, der sich derzeit vor allem einlöst im stofflichen Angebot eines historisch oder regional Exotischen, eines Mythischen und menschlich Exorbitanten, all dessen, was sich mit evasorischer Abenteuerimagination füllen läßt; und einlöst im Angebot einer poetisch reichen Sprache, die sich zumal durch den steten Rausch der Metaphern- und

Vergleichswitzigkeit ausweist, die bekanntlich an amerikanischen Schreibuniversitäten trainiert wird. ›Unterhaltung‹ ist dann der Oberbegriff dafür, daß, werden die genannten Erwartungen berücksichtigt, sich das hedonistische Leseverlangen realisieren kann. Ebendies genau nicht zu tun, wurde im früheren Kulturgespräch für erste Pflicht gehalten. So ändern sich die Zeiten (et nos in illis).
Der Philosoph und Germanist, der mir schrieb, er lese mich nun weiter nicht mehr, sondern Kriminalromane, hat dies vielleicht schon eher so gehalten, nur hätte er es sich vordem nicht so und sicher nicht mir ins Gesicht zu sagen getraut. Die Scham, dem Kulturwerte-Kanon nicht gerecht zu werden, ist in dem Maße vorbei, wie dieser diffus geworden ist. In solcher Konstellation kann die durch keine Negativitäten-Zuchtrute eines allgemeinen ästhetischen Diskurses bedrohte Lese-Lust die konventionell gebauten epischen Fiktionen dominant werden lassen. Das ist die Realität; ich gehöre zu ihr. Ich freue mich, von ästhetischen Dogmen nicht umstellt zu sein, befreit von den Indices vorzeigbarer und zu verheimlichender Lektüren, von den normativen Dichotomien wie Experiment versus Unterhaltung, wie Moderne versus Postmoderne, denn die letztlich entscheidenden Kriterien für die Notwendigkeit und Qualität der Lektüren haben mit diesen Dichotomien nichts zu tun. Ich halte auch dafür, daß sich der Konventionen bedienende Fiktionen nicht per se keine lebensnotwendigen Erlebnisse und Einsichten vermitteln könnten. Und ich vermute, daß die Dominanz der Unterhaltung kein Indikator für einschlafende Kreativität, für mangelnde Innovationsneugier sein muß oder für die genommenen Möglichkeiten, das Subjekt gegenüber ästhetischen Gebilden in sein souveränes Spielrecht setzen zu können. Weit mehr, als es die experimentelle Literatur je zu glauben gewagt hätte, dürfte dies sich in anderen medialen Bereichen ereignen. So wie mit den Bildschirmen umgegangen wird, konnte selbst in den kühnsten Projekten der Concept-Kunst, die allemal auratische Ereignisse blieben, mit dem ›modernen‹ Experimentellen nicht umgegangen werden. Dessen Aufforderung: Selbermachen! –

wird beim Spiel mit dreißig Kanälen nachgekommen, während Franz Mons Bücher in den Rara-Raum gebunkert werden. Dennoch fürchte ich auch in der Dominanz der gut erzählten Geschichte die Intoleranz gegen Queres, das im Sündenbock deutscher Gegenwartsprosa beseitigt werden soll, fürchte ich den Totalitarismus des Juste-milieu, das sich nun hemmungslos der Darstellung der gemittelten und erfolgreichen Weisen, sich und die Welt zu empfinden und zu verstehen, hingeben kann. (Und, nebenbei, fürchte ich mehr: Wenn mir auch sicher scheint, daß die spezifische Imagination des Lesens des Buch-Textes sich gegen die Imaginationsmöglichkeiten bei den visuellen Medien halten wird, so wird gleichwohl das Lesen von Schrift-Fiktionen auf der Hitliste der Wege zum schönen Leben weiter absinken. Welcher Deutschlehrer muß noch verheimlichen, daß er lieber, als er deutsche Gegenwenwartsprosa lese, von der man ja sowieso vom allgemeinen Literaturgespräch und insbesondere dem des Literarischen Quartettes wisse, daß sie nichts tauge, mit dem Rad spazierenfahre oder auf die karibischen Inseln fliege!)

LESE-MÜHE

Nun sind die normativen Begründungen für das dem Juste-milieu Quere von der Geschichtsteleologie (zumal der schließlich am prägendsten von Th.W. Adorno) auf die psychoanalytisch-semiotische ›Anthropologie‹ des Poststrukturalismus oder der Dekonstruktion umverlagert worden, deren Exorzismus des Subjekts und des Sinns mir viel zu apodiktisch ist. Notwendig aber scheint mir dennoch, das subjektiv Obsessive und seine Übertragung in Fiktionen, auch wenn sie sich keiner gut erzählten Geschichte fügen, nicht preiszugeben, wie es W. Hildesheimer zwar mit anderen Argumenten tat, aber eben doch tat – wie die gegenwärtige deutsche Hatz auf eine deutsche Tradition. Für die theoretisch stringent geführte Verteidigung des Subjektiven der formal wie inhaltlich störenden Anti-Diskurse ließen sich deshalb, sofern ich sie hinreichend begriffen habe, allerlei neue

Theorien heranziehen, allein mir fehlt der Glaube an Globalabsolutionen, die (versteigen sie sich noch zu solchem Humanismus und beschränken sie sich nicht auf die Apotheose des puren Spiels) im subjektiv Queren der Literatur allein die wenigstens durch die Demonstration ihrer Abwesenheit wachgehaltenen Ideen von Freiheit und Selbstbestimmung, Subjekt und Sinn im Widerstand gegen die verordneten Zwänge verkapselt sehen und allein in solchem Schreiben und in solchem subjektiven Wagnis eine mögliche Statthalterschaft für das Offenhalten der Wunde, daß Subjekt, Intention, Ausdruck, Sinn und Werk unhaltbare Denk-Konzepte seien. Mir fehlt also schlichtweg eine Theorie, mit der ich, was ich selbst für mein Schreiben für wichtig halte, absichern könnte. Und mir fehlt auch der Willen dazu, eine heranziehbare Theorie für meine Arbeit geltend zu machen, weil ich eben einmal meine, daß es viele je unterschiedliche Arten gibt, Fiktionen zu bauen, die auf ihre Art uns etwas Unverzichtbares zu imaginieren, zu empfinden und zu denken geben, und weil ich zum andern meine, daß es unredlich ist, das, was man nur tun kann, weil das Schreiben so unverfügbar ist wie die Handschrift, durch Herbeizitieren von Theorien zum einzig Relevanten zu erklären. Kunst geht, sofern sie etwas mit existentieller Exploration zu tun hat, nie in den sie verrechnenden Ideologien und ästhetischen Bestimmungen auf. Von Theorien her die Grenzen der Darstellbarkeit und die Grenzen des Guten zu ziehen, ist mir prinzipiell ungeheuer. Kunst, Literatur sind immer mehr als ihre Definitionen. Damit sie dies immer weiter zu sein versuchen, halte ich W. Hildesheimer und seiner Gleichung von theoretischen Axiomen und Möglichkeiten der Praxis, die er mit Null löst, eine relative Unzurechenbarkeit der Theorie auf die Praxis entgegen. Doch führt das Ausschlagen der Zuflucht unter eine im Kulturgespräch anerkannte Theorie zu der Kalamität, daß über die Notwendigkeit eines queren Schreibens nur in Sätzen des subjektiven Meinens geredet werden kann.

Vielheit kann nur sein und bleiben, wo auch die Manier, die sich ausbittet, die Welt nach dezidiert subjektiver Art behandeln, darstellen zu dürfen, ohne auf die Vorschriften von »Transparenz« oder »Unterhaltung« achten zu müssen, immer wieder erfahren werden kann. Die Konfrontation mit dem Fremden ist notwendig, die Mühe der Lektüren, des Verstehens, der Reflexion über das Andere und sich selbst, um das Genormte in den Habitualisierungen der Selbst- und Realitätskonzepte sinnlich erkennbar zu halten, um nicht vergessen zu lassen, daß die angewöhnte zweite Natur der anerzogenen Konstruktionen eine erste eben nicht ist. (Hier finde ich B. Scheffers Position sympathisch). Individualisierung ist solange nur Schein, wie Individualität nicht bis zur Grenze des Verlassens der Verständigungskonventionen erprobt wird. Phantasie kann zweierlei: Sie kann sich als individuelles Fingieren umsetzen in die eigene Variation von konventioneller, realistisch-erzählerischer Darstellung, sie kann auch, soweit das Sprache und Text überhaupt zulassen, sich autonom machen wollen, das subjektiv Obsessive oder Willkürliche forcieren, eher verbunden dem spontanen Einfall vor aller Erzählstrategie, dem Traum, dem Wahn des Privatistischen, den inneren Klängen und Bildern, die nicht in das Ordnungskonzept der gut erzählten Geschichte passen. Auf dem einen Weg endet die Phantasie im Ausmalen der vorgegebenen Schablonen, im Klischee vom Wort bis zur Komposition. Sie schafft keine Irritationen. Das wird zur Genüge ausgenutzt durch die Schemata-Fiktionen der Unterhaltungs-Industrie. Auf dem anderen Weg endet sie in der Unverstehbarkeit. Die Strapazierung des Mitteilbaren über seine Grenze hinaus ist ausgereizt durch das Experimentelle, das, einmal reflektierend begriffen, keine immer wieder neue Leselust mehr wecken kann. W. Benjamins zitierter Satz, daß das Inkommensurable auf die Spitze getrieben werden solle, kann, nachdem die Spitze, nämlich die Kommunikationsverweigerung, erreicht ist, kein Leitsatz mehr sein. Bleibt nur der Spagat. (Nebenbei: Spagat ist eine Lebensweise.) Beide Formen der Phantasie müssen sich in epischen Fiktionen nicht ausschließen, beide haben ihre Berechtigung für das Schreiben und für das Lesen. Beide müssen erlaubt sein. Im subjektiv-obsessiven Ausprobieren der Möglichkeiten von Vielheit, im Versuch, das Innere rücksichtslos in den Text zu setzen, auch im anstrengenden lesenden Sich-Aussetzen an Fremdheit ist ein pragmatisches Stück Humanismus bewahrt, nämlich das, die Grenzen unserer Ausdrucks- und Verstehensmöglichkeiten zu erfahren, sie anzuerkennen und an ihnen zu leiden. Ein Rest des großen idealistischen Humanismus, der darin politisch ist, daß er parteilich ist für die Verwundeten, die entweder am Projekt des schönen Lebens scheitern oder dessen Opfer sind. Solche Verwundeten aber hat der »Hedonism« (der sich auf einem T-Shirt teilt in: »body soul spirit mind«) nicht abgeschafft. Denn trotz aller Erlebnis-Mobilität vereinzeln in der Gesellschaft der Individualisierung die Individuen mehr und mehr, nicht nur als Personen, als Generationen, als Gruppen, die sich gegenseitig aggressiv die Berechtigung leugnen, sondern auch in sich, weil ihre Identität sich zersplittert in eine diffuse Menge von Zugehörigkeiten und Rollen, so daß der eine hedonistische Lebens-Sinn zum Kampf aller gegen alle, auch aller Teilidentitäten gegen alle Teilidentitäten wird. Trompetisch gesagt: Das uns verwundende Inkommensurable zwischen und in uns sollte kommensurabel erkennbar, dargestellt werden.

Doch: Gegensprache als Sprachnorm? Der Anti-Diskurs als einzig möglicher Diskurs von Aufklärung über die Versehrungen des Menschen und sein Befreiungsbegehren aus autoritären Zurichtungen? Akademische Matinee-Choräle: »Wenn etwa nun, scheinbar offensiv, die Beförderungen von ›Leitvorstellungen der Humanität, Handlungsautonomie, intersubjektiven Verständigung und Selbstreflexion‹ vorgeschlagen wird, sind dies dann nicht in unserem Fach seit langem heimische Formeln, die in ihrer Unverbindlichkeit von jedermann folgenlos zu akzeptieren sind?« (Griesheimer/Prinz). Solche Selbstkritik mag für die Germanistik noch brisant sein. Die mächtige Literaturkritik hat sich von solchen Maximen längst losgesagt. Schon gar nicht folgenlos ist das Schreiben nach solchen Leitvorstellungen für die Schreibenden: Sie landen im Abseits des Literaturbetriebs und auf dem Müllplatz der Literaturgeschichte. Denn wer keine Neugier hat auf störende Manieren, die sich ausbitten, eine Fiktion nach eigenem Gusto zu verfertigen, dem kann man sie auch nicht aufzwingen. Und es könnten tatsächlich Formeln sein, die dem, warum man was schreibt und liest, nur den Mantel gewohnter Wunschvorstellungen überhängen. Denn was wissen wir schon über die Seelenbewegungen, die im kalten Schwarzweiß der Schrift enden, deren Lektüre allenfalls eine dreifach überlagerte Spur hinterläßt? Vielleicht, bis das Gegenteil erwiesen wäre, dies ungefähr: Wer sich solchen Anti-Diskursen nicht aussetzt, muß deshalb kein unsensibler Flachkopf sein. Und setzt er sich diesen als Schreiber oder Leserin aus, wird er durch den Umgang mit noch so humanistisch empfehlenswerten Anti-Fiktionen kein ›guter Mensch‹, wenn er nicht schon einer war. Ganz gewiß: Zum Menschenverbessern taugt Literatur wenig. Nicht an den Wirkungen, sondern an der Absicht hängt die ›Ethik‹ des ›Dichters‹, der, wenn er keine hat, nach Robert Walser ›durchgeprügelt gehört‹. (Und manche Zeitgenossen durchzuprügeln, war wohl, nebenbei, auch W. Hildesheimers Absicht).

Grenzen der Darstellbarkeit: Verbietet sich für den, der nicht in den letzten geschichtsphilosophischen, religiösen und anthropologischen Gewißheiten lebt, der Gedanke daran, daß Welt in ihrer qualitativen Totalität, in ihrem Wesen, ihrem Innersten, ihrer Struktur – sei es positiv oder per negationem – darstellbar sei, so ist auch die Reise zum Gegenpol, zur Subjektivität, nur antretbar mit einer Illusion. Auch Subjektivität läßt sich nicht abbilden. Traum und Wahn etwa sind, wenn sie Schrift und literarische Komposition werden, nicht mehr mein Traum und mein Wahn. Sie sind zu etwas geworden, das auf intersubjektive Verständigung angelegt ist. Das aber bedeutet, daß das, was Ahnung meiner Subjektivität ist, schon auf Leinwand und Kontur gezogen, schon in linguale und literarische Muster untergetaucht ist. Der Gegen-Diskurs ist, will er auf Verständnis hoffen, immer an den Diskurs gebunden. Der auf Mitteilung bezogene Ausdruck entspricht dem ihm vorausgehenden inneren Eindruck nicht. Es ist höchstens darstellbar durch meine Art, mit Verständigungsmustern umzugehen, eine Ahnung davon, daß es einen nie zu vergessenden Sprung zwischen dem Subjekt und seinen Äußerungsmöglichkeiten gibt und einen sich immer wieder in Erinnerung zu holenden Riß zwischen dem, was andere Subjekte äußern, und dem, was mein Geist davon begreift. Darstellbar ist in den subjektzentrierten literarischen Fiktionen die existentielle Lustnot, das, was mich im ›Innersten zusammenhält und auseinanderbricht‹, gegen alle Vergeblichkeit artikulieren zu wollen. Subjektforcierte Fiktionen sind Dennoch-Topographien des längst anders vermessenen Inneren ohne Geometrie und mit nichts als der formatierten Schrift. Sie sind Anläufe, in den mit Ebbe und Flut weit auswandernden Saum zwischen Wasser und Strand zu schreiben: ›Ich, der ich mich so nenne, war einmal.‹ Solche Mühe kann ermüden.

Nachdem der narzißtische, stolze, bis zum immer drohenden Untergang von seiner Art zu schreiben nicht lassende Robert Walser 50 und am Ende seiner Kraft war und, widerwillig-willig, in der Psychiatrie eingeschlossen worden war, wo er mit neuem Stolz entschieden war, nicht mehr als Dichter angesehen zu werden, sondern als einer, der an jedem Werktag morgens die Räume zu reinigen und nachmittags Papiertüten zu kleben hatte oder Staniolabfälle oder Schnüre zu sortieren oder Wolle zu zupfen, sagte er zu Carl Seelig: »Wenn ich nochmals von vorn beginnen könnte, würde ich mich bemühen, das Subjektive konsequent auszuschalten und so zu schreiben, daß es dem Volk wohltut. Ich habe mich zu sehr emanzipiert.« In diesem Zwiespalt Robert Walsers zwischen ›Emanzipation‹ und Nützlichkeit, in der Frage nach der Relevanz des Egomanischen, scheint mir die größere Provokation zu liegen als in der Behauptung Hildesheimers, daß das Subjektive mit der Unmöglichkeit der Abbildung der Realität per se ad acta zu legen sei. Mit dem Vorbei des Mimesis-Modells und mit dem Vorbei der Steigerung einer ›Inkommensurabilität‹ und mit der (wie auch immer skeptischen) Akzeptierung des Lust-Lesens steht das Subjektiv-Quere wieder und weiter gründlich zur Disposition: als Quantité négligeable – oder auch nicht.

LITERATUR
L. Baier, Was wird Literatur?, Wien 1992
U. Beck, Risikogesellschaft. Auf dem Weg in eine andere Moderne, Frankfurt/M. 1986
J. Becker, Gegen die Erhaltung des literarischen status quo (1964). Zit. nach: H. Steinecke (Hg.), Theorie und Technik des Romans im 20. Jahrhundert, Tübingen 1972, S. 105
D. Bell, The Coming of Post-Industrial Society. A Venture in Sociological Forecasting, New York 1973
W. Benjamin, Der Erzähler. Betrachtungen zum Werk Nikolai Lesskows (1936). Zit. nach: H. Steinecke, ebd., S. 61
H. Blumenberg, Wirklichkeitsbegriff und Möglichkeit des Romans, in: H.R. Jauß (Hg.), Nachahmung und Illusion, München 1964, S. 13 (Poetik und Hermeneutik I)
K.H. Bohrer, Die gefährdete Phantasie, oder Surrealismus und Terror, München 1970, S. 41
K. Briegleb, Weiterschreiben! Wege zu einer deutschen ›Postmoderne‹?, in: K.B./S. Weigel, Gegenwartsliteratur seit 1968, München 1992 (Hansers Sozialgesch. d. dt. Lit., Bd 12), S. 340 ff
ders., 1968. Literatur in der antiautoritären Bewegung, Frankfurt/M. 1993
F. Griesheimer/A. Prinz (Hg.), Wozu Literaturwissenschaft?, Tübingen 1992, S. 13
W. Hildesheimer, Das Ende der Fiktionen. Reden aus fünfundzwanzig Jahren, Frankfurt/M. 1984, S. 229-250
H. Kinder, Das Authentische des »lauten Schreibens«, Wespennest 94/1994, S. 77-88 (auch im vorliegenden Band)
E. Neumann, Künstler-Mythen. Eine psychohistorische Studie über Kreativität, Frankfurt/M. 1986
B. Scheffer, Interpretation und Lebensroman. Zu einer konstruktivistischen Literaturtheorie, Frankfurt/M. 1992
J. Schulte-Sasse, Die Kritik an der Trivialliteratur seit der Aufklärung, München 1971
G. Schulze, Die Erlebnisgesellschaft. Kultursoziologie der Gegenwart, Frankfurt/M. 1992

Sätze zum Satz Vom Ende der Literatur

Rituelles Geplapper
Der übliche Satz, daß die (nun großzügig:) deutsche Gegenwartsliteratur nichts tauge, langweilig sei usw., ist meist Mediengewäsch für Rezensenten und Zeitdiagnostiker, die den düstren Hintergrund des Mediokren nutzen, damit ihr Adlerhaupt um so glorioser leuchte; für die sowieso keine Bücher mehr lesenden Aftersassen zum Ausweis, daß sie auch wissen, was alle zu wissen vorgeben. – Ärgerlich das, aber auch zum Draufpfeifen.

Dumme Überheblichkeit
Sofern der Satz vom Verenden der ›jüngeren‹ Literatur durch ihre Belanglosigkeit meint, daß heute Qualität fehle, da niemand mehr recht zu schreiben verstehe, ist er schlicht falsch. Ich lasse von der Behauptung nicht ab, daß es derzeit genügend Werke von ästhetischer Qualität gibt, daß sich die literarische Gegenwart vor keiner Vergangenheit zu schämen braucht. Oder den Spieß umgedreht: Wiederlesend, begreife ich nicht, warum die vorausgehende Literatur um internationale Klassen überlegen (gewesen) sein soll. Dies ist ein Problem von aus heterogenen Gründen erworbener Geltung, aber nicht unbedingt einer von transhistorischer Qualität. Gemessen an meiner früheren Begeisterung, enttäuschen mich beim Wiederlesen sogar Titel, die schon im Geruche der Heiligkeit stehen: »Die Blechtrommel«, »Mutmaßungen über Jakob«, »Tynset« und, pardon, die Romane von Wolfgang Koeppen.

Über Berg und Tal
Impliziert der Satz, daß es ein sozusagen naturwüchsiges Kumulieren und Verdünnen von Talenten gebe und daß dies die Geschichte lehre, ist er denkfaules Klischee. Denn die dem organologischen Denken verpflichtete Wellentheorie unterschlägt, daß ein solches Auf-und-Ab von sprießenden

und schlaffen Talenten eine Frage der unterstellten Normen ist und daß mit anderen Normen Berg und Tal genau andersherum ausgemessen werden können. Doch: Der Komplex der ästhetischen Normen wird erst gar nicht zur Disposition gestellt, das Gerede setzt die eigenen oder nachgeplapperten Normen als objektive und geschichtsgehärtete voraus.

Generationenkampf
Der Satz von der Neuen Untauglichkeit resultiert aus dem Vergleich mit Vorausgehendem. Er könnte damit eine Variante des üblichen Satzes im Behauptungskampf der Generationen sein, daß früher zu seiner Zeit alles besser gewesen sei. Und siehe da: Die Rede vom Nichtsnutz der ›jüngeren‹ Literatur ist just so alt wie die Abwehr der zerfallenden Gruppe 47 gegen ästhetisch-ideologische Modelle der Nachwachsenden, die kaum eine Chance gehabt haben, nicht durch die strahlende und alles Nachgeborene verkleinernde Geltungsbrille der Gruppe 47 beäugt zu werden. In den »Akzenten« wurde 1966/67, als die Gruppe 47 zerfiel, die Diskussion geführt: »Die Jungen – haben sie ›einfach nichts zu sagen‹?« Zwar war das Zu-Wortkommen-Lassen der Jungen damals auch eine Schutzmantelaktion gegen die Invektive von Jakov Lind, dennoch steckt in der topischen Themenformulierung schon jene Herablassung, die sich in den – pars pro toto – »Akzenten« verstärkte mit der kalten Schulter, die der Neuen Subjektivität der Siebziger gezeigt wurde, um zu gipfeln in der demonstrativen Abwendung von deutscher Gegenwartsliteratur und der Hinwendung zu eher alter internationaler ›Dichtung‹. Seit den späten Sechzigern scheint festzustehen, daß es nur eine gewichtige Literatur in Deutschland gegeben habe – die der Gruppe 47. Die Feuilletons treten das breit, die Literaturgeschichten fest, indem sie die Literatur bis ca. 1957 als Vor- und die nach ca. 1972 als Nachspiel darstellen. Soziologisch gesehen ist dies das Phänomen des Machterhalts einer Gruppe/Generation, der – nahezu einmalig – durch institutionelle Absicherung mittels der Besetzung von betrieblichen Schlüsselpositionen nun seit 30 Jahren funk-

tioniert. Eine weißgott lang hinschattende Vätergeneration (ja: Väter!) mit vielen sich über sie definierenden Söhnen. So ist der Satz von der Neuen Unwürdigkeit auch ein übler Haken im Boxkampf der Generationen.

Qualität und Bedeutung
Ich bin so einer, der in Faszination und Identifikation mit der Gruppe 47 aufwuchs. Und es heißt, sich dagegen zu wehren, daß die ›jüngere‹ Literatur als Mittelmaß diffamiert wird, gewiß nicht, die überragende Bedeutung der Gruppe 47 in Abrede zu stellen. Aber: Es geht um Bedeutung als Aura und Geltung, die in der Tat der Neuen Literatur so nicht zukommt, es geht nicht um Vermögen und Qualitäten, für die es damals wie heute Beispiele des Guten und des Schlechten gibt. Es geht mithin um historischen Wandel der Kultur. Die riesige Bedeutung – auch das nahezu einmalig – der Literatur der Gruppe 47 folgt daraus, daß sie das Zentrum eines kulturellen Feldes bildet, auf dem sich eben nicht nur ästhetisch-poetologisch, sondern ebenso politisch-ideologisch eine Mentalität profiliert und durchsetzt, mit der (nicht nur) Westdeutschland sich löst von Verhalten und Haltungen der autoritär-bürgerlichen Gesellschaft des 19. Jahrhunderts, die im Faschismus stabilisiert worden war, zu einer westlichen Industriegesellschaft und -kultur. Die Zeit um 1960 ist eine historische ›Achsenzeit‹ von enormer Bedeutung. Die Leitfunktion für die Umorientierung übernahmen die in und um die Gruppe 47 propagierte Kultur und deren Institutionen (Zeitschriften, Radio, Akademien, Verlage usw.), die immer mehr zu entscheidenden Meinungsprägern wurden. Die Generationen der ›Studentenbewegung‹ lösten sich von der Adenauer-Ära unter den Leitsternen der Gruppe 47: Literatur, ästhetische, politische, historische Theorie (»Suhrkamp-Kultur«). An der Leistung dieser Literatur für einen epochalen Bewußtseinswandel gemessen, ist die Rede vom Dreiminus der ›jüngeren‹ Literatur berechtigt. Sie betrifft jedoch eine singuläre Bedeutung, nicht die Qualität von Literatur.

Marginalisierung
Der Satz vom Neuen Niederflug ist in Arroganz gewandelter Frust über eine permanente Funktions- und damit Bedeutungsschmälerung der Literatur. ›Theoretisch‹ beginnt dieser Prozeß mit der materialistischen Entthronung der ›Dichtung‹ und der ›Dichter‹; nicht nur bürgerliche, sondern Literatur generell wird zum Überflußphänomen degradiert. ›Praktisch‹ aber behält vorerst der literarisch-kulturelle Diskurs die Leitfunktion für die nun geführten Diskussionen um eine subjektorientierte Politik, um den individuellen »Lebensplan«, um Gesellschaftsveränderungen unter den Bedingungen der sozialliberalen Ära. Immer noch findet die mentale Selbstvergewisserung an und um Literatur statt (»Literaturmagazin«, »Konkret«, »Alternative«, »Kursbuch«, die Debatten um Peter Schneiders »Lenz«, Karin Strucks »Klassenliebe«, Verena Stefans »Häutungen« z.B.). Aber deutlich zeichnet sich schon die Verlagerung der Diskussionen über die Orientierungen der Intellektuellen in andere Bereiche ab.

Partialisierung
Die Marginalisierung der Literatur ist auch die Folge des Verlustes einer (relativ) homogenen Intellektuellen-Kultur, die sich mit der kulturellen Dominanz der Gruppe 47 einstellte. Das Syndrom ›Gruppe 47‹ vertrat spezifische Normen eines ideologisch-politisch-ästhetischen Diskurses und brachte diese zu repräsentativer Geltung. Die Verbindlichkeit dieser Normen wurde im Lauf der siebziger Jahre schwächer. Negative Ästhetik und Kritische Theorie büßen ihre Amalgamierungskraft ein. Die allgemeine Subjektivierung schließt ein, daß die Intellektuellen (eher wegen als trotz der RAF) ihren Frieden mit der Gesellschaft machen, die sich als (relativ) lernfähig, demokratisch, unautoritär, sozial und unmilitaristisch erwiesen hat. Wie groß der Prozeß der Identifikation ist, wird offenbar werden an der verschreckten Ignorierung der Vereinigung Deutschlands und der Kritik am Golf-Krieg. ›Demokratisch-kritisch-links‹ und intellektuell ist kein zusammenschweißendes Frontbewußtsein

mehr. Die Homogenität splittert, Interessen und Positionen partialisieren sich. Die Mitglieder der früher meinungstragenden Gruppen beginnen, sehr unterschiedliche Wege zu gehen. Kontroverse Orientierungen kommen stark auf: Parteipolitik, Gruppenpolitik (z.B. der Geschlechter), Ökologie, Esoterik, Karriere, Drogen, existentielle Subversion usw. Diese Partialisierung betrifft einerseits die Literatur selbst, wie das wichtigste Beispiel, nämlich die ›Frauenliteratur‹, zeigt; sie betrifft aber generell die Kulturbereiche, so daß der zuvor symbiotische ideologisch-politisch-ästhetische Diskurs sich in Einzeldiskurse aufzulösen beginnt. Die verlorene Homogenität der Kultur steigert die Marginalisierung der Literatur durch die Erosion ihrer Funktionen. Oder andersherum: Die Bedeutung der Literatur der Gruppe 47 hat Bedingungen der Homogenität gehabt, die historisch nicht wiederholbar sind: die feste Einbindung der Literatur in den Meinungsbildungsprozeß und einen oppositionellen Konsens, der sich aus der Ablehnung obsoleter Mentalitäten, insbesondere der mangelnden Überwindung des faschistischen Erbes ergab.

Erosion der Funktionen
Die Partialisierung führt zur Konkurrenz divergenter literarischer, aber auch allgemeiner kultureller Normen. Nicht nur wird nun von Literatur allerhand verlangt, was ehedem verpönt war wie: Positivität, Lebenshilfe, der Genuß im ewig herbeigeredeten ›Lesevergnügen‹, die mythische Verzauberung. Das führt zur Kündigung des zuvor verbindenden Einverständnisses, daß Literatur vor allem kritisch-aufklärerisch sein solle und die Mühe eines reflektierten Lesens verlangen dürfe. Entscheidender aber ist, daß die partialisierten allgemeinen Interessen die Literatur aus dem Zentrum verweisen. Die neuen Werte brauchen die Literatur weniger; neue Interessen emanzipieren sich von der Belletristik. Das auffälligste Beispiel hierfür ist die Explosion des Sachbuchmarktes, die sich in der Umgestaltung des Sortiment-Buchhandels niederschlägt, der nun seine ›Frauen‹-, ›Natur‹-, ›Dritte-

Welt‹- usw. -Regale einrichtet. Für die Unterrichtung über zum Beispiel Psyche, Körperlichkeit, Ökologie, Geschlechterfragen verliert die Literatur an Zuständigkeit. Sexuelles wird nicht mehr aus schwarzgegriffenen Romanstellen gelernt, der Reiseführer nach Irland ist nicht mehr Bölls »Irisches Tagebuch«, über Fragen der Befindlichkeit und des richtigen Lebens wird nicht mehr (wie noch in den Siebzigern) anhand von Erfahrungsliteratur debattiert. Literatur ist nicht mehr das Organ, in dem sich Verdrängtes, aber auch Wissen über sich und mentale Verhaltensdisponierung besonders zur Sprache bringt. Früher relevante Aufgaben der Literatur müssen abgetreten werden. Dazu kommt sehr erschwerend, daß manche neuen Werte wie Genuß, Körperlichkeit, Ausgehen und Reisen das Ideal der einsamen Leselampe verblassen lassen.

Mediendifferenzierung
Sicherlich hat die Literatur ziemlich die Unterhaltungs- und Entspannungsfunktion an zumal das Fernsehen abtreten müssen. Früher, gab ein engagierter Verleger zu, habe er sich nach getaner Arbeit mit Glas und Buch zur Ruhe gesetzt, heute vor den Schirm – und wer würfe den ersten Stein auf ihn. Das ist auch deshalb gravierend, weil so vor allem Zweitlektüren und Lektüren älterer Literatur, die zur Abendfüllung dienten, dem bequemeren Druck auf den Knopf weichen müssen, was zur Auswaidung des literarischen Gedächtnisses beiträgt. Vielleicht noch erheblicher sind qualitative Änderungen im Medienverhalten. Durch die Allpräsenz der audiovisuellen Medien dürften neue ästhetische Bedürfnisse entstanden sein, die durch Literatur nicht einholbar sind. So etwa eine visuelle Phantasie, die der im TV-Film eskalierenden Technik des raschen Schnittes (und dem Kanal-Flippern) sowie einer schnellen Kombinatorik visueller Stereotypen entspricht, die nur durch stete Nutzung des Mediums trainierbar ist. Jedoch, Parzellierung und Kombinatorik als Prinzipien auf die Literatur zu übertragen, wäre deshalb Unsinn, weil die sprachlich-literarische Textbildung stärker von Konventionen abhängig ist, deren Negierung als Zumutung

betrachtet und mit Nichtlesen bestraft wird. Auch die Gewöhnung an die Show-Präsentation unterstützt nicht nur die stets stärker werdende Hierarchisierung der Literatur nach ihrer medialen Bekanntheit, sondern auch die Erwartung nach einer multisensuellen Performance der Literatur in vielgeselligen ›Kulturzentren‹, was die Bereitschaft zur konzentrierten individuellen Lektüre schwächt.

Divergente Neuorientierungen
Marginalisierung, Partialisierung, Werteänderung, Medienkonkurrenz: Für die heute Schreibenden stellt sich das Problem, daß sie nicht mehr aus gesicherter Übereinkunft über die Relevanz der Literatur und über ihre Art schöpfen können. Sie müssen die Begründungen für ihr Tun je selbst setzen. Die einst gewährte Aura der Literatur ist futsch. Die Normen vorausgehender Literatur können nicht mehr fraglos unterstellt werden. Die Neue Unübersichtlichkeit ist nicht das Ergebnis versagender Generationen, vielmehr die Konsequenz eines Prozesses, welcher der Literatur manches an Legitimationen und Funktionen genommen hat. Und es scheint mir müßig, wieder eine repräsentative und leitbildhafte Literatur zu fordern. Wir haben keine homogene Literatur mehr, nicht die Bedingungen hierfür. ›Postmodern‹ kann nicht das Programm für eine Schreibweise sein, die, wie Hanns-Josef Ortheil in den »Schauprozessen« meint, das Zeitangemessene in sich bündelte und sich so die Zukunft sicherte. Vielmehr kommt es zu einzelgängerischen Orientierungen an tradierten Mustern, die allerdings variiert und thematisch neu besetzt werden (z.B. im ›Frauen-Krimi‹), deren teils Wucht (z.B. des Symbolismus, Expressionismus), deren teils Provokationskraft (z.B. Avantgarde der Zwanziger, der Nachkriegsliteratur), deren teils eingeübte Überzeugungskraft (z.B. Realismus, Novelle, Historischer Roman, exotische wie populäre Lesestoffe) dazu benutzt werden, um bewährte Potenzen der Literatur zu erhalten: in forcierter Subjektivität Subversion zur Geltung zu bringen oder durch anverwandelte Konventionen Einfluß zu nehmen auf die Kenntnis und das

Bild von der Welt; oder auch schlicht: um Marktanteile zu sichern. Diese divergenten Versuche charakterisieren die Gegenwartsliteratur. Einen gemeinsam beflügelnden Normenkonsens haben wir nicht mehr, kein identisches Selbstbewußtsein, das einen kollektiven Innovationssturm ermöglichen würde.

Kein Ende der Literatur
Ist damit eine Literatur-Kultur am Ende? Ja: Eine dominante und homogene. Nein: Die ziemlichen Veränderungen haben weder den Wunsch, sich literarisch zu äußern, verringert, noch die aus den Sechzigern stammende Prophezeiung, daß die elektronischen, zumal visuellen Medien die Print-Medien ablösen würden, bestätigt. Gewichte und Funktionen der Literatur sind neu verteilt worden, die Verständigung über Sprachtexte hat sich vorerst als resistent erwiesen. Die eher groben Medien-Zeit-Budget- und Buchbesitz- und Lese-Image-Berechnungen der Buchmarktforschung verraten über die Bedeutung des Literatur-Lesens nichts Erhebliches, das die Klage über den »Zerfall der Lesekultur« berechtigte, obwohl sich das Volumen des Lesens von Literatur insgesamt verringert haben dürfte (nicht der Besitz). Die beschriebenen Veränderungen haben aber prinzipiell (noch) nicht dazu geführt, daß die sprachlich-literarische Imagination im einsamen und vom Subjekt steuerbaren Lesen verzichtbar wäre. Deshalb hat die Neue Literatur ihre Chance. Töricht aber wäre, die Literatur in eine Konkurrenz zum Filmischen treiben zu wollen, um zeitangemessen bleiben zu können, wie es Jochen Hörisch etwa fordert. Solches verkennt die medienspezifischen Wahrnehmungsweisen und vertauscht die Dominanz eines Mediums mit seiner Vorbildhaftigkeit. Das ist dann das tatsächlich erfolgreich herbeigeredete Ende der Literatur, weil in dem sie begleitenden kritischen Diskurs ihre genuine Legitimation weggeredet wird. Das erinnert an die Rezeption von Hegels Satz vom »Ende der Kunst«, der seither als Geißel für den Masochismus einer in ihrem Selbstbewußtsein angenagten und aus dem Aura-Nest gefallenen

Spezies von Literatur-Apokalyptikern dient. Im Gegenteil: Der Boom epischer Großwerke, die Renaissance des Krimis, der erotischen Literatur zeigen, daß gerade auf diesen scheinbar vom Visuellen besetzten Domänen ein kompensatorisches Lesebedürfnis geblieben ist und sich erweitert hat. Sozusagen gegen die Neuen Medien wird die Literatur konventionell. Oder aber: Festhalten an Traditionen (etwa: der Geschichte, der Geschlossenheit von Handlung und Figuren) vor allem im risikoscheuen TV schlägt zurück auf eine Literatur, welche die von ihr hervorgebrachten Traditionen mit ihren erprobten Mitteln neu gegen die Konkurrenz ausspielt. Kein Ende der Literatur also. Wenn ein Ende, dann ein Ende einer Literatur, die als ›modern‹ gilt. Ende der Hermetik, des Schreckens, der Selbstthematisierung, der Preisgabe von Textkohärenz und Textidentität, der Verweigerung des Nutzens. Das alles scheint von gestern. Es sei denn, die Wiederkehr von Ingeborg Bachmanns »Malina« wäre ein Indiz für eine neue Lust am Radikalen, am ›Modernen‹, wäre nicht nur erklärbar aus einer feministischen Reduktion dieses Romans. Dies so zu verstehen, würde jedoch voraussetzen, es würde der Roman zum Film auch gelesen und nicht (nach Kauf) weggelegt. Sollte es so sein, würde es mich für die Neue Literatur freuen und für eins der faszinierendsten und überlebenskräftigsten Werke der Gruppe 47-Literatur. Ich bin da skeptisch. Aber ein Beispiel für die Verjagung der Literatur durch den Film wäre es keineswegs. Vielmehr eines für die Ungnädigkeit, mit der einer Literatur ihr einstiger Bonus entzogen wird. Merkwürdig: Während die Kritik die Literatur der Gruppe 47 in den Himmel hebt, geht das gegenwärtige Leseinteresse still an ihr vorbei. Hier lügt doch wer.

Parteilicher Zusatz
Weg vom Weitblick und genauer auf die junge Literatur gesehen, bleibt zwar der Eindruck des Disparaten, aber auch der, daß sich eindrucksvoll eine jüngste Literatur in Ost und West hervortut, die in Anverwandlungen avantgardistischer

Traditionen wie zeitgenössischer Künste mit Stilsicherheit, Wortgewalt, unvornehmem Ton und Selbstgewißheit Ich-Phantasmagorien vorführt und alle ästhetischen Mittel einsetzt für eine Feeling-Performance. Die Lyriker Johannes Jansen und Thomas Kling, die Prosaisten Marcel Beyer und Andreas Neumeister zum Beispiel, denn es sind viele mehr. Die Wiedergewinnung des Sinnlichen der Literatur vor ihren semantisch-sinnhaften Möglichkeiten, diese artifizielle Erlebnis-Authentik ist eine imposante Reaktion auf das Gerede der Älteren vom Ende der Literatur und die (gegenüber der Konventionalisierung) neue Weise, der Literatur im Mediengerangel das kleiner gewordene Terrain zu sichern. Da braucht einem um die Zukunft der Literatur nicht bange zu sein, im Gegenteil, auch wenn die alte Leier vom »literarischen Mittelstand« (FAZ zu Berlin und Klagenfurt, Sommer '91) weitergedreht wird. Persönlich teile ich das Lob, daß diese Literatur derzeit zum Besten gehöre, wie es Martin Lüdke formulierte, der fortfährt: »Sie stilisieren sich als Künstler, versuchen, die Einsicht zu verdrängen, daß Kunst längst nichts mehr gilt, obwohl sie aus dieser ihr Recht begründen, mit der Kunst frei umzugehen, rücksichtslos. Wie sie sich in diesen Widersprüchen bewegen – das macht es spannend, sie zu hören, sie zu lesen.«

ZWISCHEN DEN STÜHLEN
DER WISSENSCHAFT/LITERATUR

Nein, so wie es ist, ist es nicht genug
Literatur und Wissenschaft

Literaten (Autoren vor allem sind gemeint, aber auch Kritiker, ›Buchmacher‹ und alle Literaturfreunde mit Amateurstatus) – Literaten und Literaturwissenschaftler haben sich kaum was zu sagen, obwohl sie sich mit dem Gleichen beschäftigen, in das sie manchmal auch gleich verschossen sind. Schlimmer: Sie wollen sich gar nichts sagen, sind auf peinlichste Abgrenzung bedachte Konkurrenten geworden. Die einen sind halt die Germanisten, also in unserer Erfahrungskultur abstrus herumstehende Eierköpfe, die andern die eitlen ›Pöten‹, die (gemäß einem wissenschaftlichen Standardsatz) als miserabelste Deuter ihrer Werke sowieso überflüssig sind bis auf die Kleinigkeit, daß einige wenige von ihnen (und im Grunde sollten nur die geboren werden) ab und an Objekte abzuliefern haben, an denen sich neue Theorien über das Lyrische Ich oder Intertextuelle Kommunikabilizität bewähren können. Ja, das ist spitz bemerkt, es gibt mehrere Ausnahmen in beiden Lagern. Trotzdem ist das normal: Ein Autor weigert sich (wenigstens öffentlich), eine Universität zu betreten oder Doktoranden zu empfangen; er hat es satt, die herablassenden Fragen der akademischen Schlaumeier vorgeworfen zu bekommen, ausgerechnet von denen, die sich an dem, wofür Autoren ihre Existenz riskieren, ihre fetten Pensionen verdienen oder doch wenigstens jene Seminarscheine, die sie dann bruchlos von staatlich subventionierten Moserern zu braven Lehrern machen, welche nun ihr ganzes Leben dafür einsetzen, neben A-15 ein eigenes Haus mit Biogarten zu erwerben; Germanistenzeug liest ein Autor nicht, um seine natürliche Erkenntniskraft nicht zu verbilden, außerdem versteht er das sich nur selbst bewegende Abrakadabra der Tuis nicht. – Und andererseits: Ein Wissenschaftler meidet mit Fleiß nicht nur die unsäglich doofen Kritiker und korrupten Marktler, sondern auch die Autoren selbst dann, wenn er deren Werke beforscht und auslehrt; er scheut Lesungen, drückt sich vor Disputen; der direkte Kontakt würde, käme er überhaupt zustande, sein System verwirren, das deduktiv und unantastbar vorgegeben ist; gierig stürzt er sich dagegen auf jedwede schriftliche Verlautbarung des Autors, um sie mit dem ihm eigenen Deutungsgeschick klug in sein System einzupassen; kommt es doch zu Berührungen, ergeben sich jene wissenschaftlichen Haß- oder Erotik-Verhältnisse unbedingter Gegner- oder Jüngerschaft, die das völlig gestörte Miteinander von Literaten und Wissenschaftlern nur bestätigen.

Daß sich Meinung, Geschmack, Erfahrungswissen und methodisch kontrollierte Reflexion historischer oder systematischer Art so auseinanderentwickelt haben, ist zwar nicht unverständlich, trotzdem ein Jammer. Verschenkt werden die Möglichkeiten, voneinander zu lernen. Denn zur Literatur haben Literaten und Wissenschaftler Unterschiedliches, aber Gutes zu sagen. Doch bleibt es jeweils in seinem Ghetto, gerät nicht aneinander. Mit unschlagbarer Akribie, Wissensfülle, Hingabe an den Text analysieren Wissenschaftler die Sinnstrukturen von Werken, deren Poetik und stellen sie in theoretische oder historische Zusammenhänge. So eindrucksvoll, daß der dumme Autor sich schämt, höchstens dumpf geahnt zu haben, was der Analysator klipp und klar präpariert. Nur: Die Seele des Textes, seine Mentalität, sein Geglückt- und Mißlungensein bleiben im Wissenschaftlichen stumm. Eben dies aber ziehen Literaten mit peinlicher Direktheit ans Licht. Nur: Selten genug sind sie auch in der Lage, plausibel zu begründen, was sie meinen, oder zu beargwöhnen, wo sie hemmungslos sich statt Texte darstellen. Es sollen ja nicht alle alles können. Aber ich sehe nicht ein, warum sich beide unterschiedlichen, aber wichtigen Erkenntnisfähigkeiten von Literatur so voneinander abkapseln müssen, warum sich denkscheue Meinungsgewißheit und meinungsscheue Reflexionssicherheit nicht gegenseitig erproben können – zum Besten der Literatur. Falls ein Wissenschaftler überhaupt noch eine Meinung hat, verdrückt er sie unter die abendliche Leselampe. Schnell lernen Studenten, daß in der Universität bei Strafe verboten ist, geschmäcklerisch oder existentiell verbindlich über Texte zu reden. Nötigt man sie doch, über Gegenwartsliteratur (also forschungsgeschichtlich freischwebende Texte) sich zu äußern, lesen sie sich gegenseitig Rezensionen vor, an die sie das Urteilen delegiert haben. Normative Äußerungen ästhetischer oder moralischer Art kommen, will man seinen Ruf nicht verlieren, in der höchsten Ausbildungsinstitution nicht vor oder werden einer historischen Autorität überlassen, mit deren Zitaten man vorzüglich in Einleitung oder Schluß jongliert (Platz 1 immer noch: Adorno, aber Nietzsche holt auf). Mit Erfolg hat die Literaturwissenschaft nach und nach die Subjektivität der Wissenschaftler exorziert, die Erlebnisebene tabuisiert und sich so zu einer Art Reflexionstechnologie kastriert. Dieser Prozeß hat sein Gegenstück im Betroffenheitskult im unakademischen Leben und in alternativen Hobbyübungen, wo jedes Nachdenken als rationale Vergewaltigung beschimpft wird, nur noch irgendwie empfunden sein will, wie der Text mich gut oder schlecht anrührt, wo mit der Ablehnung aller Argumentation und generalisierender Anstrengung der Text auch wieder verkürzt, um sein Kalkül, um sein Verständnisangebot gekappt wird, das sich nur in einer Interpretationsanstrengung aufschließt. Ein arbeitsteiliger Prozeß hat zu Experten der Empfindung und Spezialisten des Denkens geführt. Sie schweigen sich nicht nur an, sie können sich nicht riechen. Gemeinsam wären sie stärker.

›Seele‹, ›Erlebnis‹ – solche Worte jagen einem guten Literaturwissenschaftler eine Gänsehaut über den Rücken. Ist doch die Geschichte der Literaturwissenschaft ein grandioser Fortschritt zum analytisch Sauberen! Ein nicht definierbarer Terminus taugt nichts; was er vage meint, ist damit vom Fenster. Seele, das quallige Luder, läßt sich leider nicht nageln für einen waschechten Literaturwissenschaftler, und das ist nur der, der über Literatur was sagen kann, was eben nur er kann und nicht jeder Psychologe oder Soziologe oder Publizist; und über die Unterscheidungsmöglichkeit von sechsunddreißig Erzählertypen kann nur ein waschechter Literaturwissenschaftler etwas sagen. Doch nicht immer war das Ideal der ›Philologie‹ solche Aseptik (die allerdings oft nur ein geschicktes Verstecken des Alten ist – wissenschaftlicher Fortschritt gleicht häufig altem Wein in neuen Plastikschläuchen, auf die bestürzend hochintellektuelle Etiketten gepappt sind). Seit dem Aufkommen der Ästhetik als Disziplin im 18. Jahrhundert war die wissenschaftliche Beschäftigung mit Literatur durchsetzt von normativen Diskussionen, von klar ausgesprochenen spekulativen, politischen Interessen. Dafür stehen Herder, Schiller, die Schlegels, Gervinus bis hin zu den nationalistischen Germanisten im späten 19. Jahrhundert, zur NS-Germanistik und (nun nicht mehr so klar ausgesprochen, aber dennoch parteilich ›deutschexistentialistisch‹) zu deren Widerpart nach dem Krieg, der ›Immanenten Interpretation‹. Erschreckt über die Korrumpierbarkeit einer Wissenschaft, hat die neuere Literaturwissenschaft versucht, alles Verdächtige zu meiden. Wie das kongeniale Nachrauen der Literatur methodisch bodenlos war, war die faschistische Propaganda-Germanistik fatal. Doch erklärt dies Bessermachen-Wollen nicht alles. Es ging auch darum, im Kanon der vorzeigbaren Wissenschaften satisfaktionsfähig zu bleiben, den Makel einer Pseudowissenschaft (wie Theologie) zu verlieren, so a-ideologisch, objektiv und methodisch diszipliniert zu werden wie scheinbar Naturwissenschaft, Linguistik und Sozialforschung. Da aber nun einmal Literatur nicht unerheblich eine normative und empfindende Betrachtung hervorruft, mußte derartiges subjektbezogenes und ideologieträchtiges Straucheln verdrängt und der halbseidenen Kritik zugeordnet werden. Die Literaturwissenschaft schnitt sich die Literatur so zurecht, wie sie sie für ihren Wissenschaftsbegriff brauchte, der sie vom Verdacht befreite, nur von ›Pöten‹ betrieben zu werden, die statt eines Romans eine Doktor- und Habilarbeit verfaßten. Keine Frage, daß die Ausrichtung an einer solchen Wissenschaftlichkeit die philologische Disziplin erheblich vorangebracht hat. Vor allem die Theorie der Texte, ihrer Gattungen, der

Literatur als besonderer Kommunikationsform ist seit den sechziger Jahren derart entfaltet, daß Doktorarbeiten früherer Zeit in ihrer methodischen Naivität nicht einmal mehr als Seminararbeiten akzeptiert würden. Aber der Preis ist, daß die Literaturwissenschaft ihre doch auch wichtigen Aufgaben des (keineswegs schlichten) Interpretierens, der Kritik, der Vermittlung ihres Wissens über die Zunft hinaus, alles riskante Reden über affektive, moralische, politische, ästhetisch-normative Aspekte der Literatur verkommen ließ. Keine Doktorarbeit, die nicht (zumindest) im Titel nachzuweisen bestrebt ist, daß sie die höheren Weihen theoretischer Grundlagenforschung verdient. Vielleicht sollte sich die Literaturwissenschaft als Institution eingestehen, daß Kunstwerke ein ehrenwertes Wissenschaftsverständnis nahelegen, in dem auch Empfinden, unbegründbares und auf plausible Demonstration angewiesenes Textverstehen, normativer Diskurs und Kritik einen Platz haben.

Die Literaturwissenschaft hat sich übereilt, der Kritischen Theorie, dem Strukturalismus und der Phänomenologie nur nichts nachzustehen. Und trotzdem ist sie, gemessen an ihrem Gegenstand, schmalspurig geworden. Sie ist isoliert vom Literaturbetrieb, von der Literaturvermittlung, vom Literarischen Leben überhaupt. Die für den Literaturbetrieb wichtige empirische Forschung ist längst aus den Universitäten ausgelagert. Auf die tatsächliche Literaturvermittlung und die breitenwirksame Literaturbetrachtung hat die Literaturwissenschaft keinen Einfluß; nicht auf die Kritiker, die, waren sie Germanisten oder Anglisten, schnell bemüht sind, den Makel ihrer Herkunft durch besonders kaltschnäuziges Urteilen wettzumachen; nicht auf die vielen Interpreten von Literatur in Leitfäden, Einführungen, in Radio- und Fernsehsendungen, an Volkshochschulen und an Schulen. Nicht, daß Literaturwissenschaft überall dabeisein sollte. Aber ihre Isolation zeigt, wie völlig esoterisch, ja fast selbstbefriedigend ihr Umgang mit Literatur geworden ist. Bitter schlägt sich dies in der Lehrerausbildung nieder, immerhin die praktische Existenzberechtigung der Literaturwissenschaft, die als spezialisierte

Forschung allenfalls als Orchideenfach geduldet würde. Was aber Studenten an den Universitäten in der literaturwissenschaftlichen Ausbildung lernen, hat nahezu nichts mit dem zu tun, was sie als Lehrer unterrichten. Das ist kein Plädoyer für einen kurzgeschlossenen Verwertungszwang der Wissenschaft; Literaturwissenschaft soll nicht zur Anwendungstechnologie der von den Kultusbehörden vorgegebenen Lehrpläne, Lernziele, Unterrichtstechniken an Schulen herunterkommen. Die Diskrepanz von Schulpraxis und universitärer Ausbildung ärgert mich, weil sie vorführt, wie sehr sich die Wissenschaft abgewöhnt hat, über solche Dinge nachzudenken oder von ihr eine kleine Ahnung zu haben, die im Literaturunterricht eine Rolle spielen: Textverstehen, Geschmacksfragen, normative Aspekte (»Was ist gute und was ist schlechte Literatur«), Einsichten in die Entstehungsbedingungen von Literatur, in den Literaturbetrieb. Und das sind genau die Dinge, die für den ›gemeinen‹ Umgang mit Literatur wichtig sind. Dem ist die Literaturwissenschaft entflogen. Nur als theoriefähige Schwundform gerät ihr Literatur noch in den Blick. Unfähig zu fundierter Kritik (und das wäre doch was angesichts unserer üblichen Kritik), erschütternd kenntnisfrei oder sogleich mit einem verblasenen Theorem zur Hand, wenn es um das Literarische Leben außer den akademischen Mauern geht: Deshalb ist Literaturwissenschaft, selbst wenn sie wollte, gar nicht in der Lage, Redakteure, Kritiker, Dozenten, Publizisten und auch Literaturlehrer auszubilden. Und schließlich sitzt sie so, die hehre, naiv dem auf, was der Literaturbetrieb ihr zuspült. Sagt ein Oberkritiker ›Jahrhundertwerk‹ oder wird ein Buch hunderttausendmal verkauft und gelangt also selbst bis zur Wissenschaft, dann wird es aufgegriffen und endlich durch die Lehrerausbildung kanonisiert, da es nun einmal so ist, daß Literaturwissenschaft ihre Analysekunst an den immergleichen Texten bewährt – wie sonst könnte man sich strahlend abheben von der Unsäglichkeit früherer Arbeiten.

Die Konkurrenz zwischen Kunstpraxis und Kunstwissenschaft ist eine alte, leidige Geschichte. Auf keinem Gebiet aber ist sie so borniert und betoniert wie auf dem der Literatur. In Musik und Bildender Kunst gibt es ja wenigstens die vermittelnden Zwischeninstanzen der Akademien. Nirgendwo verbindet die gemeinsame Zuneigung zur Sache so wenig. Das hat damit zu tun, daß bei der Literatur die in der modernen bürgerlichen Gesellschaft üblich gewordene Distanz zwischen Künstlern und Wissenschaftlern beschleunigt wird durch ihre zu große Nähe. Künstler sind im arbeitsteiligen und rollenfixierenden Prozeß unserer Gesellschaft zu den Narren, Gegenmenschen, forschen Meinern, den Auf-Spitz-und-Knopf-Lebenden geworden, zu den Blitzableitern unserer neurotischen Gesundheit. Wissenschaftler dagegen die Seriosität als solche, unbestechlich rational. Das ist auch in anderen Disziplinen so. Doch Literaten verstehen es (anders als Musiker) auch zu ihrer Rolle gehörig, das Gewissen der Nation zu sein. Der Literat ist zugleich Künstler und Intellektueller, während der Maler dumpf genial malt und der Kunstwissenschaftler denkt. Da ergeben sich Abgrenzungsschwierigkeiten zwischen Literat und Wissenschaftler, dies um so mehr, als bei der Literatur (anders als in Musik und Malerei) Künstler und Wissenschaftler sich im selben Medium äußern. Noch hektischer als in anderen Sparten nutzen deshalb Wissenschaftler und Künstler der Sprache jede Gelegenheit, sich gegeneinander abzusetzen. Deshalb poltern die Literaten, wo es nur geht, auf die Germanisten ein. Deshalb tragen sie dick auf, wenn es gilt, ihre andere Lebensweise, ihr Ergriffensein vom Strom der Zeit, ihre Menschenkunde, ihren sinnlichen Sprachgebrauch wirksam vorzuführen – wie andererseits die Literaturwissenschaftler den Schild gepanzerter Reflexion, Methodik und Vorurteilsfreiheit vor sich hertragen. Nur so, meinen sie, bekommen sie ihr unverwechselbares Profil, und sozial anerkannt sind eben nur imposante Spezialisten. Die Berührungsangst wird grotesk, wenn sie mit einem rigorosen Strafkatalog abgesichert wird. Harmlos noch die üblichen Sticheleien oder wenn diesmal Günter Grass den Beamten und vorzüglich den beamteten Literaturlehrern unriskantes Leben vorwirft – als wäre das ökonomische Risiko die einzige Möglichkeit, ein gestandener Mensch zu werden. Fürchterlicher, wenn ein Wissenschaftler, der sich herausnimmt, als Kritiker oder Matinee-Sänger im Radio oder gar Teilnehmer am Literaturbetrieb aufzutreten, ein für allemal in der Hackordnung der wissenschaftlichen Geltung durchrasselt. Schlimm, wenn ein Autor, der eben nicht in der neuklassischen Manie suggestiv schreibt, sondern Neigungen zu Theorie entwickelt, als Irrläufer und literarischer Rohrkrepierer angesehen wird, der das gegenwärtige Klassenziel unmittelbarer Anrührung nicht erreicht. Wissenschaftler wie Mayer, Höllerer, Muschg, Drews: Daß sie auf ihre bewundernswerte Weise etwas von der Sache verstehen, von der sie reden und schreiben, zählt für die Geltung in der Institution gar nichts, denn sie haben ja keine profunden Werke mehr vorgelegt, die dem rapid sich hochschraubenden Stand der Wissenschaft genügten; geduldet werden können sie nur als versprengte Paradiesvögel; ihre Bemühungen um Literaturvermittlung oder ihr Eingreifen in normative Debatten läßt sie unrettbar ins Verderben des Feuilletonismus sinken. Und andererseits Autoren wie Kluge und Eisendle: Ihnen wird der hinterhältige Vorwurf von seiten der Literaten nicht erspart, nur Exempel für eine Theorie zu liefern, Sekundärliteratur zu machen.

So hat die Rollen- und Arbeitsteilung auch zu einer Verarmung unserer literarischen Kultur geführt. Gemessen an dem, was der moderne Roman z.B. zu Beginn des Jahrhunderts hervorgebracht hat, ist unsere Literatur ein merkwürdiger Aufguß von Schreibkonventionen, die schon im 19. Jahrhundert nicht sonderlich ungewöhnlich waren. Nun besteht literarischer Fortschritt keineswegs in einer Steigerung von Komplexion, denklastiger ›Modernität‹, auch Rückgriff auf Konvention kann ein Fortschritt sein. Doch erschreckt an der gegenwärtig herrschenden Konventionalität, daß sie die rigide Teilung zwischen Denken und Empfinden und die sie begleitenden ritualisierten Vorurteile gegeneinander immer fester schreibt. Rollenzuweisungen werden zu vorgeblichen Existenzialien, deren Durchbrechung aber neue Ausdrucks-, Sicht- und Denkweisen bringen könnte. Diese Durchbrechungen können nur stattfinden, wenn sich auch Wissenschaft und Literatur aus ihren selbstgefertigten Ghettos herauswagen, wenn sie voneinander lernen wollen. Es war doch wohl die schlechteste Zeit der bundesdeutschen Literatur nicht, als in der Gruppe 47 Kritiker, Wissenschaftler und Autoren aneinandergeraten sind. Ohne Bezug zur wissenschaftlichen Diskussion um die Moderne konnten die großen frühen Arbeiten von Hildesheimer, Walser, Johnson, Bachmann, Enzensberger nicht entstehen. Was für ein verkümmerter Literaturbegriff gilt eigentlich, wenn man einem Autor wie Kluge beängstigende Intelligenz vorhält? (Und was für ein pietistischer Wissenschaftsbegriff, wenn Wissenschaftler wie Dürr und Theweleit als Literaten exkommuniziert werden?) Wo gibt es heute Vergleichbares zu Höllerers Literarischem Colloquium? Nichts dergleichen passiert mehr. Gewiß, keine voreiligen Verbrüderungen; eine zu akademische Literatur ist langweilig wie eine zu poetische Wissenschaft suspekt. Aber eine Literatur, die sich vor theoretischer Anstrengung scheut und sich lieber den Film zum Vorbild nimmt, um konkurrenzfähig zu bleiben, verschenkt ihre Möglichkeiten sinnlicher Reflexion zugunsten der Suggestion des schieren Sicherlebens im scheinbar anderen. Reibungen finden da nicht statt. Betroffenheit ist nicht überflüssig, wahrlich nicht, aber sie ist auch nicht alles. Auch der Kopf gehört zum Lesen. Wo aber Literatur derzeit selbstreflexiv wird und sich damit der ästhetischen Diskussion seit dem 18. Jahrhundert verpflichtet fühlt, wird ihr vorgeworfen, sie sei Literatur über Literatur, weil ihr nichts an Leben einfiele.

Ein Wunschtraum: ›gemeine‹ Leser, Autoren, Kritiker, Lektoren, ›Buchmacher‹ und Wissenschaftler verstünden es, sich nicht nur brotneidisch zu verachten, sondern voneinander Kenntnis zu nehmen, sich anzuhören, gegenseitig zu lernen. Natürlich sind Träume poetische Schäume.

Der Germanist als Autor /
Der Autor als Germanist

Der Germanist als Autor
Schreib-Erfahrung: Will ein Thema sich keinem Schreibversuch fügen, ist es subjektiv falsch. Es ist mir nicht gelungen, die zwei Seelen aus der einen Brust zu lösen und, wie gefordert, gegeneinander disputieren zu lassen, um als Dritter aus der Kiste zu springen. Es ist wie mit den Code-Überlappungen. Verlasse ich den Interferenzbereich zwischen beiden Code-Ringen, kommt es zwar zur pointierten Opposition, aber auch zu einer selbst durch Ironie nicht mehr überbrückbaren Fremdheit, Karikatur. Dies ist genau nicht unsere Aufgabe. Das tun andere ärgerlich genug. Meine Lenor-Identität fußt auf der Interferenz. Ich bleibe also in der einen Brust, auch wenn damit satirische Heiterkeiten verschenkt und ein Lamento eingehandelt werden können. Doch hier wenigstens dürfen wir *ein Mensch* sein – und uns auch ein wenig streicheln.

Eine Tiefbaufirma, die in Bregenz Grundwasserproben ziehen wollte, hat die Pipeline Genua-Ingolstadt angebohrt. Die Literaturwissenschaft gleicht einer Firma, die, wenn sie auf der Suche nach Öl Wasser findet, dies gern für Öl ausgibt. Daß sie sich verbohrt, ist ihr deshalb nicht vorzuwerfen, weil ihr Gegenstand in theoretischer, historischer wie interpretativer Hinsicht nicht definitiv zu treffen, schon gar nicht auszuschöpfen ist. Bedenklich aber ist, daß sie ihre Irrtümer und Irrtumsmöglichkeiten offiziell nicht zugeben noch gar erörtern mag. Die Wahrheits-, Legitimations- und Relevanzfragen, um die ja noch immer alle wissen, werden im Getriebsgesause des internationalen Insichdrehens herauszentrifugiert. Joachim Dycks vereinzelte Offenheit anläßlich einer eben erschienenen Sammlung von potemkinschen Relevanz-Fassaden trifft: Nach einem vorgängigen »Warum überhaupt« wird gar nicht mehr gefragt.[1] Gründlich geht einem als Schreibenden in der Firma der Betriebsschutz verloren. Existentiell, institutionell, im Umgang mit der Literatur. Ich möchte die Literaturwissenschaft nicht missen, schätze viel an ihr, doch ihre der Selbstimmunisierung dienende Unterstellung ihrer fraglosen Richtigkeit und Wichtigkeit nimmt sich, betrachtet vom Schreiben und dem anderen Betrieb, doch merkwürdig aus. Etwa: Ihr Kanon, der abhängig ist von der der Wissenschaft undurchsichtigen Vor-Selektion des Literaturbetriebs; ihre zu Vergewaltigungen überschnappende Begriffssprache; ihre historische oder intertextuelle oder tiefenhermeneutische Reduktion, die das Werk nur als Beleg gelten läßt; ihre poststrukturalistische Maxime prinzipieller Anders-Gemeintheit und ihre poetologische Maxime einer mit Fleiß rekonstruierbaren rationalen Intention. Zweifellos gewinnt die Literaturwissenschaft notwendige Kenntnisse über Literatur. Das Traurige ist, daß sie so wenig bereit ist, über die Relativität ihrer Kenntnisse nachzudenken. Sie stellt hochkluge Fiktionalitäts-Theorien auf und liest, schleicht da ein ihr bekannter Schreiber durch ihre Flure, dessen Texte so schnüfflerisch und subjektiv wie nur jede Drogistin aus Hillmanns *Rezeption – empirisch*.[2] Sie merkt's nicht, sie gibt es nicht zu, sie zieht keine Konsequenzen. Sie hat einen Strich gezogen: Dies ist Literaturwissenschaft, was darüber, interessiert uns nicht. Den Schreibenden, denen das Diffizile der Literatur Alltagserfahrung ist, denen, gerade weil sie nicht von der Selbstläufigkeit dieses und des anderen, des Literaturbetriebes, aufgesogen sind, das allererste Warumund-Wie immer präsent ist, erscheint die Literaturwissenschaft als Institution wie eine mit guten Zielen und noch besserem Gewissen unendlich ratternde autonome Maschine, welche, mit der Sicherheit ihrer institutionellen Garantie, ihre Relevanz und Richtigkeit nicht mehr erproben mag, vor allem nicht erproben mag in einer Rückkopplung mit der Praxis.

Die Folgen für den durch die Erfahrungen mit dem Schreiben, mit anderen Schreibenden, dem anderen Betrieb aus dem sich selbst wärmenden Nest der Literaturwissenschaft gefallenen Literaturwissenschaftler: schwindende Energie, die

Rituale der Wissenschaftssprache, der hurtigen Methoden- und Paradigmenwechsel, der Sonderdrucke und des Im-Geschäft-Seins beherrschen zu wollen. Dafür Schweigeanfälle in Seminaren und also Depressionen, den Lehrauftrag nicht erfüllen zu können. Zum Davonlaufen. Träume: nur noch Stuhl, Tisch, Armut, weiß gestrichene Wand und nur noch Schrift – oder: Denen knalle ich mit 65 doch noch eine Habilitation hin. Die Hoffnungen, einen anderen, ergänzenden Umgang mit Literatur, gewachsen aus der Schreiber-Erfahrung, lehren und so eine spezifische Existenzberechtigung an der Uni sichern zu können, scheitern, weil keine Sprache dafür zur Verfügung steht, weil kein institutionelles Interesse an dieser Ergänzung besteht, weil man, eh schon in der Rolle des Narren im Geruche der Halbseidigkeit, sich nicht gänzlich zum Exoten machen mag, der nur noch deshalb geduldet wird, weil er die untauglichen Studierenden entsorgt, die Betroffenen, die Problemfälle, die er auf sich zieht, weil er, da er schreibt, so was Menschliches hat. Nebenbei: Das ist eine Aufgabe! Wie bestehen in einer Institution, die ganz auf nach Regeln ablaufende theoretische, historische, interpretative Erklärung ausgerichtet ist? Wie ist ästhetische Erfahrung vermittelbar, wie die Schreibarbeit, wie das Lesen und Urteilen, wie das Problem der Qualität von Sätzen, Stil und Melodie, Bild und Komposition, wenn man sich nicht zurückziehen will auf die Gebärdensprache der Lektoren: schmeckt's – oder schmeckt's nicht! Die für uns entscheidende Frage – Haben wir durch unsere Doppelexistenz innerhalb der Literaturwissenschaft eine spezifische Kompetenz? – führt notgedrungen zur Frage: Welche Kompetenzen läßt die institutionelle Literaturwissenschaft überhaupt zu?

Es liegt an der Geschichte der deutschen Literaturwissenschaft, daß ihr vorrangiges Ziel das Standhalten in der Konkurrenz der Wissenschaften wurde, und daß sie deshalb alles, was feuilletonistisches »tea-table«-Meinen sein könnte, auszumerzen bestrebt ist. Wissenschaftlichkeit wurde zum Sinn der Literaturwissenschaft. Sie ergibt sich aus den Regeln des Argumentierens, der Anschließbarkeit an andere wissenschaftliche Diskurse und vor allem durch eine Philologie, die am genialen Werk mehr als nur ihre Kongenialität unter Beweis stellt. Genau das ist der von Dilthey beschworene »Triumph der Hermeneutik«[3] über die Schreibenden und das Werk. Mit dem Triumph des Besser-Verstehens überwindet die Literaturwissenschaft das Übel, eine Geschmacks- oder Meinungs-, gar Glaubensdisziplin zu sein. Und so wird sie ebenbürtig ihren Vorbildwissenschaften Philosophie, Linguistik, Historie, Soziologie, Psychologie. Damit ist entschieden, daß das Mediokre, das nicht schon durch die Geschichte gesiebte Zeitgleiche kein Gegenstand sein kann, zumal der »Triumph der Hermeneutik« immer auch den Triumph über vorausgehende hermeneutische Arbeit einschließt; an der Überbietung des Alten erweist sich das Neue als siegreich. Der verengte Wissenschaftsbegriff hat die Höhenkamm-Fixierung zur Folge, die Zementierung des Kanons und dies, daß die Literaturwissenschaft, die als Agentin des Zeitgenössischen begann, vor allem die zeitgleiche Literatur ausblendet, da sie in eine unklare, wertende, subjektive Verwicklung der Wissenschaft in ihren Gegenstand führen könnte, welche die wissenschaftliche Satisfaktionsfähigkeit der Literaturwissenschaft bedrohte. So wird die absurde Konkurrenz von Akademie und Praxis weiter verschärft. Der, der im eigenen Hause schreibt, ist potentieller Provokateur der Qualitätsmaßstäbe und der wissenschaftlichen Souveränität. Man meidet, ohne je unfreundlich zu sein, das Gespräch über Praxis und Werk des Provokateurs, man redet heftig hintenherum und hält für Diskretion, was Arroganz und Berührungsangst ist. Warum sonst gehen Germanisten kaum auf Lesungen? Es gibt gute Ausnahmen, ja, sie entkräften aber nicht die strukturelle Differenz zwischen Akademie und Praxis. Für den, der beides tut, führt dies zur Schizophrenie, sich mit Anpassung das Recht zu erhalten, an der Uni zu sein – und trotzig sein Anderssein nächtens dagegen zu halten. Das fordert und formt Persönlichkeit, wie schön, aber die Lebenskosten dafür sind weder absetzbar noch erstattungsfähig.

Man muß aushalten die Provokation, die man ist; steht man

vor dem Blitzgerät und kopiert Lehrmaterial, spottet der C-Mann, der einem immer schon zu sagen wußte, daß er, wenn er nur wolle, der eigentliche Dichter sei: Schon wieder ein neues Werk? Aushalten das Gefühl, daß man, wo Bachmann, Bernhard, Handke und Strauß allein dissertationswürdig sind, unter der Latte des Büchner-Preises kräftig durchgesprungen ist und die Literatur mehr diskreditiert als nobilitiert. Als Autor taugt er nicht viel! Und als Germanist? Sie wissen ja, er schreibt! Muß dann wieder aushalten, daß das gelegentliche Hineingeraten in die verachteten Feuilletons schon Thomas-Mann-Tantiemen garantiere. Daß gar nicht gesehen werden will, daß die Bücher mit Verlust von Karriere erkauft wurden, mit Verzicht auf Familie und Eigentum, da die nächste Beurlaubung, der nächste Roman, finanziert werden will, daß es ein Verbleiben bis zuletzt in der (von einem linken C3 zynisch sogenannten) Knechte-Klasse der universitären Kastengesellschaft bedeutet, die einen ausschließt von Prestige und Mitteln und Freisemestern und vor allem von der Achtung und Aufmerksamkeit, die sich die Ordinariengesellschaft nur untereinander erweist.

Kränkung? Gewiß. Man bewegt sich als Neger in der weißen Wissenschaft von Negern. Nun habe ich diese doppelt dubiose Lebensweise freiwillig gewählt, schätze daran die Chance, wechselnd lernen und auf wechselnden Füßen den Deformationen der Betriebe entfliehen zu können. Dennoch muß ich zugeben, daß mich die Tatsache, daß es für Praxis so gar keinen Bonus gibt, daß sie gegen und nicht mit der Institution durchgehalten werden muß, oft wurmt und zernagt. Es wäre vermessen und ungerecht, wollte ich, weil ich mich in zwei Betrieben bewege, doppelt »Glück, Glanz, Ruhm« einklagen. Der Schmerzpunkt ist nicht, daß mit der Entscheidung Romane-statt-Karriere mir die höheren Würden nicht teilhaftig werden; der Schmerzpunkt ist die strukturbedingte Stigmatisierung der Praxis. Mein Freund, Rechtsanwalt, muß vor seinen Mandanten verheimlichen, daß er Gedichte schreibt, sonst vertrauen sie ihm nicht mehr. Daß es in der Literaturwissenschaft nicht anders zugeht, tut weh, schließt aus. Der Lyriker Rainer Brambach erzählte, daß die schikanöse Behandlung bei der Einreise nach England sofort abgebrochen worden sei, nachdem er gesagt habe: »I am a poet, Sir!« Dergleichen geschieht eher unter Polizisten als Germanisten. Aber keine Vorzugsbehandlung ist verlangt, sondern der Respekt einer Disziplin, die Aftermieterin der Literatur ist, der auch ich erst die Existenzberechtigung liefere, die, auch wenn sie das Wort nicht mehr so gerne hört, Sekundärliteratur schreibt. Jawohl, das Primäre sind wir.

Der Autor als Germanist

Immer dieses schlechte Gewissen unter den Freien: Du bist Beamter, Du kriegst regelmäßig zum Ersten Deinen Batzen, Du brauchst keine Redaktionsklinken zu putzen, Du stehst nicht im Lebenskampf, Du kannst Dich bequem in Deinen Sessel zurücklehnen und den Krimi mit Toten des Literaturbetriebs beobachten. Und wir sind die, die dazu mit ihren fetten Posten die Preise verderben. Das Geld, A und O, natürlich, baut eine Mauer. Was nützt es, wenn ich dagegen halte: Ich habe den Beruf, weil ich mich beim Schreiben keinen ökonomischen Zwängen aussetzen will, und dafür zahle ich: keine Zeit, so viele nicht realisierbare Pläne, keine Ferien, keine Reisen; Preise und Stipendien gehen, weil man aus dem Überfluß schreibt, an einem vorbei. Es ist ein Teufelskreis: Die Freien neiden einem Sicherheit und Geld, wir den Freien ein Leben, das nur den Schreibtisch kennt. Mal Villa Massimo oder so, nix da: aus der Semesterhatz ans Erfinden und mühsam versucht, den Sprach- und Empfindungshebel umzulegen. Es bleibt ewig unerfreulich und vereinsamt, sich immer gegen Projektionen von zwei Seiten wehren zu müssen. Dabei ist, zwar als Sehnsucht nach Entlastung vom Betteln nach Aufträgen und vom Schreiben-Müssen sehr ernst zu nehmen, dieser Neid auf die Berufstätigen auch ein bißchen Attitüde: Ein Berühmter riet mir mit Berufung auf einen noch Berühmteren, daß ich um Gottes willen nie Freier werden solle: Stellen Sie sich vor, Sie sind fünfzig und Ihnen fällt nichts mehr ein, aber weder er noch der Berühmtere dachten und denken daran, ihre Ratschläge für sich selbst anzuwenden. Viel zu wichtig ist ihnen die identitätsstiftende Aura des freien Autors, sie leben vom Abstand zum Bürgerlichen.

Ja, der Neid ist spürbar, der Hieb im Unterton des Satzes »Ich bin Profi« – aber das Kastendenken der Uni habe ich hier nie erfahren. Freundschaft und Kollegialität mit Freien sind möglich. Sicherlich, sie sind labil und strapazieren durch die endlose Kränkbarkeit, den Narzißmus des Berufs, durch die Vergleichssucht und das Sticheln mit Erfolgen und Interna, das unstillbare Aufmerksamkeit-Heischen. Was für Eitelkeiten, was für Ranküren, da macht einen die berufliche Sozialarbeit in einer Institution ja fast zum bodenständigen Kerl. Und dennoch: Man ist aufgenommen in die Welt der Primären und hat den gleichen Feind: den Betrieb. Nur wenn es gegen die Germanisten geht, widerspreche ich, relativiere: Sie sind die genauesten Leser. Der Autor wird nicht in die Literaturwissenschaft integriert, aber der schreibende Literaturwissenschaftler in die Schreibenden. Das hat seine Gründe darin, daß die meisten Schreibenden offen oder verdeckt, indem es auch bei den Freien Pflicht und Kür gibt, vergleichbar berufstätig sind, Leiden und Freuden teilbar sind; auch darin, daß die Grenzen zwischen Groß und Klein vager sind als in der Statushierarchie der Uni; und schließlich darin, daß trotz aller Eifersüchtelei und Rachsucht es einen gemeinsam verteidigten Stolz gibt, jemand zu sein, der das Dümmste, Erfolgloseste, Flüchtigste auf Erden tut: schreiben. Im Gegensatz zu den unterscheidenden Kastenidentitäten der Institution Wissenschaft gibt es eine primäre Rollenidentität. Eine gemeinsame Interessenorganisation, die IG Medien, während die universitären Verbände meist ständisch gegliedert sind. Jeder Ordinarius zeigt mir habituell, daß er in einer anderen Welt lebt. Der Großautor nimmt einen, seinen Alpha-Status nie vergessend, ins Rudel auf. Gewiß prüfe ich mich, ob ich hier nicht einer Täuschung aus Akzeptanzgier unterliege; aber ich denke: Es stimmt so. Die eigentliche Konfrontation, in die der Autor als Germanist gestellt ist, ist der Schimpf, ein Germanist zu sein, ein Kopfliterat, einer, der, da er nichts von Poesie verstehe, sich schleichen möge. Doch spielt diese Konfrontation, die andere Seite der verfrästen Konkurrenz zwischen Theorie und Praxis, im Umgang mit den Schreibenden kaum eine Rolle. Sie wird vielmehr forciert vom distributiven Teil des Betriebs: von den Feuilletons, Verlagen, vor allem von der dummen Kritik. Reich-Ranickis Sottise war, mich, nachdem er mich beim SWF-Kritikertreffen als literarischen Scharlatan entlarvt hatte, beim Gemütlichen als Professor der Germanistik vorzustellen. Da heulen die zwei geschundenen Seelen gemeinsam auf. Trotzdem aber muß die peinigende Selbstanfrage lauten: Ist was dran, daß wir keinen originären Zugang zum Schreiben haben, intellektualistisch verbogen sind und durch unsere Beamtenexistenz verbindliche Kreativität verhindert oder verschüttet haben? Zunächst lassen sich die damit implizierten Klischees zurückweisen: Berufstätigkeit, selbst Beamtentum, muß nicht im Gegensatz zu Kreativität stehen; Beispiele genug; Kreativität muß nicht A-Intellektualismus voraussetzen, das ist Genie-Kitsch; und die mitgemeinte Norm, Literatur müsse ohne Umleitung über den Kopf aus dem Bauch in den Bauch, müsse Spaß bereiten, Vergnügen, diese Norm ist eine nicht selten fragwürdige Kampfposition ökonomischer Interessen in der Konkurrenz der Unterhaltungsmedien oder einer denkfaulen Anti-Moderne. Dennoch: Ist was dran? Gibt es den Makel der Germanistenliteratur?

Mich beobachtend, Vergleiche ziehend, gestehe ich: Es gibt berufsbedingte Tendenzen, es gibt Signifikantes: die Neigung zum Zitat, zur Anspielung, zur Text-Vertextung, die Neigung zu kompositionellen Überkonstruktionen, das Anlehnen an Muster, das Stilspiel, die Selbstreflexion des Schreibens. Tendenzen, die nicht auf schreibende Literaturwissenschaftlerinnen und -wissenschaftler beschränkt sind, die sich bei ihnen aber häufen können – können! Trifft die Beobachtung zu, so ist zu fragen: Ist das ein Makel? Ich habe darauf eine gespaltene Antwort. Ohne dies theoretisch oder normativ weiter bedenken zu wollen, allein aus der Erfahrung sehe ich schon darin die Gefahr einer Literatur aus zweiter Hand. Die Erfahrung ist, daß ich viel Zeit brauche, eine durch keinen Dienst, durch keine Lektürezwänge, keine Reflexions- und didaktische Aufgaben behinderte Lebensweise, um meine Sprache, meine Geschichte zu finden, um die asoziale Konzentration auf mich zu ermöglichen, die Berserkerei des Arbeitsprozesses. Ich will damit keine falschen Gleichungen zwischen Lebensformen und Werk-Qualitäten ziehen. Das ist von Person zu Person, auch von literarischer Gattung zu literarischer Gattung anders. Für mich aber, für das Prosa-Schreiben ist es so, daß ich eine mich lähmende literaturwissenschaftlich abstrakte Sprach-Einstellung und eine mich verstopfende Lehr-Lektüre-Fülle, das stete Bewußtsein einer gar nicht vermeidbaren Epigonalität wegdrängen muß und beim Schreiben immer wieder wegdrängen muß, bis es mir gelingt, einen Text zu vollenden, von dem ich sagen kann: Das ist dein Text, da steckst du drin. Das heißt aber doch andersherum: Dies sind Belastungen des Schreibens durch den literaturwissenschaftlichen Beruf.

Aber nochmal: Makel? Ich habe keine ästhetischen Dogmen, ich vertrete hier keine, ich halte diese oft für falsche Geschäfteklapperei in der Betriebskonkurrenz. Es gibt nicht nur eine gute Literatur. Im Spektrum des Möglichen halte ich dies Germanistische als Parsprototo für literaturwissenschaftlich Reflektiertes, das Arbeiten also aus den Kenntnissen der Tradition und der ästhetischen Diskussion auch für eine Notwendigkeit, da Naivität, unbekümmerte Originalität, unbedachte Einsinnigkeit ja nicht per se und nicht die alleinigen Tugenden des Schreibens sein müssen. Ganz besonders halte ich es für unverzichtbar, daß in der Vielfalt des Schreibens nicht verloren geht die Avantgarde; das Experimentelle, das ›Moderne‹ muß aufgenommen und fortgeführt werden, die kritische Theorie des Ästhetischen. Dies aber ist zumal durch die Literaturwissenschaft präsent. Der Traditionalismus und das Beharrungsvermögen der Literaturwissenschaft haben das Gute, das nervöse Umschlagen von Schreibhaltungen und Gedanken zu konfrontieren mit dem Material der Geschichte der Moderne. Das Gedächtnis der Literaturwissenschaft ist länger. Sie erinnert sich noch an Jürgen Bekkers »Felder«. Das Einbringen moderner Tradition gegen den Sog von aufgewärmten Konventionen, von simpler Identifikationssucht, von Reinzieh-Literatur kann – kann! eine Aufgabe des Autors als Germanisten sein.

Mein Lamento will nicht der zu leichten Entschuldigung Vorschub leisten, die Zerspannungen unserer Doppelexistenz seien das Resultat zweier kontroverser Betriebe. Es ist wohl andersherum: Eine vorgängige Ambivalenz, eine quallige Identität, hat uns dazu gebracht, eben nicht wie die meisten der ja nicht seltenen Doppelseelen zwischen Schreiben und Uni uns im Laufe des Studiums, des Berufs, erwachsen werdend, für eins zu entscheiden. Daß wir zwischen Lehrstuhl und dem »elektrischen Stuhl« der Freien sitzen, entspricht uns. Das ist unsere private Angelegenheit. Was daran aber von öffentlichem Belang ist, darüber soll laut lamentiert werden dürfen: Es gibt keinen haltbaren Grund für die akademische Diskriminierung oder herablassende Tolerierung unserer Spezies. Wir sind das Naheliegende, nicht das Exotische. Das Falsche ist die verengte Wissenschaftskonzeption. Der Skandal ist, daß uns die Literaturwissenschaft nur als anrüchige Orchideen in einem Winkelplatz duldet, obwohl es bei uns – anders als in anderen Künsten – sonst überhaupt keine Möglichkeiten für eine Vermittlung von Akademie und Praxis gibt. Das ist die eine Front. Die andere ist: Mit welchem Recht, welchen Interessen, welchen Vorurteilen und Urteilsdogmen versucht ein Teil des Literaturbetriebes uns zu verdächtigen und zu exorzieren? Wir lassen uns nicht zum Watschenmann der Kopfjäger machen, der Intellektuellenhetze. Keine Front gegen die Schreibenden. Und da es anscheinend unmöglich ist, den nicht naturgemäßen Widerspruch zwischen Wissenschaft und Praxis ehrenwert aufzuheben im Literat-Sein, homme und femme des lettres, würde ich, fragte mich Petrus nach meinem Beruf, ihm, wegschwindelnd, daß ich als Prosaist nur ein Halbbruder der Dichtung bin, antworten: I am a poet, Sir!

1 Joachim Dyck: Gute Reise. DIE ZEIT, 22.9.1989. **2** Heinz Hillmann: Rezeption – empirisch. In: W. Dehn (Hg.): Ästhetische Erfahrung und literarisches Lernen. Frankfurt/M. 1974, S. 219 ff. **3** Wilhelm Dilthey: Die geistige Welt; Erste Hälfte: Abhandlung zur Grundlegung der Geisteswissenschaften. Stuttgart 1974, S. 335.

Das Begehren der Rheinbrücke

Von Grethi T. Tunnwig

für Eckhardine Henscheid

Stets ist die Frage, was Pornographie sei, nur von Männern und schief beantwortet worden. Von Ludwig Manncuse, von MertnER-MAInusch, von Siegmusch – das sagt schon alles. Hierbei definierte im Anschluß an die sog. Erste Generation Frankfurter Würstchen die historisch-hermenautische Mannschaft, Pornographie sei die jeweilig unschickliche Tabubrechung, sofern – vERsteht sich – die jeweils sittliche Würde des Menschen als Mann (vgl. franz. homme) und seine Männschenrechte verletzt würden, die einst der liebe Gott Adam von Finger zu Finger über den Wolken verliehen hat. Danach ist pornographisch, was der öffentlichen Schicklichkeitsnorm widerspricht. Diese ist der sog. sexuelle Erwartungshorizont, in dem öffentliche und private Männerwünsche konteragieren. Und wenn nun dieser Höschenhorizont durchstoßen, durchbrochen oder durchlöchert wird, gibt es einen Skandal oder Pornographie oder Kunst, auf jeden Phall öffentlich Ärger und privat Lust unter dem Hosenladentisch. Dieser soziohistokratechnische Schwachsinn, der sich in seiner metahermenautischen Supervision jeder normativen Argumentation bis auf die eine des Durchstoßens entschlägt, wurde nur noch übERboten von der Definition der medizinal-fummlerischen Mannschaft, die Pornographie bestimmt als elektrophysikalisch meßbaren Grad von Stimulation der Sekretion, Pupillenerweiterung und des Erektionswinkels. Also stopften die Herren Sexualforscher den Probanden und vor allem den Probandinnen allerlei Drähte in die Hosen und unter den BH und ließen was Bullengeiles im Stil von »Die bumsfidele Romanistennacht – oder: Die Acht des Lesers« abflimmern, ein Streifen der bewährten Komposition vonoben, vonunten, vonhinten, ins Maul, zu dritt, zu viert und nun alle miteinander. Was wurde dabei ERforscht?? Was wohl, natürlich: Pornographie ist, was den Schwanz hebt! Nun wäre dies ja eine ganz vernünftige Einsicht gewesen, denn Pornographie ist per se männlich, aber die Herren Sexualforscher formulierten eine andere ERkenntnis: Pornographie ist, was den Menschen als solchen sexuell stimuliert, und: das funktioniert bei männlichen Vpn prächtig über Bilder, aber bei den weiblichen Vpn klappt's nicht. Also ERfanden sie ein neues Programm, und nun stopfen sie den Frauen die Drähte rein, während die *lesen* – irgendwie wird sich doch schon nachwEIsen lassen, daß die Frauen auch auf Pornographie reagieren. Tun sie aber nicht. Das Geld von der Konrad-Ebert-Forschungsgemeinschaft ist im Ofen.

Denn die Wahrheit ist einfach, wie wir auf dem Kopenhagener Kongreß »Die Frau – der Schwanz« in vielen schönen Gesprächen gelernt haben. Pornographie ist Ausdruck des Patriarchats, da sie die Vorführung der Vergewaltigung der Frau durch den Mann ist. Klar, daß dabei die ERwartungshorizonte und Sekretionsmesser anders ausphallen. Das Begehren des Mannes ist immer phallographisch, einstachlig, da der Mann, halbheitlich und unfähig zu echter Liebe, deformiert durch die axiomatische Sublimation seines Triebes in Gewaltvernunftherrschaft, die Frau nur als Objekt seiner auf Titten, Arsch und Möse partialisierten Gier zuläßt. Ein Begehren, das, uneinbringbar in anima-Befriedigung, unersättlich stets bleibt. Pornographie ist die ausbeutbare und tendenziell gewalttätige Gier auf die auf ihre Geschlechtsteile reduzierte und damit verstümmelte und vergewaltigte Frau. Dies ist die einzig fruchtbare Definition der Pornographie (›fruchtbar‹: hinterrücks offenbart dies Wort der männlich-hegemonialen Sprache, wer einzig Frucht zu tragen in der Lage ist: fruchtbar sein können nur wir, die Frauen). Und eine weitere, eine fruchtbare, als FRAUkenntnis ist, daß Pornographie überall ist. Nicht nur am Peepkiosk. Sie ist, wo Männer sind, sehen, reden, filmen. Sie ist selbst dort, wo sie nicht zu sein sich verbirgt. Zum Logozentrismus gehört untrennbar sein Widerpart, der Phallozentrismus. Wo nur ein Kopf, da ist auch nur ein Schwanz. Caesar, Kant wie alle: Sie denken streng für die Politik und den Geist und wichsen hinter dem Vorhang. Dem asexuell sich gebenden Gerede ist als sein Gegenpart die Geilheit konstitutiv. Die vielen schönen Gespräche unter Frauen auf dem Kongreß in Los Angeles »Die Frau und der Diskurs der Männer« haben dies deutlich gezeigt. Von Plato bis Hegel-Schlegel und unseren lieben Helmuts und Peters: eine einzige Abwichse in Kopf und Unterbauch, ein ewig wiedERkEhRendes Gezippel und Gesperme um DAS DA, das eine Ding-An-Sich, den Staat, den Fortschritt, den kategorischen ImpERativ, den Schwanz. (Vgl. Dorothea Hockeimer-Wiesengrund, Zur Dialektik von DAS und SAD, Meisenheim/Glans). Der männliche Diskurs ist bekanntlich im Gegensatz zum weiblich-metonymischen ein dichotomisch-allegorischer: Ihm ist nicht die untrennbare Einheit von Denken und Sein, sondern die Opposition verbindlich von hehrem GE-Rede oben und GespEIchle nach dem letzten Loch unten. Ach, wenn männliche Blicke zeugen könnten – sie zeugten nichts als Krüppel, entweder Apollo oder Dionysos, entweder Descartes oder Faßbinder. Aber nie eine Einheit. Das ist die dem Manne eingeborene Bedingung der Pornographie. Auf ihren Altären und Flugschriften haben sie die Welt immer fein zweigeteilt allegorisch abgeschildERt. Der Himmel ist voller vorpubERtärER geschlechtsloser Engel und unten die Hölle, welche sich natürlich durch Tor und Vulkanloch öffnet, worinnen der Teufel, nein: natürlich seine Großmutter, sitzt mit langen Brustzitzen. (Ich bringe hier die vielen schönen Gespräche des Kongresses ein, der unter dem Titel »Luther-Bosch-Günderrode: Die Frau und der Pinsel« in Rom stattfand.) Diese, die Pornographie immer einschließende, Dichotomie von Schöner Seele und Runder Hure beHERRscht bekanntlich auch den männlich-literarischen Diskurs von Homer über Goethe und Keller bis auf G. Grassens aalschlukkende Tullas EinER- und die Seele bergende Rotkreuzschwestern andERERseits. Unaufhebbar gespalten ist Mann zwischen Hirn und Schwanz; glEIchSAM doppelt ERigiert. Und wir Frauen sind die Betroffenen. Nur dem weiblichen Blick entlarvt sich das Pornographische an der Pornographie. Als ich neulich an dem von Frauen solidarisch ausgerichteten Kongreß »Die Frau und Donizetti« in Bergamo teilnahm und ganz voller Wärme in mein Hotel ging, spritzte ein Typ in der alpennah warmen Nacht an eine Hauswand

MUSCH

und lief hochrötlich verstört, den Grappa-Flachmann zwischen den Lippen, zur SEIte, als ich ihn frug – nö: f(r)ruckte –, ob er mit mir schliefe. Schlaffte? Stimmt schon: schliefe. Da watschelte er hin mit waschligem Wulstschwung. Wahrscheinlich ins Albergo«. WahrschEInlich zum Wichsen, EIngedenk EInER süßblonden Maria. So sind sie. Und eines dürfen *wir* nicht sein: Frauen, Menschen, ganz aus Kopf und Seele und Lust. Erst da, wo dies wir dürften, machte gänzlich überflüssig (!) die Pornographie sich.

Ich fasse zusammen: Nach Lacan (der seine Hauptthesen, wie wir seit dem solidarischen Kongreß »Die Frau und (A.) Freud« in Paris wissen, seine Theorie seiner – wie jene Frau Einstein – seltSAM vERschollenen Assistentin Juliette Morgenthal verdankt) – nach Juliette Morgenthal also ist das männliche Begehren bestimmt durch den primären Vereinigungswunsch des Sohnes mit dem ursprünglichen weiblichen Objekt, der Mutter, und sublimiert sich in der ödipalen Krise zur Identifikation mit dem Andern (Vater, Logos, Geld), in den das eigene Selbst beschnitten projiziert wird, so daß sich das überich-zensierte Begehren nur noch verdrängt auf die Frau richtet, es hat die Frau als wirklich wahres Objekt der Liebe aus dem Blick verloren und richtet sich nun auf die Fetische eines abgedrängten Sekundärbedürfnisses, seien diese nun die Vater-Fetische der Abstraktion, der Vernunft, des Fortschrittes, des WarenvERkEhRs oder seien es die LUI-Fetische der auf Arsch und Titten partialisierten Sexualgier.

Kurzum und couragiert: Die Geschichte des männlichen Diskurses (ich sagte: Diskurs – Oh, Mann, wie peinlich, als jener männliche Altordinarius, grämlich, weil so viele Frauen da waren, aber keine mehr ließ sich mit rascher Henkelgewalt auf die bekannte Doktorandinnentruhe zerren, als dieser auf dem Kongreß »Die Frau und der Diskurs der Wissenschaft« maulte: Alle reden von ›Diskurs‹, ich nicht, ich bleibe bei dem guten alten Wort ›Diskussion‹ – Oh, Mann, und sowas verdient lässig siebentausend EIER!), also: Die Geschichte des männlichen *Diskurses* ist die Geschichte der Geschichten der Vergewaltigung der Frau. Die Geschichte gegen den Strich reiben, heißt: die ihr innewohnende Pornographie entlarven, die immer eine penitral-fetischisierende ist.

Nicht wahllos – denn: unsere gegenwärtigen expressionistischen Nachwichser und neuen Männerwilden übernehmen mit ihrem geliebten expressionistischen Gestus ja auch den ganzen Möbius-Weininger-Scheiß und nationalexistentialistischen Vorkriegsdreck – nicht wahllos mithin greife ich aus der Tradition der Geschichte der männlichen progressiven Universalpornographie einen Text heraus, der auf einen ersten männlichen Blick sich lediglich als ein Gedichtlein über ein vitalistisch hochpathetisiertes Eisenbahn-ERlebnis geriert: Ernst Stadlers »*Fahrt über die Kölner Rheinbrücke bei Nacht*«

Der Schnellzug tastet sich und stößt die Dunkelheit entlang.
Kein Stern will vor. Die ganze Welt ist nur ein enger, nachtumschienter Minengang,
Darein zuweilen Förderstellen blauen Lichtes jähe Horizonte reißen: Feuerkreis
Von Kugellampen, Dächern, Schloten, dampfend, strömend...nur sekundenweis...
Und wieder alles schwarz. Als führen wir ins Eingeweid der Nacht zur Schicht.
Nun taumeln Lichter her...verirrt, trostlos vereinsamt...mehr...und sammeln sich...und werden dicht.
Gerippe grauer Häuserfronten liegen bloß, im Zwielicht bleichend, tot – etwas muß kommen...o, ich fühl es schwer
Im Hirn. Eine Beklemmung singt im Blut. Dann dröhnt der Boden plötzlich wie ein Meer:
Wir fliegen, aufgehoben, königlich durch nachtentrissene Luft, hoch übern Strom. O Biegung der Millionen Lichter, stumme Wacht,
Von deren blitzender Parade schwer die Wasser abwärts rollen. Endloses Spalier, zum Gruß gestellt bei Nacht!

Wie Fackeln stürmend! Freudiges! Salut von Schiffen über blauer See! Bestirntes Fest!
Wimmelnd, mit hellen Augen hingedrängt! Bis wo die Stadt mit letzten Häusern ihren Gast entläßt.
Und dann die langen Einsamkeiten. Nackte Ufer. Stille. Nacht. Besinnung. Einkehr. Kommunion. Und Glut und Drang
Zum Letzten, Segnenden. Zum Zeugungsfest. Zur Wollust. Zum Gebet. Zum Meer. Zum Untergang.

Der weibliche Blick jedoch sieht, was ich hier nur kurz in phänomenologischer Methode antönen kann, was jedoch zweifellos von Wort zu Wort dieses Gedichtes und seiner auf- und abschwillenden Satzkonstruktion zu erhärten ist: Keineswegs ein Eisenbahn-Gedicht, sondern eine antifeministische Hetze, so widerlich vermufft wie diese Rheinbrücke, an deren Ende Kaiser Wilhelm mit Pickelhaube Wacht am Rhein hält und 4711 herüberstinkt. Ja, Männer, solche verklemmte Pfarrerssohn-Poesie wie die von Stadler und Heym und Benn – das macht euch jetzt wieder unheimlich stark an, was!

Allein die Metrik: Diese pseudohymnische, also Gotteslob und Onanlob amalgamierende, Strophe stößt sich Zeile für Zeile jambisch hart vorwärts bis zum immergleichen männlichen Reim am Ende. Und dies in einem syntaktischen Auf- und nachspritzenden Abschwung, der deutlich auf das verweist, was K.L. Schneider die für Stadler typische »Erregungskurve« nannte (Ja, Männer, das ist affengeil, der Text als Wichse, und dann damit auf Tournee, was, als Dichter, aber logo, mit Seidenschal, aber immer, und dann paar Poesiegroupies, aber feste, wenn nicht schon der Typ von der FAZ abgesahnt hat). Allerdings muß zu Schneider gesagt sein, daß er, wie wir seit dem Kongreß »Frau und Expressionismus. Lasker-Schüler zwischen Kafka und Benn« wissen, seine Stadler-Interpretation seiner seitdem seltSAM vERschollenen Assistentin Susanne Sybille Fricker vERdankt. Auch dies Gedicht ist durch und durch pornographisch. Auch es variiert in seinem Tiefentext nur jene phallokratische Dichotomie von Geist (Vater) und Trieb (Mutter) und damit die männliche unharmonisierbare VERspanntheit von Kopf und Bauch. Genau dies aber in all seiner Schärfe, respektive Betrefflichkeit, hat eben die Germanistik übERsehen, kein Wunder, denn ›Germanistik‹ heißt ja dem Wortsinne nach: Wissenschaft der speertragenden Krieger! Schauen wir uns nur die Spießrutengalerie der Stadler-Interpreten an: MEYER, StAIgER, RASCH und dann SCHLAFFER und endlich MATTENKLOTT. Was, fragt sich frau, konnte dabei schon herauskommen!

Das Gedicht gliedert (!) sich in drei Abschnitte: Exposition oder Anwichse, Abwichse und Nachwichse. In der Anwichse stößt der ebenso angst- wie faszinationsbesetzte Schnellzug in Dunkles, Enges, Röhrenhaftes. Der Phall will ins Eingeweid, Tunnel, Minengang. Diesem Begehren nach der Rückkehr in die Mutter, die hier höchst prägnant in all ihrer chthonischen besinnungslosen Krötenkörperlichkeit gesehen wird, wird zunächst noch verhalten, dann immer ekstatischer das Prinzip des Lichtes entgegengesetzt, wobei dieses Lichthafte, das teils von Außen kommt, teils aber Reflex des Peniszuges ist, identifiziert wird mit der Vater-Welt des Anderen, der den Sohn sich als gedoppelt spiegelhaft wahrnehmen und das Dunkel-Chthonische jählings zerreißen läßt. Die Dichotomie von Schlauch-Dunkel und Licht-Strebenden kulminiert und bringt damit den ganzen Schamott von Schlot/Stern/Himmel/Feuer versus unten/dunkel/erdhaft/Wasser/Loch auf den peinlichsten Nenner, indem die Opposition von »Minengang« und »Kugellampen« hergestellt wird (vgl. hierzu Senta Plötzlich-Lumen, ›Glühbirne‹. Die Lichtsprache der männlichen Mystik, demnächst).

Nach der Anwichse der ersten fünf Zeilen kommt, was kommen muß: ER kommt. Beschrieben ist es als Orgie von Licht, als Auffliegen vom schweren Boden und mondhaften Meer, als ÜbERwindung der Triebschwerkraft. Der Mann, der das prometheische Geistlicht in die Nacht der Erdhöhlenweiber bringt: Ha, Jungs, die ihr jetzt das August-Stramm-Bändchen im Burburry tragt und heimlich Trakl abpinnt: das macht echt rabengeil! Im typischen Ideologiepudding des alten und neuen Expressionismus ist natürlich der Sieg über

Weiberfleischschwere zugleich thematisiert als Sieg deutschmännlicher Idealität über welsch-feminine Sinnlichkeit. Auf dieser deutsch-viktorianischen Spitzenbrücke hält der festlich illuminierte Himmelsspritzer Wacht am Rhein, hält schillerisch-pickelhaubig alles rein: da fliegt das Hirn in prächtiger Licht-Biegung wie eine Fackel-Parade in die Gestirne: Bums, da klebt der kalte Bauer am Himmelszelt und kleckert nur noch ein bißchen herab zu dem, was ein deutscher Geisteswissenschaftler seinen Spucknapf zu nennen sich beliebte: das Weibliche; Meer, Nacht, das abwärts Strömende. Ich verweise hier auf meine Arbeiten: G.T. T., Meer und Steg. Zur Geschichte eines phallergischen Topos; dies., Meer, Muschel, Schlamm bei Benn, beide 1985. Die Dichotomie von Schwanz und Möse, von oben und unten, von Geist und Triebsumpf, unter die von der Exposition an das scheinbare Eisenbahnerlebnis gerückt ist, kommt also zum Ausbruch, indem da eigenhändig allerlEI zum Himmel »wimmelt«, während die Wasser dumpf »abwärts rollen« (vgl. ›Rollen‹ im Schwäbischen, in: Fellbacher Femilinguistische Berichte 2/82). Abgespritzt und vorbei. In den letzten Zeilen zieht sich der postcoital traurige, weil doch wieder irgendwie auf Weib und Trieb reingefallene, Mann in seine camussche Einsamkeit zurück: Nachwichse (vgl. zu diesem Begriff: Svende, Nachwichse. Schwanz raus, weg und weinen. Eine Novelle,[1] Zubuntbuchverlag,[2] Suhrkamp 1984). Aber natürlich kartet der nun gänzlich zum platonischen Himmelswichser und tiefsinnigen Pastoren gewordene Mann im Weihnachtspredigtton noch einmal gründlich nach (vgl. auch Verena, Weihnachten, die Nacht des wehen Eis, Gedichte, 299-315. Tausend, Worpswede morgen), ja, ihm ist und bleibt (blEI-EIbt) unversöhnlich der Widerspruch von Geist und Trieb, Kopf und Bauch. Nun wird's in dieser priesterlichen und meßknabenschwülen Terminologie nochmal variiert, das Pornographische mit Weihrauch: Licht gegen Nacht, Himmel gegen Erde, enge Mutter gegen weiten Vater, Erdschlauch gegen Sternenweite. Nun ist unser Mann gar nicht mehr sinnlich, sondern nur noch besinnlich, und er walzt es nochmals in dem ewig gewaltigen Gedöns aus: Strebend ewig zum Lichte empor, zu Gebet und Kommunion, zieht ihn doch immer wieder das ewig feuchtsalzige Weibliche hinab in den Erduntergang.

Das ist er. Unser Mann. Sein Begehren zERspannERt sich zwischen Erdlochrammelei und Milchstraßenstrich. »Die Fahrt über die Kölner Rheinbrücke« – ein durch und durch pornographisch-maskulines Ejakulat von ideologischen Klamotten aus der Kiste Geist-Deutsch-Ekstase-Einsamkeit-Manngott-HumphrEY. Faszinierend aktuell, nicht wahr, Jungs?

Und *wir* sind immer noch gut genug, die Erdschlangen abzugeben, über die man hin und in die Sterne wichsen kann. Okay, Männer, na kommt schon mit euren Kugellampen in den Minengang, kommt schon, kommt. Aber Vorsicht, ›Mine‹ heißt nicht nur ›Stollen‹.

Zum Schreiben

Die peinlichen Leiden des Autors

Warum schreibt man? (Natürlich auch ›frau‹, um's nicht zu vergessen, es ausdrücklich zu sagen.) Die Gründe liegen in den ›Tiefen‹ der Person und sind peinlich, auch wenn man ehrenwerte emanzipatorische Ziele anpeilt, denn die könnte man ja wohl auch anders erreichen. Warum also gerade Schreiben? Weil wir Schreiber *Neurotiker* sind! Hysteriker, Exhibitionisten, Narzißten, Geltungssüchtige, Lebensversager, weil uns auf jeden Fall ein Defekt zugrundeliegt, uns fehlt etwas. Wir wollen etwas sagen, weil wir meinen, es müsse gesagt sein (Mitteilungsbedürfnis), wir wollen uns selbstdarstellen, weil wir meinen, die Welt schenke uns nicht genug Aufmerksamkeit (Exhibitionismus), wir wollen reale Schwierigkeiten dadurch lösen, daß wir etwas Schöneres herstellen, oder dadurch, daß wir überhaupt etwas machen (Verdrängung und Bewältigung), wir wollen uns nur mit uns selbst beschäftigen (Narzißmus), wir wollen uns gegen unsere Überflüssigkeit wehren, wir wollen wer sein. Das stimmt. Nur hat die Psychologie, die Vokabeln genug liefert, mit denen man uns zu den Idioten der Nation stempeln kann, immer auch gesagt, daß das Gefühl von Mangel in der Realität, von Unzufriedenheit, von Sucht nach Geltung und Kommunikation, nach Bewältigung das ganz normale Lebensgefühl ist. In seiner Neurose ist der Schreiber pudelgesund. »Nicht nur die Dichter – nein auch alle anderen Künstler, Propheten, Philosophen, Erfinder sind Neurotiker. Die Neurose ist die Quelle allen Fortschrittes.« (W. Stekel) Die Wirklichkeit befriedigt keinen. Keiner ist so satt, daß er keine Wünsche mehr hätte. Wünsche schlagen sich in Phantasien nieder, in geträumter Sehnsucht, im Desiderium, das E. Bloch die einzige ehrliche Leidenschaft des Menschen nennt, ohne die er kein Mensch mehr ist. Jeder träumt also. Wir sind alle krank am Widerspruch von Wunsch und Wirklichkeit. Wir wollen alle etwas, das ist gesund wie das Trimmen, krank wäre, am Ende zu sein, nichts mehr zu begehren.

Nicht die Neurose allein also, der Versuch, mit der Mangelhaftigkeit der Wirklichkeit fertigzuwerden (und auch das Schönwetter-Gedicht entspringt dem Gefühl eines Mangels, dem, daß etwas fehlt, wenn das blaue Sonnengefühl nicht notiert, nicht vergegenständlicht ist), nicht also das allgemeine Leid am Widerspruch von Wunsch und Realität erklärt das Schreiben. Dazu kommt zweierlei Besonderes: Einmal, daß Stimmung, Gedanken- und Ausdruckswunsch in *Arbeit* umgewandelt werden oder werden wollen. Der Schreiber setzt sich, statt dem Nachbarn auf die Schulter zu schlagen mit dem Ausruf Was-für-ein-Wetter!, an den Tisch, läßt das Blut vom Kopf in die Beine sacken, hockt und kritzelt Zeilen aufs Papier; er muß eine Lust daran haben, etwas zu verfertigen, was sich haltbar vorweisen läßt; er muß, bös gesagt, Triebaufschub und Masochismus gerne haben können, gut gesagt, die Lust haben, andere an seinen reproduzierbaren Mühen teilhaben zu lassen. Arbeit in diesem Sinne ist auch Malen und Denken z.B. Und in der Regel ist diese Arbeit auch freiwillig, dient nicht der Sicherung des Lebens (jeder siebte Volksschullehrer dichtet, aber nur jeder paartausendste ist ein Berufsschreiber), solche Arbeit teilt der Schreiber mit denen, die aus Lust kochen, gärtnern, malen, Seelsorge betreiben, die Brücke am Kwai aus Streichhölzern bauen. Der Schreiber hat eine *besondere* Lust an der Arbeit, das ist das Zweite: Wie der Koch eine besondere Lust an Nahrungsmitteln hat, will der Schreiber seine Arbeitslust mit der Schrift befriedigen, mit der Sprache, hier noch genauer: mit der Literatur. Warum ausgerechnet Literatur?

Vielleicht, weil seine Phantasie, sein Äußerungs- und Mitteilungsbedürfnis der Sprache besonders naheliegt; Geschichten, Handlungen, Dramatisches, blitzende Worte, Spiel mit vorgefundenem Sprachgebrauch, die begrifflichen Möglichkeiten der Sprache – vielleicht liegt das dem, was der Schreiber mitteilen will in seiner Arbeit, nahe. Nun weiß man aber, wie viele Schreiber viel lieber Maler, Musiker oder Filmemacher wären (Oh hätte ich das Kino!), so daß zu vermuten ist, nicht die Sprache allein und durch sich ist der

Grund, warum einer schreibt *(Sprachlust)*. Vielleicht tut er das, weil sich ihm von dem, was er an Kunst, Kultur gewohnt war von der Erziehung, der Schule her, die Literatur als *das* Medium anbot; vielleicht hat er in Mutters Bücherschrank die Erlebnisse gefunden, die ihm den Atem nahmen; vielleicht hat er gehört, wie bewundernd man von einem Schreiber gesprochen hat; vielleicht hat der Lehrer gesagt, daß die Deutschen das Volk der Dichter und Denker seien, dazu wollte er schon gehören, nur mit dem Denken ging es nicht so reibungslos; vielleicht hat der Vater einmal Oho gesagt, als das alte Fräulein von nebenan in der Sonntagsbeilage gedruckt stand; vielleicht fand er es erstrebenswert, weise wie Max Frisch zu sein, geehrt wie G. Grass, beschimpft wie H. Böll – die Lust am Schreiben ist nicht unabhängig von den sozialen Erfahrungen, die man macht mit der Wertschätzung, der Mißachtung oder Verehrung des Dichtens (und *welchen* Dichtens), in seiner Umgebung, also mit den sozialen Erfahrungen der Rolle, der gesellschaftlichen Einschätzung des Schreibens; schreiben zu wollen, etwa ein Genie sein zu wollen oder brotloser Künstler, ist ein Wunsch, der von der sozialen Umwelt gefördert oder ausgeschlossen wird; schreiben heißt auch, eine bestimmte soziale Rolle einnehmen zu wollen *(Literaturlust)*.

Die Hoffnung, die gewöhnliche *Neurose* durch *Arbeit*, hier: durch die *Lust* an *Sprache* und *Literatur*, bewältigen zu können, kann sich als ziemlich falsch erweisen; ich fürchte: sie erweist sich in der Regel als falsch; Thomas Manns glücklich empfangener Nobelpreis steht zu den übrigen Schreibern im selben Verhältnis wie der Lotto-Hauptgewinn zu allen Tippern. In der kaum auszulassenden Erfahrung der Untauglichkeit des Schreibens zur Lösung der neurotischen Probleme, der Fremdheit von Sprache und Literatur gegenüber der privaten Subjektivität steckt fast unweigerlich das Leiden des Autors und blüht für gewöhnlich recht prächtig hervor:

Es kann sich herausstellen, daß die Sprache unfähig ist, das auszudrücken, was einem in Kopf und Brust drückt –

Sprache so unangebracht wie ein Preßlufthammer zu Rembrandt-Radierungen (das *Leid an der Sprache*). Es kann sich herausstellen, daß die Arbeit an einem Gedicht nur eine Verzögerung, gar eine Verschärfung der eigentlich doch zu lösenden Probleme bringt – man hätte, statt ein Frühlings- oder Liebesgedicht zu schreiben, lieber wandern oder lieben sollen (das *Leid an der Vergeblichkeit der Arbeit*). Es kann sich herausstellen, daß die Leute, denen man etwas hat mitteilen wollen, sich belästigt fühlen, den Kopf schütteln und fragen: Versteh ich nicht, was soll das denn?; was der Schreiber für ausdrucksstark hielt, sagt den Lesern nichts (das *Leid an der Norm des Typischen*). Vielleicht stellt sich heraus, daß der Schreiber schief angeschaut wird, weil man seine Texte, in denen er Normales phantasiert, was normalerweise aber nicht öffentlich phantasiert wird, auf ihn selbst strafend zurückwendet (das *Leid an der Identifikation von Autor und Text*). Vielleicht – nein, meistens mit Sicherheit – stellt sich heraus, daß die Öffentlichkeit gar nicht wissen will, was man geschrieben hat: nicht die Nachbarn, nicht die scheinbar alternative Zeitschrift, nicht der große Verlag, niemand interessiert, was man sich erarbeitet hat, man fällt nur lästig und hat noch ein schlechtes Gewissen (das *Leid an Publikation*). Vielleicht stellt sich heraus, wenn man nun doch publiziert und sogar ein bißchen Erfolg gehabt hat, daß man plötzlich unter Zwängen steht, die einem neue Probleme schaffen: positiv oder negativ richtet man sich an denen aus, die besser wissen, was man kann oder nicht kann, was man tun oder lieber nicht schreiben sollte, an der Kritik, an Redakteuren und Lektoren. Man hat ein Bild vom Schreiber, das er nun selbst erfüllen muß; auch eine kleine Zeitschrift will nicht irgendeinen, sondern einen typischen Peter Paul Zahl-Text; man unterliegt der offenen oder verinnerlichten Zensur des Betriebs (das *Leid am Literaturbetrieb*). Und schließlich ist man älter geworden, da pfeift die Alternativpresse auf einen, auch Radio und die großen Organe belasten sich nicht gern mit Opas, und ist man nicht gerade Friedenspreisträger oder FAZ-Günstling, dann ist es zappenduster, was immer man auch geschrieben hat, es stapelt sich nur in der Schublade, der Name bürgt einfach nicht mehr für Qualität im Auge des Maklers (das *Leid am Warencharakter des Subjekts*).

Das sind nur Andeutungen. Denn die Leiden des Autors (»schlimmer titel«, P. P. Zahl) sind so vielfältig wie die Möglichkeiten, unter den herrschenden Lebensbedingungen unglücklich zu werden, also nicht zu knapp. Sie potenzieren sich in dem Maße, wie das Schreiben dem gesellschaftlichen Zwang unterliegt; nicht nur dem Verbot und der Verfolgung durch die Staatsgewalt, sondern schon den kleinen Zwängen, die sich durch die Bedingungen des Literaturbetriebs ergeben. Denn der Schreiber ist erst einer, wenn er gelesen wird. Er kann nicht wie ein Maler im Gemeindesaal ausstellen, er kann nicht wie ein Musikus Schuberts Forelle im Quintett springen lassen, er ist dem Markt immer ausgesetzt, dem alternativen wie dem großen.

Von den Warten der Wissenschaft nimmt sich das Schreiben zu leicht rosig aus: Selbstverwirklichung, nicht-entfremdete Arbeit, Bewältigung im kreativen Spiel, politische Funktion und humaner Auftrag usf. Das gewöhnliche Leiden des kleinen massenproletarischen Schreibers läßt es zu solchem Glück erst gar nicht kommen. Er scheitert daran, daß selbst die Freundin an seinen Gedichten das Interesse verliert, weil »Univers« auch auf die dritte Einsendung nicht reagiert, oder weil in »Litfaß« man schwarz auf weiß eins übergezogen bekommen hat: da steht's ja: man taugt nichts. Unser Bild von der Literatur ist immer das von den Texten, die im Kampf überlebt haben, die Spitze von der Spitze des Eisberges. Ob das unter Aspekten der Qualität berechtigt ist oder nicht – das Massenelend der vielen Schreiber, die den Kampf nicht überstehen, ist ein wichtiger sozialer Sachverhalt, über den man reden soll. Sich die Allgemeinheit, die Gründe der Schreiberleiden klar zu machen, sie zu besprechen, ist vielleicht ein erster Schritt zu ihrer Verminderung. Und gerade die kleinen Zeitschriften, die diesem Massenelend konfrontiert sind wie die großen, die aber, weil sie in der Regel noch nicht blind geworden sind durch die verordneten Maßstäbe des großen Literaturbetriebs, die Hand noch näher am Puls des Menschen haben, können über die Leiden der Autoren reden. Denn für den großen Betrieb zählen sie nicht; der hat nur Zynismus dafür übrig (oder warum bestehen die Marginalien in den Akzenten 4/77 aus komischen Briefauszügen?); unter dem Diktat des Marktes verschwindet für ihn Menschlichkeit im Fetisch Qualität. Und natürlich hat auch der alternative Markt seine Gesetze, die verbieten, daß etwa eine Zeitschriftenredaktion zur sozialtherapeutischen Betreuungsstelle wird. Weder können wir den Autoren literarische Ratschläge geben noch menschliche, die so oft nötig wären, wie aus den Rauchzeichen seelischer Tumulte in den Zeilen der Autorenbriefe abzulesen ist. Doch ist es wichtig, sich den Sachverhalt der Leiden der Autoren vor Augen zu halten, empfindlich zu bleiben für die Zerstörungen in der Psyche der Autoren. Denn das Problem der Kunst ist nicht nur ein Problem ästhetischer und politischer Fragen auf dem Niveau der erfolgreichen, der qualitativen Texte, der Texte, die die Leistungsnorm erreicht haben, sondern es ist auch ein Problem der vielen alltäglichen Versuche, mit den Lebensbedingungen fertig zu werden. Auch aus der Froschperspektive der Erfolglosigkeit und den leidvollen Niederlagen ist das Schreiben ein wichtiges Symptom für die normale Misere unseres Lebens. Aber da auch in dem alternativen oder engagierten Literaturbetrieb Erfolglosigkeit tabuisiert ist, redet man besser nicht über die Leiden des Autors, das ist ja fast so schlimm, als erzählte man lauter Gesunden, man wäre krebskrank. Pfui Teufel! Dies Tabu anzukratzen, ist die Absicht dieses Themenheftes mit dem »schlimmen Titel«.

Eine *Umfrage unter Experten:*

»Dichter sind meistens ›eigentlich‹ etwas anderes, sie sind versetzte Maler oder Graphiker oder Bildhauer oder Architekten oder was weiß ich.« (T. Mann)
 »Ein Hauptmotiv des künstlerischen Schaffens ist fraglos

das Bedürfnis, uns in bezug auf die Welt als wesentlich zu empfinden.« (J.P. Sartre)

»Schreiben ist überleben, ist zu sich kommen, und erst danach wird man mit der Umwelt fertig und mit ihren Spannungen. / Man schreibt gewiß aus Angst vor dem Tode und aus Sehnsucht nach dem Leben; was man aber beschreibt, ist die Angst vor dem Leben und die Sehnsucht nach dem Tode. Wer zu schreiben beginnt, stellt einen anderen, der untergeht, aus sich heraus. So kommt er zu sich, vielleicht in seinem ersten Roman.« (M. Gregor-Dellin)

»Mir scheint die Dichtkunst schon nächstens albern, denn sie ist ein sehr kümmerliches Surrogat für die Tat und für das Leben. Sie bietet aber z.Z. noch den einzigen Ersatz. / Ich dürste sehr nach Liebe. Da ich des Schicksals Liebling nicht bin, muß ich einen sehr beschwerlichen Weg wählen, den des Ruhms.« (G. Heym)

»Auch der Künstler trägt Frauenlos. Vom Genius befruchtet, gebiert er unter Schmerzen.« (P. Kunad)

»Hundert gute Anekdoten sind eben nicht auf der Straße gefunden, das kostet Fürze, wie der alte Koch zu Rom sagte.« (G. Keller)

»Freud hat recht, wenn er behauptet, ›der Glückliche phantasiert nicht, nur der Unbefriedigte‹. Wo in aller Welt findet sich jedoch ein Glücklicher, der vom Leben nichts zu fordern hat?« (W. Stekel)

»Während also der Tagtraum seinem Zwecke vollkommen entspricht, wenn er ausschließlich seines Schöpfers Wunschbefriedigung darstellt, würde ein Dichtkunstwerk, das nach ähnlichen Grundsätzen aufgebaut ist, seinen Zweck gründlich verfehlen. Denn was sollte es den B und den C interessieren, ob A das große Los gewinnt oder ein erfolgreicher Staatsmann oder ein berühmter Ingenieur wird! Das Dichtkunstwerk muß vielmehr so gebaut sein, daß die eng persönlichen, auf einen einzigen Menschen zugeschnittenen Wunscherfüllungen dabei außer Betracht kommen und durch andere ersetzt werden, die einer großen Anzahl von Menschen gemeinsam sind.« (H. Sachs)

»it is charming to write about yourself when you see on the reader's eyelash the glittering tear and on his lips the tender smile; but it is not so nice when you have to exhibit yourself as a plain damned fool.« (W. S. Maugham)

»Um affektiert zu erscheinen, braucht man nur versuchen, aufrichtig zu sein. / Die Beweggründe, die mich zum Schreiben drängen, sind mannigfaltig, und die wichtigsten sind, scheint mir, die geheimsten. Vielleicht vor allem eins: etwas vor dem Tod in Sicherheit bringen.« (A. Gide)

»Wer schreibt, setzt Widerstand. / Die Rumpelkammer der belles lettres wächst ins Unübersehbare.« (U. Jaeggi)

»Je mehr ihm das Leben entglitt, desto mehr wurde er Dichter.« (W. Raabe)

»Ein Roman ist ein Leben, als Buch.« (Novalis)

»Und dann bauen wir uns aus unseren Depressionen / Ein Haus, um darin zu wohnen, / Indessen uns die Nachwelt Kränze flicht. / Dort sitzen wir auf unsern armen Ärschen / Und bilden uns ein, die Welt zu beherrschen.« (H. Hesse)

»Das allgemeine Bedürfnis zur Kunst also ist das vernünftige, daß der Mensch die innere und äußere Welt sich zum geistigen Bewußtsein als einen Gegenstand zu erheben hat, in welchem er sein eigenes Selbst wiedererkennt.« (G. F. W. Hegel)

»Ich werde mit mir zu Ende sein, sobald ich mit dichten fertig bin, und das freut mich. Gute Nacht.« (R. Walser)

»Das Leben, das Leben! Es bleibt eine Drangsal. Und so wird es mich denn wohl auch mit der Zeit noch zu ein paar guten Büchern veranlassen.« (T. Mann)

»Mitteilen könne man sich auch nicht mit Gedichten. Man kann sich überhaupt nicht mitteilen.« (Gesprächsnotiz G. Trakl)

»Talma fragte jetzt ziemlich indiskret, ob es wahr sei, daß eine wahre Geschichte dem Roman (»Werther«) zugrunde läge. Besorgt über die Wirkung dieser Frage blickte ich nach Goethe, auf dessen Gesicht aber sich keine Spur von Verstimmung zeigte. ›Diese Frage‹, erwiderte er freundlich, ›ist mir schon oft vorgelegt worden; und da pflege ich zu antworten, daß es zwei Personen in einer gewesen, wovon die eine untergegangen, die andere aber lebengeblieben ist, um die Geschichte der ersteren zu schreiben, so wie es im Hiob heißt: Herr, alle Deine Schafe und Knechte sind erschlagen worden, und ich bin allein entronnen, Dir Kunde zu bringen.‹ Und lautester Beifall lohnte den herrlichen Einfall.« (Gesprächsnotiz von C. Sartorius)

LEKTÜREHINWEISE
Schreiben und Psychoanalyse: S. Freud, Der Dichter und das Phantasieren (1909). B. Urban (Hg.), Psychoanalyse und Literaturwissenschaft, Tübingen (Deutsche Texte) 1973
Schreiben und Marxismus: G.K. Lehmann, Phantasie und künstlerische Arbeit, Berlin/Weimar (Aufbau) 1966
Schreiben und Literaturbetrieb: K. Fohrbeck/A.J. Wiesand, Der Autorenreport, Reinbek 1972 (Rowohlt); P.A. Bloch (Hg.), Gegenwartsliteratur. Bedingungen ihrer Produktion, Olten (Walter) 1975

Von den Bildern im Kopf

Eine Rede

Für Wolfgang Preisendanz

Ein Mann, der Herrn K. lange nicht gesehen hatte, begrüßte ihn mit den Worten: »Sie haben sich gar nicht verändert.« »Oh!« sagte Herr K. und erbleichte.
Bertolt Brecht

Alles ist wirklich da: die Ampel; der Borgward; die Rückseite der vor mir gehenden Frau; das Schaufenster; der Hundedreck; der Bekannte, der sich beschweren wird, daß ich ihn nicht gegrüßt habe – habe ich ihn gesehen? Nach meiner Laune, nach meinen Lüsten und Ängsten, nach meinen Absichten, mit denen ich in die Stadt gegangen bin, sieht mein Auge. Es sieht, was wirklich ist. Aber von dem, was wirklich ist, sieht es nur das, auf das ich mein Auge absichtlich oder nicht lenke. Den Gefühls- und Interessensbedingungen meiner Person in dieser Situation folgt auch, wie ich das Ausgewählte sehe. Was ich sehe, sind nicht die Dinge, sind auch nicht Halluzinationen. Was ich sehe, sind die Dinge, wie sie mir in meiner Perspektive erscheinen. Ein Kind sieht einen Tisch anders als ein langer Kerl als ein Tischler als ein Kunsthistoriker als eine Hausfrau. Hast du die Frau mit den Kastanienhaaren gesehen? Welche? Na, die da! Ach so, die mit dem königlichen Busen! Achja?, ist mir gar nicht aufgefallen. Aber du meinst doch die da? Ja, die! Aber die hat doch schwarze Haare! – Was ich sehe, sind Bilder im Kopf, das jedermann Sichtbare in der Aneignung durch meine Aufmerksamkeitsstruktur.

Mit Bildern im Kopf aber meine ich mehr. ›Bild‹ ist mir der, ich weiß: vage, Ausdruck dafür, was sich überhaupt in meinem Kopf an Mengungen von dem, was außer und unabhängig von mir ist, und dem, was mein Verhältnis zur Wirklichkeit leitet, ergibt: Eindrücke, Vorstellungen, Lebensmeinungen und Träume, Erinnerungen, Theorien, Religion. Diese Bilder im Kopf sind mein Thema. Ich habe es nicht gesucht, es hat mich überall: Wenn ich gehe und schaue, wenn ich einen Brief schreibe, rede, wenn ich streite ganz besonders, wenn ich Literatur lese, interpretiere und schreibe. Es ist ein altes Thema. Das Problem der Bilder im Kopf, der Schaltstellen von Außen und Innen, hat eine lange Geschichte – wobei dies ›Innere‹ ja auch nur eine kaum aufdröselbare Mixtur ist aus meiner unverwechselbaren Individualität, aus womöglich Anthropologischem und vor allem aus dem, was ich an Äußerem von meinen großen und kleinen Gesellschaften, die meinem Leben immer schon vorausgehen, verinnerlicht habe. Vielleicht auch ein zu abgeklappertes, ein zu weitläufiges Problem. Es interessiert mich dennoch, weil sich an ihm ein für mich existentielles Problemfeld festmacht, etwas, das mir durch Kopf und Bauch geht: Was erkennen wir richtig und was verzeichnen wir egomanisch; sind wir immer schon gewalttätig, weil wir auf die Überzeugung, unsere Bilder im Kopf seien richtig, kaum verzichten können; wie können wir gut handeln, wenn der Ichzwang uns doch nie freiläßt?

Literatur ist nichts Besonderes. Sie ist nur eine Form der Bilder im Kopf unter anderen. Anfällig für Rechthaberei, Lüge, Bosheit, Irrtum, Vergewaltigung wie andere Weisen der Bilder im Kopf. »Selbstverwirklichung«, »Aufhebung der Entfremdung«, »Wesensschau« – die afterreligiöse Verzauberung der Dichter und der Dichtung, wie das jetzt wieder so ölig heißt, als etwas ganz und gar Außergewöhnliches, etwas über die gemeine Ideologie Erhabenes begreife ich nicht. Ein autobiographischer Roman, ein Roman über einen historischen oder politischen Fall stellen dar, was war, und modeln es zugleich ins Subjektive, an dem mehr oder weniger Kollektives wie ganz Privates Anteil haben. Darin unterscheiden sie sich nicht von der Struktur etwa der Philosophie, da auch Hegel und Nietzsche nicht nur die Bürgerliche Gesellschaft theoretisch beschrieben haben, sondern sie mit ihrer Systemlust, mit ihren privaten Sauberkeits- bzw. Wutzwängen interpretiert haben. Und sie unterscheiden sich in der Struktur auch nicht von den unerschöpflichen Lebensmeinungen, diesem unsere Bilder im Kopf am stärksten bestimmenden Komplex, etwa von dem Satz, daß Sozialdemokraten nicht mit Geld umgehen könnten, oder dem Satz, daß Frauen sinnlichere Wesen seien – auch hier mengen sich Erfahrungen dessen, was ist, mit typischen bis privatmythischen Vorurteilen.

Gewiß aber hat auch jede Weise der Bilder im Kopf ihre spezifischen Regeln und Bedingungen. Das Eigenartige der literarischen Bilder im Kopf ist, daß sich in ihnen Subjektivität unter dem Schein der Beschreibung dessen, was ist, ganz besonders ausleben kann. Faßt man mit J. Ritter »Subjektivität« als: Empfinden, Wollen, Denken, Sehnsucht, Liebe, Leiden, Glauben etwa – so ist dieses Ausleben durchaus ein anderes als das Ausleben im Traum, in Musik, in Visuellem. Denn als sprachliche Kunst ermöglichen die literarischen Bilder im Kopf ineins das Ausleben unseres fühlenden, meinenden wie denkenden Verhältnisses zur Welt. Entlastet von Argumentations- und Beweisregeln und ausgestattet mit der Vagheit, dem Assoziationsreichtum der Sprache, erlaubt Dichtung, um das Wort als Ausdruck für ›fiktionale Literatur‹ zuzulassen, Schreibern und Lesern gleichermaßen, ihre möglicherweise ganz unterschiedliche Subjektivität auszuleben. Kenntnis zu nehmen von Wirklichkeit, von anderen Menschen und doch sich selbst zu fühlen und ineins zu verstehen: das macht die Eigenart der literarischen Bilder aus. Sich mit Fremdem auseinanderzusetzen und doch mit vereinten sinnlichen, meinenden und denkenden Kräften sich ganz und gar seine eigene Welt zu erschreiben und zu erlesen.

Aus dem folgt, was ich mit meiner Literatur will. Ich möchte eine Literatur schreiben, die zugleich unterhält und, sich selbst zerstörend, verstört. Denn ohne Bilder im Kopf können wir nicht sein, aber die Bilder im Kopf sind, so Max Frisch, stets Vorurteile, »der beste Schutz gegen das Lebendige-Wahre« – die Bilder der Literatur zumal. Deshalb liebe ich die Literatur nicht nur, sondern ich mißtraue ihr auch. Solche Skepsis wird leicht als längst überholte 60er-Jahre-Modernität oder als germanistische Profiskrupelei abgetan. Doch halte ich gar nichts davon, im Konkurrenzzwang der Medien, der Künste, des Marktes und des gemeinen, kunstfernen Lebens die Literatur zum A und O des Menschseins hochzuwerben. Eine literarische Kultur, die sich vom Nachdenken über Literatur freistellt und sich nicht kritisch fragt, immer wieder: Warum Lesen und Schreiben – ist keine, sie ist Rückfall in Kunstreligion, in die selbstverschuldete Unmündigkeit. Aber ich mag auch nicht, wenn einer seine Literatur zum Dogma erhebt. Die Möglichkeiten der Literatur sind mindestens so vielfältig wie die Formen, in denen sie geschrieben wird. Und die Antwort auf die Frage, was Literatur sei und solle, liegt wahrscheinlich in der Summe aller möglichen Antworten darauf. Mein Bild von der Literatur ist auch ein Bild im Kopf, erkennt und verkennt. Nur darum geht es, ein aus persönlicher Erfahrung und Nachdenken gezogenes Literaturverständnis zur Diskussion zu stellen. An solcher Diskussion scheint es mir in dieser Zeit der Betroffenheit und des Poesiekultes, der Rückkehr ins 19. Jahrhundert zu mangeln. In unerreichbar knapper Weise zeigt Brecht in seiner Keuner-Geschichte, indem er Fremd- und Selbstbild aufeinanderprallen läßt, wie sehr die Bilder im Kopf unser Miteinander beherrschen. Er zeigt, was ist. Dies nun aber doch so, daß der lachende Leser erbleichen kann, wenn er sich erschrocken fragt, wie er selbst ins Gestrüpp der Vorurteilsbilder von sich und andern verheddert ist. Der genußvoll gelesene Text wird zum Schlag auf die Bilder im eigenen Kopf: Was tue ich eigentlich meinen Studenten an, indem ich ihnen immer vorhalte: Ja, Ihre Generation liest doch nicht mehr! Und warum tue ich das? Der Text als sinnlich kalkulierter Anlaß für eine Erkenntnis, die der Leser auf seine, nun nicht mehr kalkulierbare Weise für sich verwenden kann;

den Leser etwas erleben lassen und ihn dabei reizen, Archäologe seines eigenen Kopfinnenwerks werden: das ist das Ideal der mir schreibbaren Literatur. Darstellen und Befragen; Illusion und Provokation; bis zum Kalauer reichendes bestätigendes Wiedererkennen und bis zur Unverständlichkeit gehende Fremdheit; realistische Wiederholung gängiger Wirklichkeitswahrnehmungen und egozentrische Subversion; Konventionen benutzen und wegwerfen; hübsch geordnet erzählen und Miterleben ermöglichen, aber auch Schliche suchen, aus dem Schniegelsystem, das jedes die Vielfalt ins narrative Reih und Glied bringende Erzählen auch ist, zu entwischen; der gesunden Sucht, sich im Schwarzweiß seine eigene Welt bauen zu können, nachgeben und abwinken: Fallt nicht auf mich und euch herein; das literarische Spiel als das herausgenommene Recht, die Wirklichkeit nach seinem Diktat behandeln zu dürfen, und als Möglichkeit, an dem allzu schlechten Ideologischen darin wenigstens zu kratzen; der immer wieder neue und vielleicht immer mißlingende Versuch, Unterhaltung und Aufklärung zu verbinden – Aufklärung nun aber nicht nur über Wirklichkeit, sondern ebenso über Chancen und Verführungen der literarischen Bilder von ihr. Das alltägliche Gespräch ist ein Hin und Her von Bildern, ein Abreiben von Unterstellungen, eine Zimmerschlacht der Vorurteile, aus der, wieder Max Frisch, nur die sprachlose Liebe erlöst. Literatur nun ist die Steigerung dessen, sie ist ein Scheingespräch mit einem selbstverfertigten Partner, das Boxen mit dem Punchingball. Da hageln die Bilder ohne Erbleichen. Das ist notwendig und gefährlich. In der Pubertät, dieser endgültigen Vertreibung aus der Einheit von Vorstellung und Wirklichkeit, lernen wir Zweierlei: Literatur ist wichtig, um sich eine Anschauung machen zu können, ein Meinungsgefühl von sich und der Wirklichkeit (also dem, was ohne mich ist), um eine Identität zu finden, ein Bewußtsein seiner selbst und seines Verhältnisses zu den andern, zum Ganzen. Das geht zum Beispiel so: Ja, jetzt weiß ich, wer ich bin; ich bin dieser Tonio Kröger, dieser gebrechliche und doch überlegene Mensch. Das ist das Eine: Literatur ist der Spiegel, in dem man sich als Gegenüber erkennt. Das Andere ist: Dieser Spiegel ist ein Zerrspiegel. Denn durch's Leben gehend wie Tonio Kröger, wird das poetische Selbstbild rasch trüb: Zwar hat das verehrliche Mädchen blonde Haare, ist aber beileibe nicht trivial, sondern eine tiefe Seele – wie man selbst ganz und gar unkrögerisch allerlei Wonnen der Gewöhnlichkeit zu genießen in der Lage ist. Man ist zwar der edle Winnetou, aber der feurige Rappe doch nur ein Fahrrad, nichts nützt es, dem bei Gegenwind Suren ins Ohr zu singen, es ist nur so schnell wie die Kraft in den weichen Knien. Also waren die mit der Literatur gebildeten Träume ziemliche Schäume. Aber ohne sie wären wir beliebige Stücke Mensch, ahnungslos gegenüber dem Binnenwust von Wünschen und Ängsten, leicht verfügbar fürs reibungslose Mitmachen. Die Bilder im Kopf schaffen ein Wissen vom Widerstreit zwischen Wunsch und Wirklichkeit, dem Stachel für Kritik und Hoffnung. Doch andererseits: Mit den Bildern im Kopf täuschen wir uns selbstgerecht über uns und die andern, mit ihnen interpretieren wir uns und das, was um uns ist, tyrannisch. Das Dilemma also ist: Am Ende der Erfahrung, daß die Bilder im Kopf lügen, steht der völlige Zweifel, der Selbstmord: »Oh!« sagte Herr K. und erhängte sich; am Ende der Überzeugung, daß die Bilder im Kopf wahr sind, steht die Diktatur, der Mord: »Oh!« sagte Herr K. und erschoß ihn. Ohne Bilder gibt es nicht Erkenntnis, Selbstausdruck, Verständigung. Und in den Bildern liegt immer die Neigung zur Vergewaltigung der Wirklichkeit durch die eigenen Vorstellungen. Das moralische Problem des Schreibens ist: Wie kann ich mit den Bildern im Kopf umgehen, ohne verlogen und gewaltsam zu werden? Denn Gewalt ist das Abscheulichste, sich ihrer zu wehren, Pflicht – trotz der Aussicht, daß die Friedfertigen nie die Seligen, sondern immer die Dummen sein werden. Lebensnotwendig ist, sich Bilder im Kopf zu machen, und ebenso, diesen Bildern zu mißtrauen. Deshalb will ich eine Literatur, die unterhaltsam ist und spröde, die Illusion ermöglicht und wegnimmt, Bilder entwirft und befragt. Ästhetische Fragen sind verkappte ethische, es geht ums Gleiche: Wie soll, wie kann man leben?

Unterhaltung ist der Gegensatz zu Provokation. Im Alltag heißt sie: sich nicht streiten; in der Kunst: nicht verstört werden. Das angenehm Entlastende der Unterhaltung ist, daß wir im Andern unsere eigenen Vorstellungen wiedererkennen, sie ist Bestätigung unserer Erfahrungen, unserer Bilder im Kopf, Verständigung, denn wir verstehen ja nur, was uns nicht fremd ist: Du, wie gut ich dich verstehe, denn mir ging es ebenso, ich meine auch, dieses Buch hat mir aus der Seele gesprochen – also kein Erbleichen. Unterhaltung vermittelt uns das unerläßliche Bewußtsein, daß unsere Vorstellungen stimmen, daß wir nicht wahnsinnig sind, daß wir die Wirklichkeit verstehen können – ohne dies »Genau« und »So ist es« würden wir an uns irre. Jeder weiß aber auch, daß wir umso uneinsichtiger werden, je mehr wir der rituellen Bestätigung in der Unterhaltung mit Gleichgesinnten unterliegen. Haben wir uns oft genug gegenseitig versichert: So ist das Leben, die Weltlage, die Männer, die Frauen, die Gastarbeiter, die Schwaben, dann empfinden wir alle anderen Vorstellungen davon als dumme Unverschämtheit. Da nun aber Lesen und Schreiben kein Gespräch mit einem zu Widerspruch und Befragung fähigen Partner ist, sondern ein Monolog, wächst sich hier die Unterhaltung zum Kardinalproblem aus. Denn Fiktionen haben die Eigentümlichkeit, daß sie zum schier endlosen Echo dessen, was man hineinruft, taugen. Sie sind die Leinwand für die Bilder im Kopf, die wir, da sie doch scheinbar objektiv im Text stehen, von einem vorgeblich Andern beglaubigt erhalten. Rigoros, das ergab eine Untersuchung, verstehen die Arzthelferin, der Gymnasiast, die Studentin die Geschichte von Herrn K. als Beschreibung ihrer jeweiligen Probleme, alle fühlen sich mit ihrer Lesart völlig im Recht. Oder: Kollege A. sagte mir, daß ich im »Schweinemut« den Kollegen B. exakt getroffen habe, während Kollege B. sich diebisch freute, wie ich mit der gleichen Figur den Kollegen A. charakterisiert habe. »Oh« sagt der Autor und erbleicht. Dies führte Max Frisch zu der Feststellung, Literatur sei, wenn der, gegen den man geschrieben habe, einem dankbar die Hand schüttle: Wie trefflich, Meister! Dabei kann die Bestätigung auch negativ erfolgen, indem ich ein Buch ärgerlich weglege und denke: So ein Schmarrn, nichts stimmt daran. Die Dichtung widerspricht nie wie ein wirklicher Partner, sie ist immer willfährig. Der Pferdefuß der Fiktion ist, daß sich Schreiber wie Leser in ihnen den ihnen gemäßen Sinn herstellen können. Ein Scheindialog, der jenem gleicht, den Betrunkene an der Theke mit ihrem imaginären Kumpel führen, der immer beipflichtet: Jawohl, eine Schlampe ist sie, ein Luder. Schreibend und lesend überführen wir uns in Figuren und Situationen und lösen so den Konflikt zwischen unseren Bildern und der widerborstigen Wirklichkeit auf, bringen endlich unsere Ordnung ins Chaos. Und kein Zwang zur Revision, denn erfahrungsgemäß sind Schreiber und Leser kaum belehrbar in ihren Vorstellungen vom Text, eben weil dies den einmaligen Reiz der literarischen Unterhaltung ausmacht: Endlich seine Vorstellungen scheinbar objektiv von einem Andern zurückgespiegelt zu bekommen.

Doch ist die Unterhaltung notwendig, weil wir die Bestätigung brauchen, weil es ein elementares Bedürfnis ist, den Konflikt zwischen sich und der Wirklichkeit als aufhebbar zu ahnen. Wie illusionär das immer sein mag, als Schreiber bin ich auf die Überzeugung angewiesen, daß mein Bild der Wirklichkeit diese nicht verfehle; als Leser auf die Erfahrung, daß meine Vorstellungen auch die Vorstellungen anderer sind. Dennoch: Ich lasse nicht ab von der aufklärerischen Maxime, an seinen Selbsttäuschungen, an seinen Bildern im Kopf zu rütteln. Mit Lessing und pathetisch gesagt: Der Wahrheit nachzujagen, was eine unabschließbar zweiflerische Bemühung ist, angebliche Wahrheiten in Frage zu stellen. Frauen sind in Romanen bis heute Typen mütterlich-schlichter oder raffiniert-bedrohlicher Sinnlichkeit, und weder Goethe noch Gottfried Keller noch Günter Grass noch ihre Leser haben sehr bezweifelt, daß dies treffende Typen seien. Mittlerweile wissen wir zur Genüge, daß es nicht Abbilder sind, sondern unsere männlichen Wunsch- und Angstbilder. Peinlich, wie buchstäblich vergewaltigend unbefragte

Vorstellungen sein können. Falsch ist daran nicht, diese Bilder auszudrücken, falsch daran ist der Anspruch auf Realismus, auf allgemeine Wahrheit. Diesen verführerischen Anspruch aufzubrechen, erfordert, in den Text Widersprüche, Sprünge, Wechsel, Störungen einzubauen, die das bestätigende Miterleben unterbrechen und zum Aussteigen veranlassen, die nahelegen, anhand der schreibenden und lesenden Verfertigung der Bilder im Kopf über diese selbst nachzudenken. Damit schließe ich mich bewußt an den »Modernen Roman« an, dessen Natur mit W. Preisendanz ist, die verschiedensten Weisen, in denen Wirklichkeit erfahren oder vermittelt werden kann, darzustellen. Aus beidem – aus dem Recht zu den Bildern im Kopf und aus der Pflicht des Zweifels gegen sie – ergibt sich das, was ich mit Literatur will. Ich will die Bilder in meinem und des Lesers Kopf laufen lassen und doch versuchen, die Irrtumsbedingungen dieser Bilder wenigstens nicht außer acht zu lassen.

Ziemliche Zweifel bleiben. Bleibt solch Argumentieren nicht dem gegenüber, was sich wirklich beim Schreiben und Lesen vollzieht, ganz äußerlich? Verdecke ich mit der Konzeption des Widerspruchs nicht etwas ganz Schlichtes: daß es lediglich eine Form ist, meine widersprüchliche Person darzustellen? Kann man sich im Monolog überhaupt in Frage stellen? Läuft das nicht alles auf das alte Dogma von der Undurchschaubarkeit der Welt hinaus? Keine Antworten. Nur eins noch: Ist das nicht alles moralisch aufgeputzter Innerlichkeitskult, der sich vor dem einzig Wichtigen drückt: auch literarisch zu kämpfen gegen die, die zynisch ihren Interessen alles opfern und es noch zur Vernichtung der Menschheit bringen werden? Dem Einwand ist nur halb stattgegeben. Denn die Gewalt üben nicht nur die Drahtzieher aus, sie steckt in unserem Kopf, in unseren Vernichtungs- und Siegesbildern. Die schwerhörige Dame am Fahrkartenschalter vor uns, die nochmal die Verbindung nach Jerxheim zu Ostern '82 wissen will, möchten wir niederboxen; den, der uns beim Überholen schneidet, wegbomben; nichts Hübscheres als das Bild von mir als Sultan inmitten meines willigen Harems. Nein, den Bildern im Kopf nachzufragen, ist kein akademischer Hirnwind, keine spätprotestantische Bilderstürmerei. In jedem von uns, Tag für Tag: der Kopf von Bildern verklebt, von Bildern des Hasses, des Neides, der Angst, Großmannssucht, der Anbetung; es ist das Normale, so überleben wir, so schotten wir uns ab. Es ist die alltägliche Vergewaltigung der andern durch unsere Bilder. Sie deutlich werden zu lassen, nach ihrem Herkommen zu fragen, hat seine politische Berechtigung. Wäre es nicht an der Zeit, das sich langsam in den Köpfen verdichtende Bild, wir trieben ausweglos auf ein alles wenigstens lösendes Debakel zu, lebten in einer Vorkriegszeit, die es nicht anders verdient habe als endlich völlig unterzugehen, dieses tödliche Bild aufzuspießen und kritisierbar zu machen? Meine Literatur sagt nicht: So ist es, sondern sie sagt: So sieht es einer, und sie fragt: Ist das richtig? Sokratisch also, amüsant, aber gar nicht so lustig.

Weiter: »med ana schwoazzn dintn«

> »Ach, wenn Du erfahren wolltest, wie
> ich Dich liebe, so müßtest Du mir eine
> neue Sprache schenken.«
> F. Schiller, 1789

Zeitung: Am Abend ihrer Diamantenen Hochzeit antworteten die Eheleute A auf die Frage nach einem Lebensrezept: Glück.

Dazu fällt mir keine Geschichte ein. Glück ist mir allenfalls beschreibbar als die nur wünschbare Kehrseite des Unglücks, als die Kunst der Dennoch-Lebenden. Dabei erlebe auch ich Glück: stumm zu zweit; ausgelassen oder mutig mit mehreren; allein mit einiger Aussicht. Aber Kunstglück ertrage ich meist nur, wenn es gemalt ist und längst vorbei.

Am Abend ihrer Diamantenen Hochzeit tötete Karl A Johanna A. Dazu fällt mir was ein: mit dem Brotmesser.

Für jeden Roman versuchte ich Glück. Das mißriet, obwohl es mich reizt, alle Empfindungen in Literatur auszudrücken. Und Glück ist ja die unwichtigste nicht, hängt uns doch die Sehnsucht danach bis zum Ende vor dem Lebensmaul wie dem Esel die Distel. Nun lassen sich aber Empfindungen überhaupt nicht wahr – so wie erlebt – ausdrücken. Beschreibbar sind nur die kalkulierten Fiktionen von scheinbar authentischen Gefühlen. Denn selbst Beschreiben ist Übersetzen ins allgemeinheitsfähige Sprachbild, ins begriffliche Dritte zwischen den sprachlosen Erlebnissen von Leser und Schreiber. Glück (nicht: Schwein, nicht: Zufriedenheit oder Freude, zu denen immer der Gedanke, daß es anders hätte kommen können, gehört, sondern: Glück, die von außen und innen unstörbare, begriffslose Evidenz der völligen Versöhntheit mit sich), Glück also ist, in Kunst übersetzt, immer Kunstglück, Schablone, gemachtes Klischee, denn ohne dies können wir uns nicht verständigen. Die Frage ist dann: Warum lassen sich alle Gefühle des Unglücks so viel leichter übersetzen in Kalkül und Klischee als die glückliche Empfindung?

Der Konditormeister Karl A tötete am Abend der gemeinsam gefeierten Diamantenen Hochzeit seine Gattin Johanna A mit dem Brotmesser, das Johanna A als einziges ihrer Aussteuer gerettet hatte, da sie in eben der Nacht, in der As ausgebombt wurden, mit dem Brotmesser auf Suche nach Eßbarem gegangen war

Vielleicht ist die erste Barriere zwischen erlebtem Glück und dem literarischen Ausdruck von Glück die, daß wir ein negatives Verhältnis zu uns haben, daß wir das Glückserlebnis nicht recht zulassen, sofort skeptisch gegensteuern. Weil wir bestimmt sind von einer negativen Kultur, die Glück immer nur am Anfang oder Ende der Geschichte oder im Himmel lokalisiert hat, als hienieden unerreichbar. Danach sind höchstens Amerikaner glücklich, sie sagen dem »happy« und sind auch sonst naiv: »dumm sein und Arbeit haben: das ist das Glück« (G. Benn). Wir aber sind klug und leben im Jammertal des Teufels, des Kapitalismus, der Beziehungskisten und sind, kaum argwöhnen wir, womöglich doch glücklich zu sein, schon wieder unglücklich. Unglück: das dominante Erlebnismuster.

indem Karl A, nachdem, was ihm sehr zuwider war, Johanna A mit dem Brotmesser sich die Fingernägel zu reinigen versucht hatte, ihr das Messer aus der Hand nahm und in aller Ruhe, das Messer in der rechten Hand, vom mit allerlei Flaschen und Delikatessen aus diversen Geschenkkörben überdeckten Tisch aufstand

Vielleicht auch können wir ein erlebtes Glück nicht öffentlich machen in einer Kommunikationskultur, deren Ritual das Klagen ist, deren Höchstes der Satz: Man kann nicht klagen. Zwar hat sich dies in gewissen Kreisen unter dem allgemeinen Glückswahn geändert. Nun ist dort, sich fit und okay zu bekunden, das Optimale. Aber das Konkurrenzmuster ist geblieben: Es geht um Hierarchie, um den Triumph, daß es einem eben schlechter (oder besser) geht als andern, um die Demonstration des Unter- (oder Überlegenseins), um die Abblockung (oder Erregung) von Neid. Vielleicht entziehen wir also ein tatsächlich erlebtes und uns zugelassenes Glück, diese liebste und verletzlichste aller Empfindungen, dem Äußern, weil wir es nicht ausliefern wollen dem allgemeinen Übel der steten Konkurrenzbilder im Kopf, den uns ständig verzerrenden Echos: Ich bin ich, also immer anders, als ihr denkt. Glück: das empfindliche, verschanzt sich im Tresor des Intimen.

und um den Tisch ging, sich hinter Johanna A stellte, das Messer ihr an den Hals setzte und es mit einem Ruck, als schnitte er einen schon angetrockneten Brotlaib vor seiner Brust, an sich zog und ihr die Kehle durchtrennte

Vielleicht können wir, selbst wenn wir erlebtes Glück zulassen und auch öffentlich machen können, es aber nicht literarisieren, weil wir in der Tradition einer Negativen Ästhetik aufwuchsen, nach der ein Schreiber nur Kritiker sein kann. Trotz (oder auch wegen) der Idyllen von Voß und Goethe haben wir keine passable Tradition des Kunstglücks. Ausgeprägt hat sich ein unglückliches Schreibmuster von Büchner über Kafka bis zu Beckett und uns vielen kleinen Bernhardinern. »Werther«, Adorno und die Folgen: Gesellschaft verhunzt, nur im Widerspruch liegt künstlerische Wahrheit; seit Auschwitz (und Vietnam, Afghanistan, Nicaragua und unserm sauren Regen) ist des lieben Sorgers Heimkehr zu Adalbert Stifters Kunstdrechselei doch nur holzfreie Abblendung der béte humaine. Sprache für Unglück zuhauf; keine für Glück erprobt; nur die schöne Magie des Leidens flutscht süffig von der Schreibhand. Unglück: das dominante Schreibmuster.

worauf Johanna A, der das Blut aus den Schlagadern pumpte, ohne noch schreien zu können, seitlich vom Stuhl kippte

Wo das Klagelied üblich, wäre das Gegenteil das notwendig Neue, das Störende, die Verletzung des literarischen Verschiebebahnhofs, sich ästhetisch leidend zu glorifizieren. Wie langweilig, welche Masche: immer nur Kunstunglück! Ästhetisch, moralisch, politisch zu fordern wäre, glücklich und vorwärts zu träumen, wenigstens die Bilder des Möglichen gegen das schlechte Bestehende zu halten. Ich kann's nicht. Alle Einsicht verpufft, wenn es Sätze zu schreiben gilt. Meine Glückssätze sind, werden sie konkret, immer nur Plakatwände. Die Sprache für Glück ist besetzt: durch Kosmetik, Reformhäuser, Autos, Zigaretten, durch die ganze Werbung für zeitgemäßes oder unzeitgemäßes Verhalten. Zur Beschreibung von Sommerhaar und wichtigerem Glück fallen mir nur ein: die Sprüche für Shampoo, für den Alles-inclusive-Ferien-Club, das »Zeit«-Magazin, der Wilhelm-Reich-Klappentext und das von Allensbach klinisch erprobte Strahlerlächeln um den Grand Prix der vereinigten Bildschirme: Sei positiv! Mach mit! Dibbeldidabbeldidu! Mitfeiern im Festland Österreich, wo alles anders ist (Kupon bitte senden an)! Mitatmen! Mit länger leben! Mit glücklich sein! Mitalternativen! Mitkleieverdauen – als ob ein Leben dadurch, daß es länger wird, sinnvoller würde. Allem Konkreten hängen Interessen an um Macht und Geld oder das bessere Programm. Bausparkasse, Coca, Zigarettentabak, der Flipptrip mit Interrail: die Sprachbilder für Glück sind heute vermarkteter denn je. Glück wäre wohl nur beschreibbar, wenn man einen so festen Standpunkt hätte, der einen dagegen unempfindlich machte. Den habe ich nicht. Also träume ich ins Allgemeine: »Alle Menschen werden Menschen.« Alle aus dem Jetzigen genommene Veranschaulichung würde den Traum verkürzen. Praktisch kann ich für dies und das sein, in Literatur aber pflege ich Träume, keine Interessen.

jedoch faßte Johanna A nach dem Tischtuch, riß es im Fall hinunter, so daß Karl As Stumpen aus dem Aschenbecher auf den Kunststoffflecklteppich kollerte, der vom ausgelaufenen Stroh-Rum 80% durchtränkt war, weshalb Feuer um sich griff und Johanna As Perücke und Nylonkittel erfaßte, worauf der nun weinende Karl A

Vielleicht begreife ich, warum ich unglücklich schreibe und warum ich glücklicher schreiben sollte. Aber ich kann's nicht. Der Maßstab fürs Schreiben ist die persönliche Verbindlichkeit. Meine Versuche in Glück waren Konstrukte: So hätte ich's gern, aber ich habe keine Sprache und Gefühlssicherheit dafür. Denn die gute Absicht macht noch keine guten Sätze. Nur wo die schwarze Tinte fließt, stimmt der Text für mich. Man schreibt mit dem Kopf, aber nicht aus dem Kopf. Trotz aller Überlegung ist Schreiben der Ausdruck eines Weltverhältnisses, der ›Wirklichkeit‹, gesehen durch mein Temperament. Meins ist eher dunkel, so sei's denn. Nur eins: Nie eine flott-hübsche schwarze Tinte strömen lassen, nie das Kunstunglück lackieren. Da das Weltverhältnis gemischt ist, da man ja weiterlebt, muß auch der Text gemischt sein. Nie im Schreiben den Widerstand gegen zu süffiges Kunstunglück vergessen. Denn schick und trivial ist nicht nur der übliche happy-end-Roman im »Bonner Tageblatt«, sondern auch der routinierte Unglücksroman im Büchner-Preis-Verlag. Kunst wäre: den Widersprüchen näherzukommen.

die leblos verkrümmt daliegende und schon erheblich angesengte Johanna A mit dem Blumensprenger zu löschen versuchte, was ihm aber nicht gelang, da die Propangasflasche explodierte.

Was immer auch die mißlichen Gründe für meine schwarze Tinte sein mögen, ein schlechtes Gewissen mache ich mir deshalb – auch wenn ich Bedenkliches einsehe – nicht mehr. Gegenüber den das Positive so gern fordernden Lesern mag ich mich nicht mehr umständlich literaturtheoretisch rechtfertigen. Die ästhetische (und auch soziale und finanzielle) Verantwortung für mein Schreiben liegt letztlich allein bei mir.

Wenn ich schon nicht leben kann, wie ich will, will ich schreiben, wie ich will. Gibt Literatur dem allgemeinen Rechtfertigungsdruck des Vernünftigen nach, wiederholt sie nur das sozial Übliche. Und ich mache mir umso weniger ein schlechtes Gewissen, seitdem allenthalben dies Diktat von Glück, Gesundheit, Positivem und Aufschwung und happy feeling herrscht. Wo der bayerische Ministerpräsident die »kulturelle Ermattung und Entartung«, die linke »Afterkultur« rügt und zur Ehrfurcht vor Gott, der Würde des Menschen, zur Aufgeschlossenheit für alles »Wahre, Gute und Schöne« aufruft, bleibe ich bei meiner schwarzen Tinte. Bei so vielen Oberstaatsanwälten für das Glück braucht auch die Gebrechlichkeit der Welt ihren Anwalt, zumal zu erwarten ist, »daß jetzt nach der sogenannten politischen Stabilisierung in Bonn sich eine dolle christlich-konservative Kulturatmosphäre ausbreiten wird, die jedes Avantgardistische ausrotten wird. Nach dem Sieg binde ich meinen Helm fester.« (G. Benn, 14. 9. 1949)

Das Schreiben ein Traum

Er ist mein Bruder, ich habe eine Last mit ihm. Ich sagte: Morgen mußt du den »Traumtanz« schreiben, und stellte den Wecker auf sieben, nachdem ich die Zähne geputzt, mit der Munddusche gespült und mit Aminfluorid versiegelt hatte, während mein Bruder noch am Küchentisch saß und eine neue Flasche köpfte und wegen des aufsteigenden Zigarettenrauches mit schmalen Augen antwortete: Literatur ist Lüge. Das kannte ich. Ich ging ins Bett; wollte fest eingeschlafen sein, bevor er seine Schuhe vor das Bett polterte. Ich machte den Kaffee, deckte den Frühstückstisch, saß schon über der zweiten Korrektur, als er sich, ziemlich dünstelnd, auf den Küchentisch fallen ließ. Er ist mein Bruder, ich sorge für ihn. Aber er sah die teure fettreduzierte Rinderwurst nicht. Es war seine Kippstunde, und weil er dann abwechselnd sich und mich umbringen will, ging ich ins Büro und beglich Rechnungen. Mein Bruder aß nichts. Er saß bis um zwölf am Küchentisch und rupfte sich mit dem ungespülten Küchenmesser Barthaare aus. Dann rannte er ins Bad und duschte sich mit einer Überschwemmung, die ich aufwischte, während er ärgerlich meinen eckig im Bad stehenden Körper vermied. Er drückte viel zuviel Zahnpasta auf die Bürste, legte sie sofort wieder weg und rief atemlos: Stör mich nicht, ich muß an den Schreibtisch. Er ging nicht an den Schreibtisch. Ich trug die abgeblätterten Fenster, aus denen schon die Scheiben fielen, auf den Balkon, um sie mietvertragsgemäß abzulaugen und zu streichen. Er saß am Telefon und wollte herausbringen, ob die anderen seines Bruders Text auch so bescheuert fänden. Als er es herausgekriegt hatte, knirschte er: Ich werde sie, ratzeputz. Was schreibst du denn, fragte ich ihn durch das Balkonfenster. Mit dem Tretroller, antwortete er, über den Atlantik, und die Königin Saba befreit Chile. Na ja. Es kam wie immer: Er fragte, welcher Laden über die Mittagszeit offen habe. Ich sage ihm das jeden Tag. Die Hände, die mir von Farbresten bemehlt waren und weh taten, rieb er sich: Einen schönen neuen Schreibblock; Milch bringe er auch mit. Er kam mit zwei Flaschen zurück. Um drei zerriß er die geschriebenen Seiten und legte sich angezogen ins Bett; ich hatte gerade erst Nadeln und Steinchen vom Bettuch aus dem auch schon abblätternden Schlafzimmerfenster geschüttelt. Alle Zimmer stanken nach Alkohol und Zigaretten. Ich lüftete und schleppte die von ihm vollgestopften Altpapiersäcke hinunter, da er den Abfuhrplan nicht zur Kenntnis nimmt; die Nichtigkeiten der Alltagsbesorgungen machen ihn rasend. Um vier schwiemelte er aus dem Bett, wollte morgen schreiben, heute aber aus dem Körper leben. Dem Spiegel ging er aus dem Weg, als er sich die engen Radrennhosen über die Schenkel zog. Ich räumte das Magazin und das Tempotuch beiseite. Geschafft, strahlte er, als er strotzend heimkam, ohne abzusteigen den Paß geschafft. Nun wollte er viel Bier, das brauche sein Körper jetzt. Er solle sich lieber an den »Traumtanz« machen, antwortete ich, denn ich führe die Haushaltskasse. Er badete in der randvollen Wanne bei hoher Heizung und offenem Fenster, bis seine Haut schrunzlig war. Morgen sicher, aber heute wolle er ausgehen. Er drehte sich in allen unseren Kombinationen vor dem Spiegel. Ich stopfte die vom Schweiß zerbissenen Achsellöcher der Unterhemden. Lebenstöter, schrie er. Die aus der Mode gekommenen Halswindeln und die ihn allmählich drückenden spitzen Tanzstundenschuhe räumte ich in den Schrank zurück und legte die Notizen zum Anderen der Vernunft in übersichtliche Kolonnen. Er schwärmte in die Wohnung zurück, segelte die Notizen über die Balkonbrüstung und pochte sich mit den birnenförmig zusammengekniffenen Fingern auf die Stelle über seinem Herz: Hier, kapierst du, hier, alles andere ist Korrekturbandgetue. Rausch, sagte er und schaute in meinen Schreibtisch, ob ich da nicht noch eine angebrochene Flasche verwahre, der Rausch ist die Innenseite der Wirklichkeit. Sie in Worte zu kehren, ist Dudenarbeit. Er fand nur die Thermoskanne mit dem Leber-Galle-Tee und ging und sagte unter der Tür: Pervers wäre, so zu tun, als sei die Schreibarbeit Ausdruck dessen, was sie zugunsten des Tintenflusses unterdrückt. Ich sah ihn nicht wieder. Er flog durch die Himmel und liebte alle Fraun, ob schwarz, ob braun. Durchschwamm das Rote Meer und das von Rosé. Und setzte sich nach Tagesanbruch an den Elfenbeinflügel und spielte alle ungeschriebenen Benn-Gedichte vom Blatt. Watete in den novemberkalten See und hielt die Luft an unter Wasser. Natürlich sah ich ihn wieder: Er stellte das MG in den Flur und sagte: Ich hab sie, alle, ratzeputz. So, rief er und straffte sich und kniff die Lippen: Aber jetzt! Und er las, daß ich das mit dem Magazin und dem Tempotuch geschrieben hatte, drehte sich kühl zu mir um und erschoß mich. Nun iß doch erst mal, sagte ich, und stellte den Bohnentopf auf den Untersetzer auf dem Küchentisch. Hammelfett, maulte mein Bruder, verstopft die heilige Nüchternheit der Phantasie. Endlich putzte er sich die Zähne und begann zu schreiben: Ich habe keinen Bruder. Aber der Pförtner ist mir eine Last. Ich spaltete ihm mit der Machete den Kopf bis auf den Rumpf und schlenderte, genüßlich an meiner gut halbdurch gegrillten Schreibhand nagend, hinüber zu der kleinen Italienerin, die mir, wenn sie Wäsche aufhängte, schon immer ins Auge gestochen war. Mit roten Backen schrieb mein Bruder bis in den Nachmittag. Dann legte er sich ins Bett und sagte: Nichts gelingt mir, ich will endlich sterben. Ich zog die Allwetterjacke dicht und schlenderte durch den blauen Herbsthimmel, fegte bunte Blätter mit den Schuhen. Eine Frau rannte lachend einem Hund nach um die Wette, daß Haare und Ohren flogen. Es war ein hübsches Bild, und ich hätte mir gern die Hände in ihm gewärmt an einer Teetasse in einer aufgeräumten Küche. Morgen, rief ich, oder übermorgen, heute schreib ich, rief ich, als die kleine Italienerin mit leerem Wäschekorb an mir vorbeiging und gurrte: Amore, amore. Ich setzte mich und schrieb: Als der Wecker schrillte, sah ich in einen sehr blauen Himmel. Es war ein Tag, um zu leben. Ich sah, wie die kleine Italienerin den Tau von den Wäschedrähten wischte und begann, ihre Slips aufzuhängen.

Ich ging hinunter in den Hof und sagte zu ihr: Per favore, Signorina, erst küß ich dich, dann küßt du mich. Wo, schrie mein Bruder, hast du das Wörterbuch hin, bist du sicher, daß

per favore, Signorina, so geschrieben wird. Laß es, antwortete ich, gestrichen, ist frauenfeindlich und rassistisch. Feighund,
empörte sich mein Bruder und schob mir das Tintenfaß hin:
Nur darin ist Wahrheit, alles andere ein Alptraum. Gut, sagte
ich und änderte den ersten Satz: Ich bin mein Bruder und habe
eine Last mit ihm. Ich stellte den Wecker auf fünf und ordnete
den Schreibtisch. Morgen würden wir zu schreiben beginnen.
Heute wollten wir träumen. Wir köpften ein paar Flaschen
und legten die »Schwarzwaldklinik« ins Video. Und als sich
alle gekriegt hatten, weinten wir.

Wiener Vorlesungen zur Literatur

Über das Autobiographische in Fiktionalem
Über das Authentische des »Lauten Schreibens«

Mein Wiener Schemelchen

Ich danke für die Einladung nach Wien. Sie freut mich, sie ehrt mich. Trotzdem danke ich etwas zögerlich. Ich habe mir sehr überlegt, ob ich diese Einladung annehmen kann, und bin mir nicht sicher, ob es richtig war, ihr zu folgen. Denn ich habe mir angewöhnt, mich öffentlich über Literatur lieber als Germanist zu äußern, nicht über mein Schreiben. Nicht, daß ich mir meine Texte nicht überlegte. Aber das Meinen, Theoretisieren, Urteilen, gar Dogmatisieren, das Einordnen, also das Abstrahieren sollte gegenüber meinem eigenen Schreiben zurücktreten, um das zu ermöglichen, was dem bezahlten Uni-Dozieren eher abträglich ist: den sinnlichen Umgang mit Sprache, das Beobachten und Hinhorchen, das Vagieren im Leben, das Loslassen der Phantasie, das Erfahren und ziellose Nachdenken und das Probieren an Sätzen, Figuren, Kompositionen. Weil ich mein Leben mit Literatur-Unterricht verdiene, wollte ich, um dabei etwas Anderes, womöglich Neues entdecken und tun zu können, mein Schreiben vom Literaturwissenschaftlichen freihalten. Ich führe also zwei Leben und verabschiedete mich deswegen wiederholt für längere Zeit aus der Universität, um asozial und wissenschaftslos, vogelfrei in den ganzen lieben langen Tag gehen, spintisieren und auch schreiben zu können. Es ist aus vielen Gründen schwer, zugleich Germanist und Schreiber zu sein. Mich hat dies Leid dazu geführt, in der Uni nur Historiker, Theoretiker, Interpret sein zu wollen, beim Schreiben in erster Linie Worthandwerker. Kurzum, die Konsequenz wäre gewesen, weil ich mir verboten habe, nach Theorien, Programmen zu schreiben und meinen Schreibort öffentlich zu markieren, den Mund zu halten, Wien auszuschlagen.

Das Gegenteil tue ich. Weil es mich reizte, inkonsequent zu sein; mich der Gefahr des Fixierens und damit Verfehlens und damit Mißverstehens des Nachdenkens über mein Schreiben auszusetzen. Weil ich mir in starken Momenten zutraute, etwas Hörenswertes sagen zu können, ohne in die mir unangenehme Manier zu verfallen, das, was man über sein Eigenes formuliert, für das A und O auszugeben. Weil mich vielleicht die Separierung meiner zwei Literatur-Lieben überanstrengt. Zudem lähmt auch mir die allgemeine ökonomische und Geltungs-Misere der Literatur ziemlich die Schreibhand. Auch ich bin weiter ins Abseits geraten – Sie sehen: Ich komme nach Wien und kann nur noch eines meiner zehn literarischen Bücher verkaufen; seit eineinhalb Jahren liegt ein Text unpubliziert da. Eine erzwungene Verunsicherung und Pause, die, um nicht ganz zu verzweifeln und aufzuhören, mit Nachdenken über Schreiben überdeckt werden kann.

Und um das Nachdenken geht es mir allein, einigen Erfahrungen mit meinem Schreiben nach zu denken. Nicht um etwas literaturtheoretisch Abgesichertes, nicht um eine normative Poetik. Ich rede von einem Schemel, den ich zwischen das Uni-Katheder und den Dichter-Thron geschoben habe, über zwei mir besonders wichtige Erfahrungen:

– Zunächst über das Autobiographische, weil mir das Rezeptionsschicksal beschert hat, als Autor meines ersten Romans, »Der Schleiftrog«, und somit als 70er-Jahre-Autobiograph eine Weile im Gedächtnis geblieben zu sein.
– Die Überlegungen trieben mich dabei zu dem riskanten Begriff des ›Authentischen‹, dessen Einholung durch das Musikalische im Text mich wie auch andere Schreibende in den letzten Jahren sehr beschäftigte und dem ich im zweiten Teil, dem »lauten Schreiben«, nachgehen möchte.

Nachwort: Schemelchen zwischen den Stühlen. Oder in Widersprüchen trudeln. Manchmal denke ich: Das ist Kunst, das ist untotes Leben. Ebensooft wünsche ich mir das Gegenteil: nämlich fest auf einem Stuhl zu sitzen. Mein Wiener Schemelchen hat noch einen privaten Nebenwiderspruch. In einem der wenigen wirklich autobiographischen, also dem

Schreibgefühl nach undistanzierten, kurzen und ins Abseits versteckten Texte, die ich schrieb, steht: »Ich werde lernen, zu lieben und zu trauern. Aber ich werde nie nach Wien fahren. Nie. Nein, nie.« Denn in Wien 5, Kohlgasse, wurde mein Bruder, Schauspielschüler, dem ich, längst mehr als doppelt so alt wie er damals, wohl immer noch hinterherschreibe – er, nicht ich war der Künstler –, tot aufgefunden. Todesursache, so das Standesamt Wien-Margareten: Kohlenoxydvergiftung (Leuchtgas). Es war kein Unfall. Auch diesen Schwur habe ich gebrochen.

I.

AUTOBIOGRAPHISCHES IN FIKTIONALEM

Ich möchte mich dem Problem des Autobiographischen im fiktionalen Text in drei Schritten nähern:
1. Vom Schreiben her. Die These dabei ist, daß sich im Schreiben das Problem des Autobiographischen vorrangig als Problem der Abwägung über mißliebige Sanktionen in der Rezeption stellt, nicht aber als Problem der generellen Identifizierung des schreibenden mit dem beschriebenen Ich, weil das Schreiben eine Wollust bezieht aus einem vielfältigen Spiel mit Ich-Rollen und Ich-Phantasmagorien, mit Eigenem und Fremden, wodurch das möglicherweise Autobiographische eingeschliffen ist in die Kunstfigur.
2. Vom Lesemuster ›Autobiographie‹ her. Die These hierbei ist: Es gibt eine moderne Lese-Disposition, die schier unweigerlich bei bestimmten Textmerkmalen Texte entfiktionalisiert und – unbekümmert um die durchaus ablesbaren Intentionen – autobiographisch eindeutig macht.
3. Noch einmal, einen halben Schritt zurückgehend, vom Schreiben her und eine heftige Verklammerung von Schreibsubjekt und Text eingestehend. Die These ist dabei, daß das Problem des Autobiographischen vom Problem des Authentischen deshalb nicht getrennt werden kann, weil das Authentische, das ich als eine sowohl semantisch wie parasemantisch, an spezifischen Inhalten wie mit einem spezifischen ›sound‹, ausgedrückte mentale Melodie bezeichne, im Text ein Existentielles mitteilt, das wiederum Vehikel für ein autobiographisches Lesen sein kann – gleichviel, ob von einem faktisch Autobiographischen gesprochen werden kann oder nicht.

Noch einmal: Ich werde mich dabei nicht um theoretisch haltbare Definitionen bemühen, zumal ja auf dem abzuschreitenden Problemfeld alles umgeackert werden müßte – vom Leben bis zur Kunst. Ich werde von meinen Erfahrungen reden, mich dabei um die Wissenschaft, die ich aus Selbstschutzgründen in diesen Bereichen, seit ich schreibe, nicht mehr gediegen zur Kenntnis genommen habe, auch hier nicht kümmern. Mit dem erheblichen Risiko, daß das, was hausgedacht ist, längst und schon besser gesagt wurde. Aber was ist zum Leben und zur Kunst nicht sowieso schon abermale zutreffend gesagt worden? Und trotzdem scheint mir unerläßlich, daß sich Menschen mit ihrem persönlichen Wissen, ihren Erfahrungen immer wieder darüber verständigen. Leben, Liebe, Tod und Literatur – mit Heine: Es ist eine alte Geschichte, doch ist sie immer neu. Et cetera.

DAS SCHREIB-SPIEL

Ich unterstelle, daß gemeinhin der größte gemeinsame Nenner bei der Unterscheidung von (moderner) Autobiographie und Fiktionalem in der Annahme von deren divergenten Wirklichkeitsbezügen liegt. Eine Autobiographie ist demnach die Summe von Äußerungen, die tendenziell kontrollierbar bezogen werden können auf die faktischen Lebensumstände des Autors und die mit dem Anspruch auf subjektiv unwiderlegbare Lebenswahrheit artikuliert worden sind. Diese Äußerungen erhalten ihre primäre Bedeutung als Bericht über den textexternen tatsächlichen Lebenszusammenhang und sind, bezogen auf diesen, richtig oder falsch oder nicht überprüfbar. In fiktionalen oder als fiktional zumindest ausgezeichneten Texten (Roman usf.), also solchen, die alle Bedingungen ihres Verstandenwerdens im Prinzip in sich selbst tragen,[1] gewinnen autobiographische Äußerungen, auch wenn sie empirisch rückrechenbar sind, ihre primäre Bedeutung wie alle anderen Äußerungen im fiktionalen Text aus ihrer Funktion im Gesamttext, der als solcher, aber nicht in den Details, auf den Autor zurückprojiziert werden kann und für dessen Lektüre das Kriterium des autobiographisch richtigen oder falschen Details dann nicht vorrangig sein darf. Wie wenig solche wissenschaftlich sinnvollen Unterscheidungen einklagbar sind, zeigen die Auseinandersetzungen etwa um Klaus Manns »Mephisto«, der sein Neuerscheinen der im deutschen Grundgesetz festgeschriebenen klassischen Differenz zwischen Wahrheit und Dichtung verdankt, die einem mit dem

Privaten von Klaus Mann vertrauten und entschlüsselnden Blick, aber etwa auch einem psychoanalytischen Blick, der noch in der offenen Lüge die Fakten der Seele erkennt, reichlich suspekt sein muß. Wer richtet über vorgebliches und wirklich Fiktionales? Und wer kann systematisch unwiderlegbar die Grenze ziehen, ab der einem Text der Status des Fiktionalen zukommt? Und wenn es ginge, welche Relevanz hätte dies für die Souveränität der Lektüren, die ganz nach ihrem Gusto und Lebenssinn bestimmen, was sie für wahr und für erfunden halten möchten? Nicht nur Kinder scheren sich sowieso nicht darum. Deshalb lieber weniger definitorisch weiter, war mir doch die Unerträglichkeit, in Wissenschaft wenigstens scheinbar Behauptungen mit dem Anspruch auf Richtigkeit aufstellen zu müssen, ein Grund, mich der flatterhaften Gaukelei des Fiktionalen zu ergeben. Es bleibe also dahingestellt, ob und wie sich der Status des Fiktionalen systematisch am autobiographischen Roman textfest machen läßt. Der schillernde Wirklichkeitsbezug dieser Mischform führt beim Schreiben und Lesen allerdings zu konträren Gewichtungen. Beim Schreiben zur Erlaubnis, sorglos zu gestehen, zu klittern und zu mengen, weil es sich ja um Fiktionales handelt. Beim Lesen zur Erlaubnis, alles für autobiographisch bare Münze nehmen und das Fiktionale außer Kraft setzen zu dürfen. Für das Schreiben ist das Fiktionale ein starker Schutzwall, um dahinter Schabernack mit dem empirisch Richtigen treiben, für das Lesen eine wegpustbare Papiermauer, um alles nur als Beichte lesen zu können. Zunächst zum Schreiben.

Autobiographisch-fiktional (oder umgekehrt) schreiben, heißt: von sich, von Realitäten reden, die durch die Person des Autors empirisch verbürgt sind, in einem Text, der als im Prinzip nachprüfbarer Bericht weder angelegt ist noch primär so verstanden werden möchte. Der Reiz der Vermengung von Fiktion im Sinne eines ›Faktisch hat das mit mir nichts zu tun‹ und autobiographisch Richtigem liegt beim Schreiben auch im Grenzenverwischen, im Durcheinanderwerfen der erzwungenen Kriterien von ›wahr‹ und ›falsch‹, im spielerischen, das heißt: letztlich unverbindlichen, Umgang, Ausarbeiten, Thematisieren und Zitieren von Hauptwidersprüchen der modernen Subjektivität und ihrer Literarisierungen – und das unverhohlen am Stoff, am Exempel der eigenen Person. Die moderne, von der Normensicherheit der Religion und der rationalistischen Aufklärung uneingedämmte Ungewißheit, wer man denn sei und wie und warum man leben könne, narzißtisch umzusetzen in die Palette von Ausstellen, Gestehen, Verstecken, Hineinschlüpfen und Verschwindenlassen. Es ist der Reiz, sich doppelt und dreifach und damit unhaftbar zur Geltung zu bringen in Faktischem, in Modellhaftem und im Zitat; sich in Szene zu setzen als eine artifizielle Figur in einem Kalkül, dessen Souverän wiederum Ego ist, das sich aber nicht bloßstellt, sondern der nur ahnbare Puppenspieler, der Drähtezieher bleibt, nunja: ›der verborgene Gott‹. Es ist der Reiz des Schauspielers. Der immer er und nie er ist. Das klingt wie eine Sache der Psychologie – und ist es wohl auch. Für mich als germanistischen Autor liegt es aber näher, das Schreib-Spiel als eines zu beschreiben, das sich in Hauptwidersprüchen bewegt, die in der modernen Poetologie immer wieder auftauchen und die gewiß verwandt, aber wohl nicht identisch sind.

Erster Hauptwiderspruch: Das Spiel mit Wahrheit und Lüge. Die konträren Argumente hierzu lassen sich vielleicht so vereinfachen, daß nach der einen Meinung alles wahr in einem literarischen Text ist, nach der anderen alles Lüge, wenn jeweils als Kriterium der angemessene Ausdruck der Wirklichkeits- und Selbsterfahrung eines Individuums angenommen wird. Alles wahr in dem Sinn, daß nichts, was immer und auf welcher Ebene zwischen Fakten und Imagination geschrieben wird, nicht symptomatisch zurückweist auf die Kontur eines individuellen Subjektes mit seinen Erfahrungen, Wahrnehmungsweisen, Obsessionen usf. Alles ist, Dieter Wellershoff hat das jüngst wiederholt,[2] signifikante Artikulation der eigenen Psyche und insofern lassen sich autobiographisches und fiktionales Schreiben nicht im Prinzip, sondern nur nach dem Grad der offensichtlichen Überbauung des Autobiographischen unterscheiden. Das Argument gegen solches Vertrauen in die Dominanz des Selbstausdruckes ist, daß alles Literarische tendenziell Lüge sei, weil der Allgemeinheitscharakter der Sprache und die Muster der Literarisierungen die Wahrheit individueller Erfahrung und Befindlichkeit unausdrückbar mache.³ Was aufgerufen werde, seien nur die sprach- und literaturspezifischen Weisen, von denen wir uns angewöhnt haben, sie mit Selbstartikulation zu verbinden. Diese Kontroverse führt zu dem Dilemma, daß danach alle literarischen Äußerungen Selbstausdruck sind, literarischer Selbstausdruck aber nicht möglich ist. Ich meine übrigens, beide Argumente sind gut.

Sich diesem Hauptwiderspruch zu stellen, ihn sozusagen am eigenen Leib zu erfahren und auszuprobieren, macht einen, allerdings masochistischen, Reiz des autobiographisch-fiktionalen Schreibens, bei dem dieser Widerspruch ständig blitzt und donnert. Die Literaturwissenschaft hat diesen Widerspruch so bestimmt: Nach Käte Hamburger⁴ gehört der Ich-Roman (wobei ich hinzufügen würde, daß das ›ich‹ keine grammatische Bedingung des Autobiographischen ist, es kann auch ein ›sie‹ oder ›er‹ sein) ›dichtungslogisch‹ zur Lyrik, weil er, sofern er keine offensichtliche Rollen-Konstruktion (wie im pikarischen Roman) ist, einer »Ich-Origo« verbunden bleibe, deren Auflösung in die Autonomie des Fiktionalen erst das Verschwinden des (Ich-)Erzählers im wahren Epischen möglich mache. Nicht wie bei Wellershoff alles Epische, aber doch das Ich-Ähnliche, wird als Subjekt-Bericht wie nur jeder Brief gesehen, der seinen Sinn allein als Aussage eines realen Subjektes erhält. Ganz anders Franz K. Stanzel, der dem Ich-Roman zwar autobiographische Inhalte zuspricht, dennoch sei der scheinbar autobiographische Ich-Roman, zumindest bei Distanzierungen des erzählenden vom erzählten Ich (im »Ich-Ich-Schema«) zu begreifen als ein Ensemble von Strategien für eine Lektüre, deren Thema die Darstellung der literarischen Muster kollektiven Selbstausdruckes sei⁵ – in dem generellen Sinne von Hans Blumenberg und Wolfgang Preisendanz,⁶ daß der Roman per se nicht Wirklichkeit darstelle, sondern die literarischen Modalitäten, mit Wirklichkeit umzugehen, zur Sprache bringe.

Der Charakter des »Fingiertseins«, den Käte Hamburger dem Ich-Erzählen abspricht, wird als sine qua non allem Erzählen zugewiesen. Wiederum dasselbe Dilemma, diesmal mit guten romantheoretischen Argumenten. Und wieder wird mir eher wohl in dem Dilemma, obwohl mir Hans Fricks verzweifelte Volte zurück ins Wahre des Tagebuchs (und im Sinne Käte Hamburgers der Ich-Texte überhaupt) verständlich und aller Mühen wert, aber vergeblich erscheint: »Das Denkbare ist gedacht und gesagt worden. Dir bleibt nur, das Plagiat ins Originale zurückzuverwandeln.«[7] Denn dies Dilemma macht einen guten Teil des Reizes am autobiographisch-fiktionalen Schreiben aus. Der Lust am Ich-Intimen einerseits, in dem, oft unentdeckbar für den Leser, privat Wahres gestanden oder immer wieder umschrieben wird, in dem Stichworte für ganz und gar nur privat Konnotierbares, etwa für ein Hin-und-Her-Zwinkern zweier Schreibender (was viel öfters geschieht, als es wahrgenommen wird),[8] gegeben werden – ganz gepfiffen auf die reflektierten Baupläne des fiktionalen Konstruktes. Andererseits der Lust am So-Tun-Als-Ob, am Beiseitelassen, Abfälschen, Über- und Untertreiben, auch am Juxen und Lügen, am Verwursteln und Einarbeiten des Privaten in einen strategisch durchkalkulierten Text, der sich, der Intention nach, des Egos nur als Medium für Anderes bedient. Das definitorische Dilemma steckt das Spektrum der Lust ab, im Schreiben produktiv umzugehen mit schamlosem Exhibitionismus, pietistischer Selbstbebohrung und barocker Camouflage. Die tendenzielle Unwahrheit des Autobiographischen gehört nicht nur zur Grundüberzeugung beim Schreiben, sie ist auch die Erlaubnis dazu, auf eine autobiographische Wahrheitsverpflichtung zu husten und alles auszuprobieren, auch das: einer autobiographischen Wahrheit gleichwohl nahezukommen. »Jede Autobiographie ist eine phantastische Lüge«, schrieb Peter Härtling irgendwo. »Ich konnte die Autobiographie nur schreiben, also Lügen vermeiden, indem ich in Er schrieb, also Silbermann über Silbermann.«,[9] womit Silbermann nach K. Hamburger in die reine epische Fingiertheit übertrat. Was schon den Autobiographen Problem ist, ist den

Fiktionalisten allemal Voraussetzung: Dichtungen sind nie empirisch wahr. Auch nicht die scheinbar so ich-originale Lyrik. »Aus Ulla Hahns Versen kann niemand auf Ulla Hahns Leben schließen. Sie knöpft die Person zu. (... Und beschreibt dabei die Entblößung. (...) Beste Freunde sind darauf reingefallen. (...) Und als der Geliebte die Zeile liest: ›Kurz hinter Salzburg erschaff ich die Welt noch einmal‹, ist er schwer irritiert: Wann warst du in Salzburg«?[10] Und Paul Wühr, der extremste zeitgenössische Amalgamierer von autobiographischer Referenz und ausschweifenden Fiktionen und größte Skeptiker, ob es wahr und falsch zumindest literarisch überhaupt gebe, spitzt das Dilemma zwischen Selbstbeschreibung und deren Unmöglichkeit so zu: Schreiben sei, sagt er mit Lacan, eine Möglichkeit des Subjektes, sich selbst zu analysieren. »Noch zutreffender« – fährt er mit einer grandios falschen Formulierung fort – »ist der Satz Freuds (...): ›Biographische Wahrheit ist nicht zu haben, und wenn man sie hätte, wäre sie nicht zu brauchen‹«.[11] Alles bin ich, alles bin ich nicht: Damit zu jonglieren, macht die Lust an der großen Koalition von Autobiographischem und Fiktionalem.

Der zweite Hauptwiderspruch, der mich lockt, mit ihm beim autobiographisch-fiktionalen Schreiben zu jonglieren, ist der zwischen dem subversiven Individuellen und dem Exemplarischen. Diesen Hauptwiderspruch markieren die Gegenpositionen, wovon die eine die ehrwürdige Begründung des Romans, beispielhaft repräsentative Muster guten oder schlechten Lebens zu zeigen, gerade auf den autobiographischen Roman überträgt, der sonst in Gefahr stehe, mit dem Plaudern über Nichtigkeiten eines zufälligen Individuums alle Berechtigung zu verlieren (»Wen interessiert es?«); wovon die andere gerade im autobiographisch-fiktionalen Text die Möglichkeit und Notwendigkeit sieht, im Beharren auf der Literarisierung individueller Erfahrung Entkonventionalisierung, Ausdrucks- und Erkenntnisinnovation zu gewinnen. Als neuere konträre Beispiele können Peter Schneiders »Lenz« und Rolf Dieter Brinkmanns »Keiner weiß mehr« als Sinn- und Sinn-Verweigerungs-Texte genannt werden.

Es ist ja von Beginn der Einsicht in eine moderne zersplitterte bürgerliche Gesellschaft dem Mißtrauen, was denn da noch mit welchem Anspruch von den einzelnen Individuen auch literarisch geäußert werden könne, mit der Poetik des Repräsentativen begegnet worden, durch welches jenes von Clemens Lugowski dem frühneuzeitlichen Roman zugeschriebene »mythische Analogon« von Held und Welt erhalten werden könne.[12] Nachzuweisen, daß der Roman zwar von, wie Hegel zu sagen liebt, einem partikularen Subjekt stammt, aber dennoch generelle Wahrheiten artikuliere, ist das Bemühen Blanckenburgs;[13] Schillers Theorie der Idealisierung oder Selbstveredelung gilt dem gleichen Nachweis, daß der Dichter unter der Larve seiner Individualität das halbgöttlich Repräsentative entfalten könne und müsse. Daß es dabei nicht um den poetischen Transport konventioneller Normen gehen muß, sondern die ›tiefere Wahrheit‹ des Schreibens die Folge dessen sein kann, daß eine in sich geordnete Welt kontrafaktisch als verzaubernde Illusion angeboten wird, hat kürzlich wieder Mario Vargas Llosa unterstrichen.[14] Sicherlich ist es ein Reiz für das autobiographisch-fiktionale Schreiben, dem eigenen Stoff und vielleicht sogar Leben, all den eigenen Handlungen, Begegnungen, Erfahrungen (fast wie in einer richtigen Autobiographie, aber doch indirekter im poetisch Unbestimmten) stringente Ordnung zu verleihen, der Sehnsucht nach Erzählbarkeit nachzuschreiben; und es kann eine erhebliche Entlastung der Rechtfertigungsnot für das Kreative sein, im Typisieren des Eigenen Botschaften, welche die Haltbarkeit allgemeiner Maximen haben möchten, mitzuteilen wie die über die paradigmatische Geschichte von Generationen, über Familien- und Geschlechterverhalten, über die Einkehr zu sich selbst usf.

Schon meldet sich der Gegenreiz zu dieser Legitimierung der Literarisierung des Autobiographischen durch die Konvention des Repräsentativen. Es lockt, im Geist der Kritischen Theorie im Diktat des Exemplarischen die poetisch verpackte Wiederholung vorgegebener Ideologeme zu beargwöhnen, es lockt, die ›falsche Identität von Allgemeinem und Besonderem‹ aufzubrechen durch ein Insistieren auf dem Akzidentellen, wie Hegel zu sagen liebt, des Individuums, das nicht nach Relevanz oder Nicht-Relevanz zensiert wird. Es lockt, gegen die Absegnungen und Erwartungen zu schreiben und somit durch Blochsches ›Zerfällen‹ der Wiedererkennbarkeitsforderungen die Frage nach Wahrheit, Normen, Ordnung, Subjekt und Objekt, nach dem Repräsentativen neu zu stellen. Es lockt, sich damit einer Tradition zuzuordnen, in der gerade in Zeiten von starkem Normen-Wandel das Autobiographische innovative Impulse zu nicht nur literarischen Neuorientierungen gegeben hat – angefangen von der mittelalterlichen Hagiographie[15] bis hin zur Neuen Subjektivität der 70er Jahre, in der gegen die Dogmatisierungen des Exemplarischen in der Nachkriegs-Moderne wie auch im Neo-Marxismus durch Thematisierung des Individuellen versucht wurde, ein neues Verständnis des Subjektes und seiner Lebensformen zu gewinnen; gemäß der Einsicht, daß das Private das Politische sei, oder: »Wer das All erkennt, sich selber aber verkennt, verfehlt das Ganze.«[16]

Im autobiographisch-fiktionalen Schreiben ist für mich wichtig, mit beiden Legitimationen und Tendenzen produktiv umzugehen. Einmal realistisch, also mit Klischierungen, zu arbeiten, den Punkt eines kollektiven ›So ist es‹ zu erwischen, dann wieder der Anarchie des Einfalls zu folgen. Denn so sind zwei Richtungen der Imagination vereinbar. Einer mehr instrumentellen Einbildungskraft, die einem überschaubaren Thema oder Gegenstand zur nacherlebbaren Gestalt verhilft, und einer eher autonomen Einfallskraft, die rücksichtslos den Würfen und Sprüngen, den obsessiven Assoziationen folgt und deren Utopie der uneinholbar anarchisch-phantastische Nachttraum vor seiner hermeneutischen Vergewaltigung ist. Die Erlaubnis hierzu aber gibt die autobiographische Tendenz im Fiktionalen, denn dort darf auch das reale Ich Maßstab dessen sein, was auszuwählen und aufzuschreiben ist, und nicht allein eine Kunstabsicht, die ein striktes Funktionssystem erfordert, in dem kein Ast erwähnt sein darf, ohne daß irgendwann auch jemand sich an ihm erhängt.

Der dritte Hauptwiderspruch ist vielleicht nur die psychologische Akzentuierung der anderen Widersprüche insofern, als er das Spiel mit Wahrheit und Lüge, Privatem und Repräsentativem auf die konträren Funktionen einer Herstellung von Distanz und Nähe zwischen schreibendem und beschriebenem Ego bezieht, von Selbst-Dekuvrierung und Maskierung. Sicher bringt der, wie ihn Paul Nizon nennt, »AUTOBIOGRAPHIE-FIKTIONÄR«[17] auch sich selbst zur Geltung, jedoch im Unterschied zur reinen Autobiographie mit einer kleineren und größeren Schamhaftigkeit. Einer kleineren deswegen, weil im Mantel des Fiktionalen sehr viel freizügiger artikuliert werden kann, da das schreibende Ego nicht für das Einzelne des beschriebenen Egos haftbar zu machen ist; alles ist ja im Prinzip delegiert, fingiert und Teil eines Konstruktes. Eben darin liegt auch eine viel größere Schamhaftigkeit deshalb, weil der »AUTOBIOGRAPHIE-FIKTIONÄR« sich nicht bekennen kann zur Darstellung einer Identität, daß er angewiesen ist auf die Unverbindlichkeit möglicher Distanzen und möglicher Nähen zum Protagonisten, angewiesen auch auf ein verzweigtes Netz von Relativierungen durch die weitere Figurenkonstellation. So offensiv er einerseits Äußerungen macht, die er in behauptenden Zusammenhängen scheuen würde, so groß ist andererseits seine reservatio mentalis gegenüber dem fiktionalen Text, der immer den Rückzug erlaubt. Da trifft dann für den Epiker im »AUTOBIOGRAPHIE-FIKTIONÄR« die Vermutung von Edmond Jabés zu: »Wenn Romanautoren so viele Figuren erfinden, dann vielleicht deshalb, weil sie jenes Ausgeliefertsein an sich selbst fürchten«[18] – und ihm unter dem Deckmantel des epischen Personals zugleich heimlich frönen, ist hinzuzufügen.

Es scheint mir immer noch Goethe die doppelte psychische Funktion von rigoroser Selbstenthüllung im Autobiographisch-Fiktionalen und zugleich von prinzipieller Distanzierung von ihr am trefflichsten umschrieben zu haben. Auf die Frage, ob dem »Werther« eine wahre Geschichte zugrundeliege, antwortet Goethe, diese Frage ohne Umschweife auf die Frage nach dem Autobiographischen beziehend, nach dem gar nicht gefragt war, die für ihn jedoch die entscheidende Frage zur Erklärung der identifikatorischen Lektüre des »Werther« zu sein scheint, Goethe also, auf den, berichtet Caroline Sartorius, die besorgten Blicke aller gerichtet sind, antwortet, ohne die Spur von Verstimmung, und seine Antwort ist die klassische Metapher für die Doppelfunktion des Schreibens von Autobiographisch-Fiktionalem: »›Diese Frage‹, erwiderte er freundlich, ›ist mir schon oft vorgelegt worden; und da pflege ich zu antworten, daß es zwei Personen in einer gewesen, wovon die eine untergegangen, die andere aber lebengeblieben ist, um die Geschichte der ersteren zu schreiben, so wie es im Hiob (1, 10) heißt: Herr, alle Deine Schafe und Knechte sind erschlagen worden, und ich bin allein entronnen, Dir Kunde zu bringen.‹ Unser lautester Beifall lohnte den herrlichen Einfall.«[19] Diese Struktur der zwei Personen, einer erschlagenen und einer geflohenen, einer betroffenen und einer bezeugenden, die einziges Medium einer Wahrheit ist, die unüberprüfbar auch Lüge sein könnte, ist die Konsequenz einer Skepsis oder auch psychischen Unfähigkeit, jene verpflichtende Identität einzugehen zwischen schreibendem und beschriebenem Ego, der die reine Autobiographie nicht entkommen kann.

Soviel über die verzwickten Beziehungen des »AUTOBIOGRAPHIE-FIKTIONÄRS« zu seinem Text, die ihm unerläßliche Bedingungen seines Schreibens sind. Und nun kommt der Leser und macht ihm das schöne Spiel gründlich kaputt.

DAS AUTOBIOGRAPHISCHE SYNDROM

Zumindest beim ersten Mal versetzt die Konfrontation mit den Lektüren dem »AUTOBIOGRAPHIE-FIKTIONÄR« einen autobiographischen Schock, der sein Verhältnis zum eigenen Schreiben fortan nachhaltig beeinflußt. Gnadenlos entdifferenzieren die Lektüren alle Ambivalenzen zwischen Autor und Held zu einem Spiegelverhältnis, entfiktionalisieren das kompositorische Arrangement zur autobiographischen

Eindeutigkeit, achtlos gegen alle temporalen (Präsens/Imperfekt), grammatischen (ich/er), motivischen (Leitmotive), intertextuellen (Zitate) und offenen Reflexions-Signale für intendierte Fiktionalität. Die Differenz zwischen Faktischem, Imaginiertem, Gelogenem und zum Zwecke der Typisierung Übernommenem wird nicht wahrgenommen. Mit dieser autobiographischen Haftbarmachung des Autors für alles Geschriebene, für das Sexuelle naturgemäß in erster Linie, ist die Unschuld des Schreib-Spiels unwiederbringlich verloren. Hier wären viele Geschichten zu erzählen. Von Freunden, die Aussagen des »Schleiftrogs« mit Fakten meines Lebens verwechselten. Von der Uni-Sekretärin, die mich für einen honetten Menschen gehalten hatte, dann aber wegen einer auch noch abgeschriebenen Sauerei ein Jahr lang nicht mehr grüßte. Vom Buchhändler, der meinen Vater in bester Erinnerung hatte und sich weigerte, mein Buch zu verkaufen – dabei war es mir um die exemplarische Darstellung eines Generationskonfliktes gegangen, weshalb ich, um meine private spätere, persönlich wichtige und ganz anders verlaufene Vater-Geschichte auszulassen, den autoritären Vater-Typ zehn Jahre früher sterben ließ als mein tatsächlicher Vater gestorben ist. Von den Kollegen, die sich gegenseitig in den ironisierten Figuren des »Schweinemuts« identifizierten und nachhaltig tief gekränkt waren über Charakterisierungen, die sie als Spott auf sich bezogen, obwohl ich mich mit ihnen über mich selbst lustig machen wollte. Denn, das war die niederschmetterndste Erfahrung, noch der versierteste Literatur-Theoretiker las die autobiographisch anmutenden Texte nicht anders reduktionistisch als meine da sehr unbeschlagene Mutter, die, nach meiner Vorwarnung, es handele sich um einen Roman, sagte: »Es ist ein Roman, die Mutter im ›Schleiftrog‹ bin ich nicht, aber Deinen Vater hast Du genau getroffen.«[20] Doch statt über den bitteren autobiographischen Schock zu lamentieren, in dem man unentwegt »Hilfe! Fiktion!« schreien möchte, ist die Frage wichtiger: Wie kann es zu solcher identifizierenden Lektüre kommen?

Die Antwort hierfür scheint mir in einem Lesemuster zu liegen, das sich mit dem 18. Jahrhundert etabliert und das ich das ›autobiographische Syndrom‹ nenne, weil in ihm zwei Bedingungen zusammenwirken: bestimmte Dispositionen des lesenden Subjektes und bestimmte Textmerkmale. Wo diese beiden Bedingungen aufeinandertreffen, schnappt das autobiographische Lesen fast mechanisch ein. Um die Lese-Dispositionen exakt zu benennen, müßte ich unter anderem Mentalitäts-Historiker sein, der ich unter anderem nicht bin. Erfahrungsneugier etwa, Training von Einfühlung und Selbstimagination könnten Faktoren dieser entfiktionalisierenden, autobiographisierenden Lesewut sein. Erfahrungsneugier: Das Wissen über andere Individuen, über die Palette des dem Subjekt Möglichen zu erhöhen und zu sichern; Einfühlung: Die Fähigkeit des Verstehens anderer immer wieder zu erproben; Selbstimagination: Sich selber zu lesen in der Matrix des Anderen, um sich scheinbar von außen in das Innere der eigenen Brust sehen zu können. Diese Lektüre-Interessen verhindern jedenfalls ein Mitmachen beim auktorialen Spiel, wollen Texte lesen als tendenziell wahre, verläßlich unterrichtende und verbindlich beurteilbare Mitteilungen über die Innenseite des Subjektes. Die Erklärungen dafür müßten aus einer Geschichte moderner Subjektivität gewonnen werden. Warum ein Bedürfnis entsteht, nahezu unabschließbar etwas wissen zu wollen über andere Subjekte und sich zu ihnen und ihren Äußerungen in ein Verhältnis zu setzen. Warum die Notwendigkeit entsteht, in dieser merkwürdigen Mischung von Fremdverstehen und Selbstprojektion in Texten nach Sinnhaftem oder ins eigene Herz Treffendem zu suchen. Warum der Wunsch, sich im Anderen imaginierend, in den endlosen Kontinent der Innerlichkeit blicken und das Mögliche und Wahrscheinliche der Subjektivität abmessen zu können. Hängen diese Lese-Dispositionen mit der sozialen Entfremdung zusammen? Mit der Unverträglichkeit labiler öffentlicher Normierungen und einem aus Normsicherheiten entlassenen Subjekt, das, weil es selbst Zentrum seiner Entscheidungen geworden ist, ständig sich im Vergleich mit anderen Subjekten Kriterien suchen muß, die sein Selbst- und Weltverhältnis bestimmen könnten? Hängen sie zusammen mit einer Habitualisierung der Erwartung, daß einzig in Kunst, Literatur zumal das öffentliche Palaver und die Konventionen, sich und die Welt zu sehen, aufrichtig und beweisfähig von den untergebutterten Subjekten korrigiert werden könne? Hängen sie mit einem rationalistischen Aneignungs- und Verwertungsdiktat zusammen? Sind sie die Folge der Dominanz eines psychologischen Interesses, das immer auf Durchschauen alles Fingierens aus ist? Oder zeigt der autobiographisierende Lesezwang an, daß vielleicht die Unterscheidung von Fiktionalem und Nicht-Fiktionalem generell dann sekundär ist, wo der ideologische, emotionale, der Gemütsnerv der Lesenden getroffen wird; daß dort, wo der Eindruck herrscht »tua res agitur«, eine gleichsam magische Beziehung zum Text entsteht, der alle Hinweise auf Fiktionalität äußerlich bleiben? Ist sozusagen das kindliche Lesen das anthropologisch Primäre und Fiktionalität ein ansozialisierter Trick, sich etwas vom Leib zu halten?

Wie auch immer – dieser reduzierende und entfiktionalisierende Lesesog ist die eine Seite des autobiographischen Syndroms.

Die andere ist ein variables Ensemble von Textmerkmalen, die für die Rezeption die Identifizierung von beschriebenem Ego und schreibendem Ego befördern. Solche Merkmale sind:
- Die Integrierbarkeit von Vorwissen: Textexterne Kenntnisse über das schreibende Ego, und seien es nur die Daten des Klappentextes, lassen sich im Text wiederfinden und lassen ihn so zum Bericht werden. Je größer das biographische Wissen ist, umso näher liegt es, autobiographisierend zu lesen, die entschlüsselnde Rezeption der Prosa von Thomas Mann mag dafür ein Beispiel sein. Und gelegentlich kommt es zu schrecklichen Zirkeln. Da gesichertes biographisches Wissen ist, daß Ingeborg Bachmann ein gewaltsames inzestuöses Verhältnis mit ihrem Vater hatte, lassen sich entsprechende Passagen in »Malina« entfiktionalisieren; nur: das gesicherte biographische Wissen stammt aus dem hermetischen Roman »Malina«.
- Die scheinbare Abgeleitetheit des Handlungszusammen-

hangs: Abfolge, Komposition des erzählten Lebens scheinen textintern willkürlich, scheinen wie in einer Biographie ihre stringente Kohärenz zu beziehen aus einem vorgängigen textexternen Lebenslauf. Der Text scheint dem Leben nachgeschrieben. Sein meist offenes Ende entspricht dem noch lebenden Autor. Die Motivierung für die Wahl der Szenen, Orte, für die Erwähnung von Figuren, historischen Details usf. scheinen nicht aus einer kontextbildenden Gestaltungsabsicht zu resultieren, sondern aus der Kontingenz des Faktischen. Das Hermetische scheint ein autobiographischer Rest. ›Scheinen‹ meint, daß sich in der Lektüre die textinternen Kompositionsgründe nicht durchsetzen können. Mit Uwe Japp läßt es sich auch so formulieren: Organisationsprinzip des Textes scheint nicht mehr das organologisch Komponierte zu sein, sondern das obsessiv Erinnerte.[21]
– Der Realismus-Eindruck: Schon in der auch wissenschaftlichen Grimmelshausen-Rezeption wird in der Regel unterschieden zwischen programmatisch-emblematischen Stellen und solchen, die sich offenbar auf heftig Erlebtes beziehen und damit tendenziell Bericht sind (beispielsweise die Überfall-Szene zu Beginn des »Simplicius«). Schwer zu sagen, woran das liegt. Es hat wohl etwas mit dem erwähnten »Obsessiven« zu tun, daß in Thema und Diktion ein Beteiligtsein spürbar wird, das nur das Konnotat ›erlebt‹ zuläßt, das dann alle erzählerischen Relativierungen zwischen schreibendem und beschriebenem Ego, alle Artifizialitäten aushebelt. Offenbar gibt es in Texten zumal auf Grundemotionen bezogene Intensitäten, die in der Lektüre die Wahrnehmung von Fiktionalität verschwinden lassen. Hierbei entsteht allerdings ein erhebliches Irrtumspotential in der Lektüre, wie zu ihrem Leidwesen alle Schreibenden erfahren haben. Die Wette eines literaturwissenschaftlichen Lesers, daß Markus Werner den in »Die kalte Schulter« geschilderten Tod der Freundin in der Intensivstation erlebt haben müsse, ging verloren. Sowas kann man denn doch erfinden. Die Lektüre kann aufgrund eigener

Angerührtheit nicht mehr realisieren, daß es ja gerade die Fähigkeit der literarischen Einbildungskraft sein kann, nicht das zu beschreiben, was gewesen ist, sondern das, was gewesen sein könnte. Der Realismus-Eindruck ist dabei umso stärker, je weniger Unwahrscheinliches ein Text aufweist; ein Grund dafür, daß die Romane von Günter Grass nie so autobiographisierend gelesen wurden wie die von Martin Walser oder Gabriele Wohmann. Und er ist umso stärker, je mehr ein einheitlicher leidenschaftlicher Ton vorherrscht, weil mit der Dominanz eines Pathos, sei es des Leidens wie bei Martin Walser, sei es des beleidigten komischen Scheltens wie bei Thomas Bernhard, nicht Künstlichkeit, sondern unfingierbarer Selbstausdruck verbunden wird.

– Zentralperspektive: Wo das Dargestellte nahezu total auf die Sicht eines Protagonisten bezogen ist, stellt sich die autobiographisierende Lektüre leicht ein. Meist wird die Zentralperspektive durch ein erzählendes ›Ich‹ aufgerufen. Die irritierende Erfahrung aber ist, daß, wenn alles Dargestellte sich vom Fixpunkt einer Person ergibt und auf diesen Fixpunkt funktionalisiert wird, und wenn weitere Textmerkmale des autobiographischen Syndroms vorliegen, es durchaus sein kann, daß in der grammatisch Dritten Person geschriebene Texte gelesen und erinnert werden als Ich-Texte. Der in der Literatur der 60er Jahre beliebte Wechsel zwischen den grammatischen Personen wird dabei nicht zum Fiktionalitäts-Signal, sondern gerade zum Gegenteil, zum Signal für die Camouflage des Ich im Er oder Sie. Die Identifizierung der Zentralperspektive als Indiz für einen autobiographischen Bericht wird durch Ironie, also eine dem Leser vermittelte Distanzierung des Erzählers vom Held, wohl deshalb keineswegs blockiert, weil diese Ironie auch gelesen werden kann als wahrer Ausdruck eines gespaltenen Selbstverhältnisses des Autors. Erst so deutliche Mittel wie die ausgreifende Phantastik bei Grass oder Irmtraud Morgner, eine temporale und geographische Stoff-Exotik lenken die Lektüre auf die Wahrnehmung eines Rollen-Ichs.

– Das Erzählerische: Es ist ein Paradox, daß das Autobiographisch-Fiktionale umso eher rein autobiographisch gelesen wird, je mehr es sich gewisser Kniffe oder Kunstfertigkeiten des Als-Ob des Fiktionalen bedient. Also durch aufladbare realistische Klischierungen Projektionsmöglichkeiten schafft; etwa durch sorgfältige Typisierung von Figuren und ›Standard-Situationen‹ Wiedererkennungseffekte setzt; durch einen die Protentionen, die Imaginationsentwürfe, anfeuernden Anfang den Lesesog schafft; durch Dramatisierung den Lesewunsch schärft; durch einen schnellen oder einen pathetischen Stil Erregtheit suggeriert; durch Verzicht auf lähmende und ambitionierte Beschreibungen die Identifikation nicht stört; keine allzugroßen Risiken sprachlicher, thematischer und handlungsbezogener Zumutungen eingeht; aus dem Leben gegriffene Dialoge einbaut, usf.; also, generell gesagt, alle Mittel der Modellierung und Gemütserregungskunst verwendet, was ja heißt, daß das Kommunikationsvehikel ein konventionell konstruiertes Subjekt ist, nicht ein individuelles, denn es wird nicht das Eigene beschrieben, sondern mit den Strategien, den Konventionen des autobiographischen Syndroms Autobiographisches fingiert. An Büchners »Lenz« etwa läßt sich die Weise eines Erzählens studieren, das die Wahrnehmung von Fiktionalität zum Verschwinden bringt. Wie Büchner »uns mit Leidenschaften und Empfindungen bekannt macht, die jeder in sich dunkel fühlt, die er aber nicht mit Namen zu nennen weiß« (so Lenz über den »Werther«),[22] ist ein immer wieder mit Erfolg übertragenes Muster für das autobiographische Syndrom, bei dem die Lektüre die Frage nach den Fingierungen peripher erscheinen läßt: Hier spricht jemand so wahr das aus, was er ist und ich bin, daß nur zutiefst Erlebtes erzählt sein kann. Extrem gesagt: Bei einiger Kenntnis der Muster des autobiographischen Syndroms (etwas Büchner, etwas Kafka, etwas Nicolas Born usf.) läßt sich eine künstliche Autobiographie mischen.

DAS AUTHENTISCHE

Oder vielleicht doch nicht; oder nur eine kalte, eine durchschaubare. Denn das Beispiel »Lenz« kann lehren, daß es nicht ausreicht, das autobiographische Syndrom nach seinen Regeln und Strategien zu befragen. Vermutlich liegt ein weiterer entscheidender Grund, fiktionale Texte als Berichte über faktische Wirklichkeit zu lesen, in der schon angedeuteten Intensität des Textes, die vermutlich nicht oder nur mit persiflierendem Effekt kalt simulierbar ist, und im Pendant, dem Ergriffensein in der Lektüre. Büchners »Lenz« erzeugt immer wieder und selbst noch in der legionären sympathetischen Adaption seiner Verfahren diesen seelischen Primär-Berührungsaffekt. Der Text wirkt authentisch; hier scheint eine existentielle Erfahrung verbindlich artikuliert worden zu sein, und eine mitgenommene Lektüre schert sich nicht darum, daß nicht Büchner, sondern Lenz und daß sowieso alles nur Leser-Projektion ist. Wo dies Fundamentale wirkt, wird lesend die Differenz zwischen Text und Wirklichkeit, Leben aufgehoben. Nach beiden Seiten: Auf den Autor bezogen, wird der Text als Autobiographie konkretisiert, auf den Leser bezogen ist er seine Selbstbeschreibung, die unverdient ein anderer geschrieben hat.

Entfaltet sich solch eine Wirkung, dann ist zu bedenken, ob die Lektüre im Prinzip (und nicht im fatalen Detailrückrechnen) nicht angemessen den Text einlöst und einer Schreibintention gerecht wird. Vielleicht werden autobiographisierend Texte gelesen wegen ihres eindrücklichen Ausdrucks eines existentiellen Lebensgefühls. Und dann ist all das komplexe Spiel der Schreibenden in der Tat sowohl für die Schreibintention wie für die Lektüre zweitrangig. Dann ist die reduzierende Lektüre angemessen, weil die die Einheit des Textes letztlich konstituierende Schreibabsicht Selbstausdruck ist. Ausdruck meiner individuellen Lebensgestimmtheit mit allen Mitteln der Kunst und des Fiktionalen. Wo ich das erreicht habe, habe ich mich authentisch artikulieren können. Und genau dies ist der Anstoß für die Lektüre, den Text als autobiographische Bekundung zu lesen. Der Leser macht nichts kaputt, er löst aus dem Spiel das Wesentliche, das nacherlebbar auszudrücken, gelungen ist.

Wo in Texten eine mentale Melodie aufklingt, die Artikulation eines individuellen Existenzgefühls, in Themen, Motiven, Obsessionen, aber auch in Klang und Rhythmus, da können sie autobiographisierend gelesen werden, selbst wenn die genannten Textmerkmale des autobiographischen Syndroms nicht vorliegen. Da wird K. in allen seinen phantastischen Verhüllungen zu Kafka. Der Eindruck einer authentischen Leidenschaftlichkeit im Text, ein Primärberührungsaffekt, das Ergriffensein von einem Temperament führt dazu, daß der Text auf das Schreib-Ich zurückgeworfen wird, daß er wie Selbstbeschreibung gelesen wird, mit welchen dem Schreib-Ich fernen Stoffen und Figuren er auch herkommt und so hochartifiziell er auch geschrieben sein mag: Bei beiden Walsers zum Beispiel, bei Thomas Bernhard, bei Elfriede Jelinek, bei Handke. Nicht, meine ich, bei Grass, bei Gerold Späth etwa, weniger bei Gerhard Roth, mehr bei Gert Jonke – wobei mit dieser Unterscheidung kein Unterschied in meinem Gut-Finden gemeint ist.

Mit dem Begriff des ›Authentischen‹ bringe ich mich in den falschen Verdacht, einer klassisch-konventionellen Genie-Ästhetik das Wort zu reden. Es muß deshalb dazu, vor allem aber zum Anteil des Nicht-Semantischen, des Musikalischen im Authentischen noch einiges erläutert werden.

II.

DAS AUTHENTISCHE DES »LAUTEN SCHREIBENS«

> »Jedes Buch (...) hat seinen eigenen Atem, dessen Rhythmus sich uns mitteilt. Es ist autonom.« (Edmond Jabés)

> »Im Kunstwerk manifestiert sich eine Art des Zeigens (...), die dem Bewußtsein deutliche Züge verleiht. Sein Ziel ist es, etwas Einmaliges zu vergegenwärtigen. (...) Was an einem Kunstwerk unausweichlich ist, ist sein Stil.«
> (Susan Sontag)

›AUTHENTISCH‹ – EIN OBSOLETER BEGRIFF?

Mit dem Gebrauch des Begriffs ›Authentisches‹ scheint die klassische Genieästhetik wachgerufen, nach der ein begnadetes Ich sich unverfälscht original, autonom, authentisch eben äußert und darin zugleich die tiefsten Wahrheiten über den Menschen, die Welt und die Geschichte mitteilt und damit nach dem Ende der Theologie den Beruf der Sinn-Priester und Menschheitserzieher übernimmt. Diesen ganzen Ballast will ich keineswegs, wenn ich vom Authentischen im Text rede. Auch ich weiß, daß das Authentische, von dem zunächst als Vehikel für eine autobiographisierende Lektüre die Rede war, kein ungebrochener Originalabdruck des Ichs im Text ist, sondern eine spezifische kommunikative Qualität, eine Ausdrucks- und/oder Eindrucksweise, die damit abhängig von Bedingungen und Regeln sprachlich-literarischer Kommunikation ist. Unter denen kann die Artikulation eines Ichs immer nur eine Version von Verständigungsmustern sein, vom indogermanischen Satzbau bis zum letzten literarischen Geschmack, was die Idee eines ganz und gar individuell Wahren im Text (aber möglicherweise nicht nur im Text) ins Reich des Schimären oder des Regulativen verweist. Ohne weiter darüber, ob der Begriff der Individualität, des Ichs, mehr als eine kulturhistorisch begrenzte, aber anhaltende Denk- und Empfindungsweise ist, nachzudenken, bleibt die alltägliche Schreibleiderfahrung zu konstatieren: Ich ist eines, Sätze darüber – weißderrida – ein anderes. Sprache, Literatur, ihre kontrollierenden Institutionen sind immer vorgängig, der Schreiber ist kein creator ex nihilo, seine Individualität ist nur Kombination, Variation oder eine Verletzung der Kommunikationstraditionen. Gleichwohl beharre ich darauf, daß es das Authentische – und ich ziehe mich im folgenden ganz auf das Produktionsästhetische zurück – als unverbietbares Schreibziel gibt, die Suche nach der formulierten Evidenz eines individuell Wahren, ohne damit die Ich-transformierenden Bedingungen medialer Kommunikation zu leugnen. Es geht also hier darum, das Jagen nach dem Authentischen, nach der sozusagen eigenen Handschrift, zu verteidigen, dann die Bedeutung zu skizzieren, die das Musikalische, die akustische Ich-Performanz, dabei spielt, schließlich danach zu fragen, worin die Suche nach der authentischen Sprach-Leib-Melodie zeittypisch ist. Denn die Aufmerksamkeit für sie scheint mir typisch postmodern-modern darin, daß einerseits in ihr die Sinn-Funktion des Schreibens zurücktritt, andererseits an einer pathetischen Verklammerung von Subjekt und Text festgehalten wird – gegen die Dikta von Spiel, Beliebigkeit und Referenzlosigkeit des Textes.

Ich möchte mir das Reden und Nachdenken über das Authentische nicht untersagen lassen, weil dies auf den Abraum einer antiquierten Ästhetik gehöre. Damit bin ich für mein moderates Maß sehr dezidiert geworden; obwohl mir doch normative Poetiken zwar etwa als Selbstverteidigung und Selbstpreisung verständlich, als Anlaß zum Nachdenken auch wert, aber dennoch in ihrem Diktatorischen ein Greuel sind. Es ist nötig, nach dem Guten und Richtigen der Literatur zu fragen. Aber auch unter dem so gesackten Himmel der Literatur gibt es mehr Gutes und Bedenkenswertes als die jeweiligen normativen Poetiken zulassen. Es ist auch nötig, immer neu nach der historischen Angemessenheit von Schreibweisen zu fragen. Doch habe ich es immer als eine Beleidigung der wünschenswerten Freiheit und Vielfalt gerade der Kunst empfunden, daß einmal nur kritisch-realistisch, dann nur experimentell, dann nur mit Klassenstandpunkt, heute womöglich nur im Geiste der Dekonstruktion oder gerade gegen sie im Geiste eines Realismus-Humanismus geschrieben, daß einmal nur abstrakt, einmal nur gegenständlich gemalt werden dürfe. Denn schreiben kann ein jeglicher nur auf seine Weise. Gewiß: Gut muß es sein, und ob es das ist, darüber soll gerechtet werden dürfen. Texte sind aber nicht dadurch gut, daß sie einer Poetik folgen, sondern dadurch, daß die Texte, auch wenn sie einer Poetik folgen, mit jemandem etwas zu tun haben. Das Poetologische kann immer nur der Mantel sein, nie der Kern. Niemand schreibt gute experimentelle Poesie, weil er eingesehen hat, daß unser Bewußtsein vom Subjekt-Prädikat-Objekt-Schema befreit werden muß. Sondern er schreibt sie, weil diese Art des Schreibens ihm mehr Lust, Erkenntnis oder Empfindungsnähe bringt als andere. Diktatorische Poetiken sind wünschenswert, weil man sich mit ihnen pointiert auseinandersetzen kann, ansonsten aber sind sie hassenswert. Unter Berufung auf die Höhe der Zeit, die zugleich ja stets die Generalisierung des Eigenen ist, werden andere Interessen, Bedürfnisse beschnitten und reglementiert. Die Pluralität in der Kunst zu loben, ist keine liberalistische Feigheit. Sie ist die Anerkennung der Notwendigkeit, immer neu sich in seinem Eingeschränkten provozieren zu lassen von Subjekten, die sich ausbitten, auf ihre jeweilige Weise mit sich, der Welt und der Sprache im Schreiben umzugehen. Dafür ganz bestimmt ist Literatur gut, darin liegt die Wichtigkeit einer Literatur, die nicht nur Schemata-Wiederholung sein will. Falsch finde ich, Schreiben und Lesen mit Geboten und Verboten zu bepflastern. Woraus nicht folgt, daß einfach alles gehe und Urteilen mit Allgemeinheitsanspruch hinfällig sei. Doch muß sich dies am einzelnen Text zeigen, es sollte nicht vorab für oder gegen einzelne Schreibweisen geschleudert sein, denn dies schlösse das Unding ein, daß es nur jeweils eine richtige Gleichung zwischen Wirklichkeitsdefinition und Literaturart gäbe.

Ob es beliebig viele gibt, ist eine andere, auch nicht nur literaturkritische Frage.

DAS AUTHENTISCHE ALS SCHREIBZIEL

Prosaschreiben ist mir ineins: einen Stoff komponieren, meine Meinung andeuten, den Ausdruck meiner selbst erproben (wer sich dabei an K. Bühlers Sprach-Dreieck erinnert fühlt, irrt nicht).[23] Die Komposition des Stoffs in Handlung, Figuren, Perspektive, Sequenzen gerät mir dabei ziemlich splitterhaft; denn auch in der Architektur eines Textes bildet sich, sofern es sich nicht um beliebiges Schreiben handelt, Seele ab. Die unter der fiktionalen Tarndecke mir angenehm vernebelte Meinung läßt sich selten nur in eine Aussage übersetzen, bleibt im Vagen der Klage über privat-soziales Leid und der Sehnsucht, daß es anders sein möge. Dies liegt an meiner Persönlichkeit, aber auch an meiner Herkunft aus der Tradition des zivilisationsskeptischen Schreibens der Gruppe 47 und der Negativen Ästhetik der Kritischen Theorie. Meine Meinungshaltung arrangiert mir den Stoff zu meinen Themen: den Konflikten von Innen und Außen, von Subjekt und Gesellschaft und Geschichte, die sich als Konflikte des dargestellten Individuums mit unsicherer Identität zeigen (es bleibt meist bei einer Zentralfigur). Deshalb überwiegt bei mir das Erzählen des Wahrnehmens, des Imaginierens, der ›Schnittstellen‹ von Innen und Außen oft die faktische Handlung – »Ins Auge« schreiben (nicht gehen) ist ein ideologisches wie poetologisches Ziel.

Stoff, Meinung, Ausdruck – das Authentische stellt sich nur über alle drei zusammen ein. Wenn ich mich hier auf den Ausdruck beschränke, so deshalb, weil mir in den letzten Jahren die Arbeit daran besonders wichtig und schwer geworden ist. Aber was heißt Ausdruck, genauer: Ausdruck wovon? Ich kann es nur hochtönig umschreiben: Ausdruck meines Selbst- und Weltempfindens. Ausdruck ist die sprachliche Notierung einer sinnlichen, einer psychosomatischen Gestimmtheit. Noch einmal: Der Selbstausdruck ist prinzipiell nicht abtrennbar vom Semantischen in Stoff und Meinung. Wenn ich gleichwohl das Nicht-Semantische, das Phonetische des Ausdrucks hier isoliere, dann deshalb, weil es eine Schreiberfahrung ist, daß die Arbeit am Ausdruck, das Umschreiben, Bessermachen, das Polieren der Sätze, die Arbeit am Lyrischen der Prosa, am Text als Echo einer inneren Melodie eine eigene, dem Komponieren des Stoffs nachfolgende Sache ist. Warum mir die Arbeit am Ausdruck zunehmend zur vorrangigen Schreib-Herausforderung wurde, mag zu tun haben damit, daß bei fortschreitendem Schreib-Alter das Stil-Interesse wächst, hat sicher damit zu tun, daß auch ich teilhabe an einer Veränderung des Literaturbegriffs von den 70er zu den 90er Jahren, an Begründungszweifeln, die das Heraustreten des Schönen und Gutgemachten und subjektiv Wichtigen aus dem gesellschaftlich Relevanten förderten. Zwar war die Ausdrucksarbeit für mich nichts Neues, neu aber – und darin liegt vermutlich das Zeittypische – die bewußte Aufmerksamkeit, die sie zu fesseln begann. Als ich an den »Böhmischen Schwestern« schrieb, am kleinen Zwilling des stoff- und meinungslastigen Romans über das ›Projekt Moderne‹, »Ins Auge«, wurde mir klarer, daß mir, wenn ich weniger stoff- und meinungsdienend imaginierte, Passagen zu gelingen schienen, in denen ich mich, wenn ich sie wiederlas, besinnungslos verströmen konnte, von denen ich genau wußte, wie sie weitergehen mußten. Kurzum: Das war mein Ton! Und ich fand, daß ich ihn immer schon eher getroffen hatte in absichtsloseren Erzählungen, in denen Stoff und Lehre zurücktraten.

Mein Ton: Er braucht ein bestimmtes semantisch-thematisches Feld: Schrecken, Angst, also Tod, ein groteskes, ein bis zum Kalauer hin bodenlos Komisches, denn das Komische ist der Kollaps von Sinn, er braucht die Depression, die Eigenwut, das Begehrliche, die Selbstverletzung, das Abseitige samt Mitleid und Arroganz. Solch Material muß dann gesungen werden, und zwar schnell, in einem klingenden atemlosen Fall von Sätzen, in wohltönender Flüchtigkeit, in einem Satzrasen von Bildern und Handlungsscherben, was mir wohl nicht zu unrecht vom ersten bis zum letzten Buch Ohrfeigen eingetragen hat wie: »Eilig über Oberflächen« und »Hochgeschwindigkeitsprosa«.[24] Dabei hatte ich doch vor jedem Text-Beginn eher die ausladende distanzierte Epik eines Grass oder Thomas Mann im Sinn, wollte Stofflust und Perspektivenraffinement. Davon blieb nach den bauzeichnerisch mit Vergnügen erstellten Kompositionsplänen und schwergängigen Anfängen nicht mehr viel übrig. Der episierende Text war mir fremd, bereitete mir körperlich Unbehagen. Also kürzen, raffen, schnellmachen. Das Hasten setzte ein. Ein Hasten nach nirgendwo – es sei denn zum Schluß. Ein Gehetze, das mit meiner Lebensunruhe verbunden sein muß, mit meiner fehlenden Bodenhaftung, meiner ziellosen Schweiflust, der Sehnsucht, irgendwo anzukommen und bei mir und eins zu sein, ohne ankommen zu können, mich zu erlösen und zu erschöpfen in Bewegung. Ach, was weiß ich schon über mich. Was ich jedenfalls merkte, war, daß es ein Drittes zwischen meinem Text und meiner Sinnlichkeit gab, ein tertium comparationis, das mich meine Texte mal mehr, mal weniger als intensiv nacherlebbaren Ausdruck meines Selbstempfindens lesen ließ, kurzum: mehr oder weniger authentisch. So abstrakt, klischiert, reguliert, so wenig selbstgemacht, so sehr in der Sozialisation aufgebürdet Sprache und Literatur auch sind, gibt es das Gefühl, daß manche Passagen, gar Texte mir nahe sind, sozusagen in meinem Leib stecken,[25] und andere nicht. Produktionsästhetisch betrachtet, ist das Authentische die Übertragung meiner psychosomatischen Obsessionen in mit besonderer Mühe um den Klang bearbeitete Sätze und Satzfolgen mit stark imaginativem Inhalt, bei dem das Einbilden weniger im Dienst von Stoff und Meinung steht. Dies zu erreichen, kostet den meisten Schreibschweiß: Sätze verschlingen, kürzen, längen nach dem Gehör; Sätze bis an den Rand der Verstehbarkeit führen, sie überführen in Singsang; die Vielfalt des beabsichtigten epischen Kosmos, ja leider, auf die Einfalt meines Tones stutzen, weil nur dann der Leib sich wohlfühlt und entspannt und sagt: Gut so, so stimmt's! Die Suche nach dem authentischen Ton heißt für mich einmal kompositionell: kürzen der Fassungen, also Dialoge raus, mit denen andere Romane füllen, oder die Personenrede so in den Erzählfluß integrieren, das sie meinen Ton nicht unterbricht; raus mit den doch so von mir geliebten Beschreibungen, den Aufzählungen, raus mit der Präsentation kuriosen Materials, an dem ich so klebe, raus mit den Räsonnements, den jeanpaulschen Perspektive-Clownereien, fort das Jonglieren mit Figuren und mit der Nähe und der Distanz zu ihnen. Und die Suche nach dem Authentischen im Text heißt zugleich für mich, in einer meist höchst aufwendigen, selten auch rasch gelingenden Erprobung von Satzvarianten den Text bremsenlos machen, schlank, scharf, berauschend mit Tempi, Rhythmen, Klängen. Gegen meine Stoff- und Meinungsintentionen, gegen meine Vorstellungen zunächst, viel Stoff oder ›Welt‹ in lustvollen epischen Kalkülen zu präsentieren, zwinge ich den Text eng an mich, liefere ich ihn an den, um eine berühmte Bemerkung vermessen zu übernehmen, Kinder-Ton aus.[26] Das ist, da stimme ich Hanns-Josef Ortheil zu,[27] bedenklich mit Rücksicht auf die spezifischen Chancen und Aufgaben des Epischen, bedenklich vielleicht sogar moralisch, wenn Ich-Distanzierung und Ich-relativierende Stoff- und Figurenvielfalt als kategorische Imperative gesetzt werden, aber es wiederholt sich immer wieder, daß, wenn ich meinen Ton verfehle, etwas in mir stöhnt und sich krümmt: mißlungen, unschön, verkrampft, zu fremdbestimmt, zu absichtlich, falsch. Am Ende soll der Text dem Rausch der Abfahrt gleichen, das Strampeln am Berg ist Voraussetzung, wird aber nicht erzählt. Der Text soll sich schließlich doch dem annähern, was ihm, bevor er skizziert wird und eine kompositionelle Gestalt annimmt, vorausgeht: einer leiblichen Empfindung, einer Handgeste, einem Körperschwung, einem Gleichklang von Welt und Ich während einer Zugfahrt oder während des langen Sitzens in Fußgängerzonen. Da klumpt sich dann was in mir, was zum Ausdruck kommen will. Es vermittelt sich über Stoff und Meinung, aber das Schreibmotiv richtet sich vielleicht sogar primär auf die Artikulation von Sentiments. Sie scheint mir zu gelingen, wenn der Text meinen Ton trägt, wenn er auf mich authentisch wirkt.

EINWAND: TOD DES SUBJEKTES, TOD DES AUTORS

Nun ist das, wovon ich rede, in den Augen einer postmodernen Literaturtheorie, zumal der Diskurstheorie und der Dekonstruktion, ein Sündenfall, weil ich Text und Subjekt, gar ein bestimmtes Individuum, mit einer ›authentisch‹ genannten Beziehung pathetisch beieinanderhalte. Nach dieser Theorie ist Schreiben »Einschreiben« in den von Konvention und Tradition beherrschten Diskurs, in die Regelsysteme von Sprache und Literatur. Mit dem »Einschreiben« wird das schreibende Ich in seiner Individualität aufgehoben. Dies verbietet, Texte als Ergebnis individuellen Schaffens zu verstehen, in denen auf seine einmalige Weise ein Subjekt etwas über sich und die Welt mitteilen will und kann, also Sinn ausspricht – und zwar in doppelter Weise: einen beabsichtigten gesagten und einen ›mitgemeinten‹ Sinn.[28] Vielmehr ist Schreiben einem Spielen vergleichbar, bei dem sich das Subjekt Regeln unterordnet, die es nicht gemacht hat. Damit verschwindet es nicht ganz und gar, aber seine Kreativität, seine individuelle Weise zu spielen, kann doch nicht mehr sein als ein Variieren in der Durchführung gegebener Gesetze, eine Durchführung, deren Originalität nur im Vergleich bestimmbar ist. Die Bezugskoordinaten des Textes sind andere Texte. Auf diese bezieht er sich in erster Linie, nicht auf das schreibende Subjekt – so wie die Art, Schach zu spielen, sich bestimmt durch die Weise, wie die Regeln im Vergleich zu anderen Spielern benutzt werden, und so wie die Weise des Spiels weder einen Sinn der Spielenden mitteilt noch etwas Generelles über sie aussagt. Die Freiheit des Subjekts kann nicht mehr sein, als auf seine Weise Vorbestimmtes nachzuvollziehen. Die dekonstruktive Diskurstheorie beseitigt also nicht das Subjekt schlechthin, sie entledigt es aber von den ihm anhängenden idealistischen Lasten wie Originalität, Genialität, Authentik, Prophetie, Wirklichkeits- und Weltdeutung et cetera. »Kunst wird damit«, ich zitiere den Wiener Philosophen Rudolf Burger, »wo sie überhaupt noch etwas taugt und nicht nur pseudometaphysische Pulswärmer-Qualitäten für den gehobenen

Mittelstand hat oder einfach dem Amüsement dient (was nicht zu verachten ist), zu einem leeren Spiel der Formen ohne semantische Transzendenz.«[29] Und ich zitiere Felix Philipp Ingold: »literarische Kreativität« bleibt darauf »festgelegt«, »dass Texte aus Wörtern, Lauten, Lettern und nicht aus Ideen, nicht aus Erfahrungen bestehen; dass sie also – ob der Autor es will oder nicht – immer nur aus andern, schon »gegebenen« Texten hervorgehen können: hervorgebracht werden müssen«. »Hinfällig wird damit die Frage nach dem Ursprung, nach der Originalität und Authentizität des Werks, irrelevant das Problem der Autorschaft, entbehrlich sogar der Autor selbst als identifizierbare kreative Instanz.« Damit »ist die Entmächtigung des Autors radikalisiert bis zu dessen vollständigem und endgültigem Untergang im Text.«[30]

Es bleibe den philosophischen Kontroversen überlassen zu klären, welcher Subjekt-Begriff hier jeweils vorliegt und wie er argumentativ zu halten ist oder nicht. Gleichviel, ob sie sich aus psychoanalytischen, sprachphilosophischen oder soziologischen oder gar biologischen Überlegungen ableitet, impliziert die These vom Tod des Subjektes und/oder vom Tod des Autors den Gedanken einer unaufbrechbaren Bestimmung des Ichs durch Oktrois, sei es die kulturelle Sozialisierung, sei es die biologische Programmierung. Damit ist als Gegenpart jedweder Idealismus aufgerufen. Die grundsätzliche, kontrovers beantwortete, Frage lautet also: Wie frei, wie autonom ist der Mensch, kann und könnte er sein? Und je nachdem, für wie real oder wünschenswert die Idee der Autonomie gehalten wird, wird die Programmierung für einen dem Ich fremden Zwang oder für seine unhintergehbare selbstverständliche Lebensbedingung gehalten werden. Es stehen hier also durchaus die Großfrage nach der Freiheit des Menschen und die nachgeordnete große Kleinfrage nach der Aufgabe der Kunst zur Debatte. Dabei wiederholt sich die Kontroverse des 19. Jahrhunderts, nämlich positives Wissen gegen Metaphysik sowie Nihilismus oder Pessimismus gegen Aufklärungs- und Fortschrittsoptimismus. Ich bin kein Theoretiker, mische mich da nicht sonderlich ein. Ich sehe das, betrachte ich meine Erfahrungen, etwas naiver. Ich meine, daß der Diskussion über die Beziehungen schreibendes Subjekt – Text durch die Radikalisierung eines Anti-Idealismus kein Gefallen getan wird. Das kommt mir vor wie der Kampf derer, die sich im Denkzwang Metaphysik versus Nihilismus immer noch mühen, die Existenz oder die Nicht-Existenz Gottes zu beweisen, während sich der Gegenstand des Disputes ziemlich verflüchtigt hat. Ja, einverstanden: Schreiben ist keine autonome Schöpfung; es bringt nicht, weder positiv noch negativ, einen Sinn über die Wirklichkeit und die Geschichte hervor, der als Vorschein, als Utopie, des Endes unglücklicher Zeit gelten kann. Der Schreiber ist kein alter deus, er ist ganz schön befangen in seinen Kenntnissen, Vorurteilen, in seinem Gemütshaushalt. Das Schreiben für Prophetie zu halten, erschien mir stets als säkularisierte Theologie. Wie auch der eigentlich ganz liebenswerte Gedanke, daß der Mensch in unendlicher aufklärerischer Progression sich und seine Bedingungen zum Besten entwickeln könne, ins Profane gerettete Heilsgeschichte ist, gegen die einzuwenden ist, daß der Mensch, bei Lichte besehen, dafür, daß er nur eine kosmische Fußnote ist, ein reichlich gefährlicher Größenwahnsinniger scheint. Und es läßt sich ja gar nichts Vernünftiges dagegen vorbringen, daß Sprache und Literatur tradierte Kommunikationssysteme sind, die definieren, was sich in ihnen sagen läßt. Dies aber zur These vom Verschwinden des Autor-Subjektes zu pointieren, heißt doch, selbst metaphysisch von der Idee eines autonomen Subjektes, das nun verschwinde, her zu denken. Denn nur dies metaphysisch oder nihilistisch umzankte Pfarrerhaus-Subjekt verschwindet. Ein pragmatischer gedachtes Subjekt aber bleibt erhalten, meine ich. Ich kann nicht nachvollziehen, warum unsinnig und gar unmöglich sein soll, in Texten von Erfahrungen zu reden, in Texten eine Mitteilung zu machen, mit Texten zu appellieren, mit Texten sich zu verständigen. Auch wenn der Mensch nicht auf völlige Selbstbestimmung aus sein kann, auch wenn er abhängig ist von der Prägung durch kulturelle Systeme, wieso ist dann ausgeschlossen, daß wir Subjekte sind in dem Verständnis, daß wir gleichwohl im gegebenen Rahmen moralisch etwa – also mit dem Blick auf Richtiges und Falsches – handeln und insofern uns auch ein wenig hervorbringen können? Und wieso sollte undenkbar sein, daß wir auch in Sprache und Texten uns als solche Subjekte mitteilen können, daß Texte immer noch etwas mit Wahrheit, auch mit Authentischem zu tun haben, mit gelingenden und mißlingenden Intentionen, daß Texte auf die schreibenden Subjekte zurückbeziehbar bleiben. Das alles sehe ich nicht ein. Gerade an großen Texten haut uns doch um, daß sich in ihnen eine Person zur Geltung bringt. Und also sehe ich die Konsequenz aus der These vom Verschwinden des Autors nicht ein, die nämlich, daß nur beliebiges Spiel ohne Sinn bleibe oder die Zerstörung der Diskurse, um (Idealismus-Verdacht!) die Abwesenheit von Nicht-Defizitären zu demonstrieren, die Ich-Leerstelle. Ich meine, daß mein Text mit mir mehr zu tun hat, als wenn ich nur irgendwas spiele, als wenn ich ein intertextuelles Puzzle oder Mikado auswerfe. Ich muß das, wenigstens für mein Thema des ›Tons‹, erläutern – also wieder genauer zurück zum Schreiben.

SCHREIBEN: INDIVIDUALISIERUNG VON MUSTERN

Mir ist keine Frage, daß Schreiben ein ›Einschreiben‹ in sprachliche, literarische Diskurse ist, die, verfolgt man die regulative Idee eines autonomen Subjektes, als Diktate bezeichnet werden können, die, denkt man kleiner, immer die leidvolle Schreiberfahrung der Verfremdung mit sich bringen. Logisch krude reduziert, ist das Schreiben eine Abfolge von Entscheidungsakten (von der Stoffwahl über die Komposition bis zur Wahl der Formulierungen), die in hohem Maße von soziokulturellen Normen bestimmt sind: Was ich wem wie sagen will, was Literatur soll, was meine Selbstdefinition als Schreiber ist, was gut oder schlecht, langweilig oder spannend ist, welche Lesenden, welche Verteiler, Urteiler, Verkäufer und Käufer eingenommen werden sollen, in welches Verhältnis ich mich zu zeitgleicher und früherer Literatur setze – undsofort. Denn natürlich ist das

Schreiben kein autonomes, nur dem Schreib-Ich verpflichtetes Tun, sondern rezeptionsbezogen und rezeptionskontrolliert. Dabei besteht nicht die Opposition Schreib-Ich hier – Rezeption woanders. Vielmehr ist die Lese-Instanz immer in meinem Kopf, sie gehört, auch wenn man meint, ganz unstrategisch zu schreiben, keine Rücksicht auf konkrete Leser zu nehmen (wie etwa im Tagebuch), konstitutiv zu mir. Die Tatsache des Änderns von Formulierungen allein schon zeigt, daß es in mir eine Überwachung gibt, die darauf achtet, ob Sätze stimmen oder gut sind, ob, was zu schreiben war, getroffen wurde, oder ob, was ich gar nicht schreiben wollte, dann aber da steht, dennoch trefflich ist. So wie die Malerin Abstand von der Leinwand nimmt, so wie der Komponist sich seine Töne vorsummt, lesen die Schreibenden ihre Sätze mit. Auch in dem scheinbar solipsistischen Schreiben, von dem hier die Rede ist, nämlich dem Ausdruck meiner Gestimmtheit, ist die produktionsästhetische Arbeit an der Artikulation eines Affektes unweigerlich die Arbeit an einem rezeptionsästhetischen Effekt. Der Ausdruck will einen Eindruck machen – und ich prüfe das. Alles Äußern ist auf andere bezogen, wenn es auch nur die Andern in mir sind. Wäre das nicht so, wäre die Fixierung und die Arbeit am Text nicht nötig. Gewiß ist hier zwischen zwei divergenten Weisen des Schreibens zu unterscheiden, auch wenn sie sich in der Regel überschneiden: Es gibt ein Schreiben, dem es allein um den Effekt geht, die extremsten Beispiele hierfür sind Auftrags-Pornographie oder die Heftromane, deren vor allem ökonomische Funktion darin besteht, ein möglichst umfassendes kollektives Subjekt zu erreichen. Davon rede ich nicht. Mich interessiert hier ein Schreiben, das sich auf die Artikulation des eigenen Ichs konzentriert, womit nicht gemeint ist eine nur das Schreib-Ich thematisierende Literatur, sondern eine, die etwa noch in größter Stoffülle eine individuelle Perspektive zur Geltung bringt. Doch noch das narzißtischste Schreiben ist konstitutiv an Lektüre gebunden, womit die Rücksicht auf die Weisen, Regeln des Verständigens (oder ihres Düpierens) stets im Schreiben antizipiert werden. Sich ausdrücken kann also nicht heißen, sich unvermittelt auf dem Weißen des Papiers, des Bildschirms abzubilden. Schreiben ist ein Prozeß von Kanalisierungen, ein komplexer Transformierungsvorgang vom vagen Ausdruckswillen bis zum Werk, der auch dazu führen kann, daß im Text etwas ganz anderes steht als das, was man ursprünglich zu sagen beabsichtigte oder überhaupt schreiben will. Bleiben wir bei »meinem Ton«: Es gibt die Empfindung einer psychosomatischen Gestimmtheit (Trauer, Glück, Erregung, Stille), und es gibt die Regeln und die Konventionen von Sprache und Literatur. Schon wird das Problem der Kanalisierungen, der Kodierungsmöglichkeiten virulent. Denn meine kulturelle Sozialisation läßt nur die sprachlich-literarische Notierung bestimmter Gestimmtheiten zu. Glück empfinde ich, Zufriedenheit, ruhige Hoffnung, unhastiges Einvernehmen mit dem Leben. Aber ich habe keine literarische Sprache dafür. Die Tradition, die mich sozial, ästhetisch, literarisch geprägt hat, erlaubt mir nur Kritik, Klage, vagierende Sehnsucht. Mithin bin ich Aftersasse und Fortführer von Konventionen der internalisierten Normen über Intellektuelle, Kunst, Literatur, die letzten Endes münden in der langen Geschichte einer modernen Literatur, deren Kriterium die Skepsis gegenüber herrschenden Einverständnissen ist, daß es so wie es sei, doch ganz gut sei. Wenn es also so ist, daß zwischen meinen persönlichen sehr unterschiedlichen Selbst- und Weltempfindungen und dem, was ich in Texten schreiben kann, ein enormer Selektions- und Zensurprozeß liegt, kann schwerlich anders als töricht von einem authentischen Ich-Ausdruck im Text gesprochen werden. Ich habe auch keine Schwierigkeit, das einzuräumen. Im Gegenteil: Der Gedanke, daß sich in einem Kunstwerk etwas Kollektives artikuliert, der Stand der Diskurse, nicht der frei bestimmte Ausdruck eines autonomen Subjekts, sondern eine allenfalls spezifische Brechung dessen, was Normen, Wissen, Fertigkeiten einer Zeit zulassen, ist mir seit meiner kunsthistorischen Ausbildung, die weniger mit der Überlast des Idealismus zu kämpfen hat, vertraut. Es geht dort oft schlicht darum, Werke zu datieren, zu lokalisieren. Und das ist mit verblüffendem Erfolg zu lernen.

Auf wenige Jahre genau können Werke datiert werden, ziemlich sicher einem Entstehungsort zugewiesen werden. Was prinzipiell beweist, daß sich im scheinbar individuellen Werk Kollektives reproduziert, der für eine Zeit, für einen Ort, für eine Bezugskultur spezifische Stand der Diskurse. Aber eben nicht nur.

Die kunsthistorische Bestimmung datiert nicht nur und lokalisiert, sie schreibt auch zu. Das ist ein echter Meister HL oder ein echter Picasso oder Beuys. Die Legitimation hierfür kann nur sein, daß es eine unverwechselbare Individualität in der Variation des Kollektiven gibt. Die wiederum, ich wiederhole es, nur zu den Bedingungen des Mediums und seines zeitsignifikanten Gebrauchs zustande kommt, nicht aus genieästhetischer Setzung des Mediums als Ausdrucksvehikel einer unverbildeten, ungeprägten Kraftnatur. Wäre ich dann nicht gänzlich vergessen, könnte die Germanistik in hundert Jahren mich einem mir jetzt noch unbekannten Zeittypischen zurechnen, aber doch auch, hoffe ich, meine Texte als Kinder-Texte bestimmen: ihre Stoffe, Themen, Motive, ihre Haltung und Dispositionen, ihre Art, unter den denkbar möglichen diese Sätze zu bilden; personell gesagt: mein nach den Bedingungen der Diskurse artikulierbares Verhältnis zu mir und zur Welt, mein Meinen, Wissen, Leiden, Hoffen, Lachen. Also verschwindet schreibend das Individuum nicht. In die Diskurse schreibt es sich auch unverwechselbar ein. Zugegeben, literarische Texte bestehen in der Regel aus Worten; die Bezugssysteme dieser Worte sind aber nicht nur die zeittypischen Formationen von Sprache und Literatur, vielmehr ist eines auch das schreibende Subjekt, und über das kommen weitere Bezugssysteme in Betracht. Kleists Sätze sind eben Kleists Sätze. Die von Kafka die von Kafka. Die von Thomas Bernhard und Elfriede Jelinek und Gert Jonke die von Bernhard, Jelinek, Jonke und nicht die von Ingeborg Bachmann oder Hermann Burger. In Stoff, Meinung, Stil drückt sich nicht unverfälscht das Eigentliche, das Wahre oder sonst was des Individuums aus, sondern immer das Individuelle nach Maßgabe des historisch normierten Standes des Meinens, Wissens,

Fühlens, des je unterschiedlich definierten angemessenen Gebrauchs der Medien. Und dennoch artikuliert sich ein individuelles Temperament. Ja, gewiß, die mögliche Vielfalt des schreibenden Ichs ist eingegrenzt durch die allgemeinen und spezifisch medialen und spezifisch zeitbezogenen Äußerungsnormen. Ebenso gewiß: Es ist eben meine Art und nur meine Art, mich der Diskurse zu bedienen. Darin liegt das, nach Abzug der Idealismen, verbleibende Authentische. Und darin teilen Texte auch immer etwas mit über das schreibende Ich; darin sind sie rückbeziehbar auf die Schreibenden; mindestens darin haben sie eine »semantische Transzendenz« (Burger).

Texte sind nicht nur intertextuelles Spiel, sind nicht bar jeder erkennbaren und interpretierbaren Ausdrucks-, Mitteilungs-, Sinn-Artikulation. Ich gehe noch einen Schritt weiter: Ich frage mich, ob es vernünftig ist, künstlerische, insbesondere sprachliche, in ihrem Status so grundsätzlich von anderen Äußerungen und Bewußtseinsweisen, mit denen wir uns und Welt konstruieren, zu separieren, indem ihnen eine Referenzlosigkeit zugesprochen wird. Alle Sprache, Texte beziehen sich nicht auf eine objektive Realität, sondern auf die Konventionen unserer Bezeichnungen, unserer Vorstellungen, unserer Erfahrungen, Selbst- und Realitätsdefinitionen, Empfindungen undsofort. So verständigen wir uns. Warum sollen literarische Texte grundsätzlich anders funktionieren? Gewiß haben sie das spezifische Merkmal des Fiktionalen, sie sind keine Behauptungen. Aber ist es nicht möglicherweise selbst ein idealistisches Erbe, sie abzukoppeln von der Basis unseres Bewußtseins, das mit allen seinen Akten unablässig das Subjekt und seine Wirklichkeit perspektiviert und artikuliert. Literatur tut das auf eine besondere Weise, aber ist sie nicht ebenso zu beziehen auf Grundstrukturen, mit denen wir überhaupt mit Ich und Nicht-Ich umgehen?[31] Dann aber geben Texte, meine ich, immer auch Auskunft über zugleich individuelle wie kollektive Selbst- und Weltprojektionen. Und darin bleiben sie intentions- und sinnbezogen und sind als, natürlich diskursvermittelte, tendenziell authentische Äußerungen der Individuen über sich zu verstehen.

DAS »LAUTE SCHREIBEN«

Es ist ein altes und ehrwürdiges Bild: Texte sprechen, eine Stimme spricht in ihnen, aus ihnen. Welche Stimme das ist, wurde im Lauf der Geschichte verschieden bestimmt. In christlicher Tradition war es die Stimme Gottes, ein Metaphysisches, welches George Steiner bewahrt haben möchte.[32] Im Idealismus war es die Natur, eine anthropologisch-archimedische Instanz, durch die die Wahrheit über den Menschen und den notwendigen Gang seiner Geschichte gegen die Zeit laut wurde in Texten genial Begnadeter. In der materialistischen und Kritischen Ästhetik lebt dieser Gedanke insofern fort, als im Kunstwerk qua Kunstwerk eine Versöhnbarkeit all der dialektischen Oppositionen vernehmbar wird, die uns das Leben so schwer machen: die Widersprüche von Einzelnem und Gattung, von Wirklichkeit und Idee, Begriff und Anschauung und weiteres mehr. Was spricht aus einer Literatur, die sich nicht religiös, nicht geschichtsphilosophisch versteht? Hier gibt es zwei Antworten, die ich vermittelt sehen möchte. Die eine, die der Dekonstruktion, sagt, daß in Texten zur Sprache komme, daß das Subjekt keine Sprache habe, vielmehr durch es die Stimme der Diskurse rede, mit deren Verstörung das schreibende Ich allenfalls die Abwesenheit der eigenen Stimme demonstrieren könne. Ich zitiere Ingold: »Wo Dichtung als herkunftsloses« (aber nein, ich unterbreche Ingold, Diskurse haben ihre erklärbare Herkunft – und fahre weiter mit Ingold) »Diktat begriffen wird, hat der Dichter nichts mehr zu *schaffen*; er hat lediglich die Spur einer nie wieder einholbaren Stimme sichtbar, lesbar zu machen«.[33] Die andere Antwort ist, daß im Schreiben sich die unterdrückte individuelle Stimme erst und allein Gehör verschaffen könne. Ich zitiere Klaus Modick, der in Verfolgung eines sozusagen subjekt-rauschhaften Schreibens gegen die Dekonstruktion einwendet: Moderne beginne möglicherweise erst jetzt, »insofern das Subjekt zu begreifen beginnt (…), daß es prinzipiell unbeschränkt ist, daß die Formungen in personale Individualität nicht bloß zufällig, sondern auch willkürlich sind. Entgrenzungen wären dann nicht als

Individualitätsaufgabe zu verstehen, sondern als Exploration verborgener, verkrüppelter Vollständigkeit des Subjekts.«[34] Ich denke: Beides hat einiges für sich. Schreiben läßt nie so recht das Gefühl zu, ich hätte in ihm meine Individualität ein für alle Mal angemessen geäußert. Deshalb auch der unablässige Versuch, es mit immer weiteren Texten, wie immer auch vergeblich, neu zu versuchen. Dieser Versuch aber scheint mir legitim, weil die Absicht nicht nur nicht aufgegeben werden soll, sondern weil sie auch partielle Bestätigung erhält, daß es nämlich möglich ist, etwas doch die individuelle Stimme hörbar, lesbar zu machen; es bleibt mehr als die Spur ihrer Abwesenheit. Die Stimme der nach-spekulativen Literatur ist doppelzüngig, schauspielerhaft: meine in einer fremden. Um es auf ein sehr Großes zu bringen: Es ist dies das Problem des modernen Bewußtseins für Individualität, der Kluft zwischen Ich und Allgemeinem. Das Leiden daran und die Mühe, das Bewußtsein von Defiziten zu mildern, scheinen mir eine conditio moderna auszumachen, die ich nicht überholt sehe, auch wenn das Pendel immer mal wieder zu den Programmisten und zu den Individualisten ausschlägt. Die Kluft zwischen Ich und Allgemeinem, die ja, folgt man George H. Mead, immer auch die im Ich selbst bestehende Kluft zwischen »I« und »Me«, Ich und Ich, ist,[35] hat, meine ich, Schiller gültig benannt: »Jede Empfindung ist nur einmal in der Welt vorhanden, in dem einzigen Menschen, der sie hat: Worte aber muß man von Tausenden gebrauchen, und darum passen sie auf keinen.«[36] Wem Schiller zu altbacken vorkommt, der sei auf Botho Strauß verwiesen: seine »Reflexionen über Fleck und Linie«, »Beginnlosigkeit«, weisen in die gleiche Richtung: »er sehnte sich nach dem TEXT vor der Schrift, der Botschaft vor dem Code, dem Flecken vor der Linie (...) ohne verfrühte Figürlichkeit, nach Sätzen mit diffusem Hoff und Hall«; aber: Sprache sei heute »nur ein großes Nachtönen, in dem kein Stil mehr Eigenschaft genug besitzt, keine Stimme genügend mehr stimmt, um die Weise eines Menschen zu modulieren«.[37] Letzteres aber hält Strauß nicht davon ab, die Modulierung der eigenen Stimme anzustreben, so wenigstens lese ich den Beginn der »Beginnlosigkeit«, lese ich, was mit Strauß als das Lyrische auch der Prosa genannt werden kann.[38]

Was, wer spricht in oder aus einem literarischen Text? Eine zeitgenössische Antwort darauf, die ich hier verfolgen möchte, denn sie hat mit »meinem Ton« zu tun, geht davon aus, daß in der individuellen Variation des Konventionellen der Diskurse Sprache und Literatur, daß in einer spezifischen Sprachverwendung, im Stil, gleichwohl die individuelle Stimme ausdrückbar sein könnte. Die modische Version der alten Stil-Idee ist dabei die, anzunehmen, daß nicht über den korrumpierten Sinn, sondern über den Stil eine Transformation des Individuellen, genauer: der körperlichen oder besser: leiblichen Gestimmtheit, in die literarische Sprache zu erreichen sei. Ich bekenne mich vorerst dazu. Im Parasemantischen, im Musikalischen könnte dem Text ein individuelles Selbst- und Weltempfinden eingeschrieben werden, könnte eine Nähe, eine Äquivalenz zwischen Ich und Text erreicht werden. Der Weg also zur Bewahrung des individuellen Subjektes im Text umgeht zwar nicht das Semantische (Stoff und Meinung sind auch Träger des Authentischen), richtet sich aber vor allem auf das Phonetische. So kommen Ich und Text am ehesten zusammen. So überträgt sich das Basale des Ichs, nämlich seine Körperlichkeit vor allen Sinn-Diktaten, in das Basale des Textes, nämlich sein Wortmaterial. Ich zitiere, was Roland Barthes über »das laute Schreiben« notierte: »sein Ziel ist nicht die Klarheit der message, das Schauspiel der Emotionen; es sucht vielmehr (im Streben nach Wollust) die Triebregungen, die mit Haut bedeckte Sprache, einen Text, bei dem man die Rauheit der Kehle, die Patina der Konsonanten, die Wonne der Vokale, eine Stereophonie der Sinnlichkeit hören kann; die Verknüpfung von Körper und Sprache, nicht von Sinn und Sprache.«[39]

Ich meine, das Schreibbemühen, über die Musikalisierung der literarischen Sprache ein tendenziell individuell Authentisches in Texten artikulieren zu wollen, sei zeittypisch. Keineswegs das Zeittypische, das es in der heterogenen Postmoderne wohl nur höchst abstrakt gibt. Ich stieß darauf, als ich über meine Aufmerksamkeit für »meinen Ton« nachzudenken begann. Und ich unterhielt mich darüber mit anderen Schreibenden. Und stellte fest, daß mehrere ähnliches probierten, ähnlich nachdachten. Mein Befund war, daß die Neu- oder Wiederentdeckung des Musikalischen der Sprache, des Phonetischen, die Konzentration auf die ästhetische Arbeit am Sprachmaterial nicht so einfach zuzuschlagen ist einer Flucht ins kunstgewerblich wohltönend Schöne für ein Bildungsbürgertum, das sich ja sowieso nicht mehr um Literatur kümmert, daß sie vielmehr zu verstehen ist als Versuch, einerseits die obsolete Sinn-Vermittlung in Zeiten der Verdächtigung des Sinns zu umgehen, andererseits das Subjekt in Zeiten der Programmierungs-Theorien zu retten. Ich habe dann, mich für die Wiener Vorlesung vorbereitend, Belege gesammelt, Traditionslinien gezogen, was mir dann zu germanistisch geriet,[40] weshalb ich dies nur resümiere: Der Versuch, tendenziell Authentisches in Texten zu artikulieren, zeigt sich in drei Weisen:

— In der Wiederkehr der gebundenen Sprache in der Lyrik, also Metrik und Reim und Assonanzen generell, weil damit erprobt wird, vor-ideologische, körperlich bedingte (Wiederholungsrhythmik, Atemlänge) Entsprechungen zwischen individuellen Erlebnis- und sprachlich-literarischen Ausdrucksmustern herzustellen. Um, wie der ja nun nicht gerade naive Poet und Poetologe Peter Rühmkorf es programmatisch formulierte, eine Korrespondenz zu ermöglichen zwischen Sprachstrukturen und ›menschlichen Anklangnerven‹.[41] Beispiele gibt es genug von Uli Becker über Ulla Hahn zu Robert Schindel.

— In der Musikalisierung der Prosa, die an sich gewiß nichts Neues ist, neu aber ist das konzentrierte Interesse dafür und ihre poetologische Betonung, während in der Literatur zuvor (60er bis 80er Jahre) diese dezidierte Stil-Überlegung höchstens eine marginale Rolle gegenüber der Ausfaltung der allgemeinen Sinn- und Funktions-Relevanzen der Literatur gespielt hat. So, zum Beispiel, hält Marcel Beyer, in Anknüpfung an die Avantgarde des frühen 20.

Jahrhunderts, »Rhythmizität« für den eigentlichen Gegenstand der Literatur und für die Möglichkeit, sinnsubversives Körperliches zu artikulieren.[42] Und Elfriede Jelinek sieht ihre Texte – entgegen der schnüffelnden Rezeption – in erster Linie als »Sprachkompositionen«, »wo das Wort selbst eben das Klangmaterial ist.«[43] Vergleichbar scheint mir das Schreiben Wolfgang Hilbigs.[44]

– Schließlich im allgegenwärtigen Sprachspiel, denn ich meine, daß dies keineswegs allein die computerhafte Verschiebungsspiel-Leidenschaft von der Werbung bis zum Gedicht anzeigt, die Sprache zum Witzigen (im besten Sinne), zur freischwebenden Kombinatorik aufzulösen, sondern ich meine, daß darin auch ein Indiz zu sehen ist dafür, die Sprache näher an die Verquerungen des Individuums bringen zu wollen. Gehen wir auf den Urvater zurück: Arno Schmidt. So kraus seine Etym-Theorie auch sein mag, dienten seine nun so aktuell anmutenden Sprachbrechungen doch dazu, der Komplexität des individuellen Bewußtseins näher zu kommen. Gleichermaßen verstehe ich viele gegenwärtige Sprachspiele als Übersetzungsversuche von individueller Diffusion in die sprachlich-literarischen Konventionen. Dies gilt auch, überträgt man den Begriff des Spiels auf das Textganze, für die kompositionelle Komplizierung – am deutlichsten bei Rainald Goetz.[45]

SELBSTKRITIK – UND WIE GEHT ES WEITER?

In seiner knappen Stilistik hat Nietzsche propagiert, es komme darauf an, »die Musik hinter den Worten, die Leidenschaft hinter dieser Musik, die Person hinter dieser Leidenschaft«[46] auszudrücken. Es scheint einen Zusammenhang zu geben zwischen Zeiten der Sinn-Ungewißheit und der Musikalisierung der Literatur, in der ein psychosomatisches Selbstempfinden und die entsprechende Stilarbeit gegen das in Mißkredit geratene Ideologische gesetzt wird. Körper statt Sinn. Phonetisches statt Semantisches. Sinnlichkeit statt Lehre. Die Suche nach der Textmelodie als Pendant einer persönlichen ›Leidenschaft‹ im Ausweichen vor defizitären, korrumpierten, machtbesetzten oder überhaupt unmöglichen Auslegungen. Als Literarhistoriker gerät man rasch in Versuchung, eine literarische Reihe zu konstruieren, ein Hin und Her zwischen Gesinnungs- und Stilkunst. Nietzsche selbst und seine Rezeption wären Indizien für Parallelen zwischen dem Fin de Siècle und dem Jahrtausendende. Aber eben weil ich Literarhistoriker bin, unterlasse ich die Durchführung lieber. Immerhin aber kann solches historisches Spekulieren, das hypothetische Historisieren von sich selbst und der eigenen Zeit zu zwei nicht ungewichtigen Fragen führen: Einmal, ob im Aufweichen des Semantischen nicht doch ein Stück Flucht liegt, zumindest ein zu leichtes Preisgeben einer inhaltlichen Provokationsmöglichkeit der Literatur. Wenn mit Kafka ein Buch wie ein Schlag auf den Kopf sein soll, so kann es zuschlagen wohl nur dann, wenn es nicht nur Funktionserwartungen wie Verständlichkeit oder Subjektausdruck dementiert, sondern uns angreift, thematisch, in seiner Sprachverwendung, in seiner Leidenschaftlichkeit. Und zum zweiten, ob die heutige Devise ›sound statt Sinn‹ nicht auch aufsitzt den gesellschaftlichen, sage ich ruhig: westlich-kapitalistischen Ideologien von Körperkult, Sinnlichkeitssucht, ganz konkret: ob die Musikalisierung der Literatur nicht auch abhängig ist von dem allgegenwärtigen Verströmen in Musik, das, denkt man sowohl an den walkman wie an die Discos oder die Kneipen, ja etwas abriegelnd Narzißtisches an sich hat. Kurzum, Selbstkritik: Mehr Klang statt Sand im Getriebe der Welt? Ich gebe zu, daß mir persönlich die literarischen Versuche am liebsten sind, die mit dem Bestreben nach tendenziell authentischem Ich-Ausdruck eine Meinungs- und Sinnfunktion verknüpfen, ohne daß dies in eine ästhetisch beliebig formulierbare Orthodoxie der guten Absichten und rechten Gesinnungen zurückfiele. Etwas soll für jemanden gesagt sein, auf meine Weise, auf eine Weise aber, die mich nicht im musikalischen Spiel verschwinden läßt, sondern mich aufs Spiel setzt – und mit mir unsere üblichen Selbstdeutungen.

Und selbstkritisch weiter: Musikalisierung neigt zu einer

Anthropologisierung, die letzten Endes im Körper endet. Sie greift auf den Bauch zurück. Rühmkorfs bahnbrechende Schrift für den Reim sagt das deutlich genug, wobei, wie Rühmkorfs lyrische Praxis zeigt, die Wiedergewinnung von Sangbarkeit keineswegs Schlichtheit, Anti-Intellektualität, Harmonie und Heilheit bedeuten muß. Trotzdem wird mir die Musikalisierung als Wendung zu anthropologisch gegebenen Ausdrucks- und Eindrucksbedingungen dann befragenswert, wenn sie in Verbindung gebracht werden könnte mit der populären Zeitmode eines kruden Biologismus, dem nur noch eine Begründung für alles, was einmal differenziert bedacht worden ist, einfällt: Es sind halt die Gene! Und die Gene verlangen halt »sound statt Sinn«, Körper statt Meinung, beweisen scheinbar, daß alles Natur ist in unserem Verhalten statt die Folge einer prekär selbstgemachten Geschichte.

Sie hören: Ich habe das ehemalige Sich-Selbst-Hinterfragen noch nicht verlernt. Pathetisch habe ich meine Suche nach dem eigenen Ton beschrieben; habe Musikalisierung als einen Weg zu einem tendenziell (und nur: tendenziell) für authentisch gehaltenen Ich-Ausdruck empfohlen, auch weil so dem Subjekt-Verbot der Dekonstruktion als postmoderner Zukunftsästhetik zu entkommen sei. Und nun verdächtige ich mich der Zeitgeisterei. Ich eigne mich nicht sehr zum sicheren Behaupter und verfange mich oft in Widersprüchen. Wäre es anders, würde ich weniger kompliziert leben und schreiben. Denn natürlich hat die Art, wie man schreibt, mit der Art, wie man lebt, zu tun. Wenn ich die anfängliche wuchtige Formulierung von ›der Suche nach meinem Ton‹ in die despektierlichere »sound statt Sinn« überführte, so spiegelt sich darin aber auch eine Schreiberfahrung. Einmal merkte ich, daß die musikalischen Mittel der Sprache doch kärglich sind. Allzuleicht rutschte ich in Stereotypen von Versfüßen und Assonanzen; und es gibt leider nur fünf Vokale. Und ebenso arg machte mir das Problem zu schaffen, daß das Erlebnis der Evidenz: Das ist mein Ton! sich (anders als in Musik und Film) keineswegs übertragen und zu vergleichbaren Lektüre-Eindrücken führen muß, weil für das Lesen das semantische Material immer noch das Primäre ist, somit der Text zur unkalkulierbaren Matrix für Projektionen der Lesenden wird, und weil das Phonetische fast der Willkür einer leisen Lektüre ausgeliefert ist, in der es völlig überlesen werden kann. Das musikalische Modell des »direkt in den Bauch« funktioniert in Texten nicht so recht. Das Musikalisieren mal mit Intensität zu versuchen, war mir wichtig. Aber Routine und Manier drohen. Skeptisch geworden, denke ich, daß ich, falls ich meine gegenwärtige Schreib- und Publikationskrise überwinden kann, das Gewichtsverhältnis zwischen meinen drei Standbeinen: Stoff, Meinen, Ausdruck neu überlegen und austarieren sollte, wenn ich der Gefahr eines selbstläufigen Singsangs entgehen will. Vielleicht sollte ich über Moral mehr nachdenken, darüber, was Schreiben, was Literatur mit der Frage nach dem richtigen und falschen Leben zu tun hat, auch heute noch oder wieder. Solches Nachdenken wird aber nicht viel ändern, weil mein Schreiben eben mein Schreiben war und bleiben wird, es wird sich nie dem internationalen Diktat eines ›Entwicklungs- und Handlungsromans‹[47] fügen, vielleicht würde es derartiges auch, selbst wenn es den Erfolgsanschluß wollte, gar nicht können. Wobei solcher Rückschritt zur Gesinnung mit meinen persönlichen Erfahrungen des vergangenen Jahres zu tun hat, in dem ich, zum Schreiben auf eigene Kosten beurlaubt, plötzlich mit gravierenden familiären Pflichten konfrontiert war. Ich sage dies Private nur deshalb so öffentlich, um anfügen zu können: Denn natürlich hat Literatur mit den Erfahrungen des schreibenden Subjekts zu tun. Jeder fertiggeschriebene Text stellt, nicht unabhängig von der Lebenszeit, in der er entstand, am Schluß die Frage nach dem, was nicht erreicht, getroffen, gesagt worden ist. Ich kann mir diese Merkwürdigkeit, daß die Schreibenden weiterschreiben, letztlich nur so erklären, daß man etwas nachjagt, was nie zu erreichen ist. Martin Walser hat wiederholt behauptet, Schreiben entstehe aus einem Mangel. Es schafft auch einen Mangel. Auch die mit Effekten kalkuliert umgehende Schreibarbeit kann nicht simulieren, was an Ausdruckswollen das Individuum bestimmt. Bestünde aber nicht die offenbar durch das Schreiben auch genährte Hoffnung, daß gleichwohl partiell sich ein Ausdruckswollen realisieren läßt, würde nicht weitergeschrieben. Das schreibende Subjekt verschriftet sich nicht einbußungslos im Text, es radiert sich in ihm aber auch nicht aus. Jeder Text ist Aufhebung des schreibenden Ichs – er bewahrt es und läßt es verschwinden. Das ist eine moderne Binsenwahrheit. Und wird es auch in postmodernen Zeiten bleiben, sofern sich nicht durchsetzen sollte, daß Literatur nur ›semantisch leeres Spiel‹ oder ›pures Amüsement‹ sein dürfe.

1 Mit dieser nicht unproblematischen Formulierung als größtem gemeinsamen Nenner verschiedener Überlegungen zum besonderen Status nicht-berichtender und nicht-behauptender Texte folge ich Johannes Anderegg, Fiktion und Kommunikation. Ein Beitrag zur Theorie der Prosa, Göttingen 1973, bes. S. 43-47. 2 Vgl. Dieter Wellershoff, Double, Alter ego und Schatten-Ich, manuskripte 113 (31. Jg.), Sept. 91, S. 3-11. S. 6: Mit dem projektiven »Anderen Ich des Autors« will Literatur »den verborgenen Text sprechbar machen, der unser Leben beherrscht und vom dem wir fürchten und hoffen, daß die anderen ihn verstehen.« 3 Vgl. Mario Vargas Llosa, Die Kunst der Lüge, Frankfurter Rundschau, 26.11.1988: »In der Tat lügen die Romane – sie können nicht anders«. 4 Vgl. Käte Hamburger, Die Logik der Dichtung, Stuttgart 1968 (2. Aufl.), S. 245-251. 5 Vgl. Franz K. Stanzel, Typische Formen des Romans, Göttingen 1964 (2. Aufl.), S. 33-39: die Bemerkungen zum ›Ich-Ich-Schema‹ – der Ich-Erzähler führt ›Perspektivierung und Medialisierung‹ des erzählten Ich vor als Beglaubigungskonventionen und bleibt als erzählendes Ich distanziert; diese Differenzierung des Ichs im Roman verbietet einen direkten Rückbezug ›eines‹ Ichs des Textes auf die ›Ich-Origo‹ K. Hamburgers. 6 Vgl. Wolfgang Preisendanz, Die Auseinandersetzung mit dem Nachahmungsprinzip in Deutschland und die besondere Rolle der Romane Wielands; und hierzu die Diskussion, in: H.R. Jauß (Hrsg.), Nachahmung und Illusion, München 1968 (Poetik und Hermeneutik I), S. 72-93, S. 196-203. Die verbleibende Differenz zwischen Blumenberg und Preisendanz unterschlage ich (vgl. S. 200). W. Preisendanz war mein Lehrer. In meinem »Schleiftrog« (Zürich 1977) spiele ich auf diese Theorie des Romans als reflexive Nachahmung der Nachahmungsweisen von Wirklichkeit an (S. 123-124): »Gebe sich der realistische Roman den Anschein, Wirklichkeit getreu zu spiegeln, wiewohl er lediglich ein bestimmtes Wirklichkeitsbewußtsein im Medium der Sprache äußere, so breche der moderne Roman mit diesem Anschein und erhebe die Auffassungsweisen selber zum Thema.« Nicht nur derartige Anspielungen, sondern mehr noch die Struktur des als ›offener Traum‹ angelegten Textes läßt mir die Sicht P.M. Lützelers,

es handle sich hier um einen zeitsignifikanten, weil ›bewußt kunstlos‹ erzählten autobiographischen, Text, weniger treffend erscheinen als U. Schmidts Hinweis auf den impliziten »Zweifel am autobiographischen Erzählen«. Vgl. P. M. Lützeler, Von der Intelligenz zur Arbeiterschaft. Zur Darstellung sozialer Wandlungsversuche in den Romanen und Reportagen der Studentenbewegung, in: P.M. L./E. Schwarz (Hrsg.), Deutsche Literatur in der Bundesrepublik seit 1965. Untersuchungen und Berichte, Königstein/Ts. 1980, S. 115-134, S. 130. U. Schmidt, Zwischen Aufbruch und Wende. Lebensgeschichten der sechziger und siebziger Jahre, Tübingen 1993, S. 196-235. **7** Hans Frick, Tagebuch einer Entziehung, Darmstadt/Neuwied 1973, S. 206. **8** So heißt es, nur eins von vielen Beispielen, im »Schweinemut« (Zürich 1980), im scheinbar nur ur-konstanzerischen Sauna-Kapitel: »Schwiizer sin au it besser. Dunket sich alls ebbis Bsunders. Und wafür Schprüch sie machet mit ihrenem Wii, Heiland, kennscht sell Meyer, wo biim Reinhart in Winterthur schafft, e rächti Trubehüeter.« (S. 136) Diese in, wie mir Kenner bestätigten, schlechtem Konstanzerisch geschriebene Passage hat nicht nur Lokales im Sinn, sondern eine amüsante Auseinandersetzung mit E.Y. Meyer, dem Suhrkamp-Autor, über schweizerischen und deutschen Wein. – In Gerhard Köpfs »Innerfern« (Frankfurt a.M. 1983, S. 144) las ich zu meiner Überraschung, denn ich war G. Köpf bis dahin nie begegnet: »Ich sage Ihnen: der helle Wahn. Feuerbach. Von diesem Buch konnte ich leben. Eine Zeitlang wenigstens.« War etwa mein »Heller Wahn« mit seiner Feuerbach-Insistenz gemeint – oder unterlag ich jetzt schon einem egozentrischen Wahn? Er war gemeint, G. Köpf bestätigte mir dies später. Derartige Anspielungs-Schelmereien, die eher mitlaufen als primär bedeutungstragend sind, gibt es viele – es müssen ja nicht immer so massive und bedenkliche Anspielungen wie die von Thomas Mann auf Wiesengrund Adorno und Gerhart Hauptmann sein. **9** Alphons Silbermann, ZDF-Interview, 20.8.1990 (»Zeugen des Jahrhunderts«), vgl. ders., Verwandlungen. Eine Autobiographie, Bergisch-Gladbach 1989. **10** Birgit Lahann, Prinzessin auf der Erbse, Stern, 12.1.1989, zitiert nach Emma 7/1990, S. 26-27. **11** Paul Wühr, Der faule Strick, München 1987, S. 111. **12** Vgl. hierzu: Gisbert Ter-Nedden, Allegorie und Geschichte, in: W. Kuttenkeuler (Hrsg.), Poesie und Politik, Bonn 1973, S. 155-183; bes. S. 161. **13** Blanckenburg geht von einer Teilung von ›Mensch‹ und ›Bürger‹ aus: Der ›Mensch‹ ist das anthropologische Gemeinsame, der ›Bürger‹ das spezifizierte Individuum in der modernen (bürgerlichen) Gesellschaft, die es wegen der Arbeits- und Erfahrungsteilung von anderen isoliert. Der Roman habe nun die Aufgabe, die Splitterung der ›Bürger‹ zu überwinden, indem er an ihnen das ›Menschliche‹ zeige: »Wenn wir *zuerst* Menschen sind, und seyn sollen; wenn wir nur, indem wir Menschen sind, unsre Bestimmung erreichen können: so muß es ihm lieb seyn, daß die Theilnehmung der Menschen vorzüglich auf das geht, was den Menschen allein trift, und nicht den Menschen, als Bürger.« Zitiert nach: Romantheorie in Deutschland 1620-1880, hrsg. v. E. Lämmert u.a., Köln/Berlin 1971, S. 145. **14** »In der Tat lügen die Romane – sie können nicht anders –, aber dies ist nur ein Teil der Geschichte. (...) Das Leben der Fiktion ist Schein, in dem jene schwindelerregende Unordnung zu Ordnung wird: Organisation, Ursache und Wirkung, Anfang und Ende.« Vgl. Anm. 3. **15** »Het idealbeeld wordt losgelaten en daarom onstaat er een grotere ruimte voor individuele levensbeschouwing.« Anne Jocobs, De autobiografie als heiligenleven, in: E. Jongeneel (Hrsg.), Over de autobiografie, Utrecht 1989, S. 123-136. **16** Zugegeben, diesen scheinbaren Allgemeinsatz des Politik- und Subjektbegriffs der 70er Jahre, der besagt, daß Privates und Öffentliches im Kern sich träfen (Das Private ist das Politische – wie der italienische Feminismus es zuerst formulierte), habe ich etwas quer zitiert: »Und Jesus sprach: Wer das All erkennt, sich selber aber verkennt, der verfehlt das Ganze.« (Das Evangelium nach Thomas dem Zwilling, V. 67), in: A. Pfabinger, Die andere Bibel, Frankfurt a.M. 1991, S. 60. **17** So Paul Nizon: »ICH BIN EIN VORBEISTATIONIERENDER AUTOBIOGRAPHIE-FIKTIONÄR«. Vgl. Paul Nizon, Das Erinnern der Gegenwart, in: M. Krause/St. Speicher, Absichten und Einsichten, Stuttgart 1990, S. 282-297, S. 294. **18** Edmond Jabés, Der Fremde, Akzente 4/1991, S. 298. **19** Goethes Werke, Hamburger Ausgabe, Bd. 6, S. 533. **20** Mit diesem gelegentlich erzählten Beispiel ging es mir darum, hinzuweisen auf die unterschiedlichen Weisen und Intereressen bei der Konstitution von Fiktionalität in der Lektüre oder eben bei der Ent-Fiktionalisierung. Dies ist – meiner Erinnerung nach – etwas mißverständlich herangezogen worden von Bernd Scheffer, Interpretation und Lebensroman. Zu einer konstruktivistischen Literaturtheorie, Frankfurt a.M. 1992, S. 216-217. **21** Vgl. Uwe Japp, Literatur und Modernität, Frankfurt a.M. 1987, S. 19. **22** Goethes Werke, a.a.O., Bd. 6, S. 529. **23** Das Organonmodell Bühlers (1934) scheint mir als Ausgang für sprachfunktionale Überlegungen, welche die Literatur umgreifen können, noch tauglich. Er unterscheidet: ›Darstellung‹ als ›Symbol‹ von Sachen und Sachverhalten, ›Appell‹ als ›Signal‹ für die Rezipienten, ›Ausdruck‹ als ›Symptom‹ für die Befindlichkeit der Sprechenden. (Vgl. Karl Bühler, Sprachtheorie, Frankfurt a.M. 1965 (2. Aufl.). **24** Thomas Kirsch, Eilig über Oberflächen, Rez. zum »Schleiftrog«, Welt am Sonntag, 9.10.1977. Matthias Kamann, Hochgeschwindigkeitsprosa. Rudolf von Virchow, die Humangenetik und das Grundgesetz, Rez. zu »Die Böhmischen Schwestern«, FAZ, 5.12.1990. **25** Der in Würzburg geborene jüdische Autor Jehuda Amichai wagt in einem Gespräch die drastische Formulierung: »Ich habe etwa bei einem Gedicht vorher oft ein fast physisches Gefühl, wie es aussehen soll: man kann es fast physisch betasten, in mir.« Am Erker, 26 (1993), S. 24. **26** So Theodor Fontane über Gottfried Keller, den er eines romantischen Selbst-Zentrismus verdächtigte: »Er gibt eben all und jedem einen ganz bestimmten allerpersönlichsten Ton, der mal paßt und mal nicht paßt, je nachdem.« T.F., Aufsätze zur Literatur, hrsg. v. K. Schreinert, München 1963, S. 265. **27** Hanns-Josef Ortheil: »Viele Schriftsteller versuchen sich eines Beginns zu vergewissern, indem sie die Sprache auf einen, ihren Ton vereidigen. Nun haben sie es ›gepackt‹, mit aller Gewalt. Die Maschine setzt sich in Bewegung und schnurrt, und die

Lektüre ist das Wiederfinden dessen, was die sprachlichen Neigungen eines Autors dem Gesagten angetan haben.« »Ich will nichts zelebrieren; der Ekel vor jeder Art von Wichtigtuerei sitzt in mir am tiefsten. Daher mein Glaube an die ›Arbeit‹, an das ruhige, vollkommen besonnene Schaffen. Abscheu gegenüber allem Nervösen, ich will das klare kraftvolle Sprechen.« »Nun aber: die große Vorsicht unserer Gegenwartserzähler vor dem Dialogischen. Oft läßt die narzißtische Scheu die fremden Stimmen nicht mehr zu (sie sind ins dramatische Genre abgewandert). Der Zugriff des Autors soll überall triumphieren, erst recht über die windigen Wortfetzen seiner Gestalten. Also: die dialogische Form erneuern!« H.-J. Ortheil, Roman-Werkstatt. Aus den Arbeitsprotokollen zum Roman ›Agenten‹, Akzente 5/1989, S. 410-422 (S. 410, 415) (vgl. ders., Schauprozesse. Beiträge zur Kultur der 80er Jahre, München 1990, S. 47ff.). H.-J. Ortheils normative Selbstverteidigungspoetik ist bedenkenswert und nicht nur als den Realismus konservierend abzutun, weil es um die Frage nach der ›Humanität‹ des Figuren-Erzählens geht. Aber abgesehen davon, daß der Trend (1993) viel eher in die Richtung des opulenten Figurenerzählens und der realistischen Traditionen geht, scheint mir die psychologisch-moralische Einordnung von epischer ›Arbeit‹ versus ›Nervösem‹ (die so nicht stimmt, im Gegenteil: Für mich ist die ›Arbeit‹ am Ton die größte – da schnurrt kein Maschinchen) nicht haltbar. Es könnte auch anders argumentiert werden: Wer die Welt quasi-objektiv in ihrer Fülle seinem Werk-System unterordnen will, denkt mit solchem olympischen Herrschaftsgestus vorkritisch. **28** Vgl. Gottfried Gabriels jüngstes Resümee des Interpretationsproblems: Zur Interpretation literarischer und philosophischer Texte, in: L. Danneberg/F. Vollhardt (Hrsg.), Vom Umgang mit Literatur und Literaturgeschichte. Positionen und Perspektiven nach der ›Theoriedebatte‹, Stuttgart 1992, S. 239-249. **29** Rudolf Burger, Zentralperspektive. Rückblick auf eine optische Täuschung, Merkur 529, April 1993, S. 279-289, S. 289. **30** Felix Philipp Ingold, Von der Hervorbringung des Neuen aus dem Alten, du 3/1992, S. 41-44, S. 44, 41, 43. **31** Ich denke an konstruktivistische Ansätze, etwa den des genannten B. Scheffer (Anm. 20). **32** George Steiner, Von realer Gegenwart. Hat unser Sprechen Inhalt?, München 1990. **33** Ingold, S. 43. Dies ist die zu D. Wellershoff konträre Auffassung davon, was in einem Text spricht: einerseits das Autor-Ich, andererseits das dieses auslöschende System (der Diskurs). **34** In einem Brief an mich. **35** Vgl. George H. Mead, Geist, Identität und Gesellschaft, Frankfurt a.M. 1973. **36** Friedrich Schiller, Briefe, hrsg. v. G. Fricke, München 1955, S. 242 (10.2.1790, an Charlotte von Lengefeld). **37** Botho Strauß, Beginnlosigkeit. Reflexionen über Fleck und Linie, München 1992, S. 38-39, S. 42. **38** Vgl. ebd., S. 24. **39** Roland Barthes, Die Lust am Text, Frankfurt a.M. 1974, S. 97-98. **40** H.K., Körperthemen, Körpertexte und »*das laute Schreiben*« in deutschsprachiger Gegenwartsliteratur, Vorlage zum Kolloquium »Kodierung des Körpers im modernen Roman«, Bochum, März 1993 (auch im vorliegenden Band). **41** Peter Rühmkorf, agar agar – zaurzaurin. Zur Naturgeschichte des Reims und der menschlichen Anklangnerven, Reinbek 1981.

42 Das Eingemachte – Smalltalk 91. Thomas Kling und Marcel Beyer talken über...Musik..., Konzepte H. 10/Jg. 7(1992), vgl. S. 56. **43** »Es geht alles prekär aus – wie in der Wirklichkeit«. Ein Gespräch mit der Schriftstellerin Elfriede Jelinek, Frankfurter Rundschau, 14.2.1992. **44** Vgl. in diesem Zusammenhang bes.: Wolfgang Hilbig, Über den Tonfall, in: ders., zwischen den paradiesen. Leipzig 1992, S. 6-12. **45** Rainald Goetz, Irre, Frankfurt a. M. 1983. **46** Vgl. H.-M. Gauger, Nietzsches Auffassung vom Stil, in: H.U. Gumbrecht/K.L. Pfeiffer (Hrsg.), Stil, Frankfurt a.M. 1986, S. 200-219, S. 207. **47** Reinhold Neven Du Mont (Kiepenheuer & Witsch) »äußerte die Ansicht, daß die deutschsprachige Gegenwartsliteratur im Ausland offenbar nicht für spannend und lesbar gehalten werde.« »›Zu lange hat der Literaturbetrieb bei uns die hermetische Darstellung, die selbstverliebte Innenspiegelung, die Beschreibung stillstehender Binnenwelten als experimentell und avantgardistisch gefeiert‹, sagte der Verleger. Dagegen sei der Entwicklungs- und Handlungsroman als eine mindere Gattung abgetan worden.« (Frankfurter Rundschau, 11.4.1993). Also vorwärts retour zum Lesefutter – womit dann auch alle Fragen, die einst die Theorie des Romans stellte, erledigt sind.

Die schönsten Radtouren. Heute: zum literarischen Forum Oberschwaben

dem Fründ

Er war eingeladen und saß daher am Abend über rutschenden Karten am Küchentisch und legte die Route fest. Am Morgen durch einen Lorettowald von Spinnenweben. Schmatzend schlief der See weiter und ließ sich nicht verkitzeln von kalten Sonnenflecken. Fern ging ein Fischer nieder und wurde von Möwen gejagt. Die klamme nackte Wade kriegte von der frisch geölten Kette einen Schmiß. So süß vertraut die BAYER-Luft des Krüppelobstes. Weil er wußte, wo er Schwung zu holen hatte, wo das Rad zu wiegen war, wo die Löcher warteten, war es ein Heimspiel. Vom Berg hinab ein Fliegen.

Daß Tettnang hoch lag, hatte er nicht vergessen. Schon einmal war er im Schloßpark erschöpft gewesen, in den Klassik gestürmt war aus Fensterbögen, in denen helle halbe Menschenrisse sich Zugaben erklatschten. Im Gasthaus hatte er damals nur neben dem Plakat, das mit seinem anderen Gesicht zu seiner Lesung lud, einen freien Platz gefunden und war, den Kopf gesenkt, auch nicht verwechselt worden. Danach (nie mehr!) hatte der See unterm Mond seine Ewigkeit verschlafen, die den mauerkalten Körper frieren ließ auf dem abgelöschten Fährplatz, über den der Fahrer eines Felchen-Lasters schnarchte. Gemessen am Schreiben, schien Leben leicht.

Erst hinter Tettnang ging es dann richtig aufwärts. Die Schraubenserpentine bezwang die verteerte Brust. Der Bauch Beton. Die Augen Salz. Finger und Zehen wie einem Dompfaff auf geleimter Rute verkrallt. Nur diesen einen Plastikstraßenpfahl gewähr mir noch, oh Herr. Er tat's, dann kamen nächste. Für eine kleine Himmelsmeile Hopfen dann, dann Moos und See, ein gnädiges Gefälle. Und dann das Allgäu, das keine MILKA-Wiese war. Er stürzte, doch schmerzhaft langsam, aus dem frommen Deckenfresko, in dem sich Hintern, Kopf und Fuß in versöhnlichem Stillstand angenehm bewegen. Nur auf dem Küchentisch war Amtzell platt und einen knappen Meter hoch gewesen. Dem Aufblick zur Kuppe, die wieder eine Kuppe vor der Kuppe war, folgte schnell der Wegblick aufs Gestänge, vor den der Staub den Schweiß schlug. Taub war der Schoß lange. Die Pedale erreichten den Schwungpunkt nicht mehr. Kein genicktes Eins-zwei half da, nicht die Peitsche der in Silben getrennten Geliebten. Von den Zehen her eroberten die Krämpfe die Waden, umkesselten die Knie und bissen dann zu. Gemessen am Radfahren, war Schreiben leichter als Leben. Bevor er wie einer, dessen Namen sich in seinem Hämorrhoidenhirn verloren hatte, auf Petrarcas Berg tot aus der Tour knallen würde, hing der Fuß reglos in der Luft. Er lag ausgestreckt zwischen staubigem Salbei am Rand des Mittelpunkts der Erde. Unter den Wolken ein ärmlicher Vetter des Adlers. Sein Augensalz vermaßen die Ameisen mit Zangen, in denen sie, Felicitas, keine Schreibwerkzeuge halten.

Was aber bleibt, ist der Rückweg. Von Wangen hinab ist es leichter als nach Wangen hinauf. Ein Gleiches gilt auch für Berg. Dank, oh Herr, daß der See tief liegt, selbst wenn er lächelt. So endlich, geduckt unter der rotweißen Schranke, auf den letzten Nachen. Er ist gerettet. Die Uhr stand auf fünf nach eins.

Statt Weißbier und Worte in Wangen ein Bad und die Post. Sieh da, du wirst gelesen: Um sein Geld geprellt fühlt sich der Leistungskurs Deutsch aus der Eifel, wo sie am höchsten ist, Sie sind pervers, mein Herr, und schwul, niveaulos und besoffen, so dilettantisch protestantisch, Ihre Zeiten sind vorbei!!! Schrieb ich das nicht schon ohne Ausrufezeichen? Kühl die Venus über dem verlausten Oleander. Die Zeit geht hin, wir eher. Kurzum: Das Geld bleibt hier und wird in ein Billet nach Herisau gewechselt. Da geh ich dann spazieren.

In meinem Leben, lacht der Fründ, schreib ich keine Zeile mehr. So treffen wir uns beim rasenden Robert. Bis bald oder nie, lach ich zurück.

Nachweise

Nachdenken über Rita S., Christa T., Christa W. und Marcel R.R., Hefte (Amsterdam) 6 (Februar 1970), S. 14-23

Anselm Kristlein: Eins bis Drei – Gemeinsamkeit und Unterschied, text und kritik 41/42 (1974), S. 38-45

Formen dargestellter ›Subjektivität‹. R.D. Brinkmanns »Keiner weiß mehr« und die Tendenzwende (1976, unveröffentlicht)

Deutschsprachige Literatur zwischen 1945 und dem Ende der fünfziger Jahre, in: H.J. Piechotta/R.R. Wuthenow/S. Rothmann (Hg.), Die literarische Moderne in Europa, Bd. 3: Aspekte der Moderne in der Literatur bis zur Gegenwart, Opladen 1994, S. 238-243. Die statistischen Materialien wurden auch verwendet in meiner Broschüre: *Der Mythos von der Gruppe 47*, Eggingen 1991 (Parerga 4)

Die Zweite Moderne. Innovative Prosa der Bundesrepublik von den fünfziger bis siebziger Jahren, in: ebd., S. 244-269

Körperthemen, Körpertexte und »das laute Schreiben« in deutschsprachiger Gegenwartsliteratur. Vortrag zum Kolloquium »Kodierungen des Körpers«, Bochum 1993

Transzendentales Standbein gegen hermeneutisches Spielbein: noch unentschieden, in: H.-D. Weber, Rezeptionsgeschichte oder Wirkungsästhetik. Konstanzer Diskussionsbeiträge zur Praxis der Literaturgeschichtsschreibung, Stuttgart 1978, S. 176-182

Das Lesen ist auch nicht mehr das, aber noch genug, in: G. Affholderbach/K. Strohmann (Hg.), Von Dichtersesseln, Eselsohren, Schusterjungen und Leseratten, Siegen 1985, S. 141-148

Gegen die Wiederkehr des Dichters, Fußnote extra (für Wulf Segebrecht), Bamberg 1985, S. 37-42

Schweine-Bande, text und kritik 100 (1988), S. 30-36

Literaturkritik, in: Fr. J. Görtz/V. Hage/U. Wittstock (Hg.), Deutsche Literatur 1989. Jahresüberblick, Stuttgart 1990, S. 252-260

Sätze zum Satz vom Ende der Literatur, text und kritik 113 (1992), S. 3-9

Von Lese-Lust und -Mühe, Manuskript für Literaturmagazin (»Ende der Fiktionen«, Herbst 1994)

Nein, so wie es ist, ist es nicht gut genug. Literatur und Wissenschaft, Neue Rundschau 4/91 (1980), S. 63-71

Der Germanist als Autor/Der Autor als Germanist, in: P. Gendolla/K. Riha (Hg.), Schriftstellerwissenschaftler. Erfahrungen und Konzepte, Heidelberg 1991, S. 65-73

Grethi T. Tunnwig, Das Begehren der Rheinbrücke, Der Rabe VI (Frühling 1984), S. 186-194

Die peinlichen Leiden des Autors, Univers 10 (Herbst/Winter 1977), S. 25-33

Von den Bildern im Kopf. Eine Rede, zuletzt in: H. K., Der Mensch ich Arsch. Drei Prosastücke, Zürich 1983, S. 63-78

Weiter: »med ana schwoazzn dintn«, in: J. Jung (Hg.), Über das Glück. Literaturalmanach 1983, Salzburg 1983, S. 68-74

Das Schreiben ein Traum, in: K. Modick (Hg.), Traumtanz. Ein berauschendes Lesebuch, Reinbek 1986, S. 27-30

Über das Autobiographische. Über das Authentische. (Wiener Vorlesungen zur Literatur, 1993), Wespennest 94 (1994), S. 67-88

Die schönsten Radtouren. Heute: Zum literarischen Forum Wangen, in: O. Burger/P. Renz (Hg.), Spielwiese für Dichter. Literarisches Forum Oberschwaben. Ein Lesebuch, Eggingen 1993, S. 220-222

HERMANN KINDER, 1944 in Thorn/Polen geboren, aufgewachsen in Schwaben, Mittelfranken, Hessen und Münster. Studium der Kunstgeschichte, der deutschen und niederländischen Philologie in Münster, Amsterdam und Konstanz. Akademischer Rat an der Universität Konstanz. Zahlreiche Buchveröffentlichungen, zuletzt erschienen: »Die Böhmischen Schwestern« (1990), »Der Mythos von der Gruppe 47« (1991), »Alma« (1994).

Hermann Kinder: Fremd. Daheim. Hiesige Texte. 2. Aufl., 152 Seiten, fr. Broschur, 24.80 DM

Seit er 1967 als 92. Student an der neu gegründeten Universität Konstanz zugelassen wurde, lebt Hermann Kinder am Bodensee. Obwohl er die regionale Kulturöffentlichkeit lieber meidet und gern zu Fuß oder auf dem Rad aus seiner Stadt flieht und obwohl in seinen Romanen und Erzählungen die Region keine Schlüsselrolle spielt, legt er mit »Fremd. Daheim« eine als kritische Liebeserklärung an seine Wahlheimat zu verstehende Sammlung von Texten vor. Randscharfe Beobachtungen und Ansichten eines Zugereisten über die Landschaft, die Mentalität ihrer Bewohner, Erlebnisse an der Grenze, Begegnungen in Konstanz gestern und heute, die Universität und alemannische Schriftstellerkollegen: Rainer Brambach und Martin Walser.
Hermann Kinders andere Heimatkunde richtet den Blick nicht nur detailgenau auf die Bodenseeregion, sondern hat stets auch die Wirklichkeit der Bundesrepublik im Auge. Indem er sprachmächtig und virtuos über den See schreibt, zeichnet er einen paradigmatischen Ausschnitt aus dem großen Gesellschafts- und Sittengemälde des deutschen Alltags.

»Der heimliche Bestseller unter den Klassikern der Bodensee-Literatur.« (Siegmund Kopitzki, *Südkurier*)

Hermann Kinder: Der Mythos von der Gruppe 47.
52 Seiten, broschiert, 12.80 DM

Ist seit den 60er Jahren die hohe Zeit der bundesrepublikanischen Literatur vorbei? Wird seit der Auflösung der Gruppe 47 im Jahre 1967 keine große BRD-Literatur mehr geschrieben?
Hermann Kinder weist in seinem faktenreichen und zugespitzten Essay nach, daß der Mythos der Gruppe 47 einerseits auf der Überschätzung ihrer Bedeutung für die 50er Jahre durch die Germanistik beruht und andererseits auf der Breitenwirkung des Literaturbetriebs in den 60er Jahren, zumal der einsetzenden Taschenbuchproduktionen. Diese imposante Homogenität einer literarischen Kultur, die zur Leitkultur avanciert war, verlor sich später mit der aufkeimenden Politisierung.
Hermann Kinder beklagt und belegt, daß die nicht an rein literarische Kriterien gebundene Hagiographie der Gruppe 47 zur Folge hatte, daß die Relevanz der Literatur vor, neben und nach ihr übersehen bzw. im nachhinein marginalisiert wurde.

»Es sei an der Zeit, mit solchem ›denkfaulen Nachplappern der Topoi bundesdeutscher Kritik‹ aufzuhören, fordert Hermann Kinder.« (Josef Hoben, *Badische Zeitung*)

»Diese Beleidigung seiner Generation nimmt Kinder zum Anlaß, in einer polemischen Streitschrift all die Mythologisierungen, die sich um die Gruppe 47 ranken, gründlich zu entzaubern.« (Michael Braun, *Stuttgarter Zeitung*)

Andreas Kramer: Gertrude Stein und die deutsche Avantgarde. 340 Seiten, br., 38.– DM

Gertrude Stein ist immer noch eher ein Mythos als eine Autorin, deren Werk einem breiten Lesepublikum bekannt ist. Dabei hat die »Mutter der Moderne« nicht nur in der amerikanischen, sondern auch in der deutschen Literatur Einfluß ausgeübt, hat Spuren hinterlassen und ist zur Anregerin und zum Vorbild geworden. So hatten sich z.B. aus den Kontakten der Amerikanerin zur deutschen Künstlerszene des »Café du Dôme« seit 1905 bald inspirierende Freundschaften entwickelt.

Nach 1945 wurde Gertrude Stein vermehrt und verstärkt wahrgenommen: nicht nur durch die deutsche »verlorene Generation« der Andersch, Koeppen und Richter, sondern auch durch eher experimentelle Autoren wie Bense, Gomringer und Heißenbüttel, durch die Wiener Gruppe und durch jüngere Erzähler.

Das Werk von Gertrude Stein hat maßgeblichen Anteil daran, daß sich die deutschsprachige konkrete Literatur als ein Zweig der internationalen Avantgarde etablieren konnte. Andreas Kramer stellt in seinem Buch die Rezeption Gertrude Steins durch die deutsche Avantgarde zum ersten Mal umfassend dar.